Andreas Körtgen - Anno Domini 1239

Kinder des Staunens, Band 3

Andreas Körtgen

Anno Domini 1239

Die Kinder des Staunens
Band 3

So let us leave behind a country
better than the one we were left.
With every breath from our
bronze-pounded chests,
We will raise this wounded world
into a wondrous one.

Amanda Gorman,
The Hill we climb, 2021

[So lasst uns ein Land zurücklassen,
das besser ist als jenes, das man uns überließ.
Mit jedem Atemzug unserer
bronze-gepanzerten Brust
Erheben wir diese verwundete Welt
in eine wunderbare.]

Erzähler im Jahre **1239**
und andere Personen dieser Geschichte
(historisch belegte Personen sind mit *
gekennzeichnet)

Tom, 19 Jahre, ehemaliger Schusterlehrling

Cara, 20, einst Ziel seiner Sehnsucht

Luca, 18, Junge aus dem Dorf Peio

Zacco, 19, sein bester Kumpel

Laia, 17, Mädchen aus dem Dorf Peio

Odo, 23, einer der unehelichen Söhne des Kaisers
Friedrich II. ,von diesem zum Markgrafen von
Peio und Enna ernannt

* Adelheid („Delia“) von Tirol, 20, Odos Ehefrau,
ältere Tochter des:

* Albert (III.) (von Eurasburg), 58, Graf von Tirol

* Elisabeth, 19, dessen jüngere Tochter, Delias
Schwester

Helena von Rocassa, 21, eine bezaubernde Nachbarin

Rochus von Richleben, 25, deren Ehemann,
ein Freund Odos

Gina, 22, Odos erste Liebe

Mahmoud ben Abdallah, 30, Freund Odos, Sarazene und Briefeschreiber

Riccardo, Graf von Monteleone, 61, ein Nachbar

Artemisia, 29, seine kluge Tochter,

Bianca, 25, seine traumatisierte Tochter,

Cordelia, 19, seine wilde und goldene Tochter

Griselda, 36, Riccardos engste Gefährtin, ehemals nur Dienerin

Hildebrandt (von Katzenellenbogen)„von der Elle",57, Waffenmeister und Ehemann der Artemisia

Kehla, 20, eine sehr ihre Freiheit liebende Jüdin

Zeta, 22, ihre Cousine, Capitana der Miliz

Joshe ben Nathan, 24, Kehlas Bruder

Obadjah ben Rhadaniya, 46, ein Händler

Hagga, Noomi, Nissa, Gudu, Erik und Svein

Maria Christina, 24, leidgeprüfte Ehefrau des dicken Grafen Eberhard von Terrasecca

Bruder Magnus, 27, Mönch und bemühter Chronist in Odos Auftrag

* **Friedrich II.** von Staufen, 44, Römischer Kaiser,
stupor mundi, König von Sizilien und Jerusalem

* Isabella von England, 24,
des Kaisers (dritte) Gemahlin

* Heinrich (VII.), 28, des Kaisers Sohn aus erster Ehe,
abgesetzter König von Deutschland, in Haft;
* Heinrich und * Friedrich, Zwillinge, 11,
dessen Söhne, also des Kaisers Enkel

* Konrad (später IV.), 10, des Kaisers Sohn aus zweiter
Ehe, König von Jerusalem

Und des Kaisers nicht eheliche Kinder:

* Federico (von Pettorano), 25, sein ältester Sohn

* Enzio, 22, sein zweiter unehelicher Sohn (und
Liebling)
* Katharina (von Marano), 20, seine älteste Tochter

* Salvazza, 15, eine wilde Tochter

* Friedrich (von Antiochia), 14, hier genannt `Anti`

* Richard (von Theate), 13

* Biancafiore, 12, eine weiße Elfe

* Costanza, 8 ; * Manfredi, 6; und * Violanta, 5,
die Kinder von des Kaisers großer Liebe
*Bianca Lancia (1210-1234)

Frater Carlo, 34, Franziskaner (OFM), ein
Geheimagent der Kirche

* Egno von Eppan, 35, Archidiakon von Brixen, ein ehrgeiziger Mann der Kirche

* Ezzelino (III.) da Romano, 45, Graf von Bassano, Herr von Verona und Padua, und ein Bräutigam

* Adelasia de Lacon-Gunale, 31, Iudicessa (Fürstin) von Torres, Logudoro und Gallura, Witwe des *Ubaldo Visconti da Pisa (1207-1238)

Ricoberto, 40, ihr Ritter und Beschützer

Emeralda, 20, ihre Vertraute

* Otto II. (von Andechs), 12, Herzog von Meranien, Pfalzgraf von Burgund, noch ein Bräutigam

* Thomas (I.) von Aquino, 54, Graf von Acera, Generalcapitän von Sizilien
(! Nicht mit dem Heiligen zu verwechseln, der sein Neffe war !)

* Gebhard von Arnstein, 58, Graf von Ruppin, General

* Giordano (II.) Filanghieri, 44, Herr von Candia, General

* Lotterio Filanghieri, 18, dessen Sohn, Knappe

* Galeotto Lancia, 19, noch ein Knappe

* Richard Plantagenet, 31, Earl of Cornwall, Comte de Poitou, Bruder der Kaiserin Isabella

* Sinibaldo Fieschi Conte Lavagna, 43, Kardinal-Bischof von San Lorenzo in Lucina, päpstlicher Rector von Ancona und Legat in Oberitalien, und

* Ottaviano Ubaldini, 25, Archidiakon von Bologna,
- die Gesandten der Lombarden,

* Ottone Visconti, 31, deren Assistent

* Ugo della Faggiola, 41, Gesandter der Republik Genua

* Guglielmo da Capraia, 36, Botschafter des Iudex von Arborea, des Herrn *Pietro II. de Bas-Serra

* Rinaldo Glandi, 42, Botschafter und ehemals Regent für den Iudex von Cagliari, Herrn *Guglielmo Salusio V.

Was bisher geschah

kurzer Rückblick auf den 1. und 2.Teil der Geschichte der *Kinder des Staunens*

Band 1 , Anno Domini 1234:

Der Kaiser Friedrich II. von Hohenstaufen (1194–1250) wurde schon von Zeitgenossen „Staunen der Welt“ (*stupor mundi)* genannt – wegen seiner alle Maßstäbe jener Zeit sprengenden, ungeheuerlich „modernen“ Unternehmungen und Projekte, Methoden und Ideen.

Eines seiner zahlreichen außerehelichen Kinder ist Odo, der ihm nicht nur äußerlich sehr ähnlich ist. Dieser macht sich mit einigen wenigen Gefährten auf den Weg, sein Erbe in Besitz zu nehmen: eine kleine, bedeutungslose und heruntergewirtschaftete Grafschaft im Norden Italiens, am Fuße der Berge: Peio.

Sein Freund Rochus, der alte Waffenmeister Hildebrandt und dessen Tochter Gina ziehen mit Odo in dieses Abenteuer, und auch der Sarazene Mahmoud, der vom Kanzler des Kaisers den Auftrag hat, über diese Unternehmung und alles Weitere zu berichten. Eine Station des Weges ist das Kloster des Heiligen Ambrosius, wo sich Odo vom Abt den Mönch Bruder Magnus als Schreiber einer gewissenhaften Chronik der zukünftigen Ereignisse ausbittet.

Gleichzeitig flieht der Schusterlehrling Tom aus seiner Heimatstadt, gemeinsam mit seiner großen Liebe Cara, die nur mit knapper Not und böse verletzt aus den Mühlen der Inquisition entkommen ist. Diese beiden treffen unterwegs auf eine Gruppe reisender Juden: Joshe und Avram wurden von ihren Familien ausgeschickt, um eine Zuflucht und neue Bleibe für ihre von aufgehetzten Christen bedrohte jüdische Gemeinde zu finden. Eingeholt wurden diese beiden Boten von den Ausreißerinnen Kehla und Zeta, die vor einem ihnen bestimmten Leben als brave, jüdische Ehefrauen und Mütter davongelaufen sind.

Nachdem Cara und Tom zur Burg Monteleone gebracht wurden, wo eine Tochter des Grafen Riccardo verfolgten Frauen ein Asyl bietet – wird die Gruppe der Juden von Wegelagerern überfallen. Kehla, von den Räubern losgeschickt um Lösegeld beizubringen, holt Hilfe in Monteleone, wo inzwischen auch Odo und seine Gefährten eingetroffen sind. Dieser bietet den Juden an, sich in seiner Herrschaft Peio unter seinem Schutz anzusiedeln.

Auf dem letzten Stück ihres gemeinsamen Weges dorthin begegnet ihnen der dicke Graf Eberhard von Terrasecca, dessen Versuch, das lange herrenlose Peio auszuplündern, vereitelt wird – man hat sich einen Feind geschaffen.

Es gelingt Odo, sein Erbe Peio in Besitz zu nehmen und ein erstes Vertrauen seiner wenigen, verstörten Untertanen zu gewinnen. Ein Gerichtstag wird abgehalten, und Vorkehrungen für den kommenden Winter sind zu treffen.

Band 2 , Anno Domini 1237:

Ein Franziskaner-Mönch, Frater Carlo, wird von dem ehrgeizigen Kleriker Egno von Eppan mit geheimen Erkundigungen beauftragt. Er soll in Odos Herrschaft ausspionieren, welche unerhörten Neuerungen dort eingeführt wurden, um Gründe für ein Eingreifen der kirchlichen Macht zu sammeln.

In Peio wurden die ersten beiden Jahre trotz aller Schwierigkeiten gut überstanden, auch die wiederholten wütenden Angriffe des Grafen von Terrasecca, nach dessen Niederlage die Gräfin Maria Christina mit ihren Kindern als „Geisel" in Monteleone leben muss.

Viele jüdische Familien wurden nach Peio geholt und haben dort Zuflucht und eine neue Heimat gefunden, ebenso haben sich einige Sarazenen mit ihren Familien hier angesiedelt.

Artemisia von Monteleone hat den Waffenmeister Hildebrandt geheiratet, um ihren Kindern mit dem Sarazenen Mahmoud einen standesgemäßen Vater zu geben. Und auch Odo hat seine Delia gefunden.

Kaiser Friedrich II. ruft alle seine Verbündeten und deren Streitkräfte zusammen, um den aufständischen Bund der lombardischen Städte zu unterwerfen. Auch die neu ausgebildete Miliz aus Peio ist dabei und bewährt sich beim Auskundschaften des Gegners.

Zwei Brüder Odos, Federico und Enzio, wie er uneheliche Söhne des Kaisers, finden in die Arme von Kehla und Artemisias Schwester Cordelia. Auch Tom, Laia, Luca und Zacco verbindet auf ihrem vorgeschobenen Beobachtungsposten ein überraschendes Einvernehmen.

Nach lange unentschiedenem Feldzug kommt es endlich zur Schlacht, die durch einen fingierten Rückzug mit darauf folgendem nächtlichen Gewaltmarsch erzwungen werden muss. Der Sieg scheint vollständig, aber der Feind kann entkommen.

Kapitel 1

Mahmoud

Hochgeehrter Herr und Kanzler Petrus, etc., verzeiht Eurem geringen Diener Mahmoud bin Abdallah, dass er hier für einmal bei diesem neuen Bericht die einleitenden Verbeugungen etc. schnöde verkürzt – die Eile drängt, die Ereignisse überstürzen sich, es bleibt kaum Zeit, die geleerte Feder in das schwarze Nass des Tintenhornes zu tunken, um die Fluchten der fliegenden Worte über das Papier zu jagen.

Kaum ist der glorreiche Sieg bei Cortenuova errungen, der stolze Kaiseradler unseres Herrn triumphierend über alle aufrührerischen Feinde emporgestiegen in die klare Luft dieser späten Herbsttage, so gilt es schon, den golden glänzenden Faden glücklicher Entwicklungen weiter zu spinnen und gleichsam doch ein eisernes Netz zu weben, in dem sich alle Reste verräterischer Widersacher fangen lassen müssen – verzeiht die verwirrten Bilder meiner Worte, geschuldet nur dem jubelnden Überschwang Eures geringen Dieners.

Ihr werdet wissen, dass der Kaiser allen Großen seines Reiches befahl, sich nunmehr mit ihm nach Cremona zu begeben, um dort den Winter zu verbringen, und auch, um sein weiteres Vorgehen zu beraten und zu planen und ebenso die bald zu erwartenden, demütigen Gesandtschaften der gänzlich besiegten Feinde mit einer größtmöglichen Demonstration seiner Macht, Herrlichkeit und Stärke zu empfangen, ihnen so keine andere Möglichkeit mehr lassend, als sich gänzlich seiner gnädigen Güte und Verzeihung zu unterwerfen.

Wir alle sind hier aufgerufen, nach Kräften unseren jeweilig möglichen Beitrag zu diesem sich in machtvoller Selbstgewissheit und kaiserlichen Pracht entfaltenden Bilde zu leisten. Um nun das eiserne, waffenklirrende und erschreckliche Schauspiel seiner dort um ihn versammelten Getreuen zu ergänzen zu einem doch auch andererseits alle lieblichen Hoffnungen friedlicher Eintracht verheißenden Bild, beschienen von den alle wohlwollende Herzen wärmenden Strahlen künftiger kaiserlicher Huld, und so weiter etc. – darum eben werden auch die Frauen und Kinder seiner höchsteigenen Familie, mitsamt seiner neuen englischen Gemahlin Isabella in ihrer Mitte, nunmehr zum Hoftage hierselbst zu Cremona gebeten und erwartet.

Auch unser Herr Odo eilte, auf den Wunsch des kaiserlichen Vaters, seine Gemahlin Adelheid aus Peio zu holen und diese jenem vorzustellen, mit meiner geringen Person auch bei diesem Ritt an seiner Seite.

Ebenso brannte ich darauf, wenn ich dieses hinzuzufügen mir gestatten darf, meine geneigte

Herrin Artemisia auf Monteleone wiederzusehen, zusammen mit ihrer kleinen, lieben Kinderschar. Hildebrandt, ihr Gatte, ritt mit uns, um sie von dort zu holen. Der gute wird alt und fühlt sich erschöpft von diesem Feldzug, der sich so in die Länge zog, mehr als gedacht und erwartet, er ist aber fest entschlossen, den kommenden Winter dort, in der Behaglichkeit und Geruhsamkeit von Monteleone, zu verbringen und dem alten Grafen Riccardo Gesellschft zu leisten, fern von den lästigen Umtrieben des Hofes, und sich dort wie dieser der Fürsorge von Frau Griselda zu überlassen.

Soviel also nur in aller Kürze zum Stand der Dinge um Herrn Odo und seine Nächsten. Womöglich erübrigt sich ja die weitere Berichterstattung meinerseits demnächst, solltet Ihr, hoher Herr und Kanzler unseres Kaisers, in eigener Person am Hoftage zu Cremona anwesend sein wollen und alldort mit dem geübten Falkenblick des erfahrenen Politikers die Vorgänge, Verflechtungen und Entwicklungen des Geschehens zweifellos mit größerer Präzision und tiefer dringender Schärfe erfassen und bewerten, als es diesem, Eurem geringen Diener, jemals gelingen könnte, welcher Euch gleichwohl seiner unwandelbaren Ergebenheit und seines unermüdlichen Diensteifers zu versichern
hier abschließend nicht versäumen will,
Mahmoud bin Abdallah.

Kapitel 2

Kehla

Oh mein Gott. – Was geschieht da mit mir?

Und – wie soll ich es beschreiben, mit welchen Worten fassen?

Alles rast voran, und ich bin mitten dazwischen – wie auf einer Woge, die mich mitreißt – und auch trägt, unsicher, schwindelnd hoch hinaus...

Nur, wenn ich wie jetzt, selten einmal, sehr früh wach bin, dann habe ich in etwa Verstand und Zeit genug, mich zu besinnen – und mich abgrundtief zu wundern, zu staunen, und besonders über mich selbst! Auch habe ich manchmal Angst, dass ich alles falsch mache... Es ist nicht zu begreifen.

Jedenfalls bin ich kein Mädchen mehr, wie man so sagt – das ist mal gewiss.

Und doch, mein Gefühl ist völlig sicher – voller jubelnder Sicherheit! – so den richtigen, den einzig richtigen Weg zu gehen – auch ohne jede Ahnung, wohin das alles führen wird... oder ob das überhaupt so was wie einen Weg geben kann für uns?

Denn er ist ein Sohn des großen Kaisers, sein erster und ältester sogar. Wenn es auch so aussieht, als beachte ihn der Vater nicht sonderlich. Wer kann sagen, was da abläuft zwischen dem Kaiser und diesem.

Seine anderen beiden Söhne, unser Herr Odo, und besonders natürlich der immer glänzende Enzio, die genießen jederzeit die volle Aufmerksamkeit ihres Vaters. Friedrich wendet sich ihnen zu, voller Stolz und mit offenem Herzen, sobald ihm einer von ihnen vor die Augen tritt, egal mit welcher hochwichtigen Angelegenheit er selber gerade beschäftigt sein mag: Eine herzliche Begrüßung, Umarmungen, und sogleich sind sie einbezogen in das, was da eben so läuft.

Mein Federico dagegen (– *mein!* – das erlaube ich mir zu denken, weil ich es fühle, nur tief in mir...) der wird gerade mal mit einem kurzen Blick aus dem Augenwinkel und stirnrunzelndem Nicken vielleicht vom Vater wahrgenommen, mehr ist da nicht von zu merken. Ich könnte mich aufregen, wenn ich das so sehe.

Aber der Reihe nach, es ist so schon chaotisch genug alles. Nach dem großen Sieg bei Cortenuova ging in dem Feldlager dort zunächst alles drunter und drüber. Es wurde gefeiert, gesungen und gesoffen. Die deutschen Ritter zumal waren außer Rand und Band, hatten sie doch jetzt endlich ihre Beute gemacht, um die es sich zu zanken, zu würfeln, und dann wieder von neuem zu streiten lohnte.

In diesem ganzen riesigen Durcheinander des eroberten Lagers war es für uns nicht schwierig, unbeachtet gemeinsam zu verschwinden. Nach einigem Suchen stoßen wir etwas abseits auf ein unauffälliges, schlichtes Zelt, sogar mit noch wärmend glimmender Holzkohle im Becken neben einer eilig verlassenen Lagerstätte – zwischen deren Fellen und Kissen Federico und ich zueinander finden, endlich.

Ich werfe eilig, und ohne einen weiteren Gedanken, alle Kleider von mir und schlüpfe tief hinein unter die Decken, während er noch seinen Schild mit dem schrägen roten Balken über dem Adler vor dem Eingang des Zeltes in den Boden pflanzt, als eine deutliche Warnung an alle möglichen Störenfriede.

Natürlich bin ich mächtig aufgeregt, da braucht ihr nicht fragen, aber mindestens ebenso ungeduldig!

Endlich ist Federico dann auch seine Rüstungsteile und Unterkleider los und kommt zu mir zwischen die Decken... kühl fühlt er sich an, nur seine Hände sind heiß... und schnell sind die überall an mir, ich drücke mich ihm entgegen – ohne Zögern, bereit, alles zu geben und zu nehmen, wie es kommen soll...

Er presst mich an sich, schiebt mich wieder fort, und schaut mir in die Augen, schnell und heftig atmend, lacht und packt mich dann unter den Achseln, dreht sich auf den Rücken, und zieht mich nun hoch, und auf sich drauf.

Meine Beine sind ganz schwach und auf einmal so weit auseinander, wie sie es noch nie waren.

Fest greifen sich seine Hände meinen Hintern und schieben mich hoch, alle meine Haut reibt über die eckigen, harten Stellen dieses drahtigen Männerleibes – eigentlich müsste das wehtun. Tut es aber nicht.

Irgendwie habe ich die Knie hochbekommen, sodass ich seinen Brustkorb in die Zange nehmen kann, und mich noch höher recke, als wollte ich es, dass seine Lippen und Zähne meine Brustspitzen erreichen... Verwirrung und Tumult könnten nicht größer werden, ich muss die Augen schließen.

Seine Hände streicheln mich und greifen nach mir, und drücken mich wieder hinunter – da ist ein gemeinsamer Wille da, ein Ziel zu spüren...

Und ja, Schmerz und Glück finden ihren Weg mitten durch meinen Leib, dass ich schreien könnte – und wahrscheinlich tue ich das auch längst.

Durch ihn fühle ich mich ganz anders auf einmal; jetzt ich bin völlig neu.

Ich weiß ja nicht, ob es anderen auch so geht.

Ich habe das so nicht geahnt – oder doch, vielleicht habe ich schon immer gewusst, dass es das geben müsste, irgendwo, für mich.

Wie in diesen alten Geschichten, die ewige Sehnsucht nach der anderen, der fehlenden Hälfte, die einen ergänzen könnte, um einmal ganz zu werden.

Und vollständig erst dann, wenn sie gefunden ist.

Kapitel 3

Tom

Bald aber, noch vor der großen Schlacht, wurden wir doch auf unserem abgeschiedenen Vorposten in dem halbzerstörten Dorf vom großen Kriegsgeschehen eingeholt. Wir mussten ihn aufgeben, um den Plänen des Kaisers zu dienen. Und damit halt auch, wie Luca es nannte, „unser kleines Paradies zu viert". Doch das vorerst nur, will ich hoffen.

Unsere wenigen Sachen waren schnell gepackt und meinem guten Eselchen Archimedes aufgeladen. Ich war froh, ihn mitnehmen zu können, das blöde Biest ist mir irgendwie ans Herz gewachsen, ich weiß auch nicht.

So reihten wir uns also wieder ein bei den anderen aus der Miliz von Peio. Und wurden sofort von Zeta wieder neu verteilt. Denn alles kam jetzt auf einmal in Bewegung, was so lange Wochen auf der Stelle gestanden war. Der Aufbruch und Abzug des Feindes musste weiter ständig beobachtet werden, das war wichtig, ohne dass der was davon mitbekam oder ihm merkwürdig erscheinen durfte.

Laia kroch also ständig irgendwo am Waldrand herum, mit paar anderen auf ihren Beobachtungsposten. Während Zacco und Luca und ich auf immer neuen, wechselnden Wegen kreuz und quer durch den Wald hetzten, um zu denen da vorne Verbindung zu halten und alle Nachrichten weiter zu bringen, die dann an der anderen Seite des Waldes von unseren reitenden Boten abgeholt wurden und weiterbefördert.

Da bekam man denn auch gelegentlich Cara zu Gesicht. Immer nur kurz aber, nur bis sie sich auf ihrem zähen, flinken Pferdchen wieder über die staubigen Herbstfelder davonmachte.

Aber mit unserer Laia kamen wir praktisch gar nicht mehr zusammen, und sie fehlte uns umso mehr. Wir waren also praktisch ganz auf uns allein gestellt, wie man so sagt. Also, naja, ihr wisst schon wie.

Luca jedenfalls überraschte ich einmal, als ich mich mitten in der Nacht aus den Decken herausgewühlt hatte und hinter den nächsten Büschen pinkeln gehen wollte. Den treffe ich da also auf einmal, an eine schrägstehende Kiefer gelehnt, wie er sich ganz einsam und mit energischer Hand eine hitzige Erleichterung verschafft...

„Oh Mann! Verpiss dich bloß!", zischt er mir zu, als ich dicht bei ihm vorbei stolpere.

Ja was? Als ob ich da gerade irgendwas von ihm gewollt hätte!

Aber kann man ja verstehen, wie es ihm ging, oder? Laia war eben gründlich weg und wurde ganz anderswo gebraucht. Uns dreien geisterte sie allen dauernd im Kopf herum nur. Und auch genug ungewisse Fragen, wie das wohl weitergehen sollte mit uns allen zusammen.

Einmal nur, bekamen wir sie in diesen Tagen doch noch zu sehen. Gerade war wieder eine wichtige Nachricht von der Späherfront gekommen, und Luca war dran, sie eilig weiter zu bringen auf unseren Trampelpfaden nach hinten durch den dicken Urwald. Jedenfalls war der eben losgelaufen und schon weg.

Plötzlich also kommt Laia da aus dem Gebüsch und steht grinsend und fast atemlos vor uns, vor Zacco und mir.

Na, wir denken alle drei dasselbe offensichtlich, und fallen uns in die Arme, und auch gleich übereinander her. Riemen und Gürtel werden gelockert und an den verschiedensten Kleiderteilen gezerrt, keine Zeit für eine ordentliche Reihenfolge bei den Prozeduren.

Laia sitzt dann also gerade auf meinem Schoß, und ich versuche, ihren Mund mit wilden Küssen zu fesseln – während Zacco anderswie mit ihr beschäftigt ist, und sie ihre schmale Hand schon tief in seine Hose gezwängt hat. Da wirft er mit lautem Aufbrummen schon seinen Kopf zurück und bäumt sich hoch, dass sie Mühe hat, ihre Hand noch schnell aus seinem Hosenbund zu retten – und da ist Zacco, wie meist schon, schnell durch mit seinem ganzen bisschen Spaß.

„Junge... du gehst aber gleich ab wie ein Armbrustbolzen, was? ...und schön zu sehen, dass ich euch so sehr gefehlt habe, wie?“

Ich will sie noch festhalten, und irgendwie doch auch mit meiner Aufregung ans Ziel kommen – aber nein, sie hat es jetzt eilig.

„Lass mich mal, Tom, geht jetzt nicht mehr... bin eigentlich ohnehin schon spät dran... wir holen alles später nach, in Ruhe und bei besserer Gelegenheit, ja?“

Und sie springt ab von mir, und wir kriegen noch jeder einen schnellen Kuss, und weg ist sie durch die Büsche. Und ich und Zacco liegen da im Gras und schauen schnaufend in die Blätter hoch über uns.

Die letzten Aktionen dieses Feldzuges halten uns alle mörderisch in Bewegung, eine ständige Hetzerei hin und her. Bis die schweren Reiter des Kaisers endlich über das friedlich schlafende Lager der Lombarden herfallen mit ihren Spießen und Schwertern, und allem wütenden Dreinschlagen und später freudigem Geschrei.

Ich danke meinem Gott, dass wir das Gemetzel nur aus der Ferne miterleben müssen, und danach auch nur am Rande des Schlachtfeldes bleiben. Schlimm genug von hier das Schreien und Stöhnen der armen Kerle hören zu müssen, die es da übel erwischt hat. Und unheimlicher noch, wenn es plötzlich verstummt, wie von Geisterhand ausgelöscht.

Auch für die Nacht bleiben wir, wo wir sind, ganz am Rand des eroberten Lagers. Nur einige von uns, darunter natürlich wieder Laia vorneweg, werden beauftragt, im Schutz der Finsternis weitere Erkundungen gegen die abgezogenen Feinde zu unternehmen. Die haben sich zwischen den Mauern des alten Kastells vorläufig in Sicherheit gebracht.

Doch dann stellt es sich am nächsten Morgen heraus, dass die schon alle gründlich über die Berge sind, und ab und davon mit allem was sie tragen können. Nur die hoffnungslos Verwundeten haben sie zurückgelassen. So hätte ich's wohl auch gemacht. Irgendwann ist dann ja mal Schluss mit aller tapferen Lust am Untergang.

Also ergibt sich ein plötzliches Ende der Kampagne. Es beginnt ja auch schon der letzte Monat des Jahres, und alle Vernünftigen träumen längst vom Winterlager, am besten zuhause wo's warm und gemütlich ist. Wir, die Miliz von Peio, erhalten dann auch tatsächlich schon an einem der nächsten Tage den lange erwarteten Befehl, in Richtung Heimat abzurücken. Na wunderbar.

Wirklich dumm ist nur, dass alle unsere Frauen und Mädchen nicht mitkommen zurück nach Peio. Die sollen jetzt da bleiben, auf ausdrücklichen Befehl von ganz oben, wird uns gesagt, und mit dem ganzen Heer des Kaisers weiter nach Coromano, oder so.

Da gucken wir uns blöde an, der Luca, der Zacco und ich. Was soll das jetzt? Ohne unsere Laia heim ins Winterlager, das hatten wir uns aber anders vorgestellt. Und wozu sollen die Frauen alle beim Kaiser bleiben? Was denkt der sich, was hat der vor? Ist am Ende doch was dran, an den Geschichten von diesem legendären Harem voller Weiber, den er sich ja halten soll, nur zu seinem privaten Vergnügen?

Je länger wir darüber nachdenken, umso unruhiger werden wir bei solchen Vorstellungen.

Unser Herr Odo ist ja soweit schwer in Ordnung, das wissen wir inzwischen, kann man nicht anders sagen. Aber sonst und überhaupt kann man nie nicht sicher sein, was man von den hohen Herren so zu erwarten hat. Am Ende sind es vielleicht doch nicht nur die Pfaffen, die dem Kaiser Friedrich seinen üblen Ruf als sündigem Lüstling angedichtet haben. Reichlich Bastarde hat er ja schon in die Welt gesetzt, das sieht man ja. Auch Herr Odo ist einer aus dieser Meute.

Wir sind also ziemlich niedergeschlagen, und machen uns so allerhand Sorgen. An dem Abend, bevor wir nach Peio abmarschieren sollen, wollen wir schon zu Herrn Odo gehen und versuchen, mit ihm darüber zu reden, so schwer uns das fällt. Doch als hätte sie es geahnt, kommt da unsere Capitana Zeta zu uns, wie wir da mit Laia trübe am Feuer hocken und an unseren Bedenken herumkauen.

„Na, Jungs, morgen geht es endlich nachhause für euch."

„Aber eben nicht für uns alle, leider..."

„Zeta, wir kapieren das nicht, warum Laia...

und die ganzen anderen Frauen hier bleiben sollen."

„Das ist doch nur sonderbar, oder was sollen wir davon halten?"

„Oder was sagst du denn dazu?"

„Leute, bleibt mal ganz ruhig. Ihr braucht euch keine Sorgen zu machen..."

„Doch... machen wir uns aber..."

„Also, sieh mal, Zeta... was man so vom großen Kaiser Friederich hört, ist doch nicht so gerade Vertrauen erweckend..."

„Wieso denn?"

„Naja, du weißt schon... diese ganzen Weibergeschichten..."

„Ja?"

„...also, was Zacco meint, ist... er hat da doch angeblich..."

„Na, ihr müsst das nicht alles glauben, was da wer erzählt. Das wisst ihr doch selber. Seht doch mal, was über uns im Lager alles erzählt wurde, und was dann immer tollere Kreise zog an den Lagerfeuern... wie Graf Ezzelinos Märchen über Odos sagenhafte Amazonentruppe und so weiter..."

„Naja... aber da ist doch auch was dran, oder?"

„Was?"

„Also, ich meine, sowas gab's ja auch bisher nicht und nirgendwo, dass... dass ihr als Frauen jetzt mitkämpfen könnt, und..."

„Klar, Luca. Natürlich ist das neu und noch nie dagewesen. Wie vieles andere auch, was wir da machen in Peio, ohne dass man sich's vorstellen konnte bisher... aber, das ist ja auch ganz richtig und nötig, oder? So neu es ist – und wenn es auch alles Alte umschmeißt."

Da hat Zeta natürlich recht, sehen wir auch so.

„Also, darum seid nur zuversichtlich und habt Vertrauen, wie das weitergeht hier und dort mit uns. Glaubt mir das einfach. Ich... kenne Friedrich... den Kaiser Friedrich inzwischen recht gut, wir... nun, ihr wisst doch. Ich bin immer klar und offen zu euch... so wie es ist, brauchen wir kein Geheimnis draus zu machen..." Wie immer hat Zeta unsere volle Aufmerksamkeit. „Wir beide sind uns... nähergekommen, Friedrich und ich, sage ich mal... und haben..."

Auch Laia schaut mit großen Augen auf Zeta...

„...also, weil ich ihn, den Kaiser, nun wirklich gut kenne, kann ich euch mit Sicherheit versprechen, dass nichts, gar nichts geschehen wird, was euch missfallen würde. Es war sogar, kann ich sagen, unsere gemeinsame Idee, einige der Frauen und Mädchen von Peio hierzubehalten, oder dann mit nach Cremona zu nehmen, und etwas ganz Besonderes aus ihnen zu bilden, sozusagen. Um so wieder ein Zeichen zu setzen... naja, wir werden ja sehen. Jedenfalls, habt keine Sorge um eure Laia hier, oder um Cara..." – ein kurzer Blick in meine Richtung – „oder die anderen. Ich verspreche euch, es ist alles gut. Und an diesen wilden Haremsgeschichten ist überhaupt nichts Wahres dran."

Tom

Na, wenn Zeta das sagt, sie muss es ja wissen. Wenn wir ihr nicht vertrauen, wem dann überhaupt.

So bleibt uns noch eine lange Nacht, um von Laia Abschied zu nehmen. Viel zum Schlafen kommen wir da nicht, könnt ihr euch denken. Weiß ja keiner, ob wir uns so bald wiedersehen.

Auch von meinem Archimedes muss ich mich trennen. Der soll mit seiner Karre die Sachen der Mädchen nach Cremona bringen. Cara und Laia wollen sich gut um ihn kümmern, das haben sie mir versprechen müssen.

Nächsten Tag geht's dann also für uns wieder zurück, in Richtung Peio. Auch die Wagen fahren mit, und wir sehen zu, dass die uns mitnehmen, dass wir nicht den ganzen Weg laufen müssen. Wir sind echt geschafft vorläufig.

Ebenso sind die Sarazenen mit dabei, und zwar nicht nur unsere, also die sich mit ihren Familien inzwischen bei uns angesiedelt haben, sondern noch eine stattliche Anzahl mehr, dreißig Mann so etwa insgesamt. Naja, denke ich so, spricht sich eben immer mehr herum, was Herr Odo alles für seine Leute tut, und ist kein Wunder, dass immer mehr auf Dauer bei uns dann leben wollen.

Ja, was sich einer so denkt. Es stellt sich nämlich schnell heraus, dass diese Sarazenen nur als Begleitschutz, als eine Leibwache gewissermaßen den Auftrag haben, Herrn Odos Ehegemahlin, Frau

Adelheid von Peio, und einige andere hohe Frauen, auch die Gräfin Monteleone von nebenan eben, abholen und ins Winterlager des Kaisers nach Ceremonia, oder wie das heißt, mitbringen sollen. Wie auch immer.

Kapitel 4

Frater Carlo

(Abschrift der geheimen Aufzeichnungen
des Carlo Andrea Balbi, Ordo Fratrum Minorum.
Dritter Teil.
Weitgehend verblasste Tinte auf gelblichem Papyrus, Spiegelschrift):

Auf meinem weiteren Weg dann gelangte ich in ein Dorf, das bis vor wenigen Jahren noch, wie mir gesagt wurde, unter der harten und gefürchteten Herrschaft der Grafen von Terrasecca gestanden – oder in dem Falle sollte ich besser sagen: gelegen hatte.

Dann aber seien diese bei einem kriegerischen Unternehmen gegen jenen Grafen Odo von Peio unterlegen, auch in Gefangenschaft geraten, und nur gegen ein hohes Lösegeld wieder freigekommen. Und zu solcher erpressten Auslöse gehörten eben auch dieses und zwei weitere Nachbardörfer nordwestlich, nebst einiger waldiger Hügel und den sumpfigen Wiesen, unten entlang dem Flusse und der Landstraße nach der Stadt Brixen.

Somit befand ich mich hier zum ersten Mal wirklich im Herrschaftsbereich jenes dem guten Bischofe Heinrich und seinem Rechte-Hand-Pater

Egno so verdächtigen Kaisersohnes.

Nun ist es zwar erst wenige Jahre her, dass jener das Regiment über diese Dörfer übernommen hat, doch sind durchaus deutliche Veränderungen erkennbar.

Einmal, das fiel mir als erstes auf, ist der Weg, die schlichte Landstraße welche ich unter den Füßen hatte auf meinem Weg dorthin, an vielen Stellen ausgebessert, die schlimmsten Löcher jedenfalls, mit einigem Kies, wohl aus dem Bach nebenbei geholt, und so verfüllt, wie es eben mit diesen einfachen Mitteln auf die Schnelle möglich ist. Eine ungewöhnliche Fürsorge des Landesherren genug.

Doch an einer sinnvollen Stelle ist sogar eine anscheinend ganz neue, einfache Brücke über eine tiefe Furche des Geländes geschlagen, ein trockenes Bachbett wohl, wodurch es jetzt Fuhrwerken und Wanderern wie mir erspart bleibt, dort mühsam und nicht ungefährlich zu dem versiegten Wasserlauf hinab und andererseits wieder hinauf zu steigen. Eine ganz augenfällige Verbesserung für jedermann, aus den eigenen Mitteln des neuen Herrn errichtet, wie man mir sagte.

Und nicht einmal ein Brückenzoll wird dabei erhoben. Wirklich eine erstaunliche Angelegenheit.

Im Gespräch mit den Dorfleuten erfahre ich außerdem, dass dieser Graf Odo ihnen die Zehnt-Abgabe herabgesetzt hat – nein, zwei Jahre lang hatten sie gar keine Steuern zu zahlen, nichts, rein gar nichts!

Und das ist nun wirklich unerhört! Will er, dieser kleine Graf, will der die göttliche Ordnung denn ganz auf den Kopf stellen?

Wohin noch soll das führen?

Und immer noch nicht genug: Es darf anscheinend ganz erlaubt Holz gesammelt werden mitten im herrschaftlichen Wald. Das ist sonst überall verboten oder, soweit ich weiß, nur gegen ein weiteres Zehntgeld vielleicht möglich, jedenfalls streng geregelt. Hier aber können die Bauern sich alles holen, was auf dem Boden liegt, als Feuerholz für ihre Herde und Öfen. Kein Wunder, dass die armen Leute ihr Glück nicht fassen können.

Einen habe ich sogar gesehen, wie er mit zwei gefangenen Hasen über der Schulter aus dem Wald zurückkam, ganz seelenruhig und völlig entspannt. Das wäre überall sonst in der Christenheit eine frevelhafte Wilderei, ein ernsthafter Verstoß gegen die Jagdvorrechte des Adels. Nasen und Ohren werden dafür abgeschnitten, aber ganz fix, würde man ihn dabei erwischen, ohne langen Prozess und Erbarmen. Denn alle Tiere des Waldes gehören allein dem Herren des Landes, sei dies ein Graf oder Bischof, ganz egal ob der hier oder dort oder überhaupt auf die Jagd zieht oder nicht.

Es den Bauern wie hier also zu erlauben, am Waldrand Schlingen zu legen, um ihre magere Ernte vor Fraßschäden zu beschützen – und sich noch für den eigenen Kochtopf die Hasen zu holen – das bedeutet einen gänzlichen Umsturz, eine Revolution der bestehenden Ordnung, ohne Zweifel.

Noch scheinen es die guten Leute hier selber kaum glauben zu können. Verlegen sehen sie beiseite, wenn man sie darauf anspricht und Fragen stellt dazu. Doch solche Zustände werden sich wie ein Lauffeuer herumsprechen, landauf und landab – nicht auszudenken, welch ein Aufruhr hieraus entstehen mag, weit in andere Lande hinein. Schnell fliegt Frau Fama über Hügel und Berge, Flüsse und Seen, und bringt das Volk in Unruhe, ja Rebellion, Aufruhr und Umsturz sind nicht fern, schneller als die Obrigkeiten ihre bewaffneten Knechte werden losschicken können, um solchem gottlosen Treiben zu wehren.

Nach diesem Besuch in den vor kurzer Zeit erst durch den Grafen Odo übernommenen Dörfern frage ich mich, ob es so sinnvoll ist, jetzt gleich als Nächstes seine Kerngebiete zu besuchen. Eher denke ich, es langsamer angehen zu lassen und mich sozusagen in einem großen Bogen jenem Zentrum zu nähern – wie die sprichwörtliche Katze um den Brei.

Dies allerdings weniger, weil ich diesen noch für zu heiß hielte, das nicht. Aber es scheint mir doch besser, zunächst noch weitere Dörfer des Randgebietes zu besuchen und so die Meinungen und Stimmungen der Nachbarn von Peio zu sammeln.

Soll er doch noch eine Weile länger auf meinen Bericht warten, jener Pater Egno, der so besorgte Hirte, ehe er seine Gegenmaßnahmen planen und anzetteln kann, was er nötig findet. Nächstens also mehr.

(Für den Bericht an Pater Egno zu notieren :)

Graf Odo scheint doch einige sonderbare Maßnahmen zu ergreifen, wie es in seinen neu übernommenen Dörfern im Ansatz zu bemerken war. Längerfristige Auswirkungen und weitere Entwicklung sind zur Zeit noch nicht absehbar. Eher dürfte wahrscheinlich sein, dass auch jener früher oder später zur bewährten, alten Ordnung der Verhältnisse wird zurückkehren müssen.

Kapitel 5

Odo

Endlich werde ich meine Delia wiedersehen, der Kopf ist mir schon ganz wirr vor Sehnsucht. Bald zehn Wochen waren wir getrennt durch diesen langwierigen Feldzug meines Vaters, um seine Feinde zu unterwerfen.

Anfangs, in der ersten Zeit unterwegs, war sie immer in meinem Herzen bei mir. Ein ständig andauerndes und mich begleitendes Gefühl von Wärme und Freude, egal was um mich herum geschah.

In den stillen Momenten dann kommen deutliche Bilder von ihr, die ich festzuhalten versuche, dass sie mir nicht entgleiten und verblassen: Ihr lieber Schattenumriss im Morgenlicht vor dem Fenster vielleicht, wenn sie sich von unserem Lager erhebt, ganz leise, weil sie meint, dass ich wohl noch schlafe... bis sie zu mir herüberblickt und wahrnimmt, dass ich sie doch beobachte, und sie sich eben die Haare nach hinten streicht, etwas verlegen – dann aber lächelt, und etwas murmelt wie: „Oh, dieser Schuft – belauert er mich die ganze Zeit!"

Und dann wieder zu mir kommt, nackt wie sie ist, und, schon auf dem Lager knieend, mit Stolz meinen bewundernden Blick einen Moment genießt – und dann flink zu mir unter die Decke schlüpft. Oder, noch aufregender, sich kurzerhand rittlings auf mich setzt, und so tut, als wolle sie mich erwürgen, zur Strafe, dass ich ihre unbekümmerte Nacktheit beobachtet habe – und eine spielerisch wilde Balgerei beginnt, die bald unweigerlich in andere Zärtlichkeiten übergeht...

Ein taumelnder Traum von Bildern, die ich mir auf meinem einsamen Lager vor Augen rufe, mich so am wahren Leben festzuhalten – während rings um mich her dieses fremde Kriegstheater seinen Lauf nimmt, voller absurder Schrecken, auch dann noch, wenn es am Ende einen gloriosen Triumph darstellen will.

Jetzt aber kehren wir heim voller Freude!

Und schon in Monteleone finde ich meine Delia. Sie läuft mir entgegen, wie im Fluge die lange Treppe in den Burghof herunter, und springt mir in die Arme, atemlos... und fängt meine Hand ein, die sich beim Kuss in ihren Schopf gewühlt hat, und führt sie zu ihrem flachen Leib hinab – oder ist da ein kleines, runderes Bäuchlein schon zu spüren?

„Liebster... denk nur..." – und alle Freude verdreifacht sich!

Eng umschlungen gehen wir die Treppe langsam wieder hinauf.

„Elisabeth ist auch hier..."

„Deine Schwester?"

„Ja, vor einigen Tagen angekommen. Und

ihren... naja, ihren Ehegemahl hat sie auch mitgebracht, Otto heißt der..."

„Ja, der Herzog von Meranien! Ich kenne ihn noch gar nicht... und, ist sie nun mächtig stolz als *Herzogin*?"

„Von wegen! Sie schäumt vor Wut. Ihr Ehemann, der kleine Herzog Otto ist noch ein Kind, erst zehn Jahre alt! Mit ordentlichen Segelohren auch noch ausgestattet, und ziemlich...naja, rundlich, würde ich es mal nennen... Das wird schon noch, denke ich – aber Elisabeth nennt ihn abwechselnd nur *dicke Kröte*, oder *fetter Zwerg*, und ähnliches..."

„Oh weia, der arme Junge!"

„Das kannst du wohl sagen. Der ärmste hat nichts zu lachen bei meiner Schwester, du kennst sie ja. Die Enttäuschung ist halt zu groß: Statt einem stolzen Aufstieg in den Rang einer Herzogin nach einer glänzenden Heirat – hat sie jetzt dieses bedauernswerte Kind an den Hacken, als Ehegatten, wenn auch nur... nur theoretisch ja vorerst, sozusagen."

„Und was sagt Graf Albert dazu, euer Vater, der das alles so fein und machtbewusst eingefädelt hat?"

„Papa lässt sich nicht blicken. Er ist schon vor Wochen fortgeritten und unterwegs in irgendwelchen dringenden Angelegenheiten, und jetzt will er wohl weiter an den Hof des Kaisers in Cremona."

„Ach, sieh an. Den ganzen Feldzug über hat er

oben in seinen tiroler Bergen gesessen und abgewartet. Jetzt aber, nach dem siegreichen Ende, eilt er herbei, sich in die Scharen der Kaisertreuen einzureihen."

„Sei nicht so streng mit ihm, er ist halt vorsichtig – und gewohnt, sein Risko bei allem zu bedenken..."

„Richtig, ich vergaß... er hatte ja seine Tochter mit dem kindlichen Herzog zu vermählen – das war ja, scheint es, auch nicht ganz ungefährlich..."

Lachend kommen wir oben in der Halle von Monteleone an.

Dort erwartet uns Artemisia, die älteste Tochter des Grafen und Herrin der Burg, mit einigen Damen, die sich hier um sie versammelt haben.

Maria Christina, die Gräfin von Terrasecca ist darunter mit ihren Kindern.

Und auch die blendend schöne Helena von Rocassa, die es nie lassen kann, ihre funkelnden Blicke auszusenden, sobald ein männliches Wesen sich ihrem Bannkreis nähert. Daran hat sich nichts geändert durch ihre Heirat mit meinem alten Freund und Gefährten Rochus. Schon ihre Kleidung schreit geradezu nach Aufmerksamkeit, zumal sie nicht daran denkt, ihre prächtige, dunkle Lockenflut unter der schicklichen Haube einer verheirateten Dame zu verstecken. Sie macht keineswegs den Eindruck als habe sie in dieser Ehe das Ziel ihrer Wünsche schon erreicht. Mag es nun an ihrem unruhig wirbelnden Temperament liegen allein, oder doch an einem kaum verborgenen, ungestillten Ehrgeiz, eine glänzendere Rolle zu spielen, als die der Herrin einer kleinen Herrschaft dort, an der Seite des guten Rochus.

Welcher es nun seinerseits, folgt man der Einschätzung meiner Delia und anderer kritischer Damen, auch in jener Hinsicht faustdick hinter den Ohren haben soll. Ich selber habe ja weniger das Auge für Beobachtungen solcher Art.

Helena jedenfalls begrüßt mich mit einem so jubelnden Strahlen, als sei ich ihr zurückkehrender Odysseus und sie nun die seiner harrende Penelope. Ihr eigentlicher Ehemann ist zunächst noch im Hof zurückgeblieben und bisher nur Mahmud mir in den Saal hinauf gefolgt, der aber völlig vom Ansturm der bald dreijährigen Zwillinge okkupiert ist, die ihm mit juchzender Begeisterung in die Arme gestürzt sind. Artemisia sieht ihren Lieben lächelnd zu.

Von einer der Fensternischen, wo er mit seinem Lehrer über einigen Büchern gesessen hat, schaut ein etwa zehnjähriger, dicklicher Junge in feinen Gewändern zu unseren Umarmungen herüber. Ich mache mich los und gehe zu ihm hinüber:

„Herzog Otto von Meranien, vermute ich..."

„Ja – a..., Herr Odo, – Otto von A – Andechs ist mein Name, und ja, auch... auch das... eben... Herzog."

Der ärmste verschluckt sich an seinem Stottern geradezu und verstummt dann nach leiser werdendem Murmeln mit einem flehenden Blick und in zartem Rot glühenden Ohren, die übrigens gar nicht so weit abstehen, wie man mir berichtet hat.

„Ich freue mich sehr, Euch hier bei uns zu sehen, Herr Otto – wir sind ja fast Namensvettern außerdem! Wart Ihr schon oben in meinem Peio?... Nein?... Wenn es Euch beliebt, reiten wir an einem der nächsten Tage vielleicht einmal gemeinsam hinüber. Ich hätte Euch vieles zu zeigen dort, was Euch interessieren könnte. Und es wäre mir eine große Ehre und Freude."

Ich fasse den armen kleinen Kerl fest um die Schulter und ziehe ihn mit hinüber zu dem Kreis der Damen an der großen Tafel in der Mitte der Halle. Er folgt mir mit zögernd schleppenden Schritten und wendet den Blick seiner traurigen Augen nicht ab von mir, bis wir an einer schlichten Sitzbank anlangen, wo wir uns gemeinsam, Seite an Seite niederlassen können.

Die gute Elisabeth, Delias Schwester, kann ihre Wut nun nicht länger zügeln:

„Na, da schau ihn dir an – ist es nicht zum Lachen, liebster Schwager! Da hast du ihn dir sofort herausgepickt, unseren großen Herzog Otto, und dicke Freunde seid ihr auch gleich miteinander... dieser unzumutbare, mickrige Zwerg und du?"

„Aber Elisabeth, so solltest du nicht sprechen." Ich versuche, sie recht streng anzusehen. „Doch verzeiht mir, Frau Herzogin, es war mein Fehler: Euch gebührte mein erster Gruß. Denn Ihr seid die ranghöchste unter allen Damen hier..."

„Pah, was soll das Gesülze! Spar es dir. Das alles kann mich nicht versöhnen. Gefesselt zu sein an diesen... diesen dummen, unnützen Wicht!"

„Aber von *Fesseln,* schöne Frau Elisabeth, davon kann doch keine Rede sein..." Rochus setzt sein charmantes Lächeln ein, wie ein Steinmetz seinen Hebel...

„Elisabeth, mäßigt Eure Worte, ich bitte Euch!" Auch Artemisia findet es an der Zeit, beruhigend einzugreifen.

Und meine Delia versucht, die Hände ihrer Schwester einzufangen, die zu ihren wütenden Reden abwechselnd auf die Tischplatte und in den eigenen Schoß schlagen.

Es scheint notwendig, einige klare Worte zu sprechen. Auch wenn mir das gerade, wie meistens, nicht leicht fallen will.

„Elisabeth, es war euer Vater, Graf Albert, der dir diesen Ehegemahl ausgesucht hat. Und... und dir war es recht so, und auch ein angenehmer Gedanke, oder eine Aussicht, die dir gefiel, solange dir nur Name und Titel deines Zukünftigen bekannt waren. Nun, Otto hier, ist ein Kind noch, ja. Ein recht... einsames Kind, wie mir scheint, und traurig und verschüchtert zudem... doch er hat sich diese Verbindung zu dir auch nicht ausgesucht... und jedes Kind, mag es auch kostbare Kleider tragen, ist angewiesen darauf, dass die Großen sorgsam mit ihm umgehen... und liebevoll. Mein Vater hat das immer so gehalten, allen seinen Kindern gegenüber, egal ob sie einer legitimen Ehe entstammten, oder nicht – wie ich zum Beispiel. Wir wollen nur hoffen, Elisabeth, dass du das einsehen kannst."

Sie hatte mir mit offenem Mund und heftig atmend zugehört, inzwischen von Delia fest in den Arm genommen, und so zornig sie mich auch ansieht, bleibt sie doch still.

Da kommt es, noch leise und stockend, von dem Jungen neben mir:

„Elisabeth, es... es tut mir auch leid..."

Worauf sie nun endlich den Blick senkt auf ihren Schoß, und, die Fäuste öffnend, sich mehrmals über den fein gewebten Rock streicht. Aber sie bleibt stumm.

„Nun, gut soweit..." Artemisia ergreift wieder die Initiative, schließlich ist sie ja hier die Hausherrin. „Wir haben alle eine Stärkung nötig. Wollen wir mal sehen, was meine bescheidene Küche so zu bieten hat."

Auch beim Mahl an der langen Tafel im Saal von Monteleone sorgte Artemisias geschickt ordnende Hand für freundlich fördernde Nachbarschaften. Der kleine Herzog Otto saß zu ihrer Rechten auf dem Ehrenplatz und hatte meine liebe Delia auf der anderen Seite. Darauf folgte ich und neben mir seine enttäuschte, zornige Gattin Elisabeth, welche dann wieder von unserem doch so liebenswürdigen Rochus als Nachbarn in angeregt vertrauliches Geplauder gezogen wurde. So war hier erstmal für eine Abwechslung gesorgt.

Delia und Artemisia schafften es durch ihre Bemühungen, den kleinen Herzog Otto in lockeres Gespräch zu verwickeln und ihm bald sogar auch einiges Gekicher zu entlocken. Seine gedrückte Haltung richtete sich sichtbar auf und der Blick seiner großen kindlichen Augen schweifte freier durch den Saal herum.

Auch seine Gemahlin Elisabeth an meiner Seite sah schon etwas fröhlicher in die Welt, zweifellos von Rochus Bemühungen um sie angeregt und erheitert, die Wangen lieblich gerötet.

„Nun, Elisabeth", spreche ich sie an, „hat sich deine Entrüstung allmählich etwas gelegt vielleicht?"

„Oh, was – nein, keineswegs. Nein, jederzeit könnte ich diesem Wicht an die Gurgel gehen!" Ein wilder Zorn blitzt mir durch den Vorhang ihrer dunklen Locken aus ihren tiefblauen Augen entgegen.

„Es ist so unerträglich, meine Jugend verschwenden zu müssen an diesen... diesen... ha!"

Ein starkes Schnauben beschließt ihre empörte Sprachlosigkeit.

„Nun, aber du musst doch einsehen können, dass dein Zorn sich mehr auf deinen Vater zu richten hätte. Der hat schließlich diese Verheiratung eingefädelt, und..."

„Jaja, sicherlich... zu seinem Zweck und

Nutzen und so weiter..."

„Eben. Er hat nach einer vorteilhaften Partie für dich gesucht..."

„Pah! Was soll daran vorteilhaft sein für mich? Nach meinen Gefühlen hat Vater keinen Augenblick gefragt..."

„Du doch auch nicht... du hast dieser Heirat zugestimmt ohne Voraussetzung, ohne den Bräutigam je gesehen zu haben, oder? Ohne dass irgendwelche Gefühle schon hätten entstanden sein können, außer..."

„Außer Eitelkeit, und Lust auf höheres Ansehen und Reichtum, das meinst du doch."

„Das hast nun du gesagt... aber egal, wie auch immer. Du hast absolut keinen Grund, deine Wut auf den kleinen Otto abzuladen, der an allem die wenigste Schuld trägt. Und außerdem ist es auch nicht klug von dir, so hässlich zu ihm zu sein. Er ist nun einmal, und bleibt schließlich dein rechtmäßiger Ehemann."

„Erst aber, wenn die Ehe auch vollzogen ist. Da sei mir doch erstmal..."

„Willst du den ganzen Zirkus und den Skandal einer Scheidung wegen solchem *Nichtvollzug* auf dich ziehen? Und das vor aller Welt, und als verheiratete alte Jungfer zum Gespött werden?" (Gut, das war nicht ganz fair von mir – aber war sie es denn?) „Und auch wenn er jetzt noch ein Kind ist von zehn Jahren, so wird er sich später doch für alle Zukunft sehr genau daran erinnern, wie er von dir behandelt wurde.

Bedenke, so arbeitest du jetzt daran, dein eigenes Leben in dieser Ehe zu verdüstern und zu verbittern... ich glaube nicht, dass du das so wirklich wollen kannst, Elisabeth."

Danach bleibt sie still, für eine ganze Weile. Schaut nur vor sich hin auf den Tisch, wo sie mit wütendem Hacken ihr Stück vom Hasenbraten zerfetzt.

Nach einer Weile dann hält sie inne und sieht ernst zu mir her:

„Wenn... wenn ich ihn erstmal nicht mehr sehen müsste... kannst du nicht dafür sorgen, dass er mir ein paar Wochen aus den Augen kommt, Odo? Ich kriege einfach den Hass, wenn ich diesen Wicht nur ansehen muss! Dann vielleicht... ich will es ja versuchen, mich an all das zu gewöhnen, mit der Zeit... und außerdem, wer weiß."

Und entschlossen wendet sie den hübschen Kopf zur anderen Seite, wo der stattliche Rochus von Richleben, zwar nur ein angeheirateter Herr von Rocassa, aber in seiner vollendet höfischen Manier den Weinpokal hebt und ihr zuprostet, dabei auch gewinnend lächelnd, als habe er von unserer hitzigen Debatte gar kein Wort mitbekommen.

Nun, mehr ist da wohl nicht zu wollen im Moment. Aber ich werde Delia bitten, oder vielleicht besser noch Artemisia, noch einmal ein ernstes Wort mit Elisabeth zu sprechen vor unserer Abreise zurück nach Cremona zum Hof des Kaisers. Mag sie ihren frustrierten Gefühlen Luft verschaffen wie sie will, fatal wäre es nur, würde sie ihrer verhinderten Leidenschaft so die Zügel schießen lassen – mit wem auch immer – dass sie in Umstände geriete, von denen ein jeder sich dann ausrechnen könnte, dass sie nicht von ihrem kindlichen Ehegemahl herrühren werden. Das wäre schmerzlich und kaum zu heilen, ein Preis für die Privilegien unseres Fürstenstandes.

Meine Gedanken gleiten ab, ich merke es selbst.

Also wäre es vielleicht besser, auch meine Schwägerin Elisabeth mitzunehmen an den kaiserlichen Hof zu Cremona. Und ihren kindlichen Gemahl aber hier in Monteleone zu lassen. Dann hätten sie Ruhe vor einander.

Oder aber, ich nehme den kleinen Otto mit dorthin, die prächtigen Schauspiele am Hofe würden ihm sicher gefallen. Doch kann er da seine Rolle als Herzog und Reichsfürst zwischen den rauhen Kriegern und eitlen Höflingen schon so spielen, dass er sich behaupten wird? Wir müssten dort gut auf ihn achtgeben – vielleicht keine so gute Idee...

Und hieße es nicht mit dem Feuer spielen, wenn wir es zulassen, dass Elisabeth hier zurückgelassen und von Rochus umworben womöglich ihren Trost findet? Denn der soll mich in Peio solange vertreten, wie ich nicht hier sein kann, zusammen mit Hildebrandt auf Monteleone.

Odo

Aber letztlich ist es richtig, was Delia dazu sagte, wir können uns nicht um alles sorgen, und es ist wichtiger, sich um die zu kümmern, die unsere Hilfe nötig haben, wie der kleine Herzog. Ihre Schwester – und erst recht der galante Rochus – die werden nicht auf uns hören, sondern es bei allem treiben, wie sie wollen.

Kapitel 6

Griselda

Unsere Freude ist groß, dass alle Teilnehmer am Feldzug gegen die Lombarden, wie von der Hand des Allmächtigen beschützt, unversehrt und gesund zurückgekehrt sind, zu uns nach Monteleone.

Sogar mein alter Riccardo, der sonst nur noch unwillig seine Räume verlässt, hat sich an diesem Abend hinunter in den Saal begeben, um bei der fröhlichen Feier der Wiederkehr eine Zeit lang dabei zu sein, wenn auch nur als ein stiller Beobachter. Bald aber wird er doch unruhig, ich merke, wie ihm der laute Trubel um die Tafel herum zuviel wird, und er lässt sich lieber wieder nach oben in sein Schlafgemach bringen. Weiß er doch seine Gäste, wie die Burg und die ganze Grafschaft, bei seiner Tochter Artemisia in guten Händen. Ich bringe ihn zu Bett und lege mich nur kurz zu ihm bis er eingeschlafen ist, wie es unsere Gewohnheit wurde, seitdem ich meine Nächte meistens in der Nähe seiner Zwillings-Enkel verbringe.

Danach kehre ich zu der fröhlichen Runde im großen Saal zurück, wo lebhafte Gespräche um die Tafel laufen und es viel zu erzählen gibt von den glücklich überstandenen, entbehrungsreichen und kriegerischen Abenteuern.

Freund Mahmoud, der große, dunkle Krieger, wird von den Kindern, den dreijährigen Zwillingen Artemisias und den etwas älteren Geschwistern von Terrasecca völlig mit Beschlag belegt. Sie haben ihn gemeinsam in eine Ecke des Saales fortgeschleppt, und sie schaffen es sogar noch, mich alte Frau in ihr lärmendes Spiel mit allerhand Puppen und hölzernen Rittern hinein zu ziehen. Es geht hier um die schwierige Belagerung einer bedeutenden Burganlage aus Kissen, Decken und einem dreibeinigen Schemel, welcher den Bergfried als letzte Zuflucht der Verteidiger darstellt. Lange wogt das tapfere Kampfgeschehen hin und her, und erst der beherzte Einsatz von Walnüssen als Wurfgeschossen bringt die Wende zugunsten der Belagerer.

Nach dem Ende der Mahlzeit, die Kinder sind endlich ins Bett gebracht, kommt Joshe zu Herrn Odo mit der Frage, ob jetzt vielleicht der richtige Zeitpunkt gekommen sei, einen reisenden Kaufmann zu empfangen, der seit einigen Tagen schon seine Handelswaren in einem ungenutzten Stallgebäude des äußeren Burghofes lagere. Der habe gewartet, um den Herrschaften, besonders aber ihm, dem weithin bekannt gewordenen Markgrafen von Peio, diese Waren vorzustellen und bei Gefallen zum Erwerb anzubieten.

Dieser Kaufmann, Obadjah ben Rhadaniya mit Namen, sei ein wohlgeachtetes und sehr wohlhabendes Mitglied jener großen Sippe von Fernhändlern, deren Handelsbeziehungen die gesamte bekannte

Welt umspanne. Er sei erfolgreich und erfahren in seinem besonderen Metier und auf zahlreichen Reisen von Cordoba im muslimischen Spanien bis nach Kiev im Lande der Rus weit herumgekommen. Nur allerdings, welche Waren er für uns mitbringe, habe er ihm, Joshe, nicht verraten wollen. Er reise mit mehreren geschlossenen Kastenwagen und mache ein großes Geheimnis aus seinem Warenangebot bisher.

Frau Helena klatscht gleich ganz begeistert in die Hände und bricht in einen vorlauten Jubel aus, als sei sie es, die gefragt wurde:

„Oh ja! Lasst uns sehen, was der Mann mitgebracht hat... Denkt euch nur: Die leuchtenden Schätze des Orients!" Ihre Augen strahlen.

Aber auch sonst ist man nicht abgeneigt. Gut also, es mag sein. Man ist gespannt, was dieser geheimnisvolle Fernhändler anzubieten hat.

Allein Mahmoud runzelt skeptisch die Stirn, als ahne er etwas, aber er schweigt.

Und es wird eine Überraschung durchaus, für alle Beteiligten. Zunächst erscheint da nun vor uns ein wahrer Riese, halbnackt, gekleidet nur in eine weite Hose aus zotteligem, schwarzem Fell, vielleicht das eines Bären, die von einem breiten Ledergürtel gehalten wird, welcher mit spitzen, bronzenen Nieten reichlich versehen ist. An seinem Oberkörper trägt dieser Koloss von einem Kerl nur ein paar Lederstreifen um die muskelbepackten Ober- und Unterarme, und noch einen um die breite Stirn geschlungen. Seine langen blonden Haare sind zu hunderten Zöpfen geflochten, und so auch sein Bart.

Ihm folgt eine zweite Gestalt ähnlicher Art. Ein kaum kleinerer Kraftprotz, allerdings dunkler. Die Haare fast schwarz und der Bart kürzer, keine Zöpfe, und die Hose bei diesem aus bunt gescheckten Fellstücken zusammengesetzt.

Beide tragen sie jeweils zwei mannshohe Eisengestelle, an denen mehrere Pechfackeln lodern. Die stellen sie vor uns in einem offenen Halbkreis ab, in dessen Mitte sie ein breites, rundes Kissen aus Leder ablegen. Dann verschwinden sie wieder.

„Hast du gesehen...", flüstert Artemisia zu mir herüber, „sie tragen Eisenringe in der Nase..."

Dann betritt der Kaufmann den Saal: In lange, bunte Gewänder aus kostbaren Stoffen gehüllt, ein rundes Mützchen aus goldbesticktem, blutrotem Samt auf dem vornehmen Patriarchen-Schädel, sicheren Blickes unter buschigen Brauen. Seine Linke streicht glättend durch den langen Bart hinab, welcher wie das nach allen Seiten frei herabwallende dunkle Haupthaar von zahlreichen grauen und einigen schon weißen Strähnen durchzogen ist.

Mir wird unbehaglich bei seinem Anblick. Ich weiß nicht recht warum, aber dieser Mensch gefällt mir nicht. Ist das nur ein Vorurteil, oder weibliche Intuition, oder steckt da doch mehr dahinter?

Er kommt mit raschen Schritten bis in den hellen Halbkreis zwischen die Fackeln vor unsere

Tafel heran. Hier verneigt er sich langsam und tief, und stellt sich mit wohlklingend hallender Stimme vor:

„Mein Name lautet Obadjah, Sohn des Gabriel, aus der angesehenen Familie der Rhodaniya, hochverehrte Damen und edle Herrschaften – weitgereist und Euch zu Diensten.“ Mit einer weiteren Verneigung unterstreicht er seine einleitenden Worte.

„Erlaubt mir nunmehr, Euch vorzustellen und zu unterbreiten mein Angebot, meine erlesene Auswahl hochspezieller Art, welche ich mit Mühen versammelt habe und mit erheblichen Kosten erhandelt, Euch zu gefallen, auf den Märkten von Konstantinopel und Alexandria, Malta und Rhodos.

Doch was vermögen meine schwachen Worte! – Sehet selbst mit Euren eigenen Augen und prüfet mit dem Wissen des Kenners mein Angebot der allerfeinsten Ware, hierher gebracht vor Euer Angesicht, hochedler Herr Markgraf Odo, zu gefälligem und wohlfeilem Ankauf. Bestens geeignet und passend wohl zu Euren geneigten Plänen, von welchen schon weithin zu hören war, landauf und landab, und zu deren Verwirklichung mit seinen Kenntnissen und Fähigkeiten somit herbeigeeilt ist dieser Euer geringer Diener Obadjah.“

Und in einer neuerlichen tiefen Verneigung, die Arme wie zu einem Willkommensgruß weit geöffnet, endet der Eröffnungssermon des Händlers.

Sein herrisches Händeklatschen gibt das Zeichen zum Fortgang der Präsentation. Für einen Augenblick hört man nur das Lodern der Fackeln. Ihr unruhiger Lichtschein befingert rastlos die alten Steinwände und die dunklen Balken der Decke.

Doch dann ertönen, erst noch von ferne, gedämpfte Schläge einer Trommel, die rasch näher kommt. Es ist ein kleines, braunhäutiges Kerlchen von höchstens acht Jahren in weiten seidenen Pumphosen und einem bunten, ärmellosen Jäckchen, der die Trommel kräftig im Takt seiner Schritte ertönen lässt und durch den ganzen langen Saal auf uns zu marschiert, bis er kurz vor der Tafel kehrt macht und dann seitlich, seinem Herrn gegenüber, Stellung bezieht – und uns dabei fortwährend frech angrinst. Dort angelangt aber, verändert er den Rhythmus seiner Trommel zu langsamen, drängenden Doppelschlägen.

Aller Augen wenden sich zu der Tür im Hintergrund des Saales.

Der riesige Wikinger kommt wieder herein, bücken muss er sich wahrhaftig unter dem Türbalken, der mir bisher noch nie niedrig erschienen ist – und er führt mit sich an langer, silberner Kette eine verhüllte menschliche Gestalt, auch diese recht groß, gar nicht soviel kleiner als er selbst.

Ein weites, wallendes Tuch verbirgt sie völlig, die übergroße Kapuze lässt vom Gesicht nichts erkennen. Die silberne Kette führt dort hinein, wo der

Hals zu vermuten ist, und verschwindet da zwischen den Falten des dunklen Umhanges.

Diese beiden, der halbnackte Wilde und die an silberner Kette geführte verhüllte Gestalt, treten zunächst beiseite und machen so Platz für den Auftritt des anderen Wärters mit der Ziegenfellhose, der an einer gleichen Kette eine zweite, in gleicher Weise eingehüllt verborgene Person mit sich führt.

Atemlose Spannung herrscht unter uns Zuschauern.

Gemeinsam kommen sie dann alle vier langsam näher heran, wobei die Männer zurückbleiben, die Ketten mit beiden Händen fester fassen und ihre im Feuerschein glänzenden Muskelpakete spielen lassen, als machten sie sich bereit, nötigenfalls mit aller Kraft einzugreifen, so als hätten sie wilde Tiere zu bändigen.

Der Händler tritt in die Mitte dieser Gruppe und klatscht nochmals in seine breiten, üppig beringten Hände – doch auch ohne das kann er sich unser aller gespannten Aufmerksamkeit sicher sein.

„Meine hochverehrten Herrschaften, keine langen Reden mehr jetzt, sehen Sie selbst – und lassen Sie sich von meinem außerordetlichen, einmaligen, vorzüglichen Angebot überzeugen!“

Auf seinen Wink treten die beiden Helfer zu den verhüllten Gestalten vor und nehmen diesen mit wenigen, geübten Handgriffen die langen Umhänge ab.

Da stehen sie plötzlich vor unseren Augen – vollkommen nackt, wie die Statuen griechischer Göttinnen – nur, dass es kein weißer Marmor ist, der da im unruhigen Fackelscheine glänzt, sondern umbradunkle und fast schwarze Haut...

Es ist still, als hielte der ganze Saal den Atem an. Die Ärmsten! Was soll dieses unwürdige Schauspiel ?!

Jeder ist mit seinem Schock allein, und doch vermag es keiner, seinen Blick abzuwenden, noch einen Ton von sich zu geben. Bis der Händler wiederum in die Hände klatscht.

Daraufhin setzen sich die beiden angeketteten Frauen mit einem gleichmäßig ruhigen Schreiten ihrer langen, eleganten Glieder in Bewegung, auf die Mitte der Tafel zu, wo Herr Odo mit seiner Gemahlin sitzt.

Nach wenigen Schritten schon sind die dünnen Silberketten, die jetzt vom Händler selber gehalten werden, straff gespannt – und für einen Augenblick also richten sie sich, dergestalt von ihren Halsbändern scheinbar zurückgehalten, noch höher auf, strecken sich, auf den Zehenspitzen fast, uns noch weiter entgegen und halten ihre Gegenüber mit festem stolzem Blick ihrer dunklen Augen gefangen, bis sie seitlich abdrehen müssen, und, nach beiden Seiten auseinander gehend, jeweils einen Halbkreis mit kleineren, elastischen Schritten abmessen, wie es ihre langen Vorführketten eben zulassen.

Ehe wir das Geschehen vor unseren Augen recht verstehen können, oder gar zu Worten finden, –

und bevor wir deren Abwesenheit überhaupt bemerkt haben – stehen die zwei Helfer des Händlers schon wieder mitten im Saal, eine schmale Trage aus schwarzem Holz zwischen sich, auf der sie ein drittes Mädchen zu uns hereingebracht haben.

Auch das erscheint wieder ganz allein in ihrer schutzlosen Nacktheit, sie trägt nichts am Leib als ein leuchtend rotes Lederhalsband jetzt. Diese aber hat lange, helle Haare und eine honigblonde Haut. Und sie ist viel kleiner aber als die beiden Schwarzen zuvor, ein Kind fast noch, schmal und zart...

Alle drei Frauen finden sich zusammen auf jenem runden Lederkissen. Sie lagern sich da in unserer Mitte, und warten, wie es aussieht, scheinbar ganz unbekümmert ab, was sich weiter ergeben wird.

Alles wartet wohl auf eine Reaktion von Herrn Odo, an welchen sich der orientalische Kaufmann in seiner Vorstellungsrede ja vornehmlich gewendet hatte.

Doch Odos Kehle ist ganz ausgetrocknet, er muss mehrmals schlucken...: „Was... was also...und wieso überhaupt..."

Frau Delia blickt nieder auf die Hände in ihrem Schoß und sagt kein Wort.

„Wie kannst du es wagen, dieses... dieses erniedrigende Schauspiel hier vor unseren Augen aufzuführen!"

Artemisia kann nicht länger schweigen, sie sitzt hoch aufgerichtet da, mit zornblitzendem Blick und fest vor der Brust verschränkten Armen.

Mahmoud tritt aus dem Schatten hinter ihrem Stuhl heran und legt ihr eine Hand auf die bebende Schulter.

„Oh! Aber verzeiht... gnädige Dame, niemals aber wollte dieser Euer geringer Diener hier Euer Missfallen erregen – verzeiht mir! Dieses – nunja, Schauspiel, wie Ihr es zu nennen beliebt – dieses also richtet sich vor allem und besonders an Herrn Odo hier, den Markgrafen von Peio und so fort... allein ihm zu Gefallen und zu Diensten kam ich her mit diesem meinem wahrhaft erlesenen Aufgebot, wie Ihr es konntet sehen mit eigenen Augen, nicht wahr..."

„Was soll das heißen?", Odo hat nun doch endlich zu Worten gefunden, „was meinst du damit?"

„Aber Odo, verstehst du das immer noch nicht?" So kommt es leise von Frau Delia an seiner Seite. „Dieser da ist... ist ein..."

„Ein Sklavenhändler ist er! Nichts weiter..."

Es ist Freund Rochus, der es mit einem erfreuten Windhundgrinsen im geröteten Gesicht auf den Punkt bringt. „Und ich muss sagen, durchaus kein gewöhnlicher..."

„Nicht wahr, meine Herren? Ich wusste es doch, und es freut mich sehr, hier wohl mit einigen Kennern und echten Liebhabern der weiblichen Schönheiten in Verbindung zu treten, doch ja, und welche die vorzüglichen Angebote meines Handelshauses werden zu schätzen wissen, nicht wahr..."

Der Händler tritt einen Schritt heran, mit erneut tiefer Verbeugung und einladender Geste auf seine menschliche Ware weisend.

„Und ist es nicht, nicht wahr, ist es nicht eine wahrhaft erlesene Auswahl reizender, junger Geschöpfe, von so prachtvoller Qualität? Und außerdem, wie ich zu versichern in aller Ehrlichkeit in der Lage bin, noch ganz eine frische Ware und völlig unverbraucht auch, fast unberührt und dabei doch – wie darf ich sagen? – doch schon erfahren, ja, und ganz so, wie ein Kenner es sich nur wünschen kann, nicht wahr. Bestens ausgebildet sind sie alle drei hier, in gewissen Dingen und verführerischen Verfahren geschult sozusagen, Ihr versteht, an einer der besten Bildungsstätten dieser Art, im oberen Ägypten, sodass Ihr wohl staunen werdet, das kann ich ehrlichen Herzens versprechen, wenn sie Euch..."

„Schluss jetzt mit diesem elenden, entsetzlichen Geschwätz!" Artemisia hat sich drohend von ihrem Sessel erhoben. „Es ist wahrlich unerträglich, das mit anhören zu müssen!"

„Ah, ich bitte um Vergebung, Gnädigste... und um Verzeihung, edle, hohe Frau, ich bitte Euch von Herzen, zürnt nicht Eurem geringen Diener, einem... einem armen ungebildeten Mann, der es nicht besser weiß... einem ehrlichen Händler und Kaufmann nur, der darauf angewiesen ist, seine Waren anzubieten, wie und wo es eben... eben erscheinen mag günstig, und wo er kann hoffen, einigen Gewinn zu erzielen...

Aber, die Herren hier werden mich gewiss besser verstehen, nicht wahr? – Und, und sind sie nicht eine wahre Pracht und Augenweide?“

Fragend wendet der Mann seinen Blick von einem der stumm starrenden Kerle an der Tafel zum anderen. Die bleiben jedoch alle schweigsam.

„Doch, verzeiht mir, vielleicht ist der hiesige Moment, und der jetzige Zeitpunkt nur schlecht gewählt... und sollte ich mich besser ziehen zurück, vorerst...“

„Nein, Kerl. Bleibe er nur hier... bringen wir es hinter uns.“

Mit dieser Entscheidung erntet Herr Odo zwar ein erstauntes Aufblicken seiner Gemahlin, und auch Artemisia schaut finster zu ihm hinüber. Doch kennen sie ihn beide soweit gut genug, ihr Erstaunen still zu halten und bei aller Empörung vorerst abzuwarten.

„Ah, sehr gut, ich wusste die Herren hier doch auf meiner Seite, nicht wahr...“, der Sklavenhändler ist erfreut und sichtlich erleichtert. „Schließlich, nicht wahr, bin ich ja auch nur Euretwegen, Euer Gnaden, hierhergekommen, mit diesen wundervollen Geschöpfen von so wahrhaft paradiesischer Wohlgestalt, nicht wahr...“

Er schnalzt mit den fetten Fingern – und daraufhin setzen sich die bedauernswerten nackten Fauen auf dem runden Lederkissen in langsame Bewegung. Sie dehnen und recken sich und versuchen in den verschiedensten Posen, ihre körperlichen

Qualitäten augenfällig zur besten Geltung zubringen.

„Nicht wahr, wie ich es sagte... kein männliches Auge könnte den Blick abwenden von solcher jugendlich lockenden Grazie und..."

„Gut und genug von deinem Geschwätz. Komme er auf den Punkt, Obadjah ben Rhodaniya, was will er von uns?"

„Nun, Eurer strahlender Ruf, hoher Herr, hat diesen Euren geringen Diener bewogen, mit einer solchen erlesenen Auswahl seiner allerfeinsten und besten Exemplare von..."

„Lasse er es gut sein mit seiner Marktschreierei! Diese Anpreisungen sind uns nicht angenehm. Weiter also, wieso ist er hier... damit?"

„Weil Ihr doch, Herr Odo... und weil überall geredet wird davon, dass Ihr ein so großer Liebhaber weiblicher Schönheit seid und... und zu durchaus freizügiger Schaustellung einer solchen geneigt..."

„Was soll das heißen? Was ist es, was du überall gehört hast?" Odo will ihn jetzt nicht mehr vom Haken lassen, bis er es genau weiß.

„Oh, aber nun, verzeiht mir Herr, wenn ich irre, aber es heißt und wird erzählt, Ihr hättet Euch zu Gefallen eine Schar hübscher und, nun ja... leichtsinniger Weiber versammelt und aufgestellt, als Kriegerinnen scheinbar, vor allem aber leichtgeschürzt nur kostümiert und, ja... verzeiht, wenn es nicht wahr ist, aber so wurde mir glaubhaft berichtet, sogar aus dem Munde adeliger Herren von Stand..."

„Ha! Ich wusste es, der Ezzelino... das konnte man sich ja denken!"

„Was, hohe Frau? – Ja, Herr Ezzelino da Romano, der neue Herr von Padua, der war es, in der Tat, welcher mir mit wahrer Begeisterung, nun ja, von Eurer Truppe *lüsterner Amazonen*, so nannte er es wohl, und wortreich vorgeschwärmt hat. Zu Verona ist das gewesen, und so... solcher Art kam mir der Gedanke, es müsse Euch dann doch sehr recht sein und willkommen, Euch dieses mein Angebot an vorzüglichster und erlesenster weiblicher Ware, wie ich es nur selten überhaupt und bisher in meinem Metier, in all den Jahren... hier, also dachte ich, Euch anzubieten... hierher geeilt bin..."

So verstummt der eifrige Handelsmann endlich, mit offenem Munde verharrend, und einer nun doch nur noch etwas hilflosen Geste, aber das flehentliche Grinsen der schon rapide verblassenden Begeisterung noch im bärtigen Gesicht und mit erkaltendem Schweiß auf der vielfach gefurchten Stirn unter der üppigen Samtkappe.

„So so. Was er sich so denkt, Mann..."

Odos Stimme hört sich heiser an, und so ratlos nun, wie man es selten bei ihm erlebt. „Ich denke... wir werden morgen darauf zurückkommen..., wie?"

Er ist ganz fahl im Gesicht, wie er jetzt erschöpft dasitzt und fahrig am Tisch entlang sieht und in den Blicken der anderen nach einer Fortsetzung seiner Worte sucht, nach einer Antwort auf dieses haarsträubende Angebot des Händlers.

Doch Artemisia hilft ihm diesmal nicht aus der Klemme. Sie sitzt nur stumm da, mit eisiger Miene, weit zurückgelehnt in ihrem Sessel, und die Arme fest gegen die Tischkante gestemmt, als sei sie im Begriff, den vor sich umzuwerfen wie ein Bollwerk gegen die Gemeinheiten dieser Welt.

„Oh, aber wir haben den guten Mann, Obadjah heißt er ja, glaube ich, wir haben ihn noch gar nicht nach seinen Preisen gefragt, für diese so prachtvollen Geschöpfe hier... wie?“ Herr Rochus, ganz Mann von Welt, lächelt verbindlich und scheint doch sehr interessiert, und hat einen gewissen Gefallen an dem vorgeschlagenen Handel gefunden.

Das reißt Odo dann doch aus seiner Erstarrung: „Nein, Rochus... nein, morgen also werden wir weitersehen und... und eine Entscheidung finden. Bis dahin, solltet Ihr, Obadjah ben... ben...“

„Obadjah ben Gabirol, mein Name, hochwerter Herr, wie der Engel welcher vor dem Paradiese stehet, wisset Ihr...“

„Ja, wie auch immer. Also... bis morgen. Du sollst als... als ein Gast hier bei uns bleiben...“ Odo sieht nicht die aufgeschreckt zornigen Blicke der Frauen an seinem Tisch, die ihm von mehreren Seiten zugeworfen werden. Doch verstummt er ohnehin gleich, die Augen weit aufgerissen – bis ihn endlich Artemisia erlöst und mit beherrscht eisiger Stimme die weiteren Anordnungen trifft:

„Er wird in seinem Quartier bleiben, Jude! Und gewiss aus unseren Augen, bis wir ihn morgen wieder rufen lassen. Und seine Wachhunde mit ihm, meinetwegen. Doch diese hier, diese drei armen..."

Sie springt auf von ihrem Platz, mit einem so plötzlichen Energieausbruch, dass der schwere Sessel hinter ihr an die Wand kracht, und ist mit so wütend schnellen Schritten um den Tisch und bei den drei Nackten auf dem Lederkissen, dass ihr der Stoff des langen Rockes um die Beine knallt – „Diese Mädchen bleiben hier bei uns, wo sie sicher sind, und wo sie es wärmer haben."

Energisch reißt sie sich das breite Umschlagtuch aus feiner Wolle von den Schultern und hüllt die erste, die sie erreicht, darin ein. Es ist dies die kleine Hellhäutige, die sich inzwischen schon von dem Sitzkissen erhoben hat und ihr auch einen raschen Schritt entgegen kommt.

Frau Delia, blass und schwer atmend, ist Artemisia langsamen Schrittes und hoch aufgerichtet gefolgt, um in gleicher Weise das eine schwarze Mädchen in ihre Obhut zu nehmen – und ich eile ihnen nach, mich um die dritte zu kümmern.

Das arme Kind zittert, als ich bei ihr bin und sie fest in den Arm nehme, um sie zu wärmen. Erst in der Nähe sehe ich die körnige Gänsehaut überall an ihrem dunklen Leib und wie schmerzhaft hart sich ihre Brustwarzen in der Kälte des weiten Saales zusammengezogen haben.

Der Händler hat wohl einsehen müssen, dass er sich zu fügen hat, und mit einigen flüchtigen Verbeugungen den Raum verlassen, gefolgt von seinen beiden hünenhaften Helfern.

Der kleine Trommler aber kommt uns hinterher, mit so kurzen hastigen Schritten, als sei jeder eine ängstliche Frage an das Schicksal, wie wir die drei Sklavenmädchen hoch unters Dach in eine Gesindekammer bringen, die einen eigenen Kamin hat und sich recht gut heizen lässt. Bald sind sie mit einigen wärmenden Decken und allem Nötigen für die Nacht ausreichend versorgt. Sie lassen allerdings nicht erkennen, ob sie unsere besorgten Fragen und Ratschläge überhaupt verstehen können, wer weiß, welche Sprache sie wohl sprechen.

Den kleinen Kerl hat die eine Schwarze kurzerhand zu sich auf den Strohsack gezogen und mit unter die Decken genommen, wo er in ihren Armen wohl Ruhe finden wird und Schlaf.

Am nächsten Morgen sitzen die Herrschaften noch beim gemeinsamen Frühstück in der weiten Halle von Montelone, als man eine Dienerin schickt, die Sklavenmädchen und den kleinen Trommler herbeizuholen.

Es ist Artemisias Wunsch, mehr über sie zu erfahren, und natürlich zu einem Entschluss zu kommen, was mit ihnen geschehen soll.

Herr Odo ist sehr schweigsam an diesem

Morgen. Nur Delia flüstert auf ihn ein, seine Reaktionen beschränken sich auf ein gelegentliches Nicken oder Kopfschütteln, dieses allerdings öfter.

Doch zunächst kommt nur der kleine Mohr herunter, der gestern Abend so eifrig die Trommel schlug. Er lächelt und scheint gar nicht verlegen, wie er sich im Saale umsieht und sich schließlich auf einen Wink von Mahmoud neben diesen an die Tafel setzt.

Es stellt sich bald heraus, dass die beiden sich leidlich verständigen können. Der Kleine spricht immerhin ein vereinfachtes Arabisch, wie man es eben, nach Mahmouds Auskunft, in Nordafrika im Umgang mit Sklaven aus dem Landesinneren benutzt.

Nein, heißt es von ihm, die Mädchen möchten lieber noch oben bleiben in ihrem Zimmer, wo sie geschlafen haben und sich sicher fühlen – und abwarten, was über sie beschlossen wird. Eines von ihnen, hören wir, die dunklere, Noomi mit Namen, stamme aus derselben Provinz am Oberlauf des Flusses Nil, wie der kleine Bursche selber.

Die andere komme wohl aus einer Gebirgsgegend vom Rande der großen Wüste im Süden, sie spreche zwar eine sonderbares Kauderwelsch, aber man könne sie mit etwas Mühe ganz gut verstehen; sie heiße Hagga.

Nur mit der kleinen *Fahlhäutigen* – so seine Bezeichnung – könne er sich nicht verständigen, beim besten Willen nicht, die verstehe kein vernünftiges Wort, das sei eine Barbarin, irgendwo vom Rande der

Welt, mehr weiß der kleine Trommler uns nicht von jener zu sagen.

Artemisia lässt den arabischen Arzt Faruk ibn Rushd bitten, zu den Mädchen nach oben zu gehen, um nach ihnen zu sehen und vielleicht mit ihnen ins Gespräch zu kommen. Er ist ein weitgereister Mann, der sich in vielen Sprachen des Mittelmeerraumes verständlich machen kann. Wenn möglich soll er sie auch gründlich untersuchen, wie sie nach alledem beieinander sind, oder doch körperliche Schäden erlitten haben auf ihrem Leidensweg bis hierher.

Als der Arzt gegangen ist, haut Artemisia mit der flachen Hand auf den Tisch und wendet sich zu Odo:

„Was denkst du denn nun? Du hast noch kein sinnvolles Wort gesagt heute. Wir können sie doch nicht diesem Sklaventreiber überlassen, dass er sie wieder in seinen Karren scheucht und mit ihnen abzieht, um anderswo seinen Reibach mit den Ärmsten zu machen... jetzt reiß dich zusammen und sag was!"

Man verstummt und Stille tritt ein. Alle an der Tafel halten den Atem an und sehen zu Herrn Odo hin.

„Aber liebe Artemisia, ich bitte dich." Rochus lächelt überlegen. „Überall auf der Welt gibt es Sklaven, nicht nur in den heidnischen Gebieten, ebenso in allen Ländern der Christenheit. Und überall wird mit ihnen Handel getrieben, ich habe es selbst gesehen: Die großen Sklavenmärkte in Prag, in Venedig und Verdun, auch in der guten Bischofsstadt Speyer, oben in Stralsund wurden vor einigen Jahrzehnten gleich 700 gefangene Dänen in wenigen Tagen verkauft! Das ist so, und das wird keiner ändern können, nur weil es seinem weichen Herzen nicht recht gefällt..."

Frau Delia schüttelt stumm den Kopf und fasst die Hand ihres Mannes fester und pocht mit ihr energisch auf das Holz des Tisches.

Odo holt tief Luft und hebt den Kopf, er sieht über uns hinweg.

„Nein, Artemisia, das sicher nicht... niemals." Es ist als habe er Rochus und seine grausam realistischen Einwände überhaupt nicht gehört. „Hier bei uns gab es bisher keine Sklaven und soll es auch niemals welche geben. Denn, alle Menschen sind... sind gleiche Kinder Gottes, bei welchem Namen wir ihn auch nennen, und sind frei, von Geburt an. Ganz egal, ob es ein Bauer ist, oder ein Edelmann..."

„Oder ob ein Mann oder eine Frau!", sagt mit Stolz unsere Artemisia.

„... ja gewiss, das auch."

„Und ob es ein Christ ist, oder ein Muslim... oder Jude." So kommt es leise von Mahmoud, vom Ende der Tafel.

Der kleine Trommler neben ihm schaut erstaunt vom einen zum anderen, als verstünde er das alles genau, die ganze Tragweite dieses Augenblicks.

„So ist es. Und so soll es sein. Sklavenhandel ist abscheulich... zu glauben, einen anderen Menschen besitzen zu können, wie eine Ware, ein totes Ding... und ihn oder sie benutzen zu können wie ein Tier zum eigenen Vorteil und Vergnügen – nein und niemals. Das hat hier keinen Platz, nicht hier."

„Also willst du den Mann vom Hof jagen – mit seiner ganzen hübschen Truppe? Das wäre nun aber schade..." Rochus lächelt skeptisch bei diesem Gedanken.

„Nein, Rochus. Du hast mich immer noch nicht ganz verstanden. Es gibt hier bei uns keinen Menschen, der mit dem Begriff *Sklave* zutreffend und rechtmäßig zu bezeichnen wäre. Also hat auch niemand das Recht, einen anderen mit Gewalt festzuhalten oder wegzubringen. Wer da anderer Meinung ist, und Ansprüche stellen will, weil er sich im Recht glaubt, der mag sich an die Gerichte wenden."

Kapitel 7

(Abschrift zur Übernahme in die Chronik, scripsit Bruder Magnus)

Verhandlung und Urteil

stattgehabt und ergangen vor dem vereinigten Landgericht der Grafschaften Monteleone und Peio, am Tage des Heiligen Maurus (i.e. 15.Jan.) AD 1238

Vorsitzende:
Ihro Gnaden Frau Artemisia, Gräfin von Monteleone,
sowie Herr Hildebrandt von Katzenellenbogen,
in Vertretung des Grafen Riccardo von Monteleone.

Berufene Beisitzer:
Aaron ben Levi, Rabbiner und Vorsteher der jüdischen Gemeinde zu Peio;
Moishe ben Juda, Medicus;
Hiram ben Joshe, Kaufmann;
Ahmad ibn Abbas, Händler.

Erschienen ist, als Kläger, der Fernhandelskaufmann Obadjah bin Gabirol Rhodaniya, mit der Forderung auf Rückerstattung seines beweglichen Eigentums, welches er rechtmäßig und gegen angemessenen Preis erstanden zu haben versichert auf dem großen

Markt zu Alessandria im Kalifat Ägypten, respektive dem in der Stadt Kiev im fernen Lande der Rus. Sodann aber von dorten mit sorgfältiger Fürsorge und erheblichem finanziellen Aufwande nach hierher gebracht und also auch in bestem Treu und Glauben allhier dem Beklagten zum Erwerb wohlfeil angeboten. Nunmehr aber von diesem widerrechtlich entwendet und einbehalten werde schon den dritten Tag mit absurder und nie gehörter Begründung und ohne jeglichen Belang. Dieses wurde vom Kläger beschworen sonach auf den Gott seiner Wahl und mit den üblichen Beteuerungen.

Sowie als der Beklagte in diesem Falle, Herr Odo Markgraf von Enna und Peio, welcher sich zu diesem Vorgebrachten also äußert wie folgt: Es möge anderen Ortes und seinetwegen überall auf dem Erdenrund rechtlich geregelt sein, ganz wie es der Kläger darstelle, dies sei anheim gestellt. Er aber nun berufe sich auf das von unserem Hohen Herrn Friedrich, Römischem Kaiser, König von Jerusalem und Sizilien etc. zu Foggia, Anno Domini 1234 am Tage nach Ostern, ihm, Herrn Odo, mit Goldenem Siegel und Bulle gegebene Privileg, nämlich, in allen seinen und ebenso allen angeschlossenen Ländern, Herrschaften etc. jederzeit und mit sofortiger Wirkung, Gesetze und Vorschriften erlassen und abändern und widerrufen zu können, so und wie es seinem Willen entspreche.

Dies und nicht mehr habe er getan und so sei geschehen.

Somit sei nunmehr und ab sofort hier und in den wie oben beschriebenen angeschlossenen Landen etc. verboten und rechtlich nicht mehr möglich oder irgend erlaubt, einen anderen Menschen, er oder sie sei welcher Herkunft, Glaubens, Rasse oder Hautfarbe auch immer, zu halten, zu kaufen oder zu verkaufen als seinen Sklaven oder Leibeigenen oder hörigen Knecht, ob wider dessen Wille nun oder nicht.
Und da solches dieses Recht und Gesetz nunmehr also bestehe per altissimo privilegio, wie oben dargelegt, entbehre die Klage jeglicher Grundlage, die Ansprüche und Forderungen des Klägers seien ohne Gegenstand und nichtig – denn, wo kein Besitz und kein Eigentum sei, könne auch nicht die Rede sein von Entwendung und widerrechtlicher Aneignung oder einem Anspruch auf Rückerstattung eines Gutes aus seinem Besitz, welcher rechtlich nicht existent sei.

So zu schlussfolgern auch nach dem Satz des Philosophen:

ex falso quodlibet.

[Aus einer falschen Voraussetzung kann keine gültige Folgerung gezogen werden. - nach Aristoteles]

Es folgte eine längere mündliche Auseinandersetzung und der Austausch von Argumenten, welche dem vom Beklagten erschöpfend dargelegten Sachverhalt jedoch in keiner Weise Änderung oder Widerlegung zu erbringen geeignet war.

Beschluss und Urteil:

Das Hohe Gericht weist die Klage als offensichtlich unbegründbar ab.

Es bestehen keinerlei berechtigte Ansprüche des Klägers, weder an den Beklagten, Herrn Odo Markgraf von Enna und Peio – noch an die Personen im einzelnen, Nissa, Nomi, Hagga, Erik, Raeto und oder Gudu, welche hier, und letztmalig als solche bezeichnet, Gegenstände dieses Verfahrens waren.

Gegeben etc. wie oben

gez. Artemisia, Gfn.

XX (Hildebr.)

Kapitel 8

Odo

Dabei sollte ich doch glücklich sein...

Nein, das bin ich wohl, ohne einen Zweifel – nur empfinde ich es nicht, und froh zu sein gelingt mir nur selten.

Meine Delia ist schwanger. Wir werden, so Gott will, ein Kind bekommen, das ist ein großes Glück. Mein Herz weitet sich, wenn mein Willen es mir vor die Augen ruft.

Nur andererseits lastet eine bange Trauer auf mir. Ohne nennbaren Grund, fürchte ich, und es ist da wenig zu machen, wie so oft.

So reiten wir nun also wieder nach Cremona, und ich werde Delia meinem Vater präsentieren können. Ich hoffe, es findet sich die Zeit dafür in dem ganzen großartig prachtvollen Treiben der kaiserlichen Hofhaltung dort, wie man es erwarten kann.

Doch ich freue mich auch darauf, meine Geschwister wiederzusehen, nach jetzt bald vier Jahren, da ich sie alle in Foggia verlassen habe, um nach Peio zu gehen:

Katharina, meine wahrlich große Schwester, und die wilde Salvazza, die jetzt schon, tatsächlich, fünfzehn sein muss, und Biancafiori, unser engelgleiches Schwesterchen, der kein Mensch ansehen kann, welche Sturheit in ihr steckt, denn wenn es darauf ankommt, hat sie den eisenharten Willen eines alten Soldaten. Und die Kleinen erst, Manfred, Costanza und Violante, ich fürchte, ich werde sie kaum wiedererkennen.

Vater hat nun auch wieder geheiratet, vor zwei Jahren in Deutschland. Seine dritte Ehefrau wurde eine englische Prinzessin namens Isabella, ihr Bruder ist der König dort auf der nebeligen Insel. Sie soll wunderschön sein, so wird erzählt, die neue Kaiserin. Man erwartet sie zu dem Hoftag in Cremona, und vielleicht bringt sie auch Vaters Enkel mit, die Kinder unseres unglücklichen Bruders Heinrich, der durch seine unerlaubt unabhängige Handlungsweise drüben in Deutschland so gründlich in des Kaisers Ungnade geraten ist, dass er nun irgendwo in strengem Arrest büßen und auf die väterliche Verzeihung warten muss. Alle glauben aber, dass dies früher oder später soweit sein wird, und Heinrich sein Recht als ältester legitimer Sohn und Erbe unseres Vaters wiedererlangen wird.

Morgen werden wir aufbrechen, Delia und ich, auch Artemisia will uns begleiten. Es lockt sie, den Kaiser zu sehen, wer will es ihr verdenken. Ihre Zwillinge aber bleiben hier in Monteleone unter der Obhut von Griselda und bei ihren Spielkameraden, den Kindern von Terrasecca, die seit drei Jahren mit ihrer Mutter Maria Christina unsere sogenannten *Geiseln* sind für das Wohlverhalten ihres übelgesinnten

Vaters. Wir wissen noch nicht, wie lange wir wegbleiben werden, den Winter über wohl schon.

Ich denke, Hildebrandt und Rochus können wir unsere Grafschaften solange anvertrauen. Einen vernünftig mäßigenden Einfluss erwarten wir nicht zuletzt von der klugen und warmherzigen Gräfin Maria Christina. Darum wurden ihr auch Sitz und Stimme in unserem Fürstenrat zugestanden, obwohl ihr das eigentlich (noch) gar nicht zusteht, solange sie mit ihren Kindern vor dem eigenen Ehemann bei uns Zuflucht gefunden hat.

Sie alle wurden von Artemisia und mir eindringlich ermahnt, alle nötigen Entscheidungen wohlbedacht und nur einvernehmlich zu treffen, und wir hoffen, dass sie sich so gegenseitig ergänzen und ihre jeweiligen Schwächen ausgeglichen werden.

Notfalls ist schließlich noch der alte Graf Riccardo im Hintergrund, als ein Schiedsrichter in Streitfällen zwischen ihnen, so stelle ich mir das vor.

Hildebrandt ist ein aufrecht ehrliches Gemüt, auf ihn kann ich mich ohne Bedenken jederzeit verlassen.

Mein Freund Rochus hingegen, Gefährte aus Jugendzeiten, war bisher eine Enttäuschung, das muss ich mir eingestehen. Ein selbstgefälliger Egoist, und ständig hinter den Frauen her, ohne Verstand und Rücksicht, wenn es um die nächste seiner Eroberungen geht. Wie schmerzlich habe ich das erfahren, als er mir Gina wegnahm...

Und wie dreist grinste er mich heute noch an und meinte frech, ich müsse ihm doch geradezu dankbar dafür sein, wo ich mit Delia jetzt mein Glück in einer standesgemäßen Verbindung gefunden hätte. Unglaublich, und doch kann ich ihm nicht wirklich böse sein. So einer ist er eben, dreist und unverbesserlich. Seit zwei Jahren ist er mit der liebreizenden Helena vermählt, und dadurch, weil wir deren Raubritter von Bruder in die Verbannung schickten, auch ein Herr von Burg und Dorf Rocassa geworden. Doch wird ihm das genügen? Ich habe so meine Zweifel. Und meine Delia noch mehr.

Ihre Schwester Elisabeth dagegen wäre gewiss am liebsten mitgekommen an den Hof des Kaisers, nur hätte sie es gehasst, dort mit ihrem zehnjährigen Ehegemahl Otto Aufsehen zu erregen. Und ohne den, obwohl gerade frisch vermählt, wäre es auch nicht gut gegangen. So bleiben sie denn beide besser zurück auf Monteleone.

Unsere neuen Schützlinge, die befreiten Sklaven haben wir auf Monteleone gelassen, in der Obhut von Griselda. Ich weiß nicht, was aus ihnen werden soll. Immerhin gibt es dort inzwischen einige sarazenische Familien, so dass man sich mit ihnen auf arabisch eingermaßen wird verständigen können. Wenn wir zurück sind vom Hoflager in Cremona werden wir weitersehen. Vorerst können sie nirgendwo sonst hin, denn überall würde man sie sofort wieder einfangen und als entlaufene Sklaven behandeln.

Im Grunde würde ich lieber zuhause bleiben in Peio, statt gleich wieder los zu müssen, zurück in den ganzen Trubel dort im Winterlager des kaiserlichen Heeres. Mir schwirrt schon jetzt der Kopf, wenn ich mir das vorstelle... was soll ich da auch? Es gäbe soviel Anderes zu tun und voranzubringen, und ständig kommt Neues hinzu, wie jetzt die Sorge um diese verschleppten Menschenkinder, deren neue Freiheit auf unsere kleinen Länder beschränkt bleiben muss, weil sie nirgendwo sonst hinkönnen.

Kapitel 9

Maria Christina

Artemisia, Odo und die anderen, auch die reizende Helena von Rocassa, reisten ab zum kaiserlichen Hoftag nach Cremona.

Gut. Nein, ich wollte nicht mit, wozu. Ich blieb lieber bei den Kindern, den meinen und denen Artemisias, auf Monteleone. Auch wenn sie mich von Woche zu Woche schon weniger zu brauchen schienen, und ich sie auch mal für ein paar Tage in Griseldas Obhut lassen konnte.

Denn, so hatte es mir Odo unter vier Augen mit besorgtem Ernst ans Herz gelegt, denn ich sollte auch drüben in Peio ab und an nach dem Rechten sehen, und dort nebenbei ein Auge auf seinen Kameraden Rochus von Richleben haben. Dieser ist ein alter Freund Odos, und von diesem zum Regenten Peios während seiner Abwesenheit bestimmt.

„Doch man kennt ja seine Schwächen“, wie sich Odo ziemlich kryptisch ausdrückte – warum auch immer. Es ist diesem Freund Rochus wohl nicht gänzlich und immer zu trauen.

Das wollte ich aber genauer wissen, worauf ich mich da einzulassen im Begriff war, und fragte also Griselda, in der Hoffnung, von ihr Weiteres zu erfahren.

„Naja, wisst Ihr“, meinte die, „dieser Rochus mag wohl Herrn Odo seit vielen Jahren schon, seit ihrer gemeinsamen Jugendzeit am Hofe des Kaisers in Apulien unten, ein bewährter Kamerad und Gefährte, und ein treuer Freund gewesen sein – aber was sage ich, da haben wir's ja schon: Gerade das, was man *Treue* nennt, hat bei diesem Rochus eine ganz eigene Grenze – oder man könnte es besser eine harte, scharfe Bruchkante nennen geradezu. Denn er hat Herrn Odo doch ohne erkennbare Skrupel dessen Jugendliebe ausgespannt, sie nur so zum Spaß und Spiel verführt, und mit einem kalten Lächeln und Achselzucken dann schnell wieder abserviert und sitzengelassen. Das war in der ersten Zeit damals, vor jetzt vier Jahren, einige Monate bevor Ihr hergekommen seid zu uns. Odo war schwer getroffen, am Boden zerstört; das Mädchen beschämt und verwirrt; ihr Vater war aufgebracht und zornig – und alle in Aufruhr. Nur der schneidige Herr Rochus tat so, als gehe ihn das alles gar nichts weiter an, was er angerichtet hatte.“

„Wer war dieses dumme, verführte Mädchen, magst du mir das sagen?“

„Nun, das darf ich wohl verraten, wo es jeder ja weiß, der damals dabei gewesen ist: Gina war das, die Tochter des Waffenmeisters Hildebrandt. Schon unten am Hofe in Foggia, da waren sie ein Paar, sie und Odo. Deshalb kam sie ihm auch hinterher, gegen den Willen ihre Vaters, als Odo sich mit seinen wenigen Gefährten hierher nach Peio auf den Weg machte. Wir konnten es alle nicht verstehen, dass sie sich dann später eingelassen hat auf diesen ziemlich windigen Rochus mit seinem hinterlistigen Fuchslächeln!“

Da sehe ich sie wohl mit recht großen Augen an, mit einer solchen Geschichte hatte ich nicht gerechnet.

„Na, im Grunde kann es doch jeder sehen, der Augen im Kopf hat – wie der jedem halbwegs hübschen Mädchen hinterherschielt, wie ein hungriger Hund den wohlgefüllten Bratenplatten, wenn sie aus der Küche hereingetragen werden! Ob Edelfräulein oder Stallmagd, der Rochus ist immer auf der Jagd, und stets zu allem bereit, nein? Habt Ihr das nicht selber beobachtet? Sogar mir alter Frau hat der schon eindeutig lüsterne Angbote gemacht!“

„Aber nein, du bist doch noch gar nicht alt...“

„Na, egal. Jedenfalls, ich kann Euch nur raten, nehmt Euch in Acht vor dem! Da lauern Abgründe hinter diesem bezaubernden, verführerischen Lächeln – denn es ist ihm nur um die Eroberung zu tun. Je verrückter vielleicht, um so besser, das weiß ich nicht. Hinterher ist jede gleich abgetan für ihn. Er lässt sie stehen und wendet sich der nächsten zu. Man muss sich nur wundern, wirklich, dass es ihm anscheinend keine danach ernstlich übelnimmt – man hört tatsächlich kein böses Wort über ihn. Enttäuschung und Trauer, das ja, sicherlich – aber wen man auch fragt, von seinen armen schnell Verflossenen – sie schwärmen trotzdem geradezu von diesem Luftikus, sie seufzen wohl noch beglückt, und senken errötend den Blick. Wirklich erstaunlich, Frau Maria, er hinterlässt sozusagen nur glücklich gebrochene Herzen, es ist unglaublich."

Mir bleibt da nur ein sprachloses Kopfschütteln. Das alles gibt mir schwer zu denken.

„Andererseits, und immerhin...", Griselda zuckt mit den Schultern, „immerhin bringt er keine seiner ungezählten Eroberungen für jeweils eine Nacht, keine bringt er in nachhaltige Schwierigkeiten. Keine ist schwanger geworden danach, soviel ich weiß. Das also immerhin, weiß er zuvermeiden, der Herr Rochus. Scheint eben ein echter Könner zu sein, wie? – Aber wer weiß, vielleicht ist es auch nur eine glückliche Laune der Natur, dass sich der Samen dieses Weiberhelden nicht fortpflanzen soll in künftige Generationen!"

Und mit einem grimmigen Lachen beendet Griselda dieses interessante Thema.

Kapitel 10

Tom

Eigentlich hatte ich mich gefreut, nun ganz gemütlich in Peio bleiben zu können über den Winter. Wie auch Zacco und Luca und die anderen. Glücklich vom Feldzug und nach siegreicher Schlacht heimgekehrt als echte Helden bewundert von allen, und so weiter.

Aber Herr Odo will mich jetzt dabeihaben, wo er seine Frau nach Cremona abholt und den ganzen Stall voll anderer Damen mitnimmt noch dazu. Und zwar als sein Knappe jetzt, ganz amtlich. Also ich.

Na, da staunt ihr wohl – und ich auch nicht schlecht. Aber wenn er das so will und richtig findet, werde ich`s versuchen. Mehr als blamieren kann ich mich auch nicht zwischen all den anderen wohlgeborenen Jüngelchen, die da als Knappen ihren edlen Herrschaften hinterherdienern. Aber wenn mich einer auslacht, den hau ich auf's Maul, garantier ich für nix! Werden ja sehen, wer da was von hat, oder abkriegt.

Kann nur spannend werden, denke ich. Und dann werd ich auch endlich unsere Laia wiedersehen und treffen. Mal ohne die andern Jungs, da gucken die schön blöd aber! Können mir aber auch nicht böse sein, war keine Absicht, ist eben so, nur höhere Gewalt, was?

So brechen wir halt bald wieder auf, und zurück marsch marsch nach Cremona.

Das heißt, als frisch gebackener Knappe ist es für mich natürlich vorbei mit dem bekömmlichen Reisen auf dem rumpelnden Proviantwagen. Die neue Würde und Stellung verlangt Opfer, und von mir also das blöde Herumgehoppse auf einem harten Pferderücken, das hab ich nun davon. Kann noch froh sein, dass es wegen der Damen in unserem Zuge gemächlich abgeht, meist in einem wackeligen Schritttempo nur.

Überhaupt, die Damen.

Herrn Odos Frau Adelheid ist natürlich dabei, um sie zu holen sind wir ja zurück nach Peio. Was soll ich sagen über sie? Die ist ganz wie von einem anderen Stern! Ein Strahlen geht von ihr aus – als wäre sie sozusagen durchsichtig, und ein Licht in sie hineingestellt – anders kann ich das nicht erklären.

Herr Odo war ja auch vom ersten Augenblick völlig hin und weg von ihr, kein Wunder, wenn man sie kennt. Oder eben doch so was wie eines.

Dann kommt auch Frau Artemisia mit uns, stolz und aufrecht wie immer. Ehrfurcht gebietend ist sie, wie eine Königin, und dabei immer freundlich zu jedermann, sei er oder sie noch so gering oder schwach oder furchtsam.

Letztens, als diese Sklavenmädchen abends im

Saal präsentiert wurden, stand ich auch da an der Wand hinter den Herrschaften. Also, ich glaube, allen im Raum blieb die Spucke weg und keiner kam so schnell aus dem sprachlosen Staunen raus, bei dem unvergesslichen Auftritt, da vor aller Augen. Nur sie aber, Gräfin Artemisia, nahm aufgebracht und empört die Sache in die Hand und gab die Richtung vor. Alle Achtung.

Außerdem hat sich auch diese Helena von Rocassa unserem Zug zum Hofe des Kaisers angeschlossen. Also die ist mal, wie soll ich sagen, das ist so eine, was man bei uns im Dorf einen wilden Feger genannt hätte! Superbildhübsch, ein Hingucker absolut, das mal sowieso. Dabei eher klein von Gestalt und schlank, aber mit allen handlichen Rundungen wo sie hingehören, ohja. Und immer quirlig ist sie, die ganze Zeit nur in Bewegung und nie stille stehend, ständig wirft sie Blicke herum in alle Richtungen und lässt ihre dunklen Locken fliegen – denn die züchtige Haube einer verheirateten Frau zu tragen, da denkt sie im Traum nicht dran.

Nein, wenn sie einen so anlacht, ist man glatt geliefert. Jeden wickelt die um den Finger, aus dem Stand und ohne Anlauf, da kannste drauf wetten. Naja, die muss man gesehen haben, sonst ist es kaum zu glauben. Und dass sie jetzt mit dem Herrn Rochus verheiratet ist, seit paar Jahren schon eigentlich, nein das bremst diese Helena in keiner Weise wie's aussieht.

Ja, man konnte sicher sein, dass wir mit diesen drei so unterschiedlich beeindruckenden Frauen einiges Aufsehen erregen würden, wo immer wir hinkommen, auch an einem alle Pracht gewohnten Kaiserhof. Und so war es dann auch.

Eine meiner Aufgaben als Knappe ist es ja, stets die Umgebung meines Herren zu beobachten, und so frühzeitig auf jede Reaktion der begegnenden Menschen gefasst zu sein, nur so für alle Fälle. So kriege ich dann genau mit wie's läuft.

Zuerst zieht Frau Adelheid alle Augen auf sich mit ihrem hellen Strahlen – ich weiß kein besseres Wort dafür – doch bald müssen die meisten schon ihren Blick abwenden, als sei es zuviel, einfach nicht lange zu verkraften, fast als würden sie geblendet, so könnte man meinen.

Dann, angesichts von Frau Artemisias stolzer Gestalt, richtet man sich auch als Zuschauer gerade auf, holt tief Luft erstmal, und senkt bald wieder den Blick in demütigem Gruß vor ihrer angeborenen Hoheit.

Und diese Helena schließlich – der folgen die Augen lange, die aller Männer ohnehin. Denn ein jeder wartet darauf, was einem von der wohl als nächstes so geboten werden mag. So ein langsames Räkeln vielleicht, wenn sie wie auf Zehenspitzen geht, nur aus Spaß, ohne weiteren Grund anscheinend, oder eben mal ein besonders wiegender Hüftschwung beim nächsten Schritt, oder womöglich sogar ein sozusagen ganz spontan irgendwie leicht verrutschendes Kleidungsstück an interessanter Stelle – und immer dieser lockende Blick ihrer ruhelosen Augen – ein ständig wechselnder Tanz scheint das Leben für sie, und jeden Moment ihres Auftrittes genießt die. Und sie fiebert der großen Bühne des kaiserlichen Hofes entgegen wie sonst keiner.

Nun, wir kamen gut voran und hatten so vielleicht noch ein paar Stunden zu reiten bis zu der Stadt Cremona, hieß es, als da fünf gewappnete Reiter mit hohen, wippenden Federn an den Helmen uns in fröhlichem Trab entgegenkommen.

Sicherheitshalber halten wir an, aber schnell ist offensichtlich, dass wir uns keine Sorgen zu machen brauchen wegen dieser Begegnung, trotz der sonderbaren spitzen Helme und blitzenden Rüstungen, die zwei von ihnen tragen.

Denn als sie uns sehen, beschleunigt der vorderste Reiter sein Pferd zum Galopp und reißt sich noch im Ankommen den Helm vom Kopf, und eine Masse dunkler, weinroter Haare kommt darunter zum Vorschein. Direkt vor Odo springt diese kleine Person aus dem Sattel und fällt ihm mit einem wahren Jubelschrei um den Hals, als der jetzt auch eilig abgestiegen ist.

„Odo! Da bist du endlich!“

„Salva! So schön dich zu sehen... du bist ja wirklich ganz...“

„Sag jetzt nichts Falsches, ich warne dich!“

„Nein, ich wollte bloß sagen...“

„Ja klar, ich weiß schon – genau so`n klein geratenes Mädchen geblieben, wie vor drei Jahren. Stimmt ja, egal. Ich werde im Frühjahr jetzt fünfzehn, ob du`s glaubst oder nicht – aber bin schon lange nicht mehr gewachsen, was willste machen...“

„Aber es ist schön, dich so wiederzusehen... wie du in meiner Erinnerung bist, und das...“

„Ja ist gut, Odo.“ Sie lacht. „Aber dafür hat sich bei dir ja umso mehr getan, was? Also, was man so hört...“, und sie schaut prüfend hin zu Frau Delia.

„Oh ja, Salva. Schau her, das ist meine Delia, meine Liebe und mein ganzes Glück! Delia, das ist meine kleine...“

Ein strammer Stoß mit dem Ellenbogen unterbricht Odo und lässt ihn kurz aufhusten.

„...meine Lieblingsschwester: Salvazza!“

Auch Frau Delia ist inzwischen aus ihrem Sattel herabgeglitten und tritt zu den beiden Geschwistern.

„Es freut mich sehr, dich endlich kennenzulernen. Odo hat mir schon so vieles erzählt...“

„Gewiss hat er allerlei wilde Geschichten über mich verbreitet!“

„Nun, langweiliges Zeug braucht ja keiner erzählen...“

„Richtig – und langweilig leben will auch keiner – ich jedenfalls nicht!“

Odos Schwester hat beiden links und rechts die Arme um den Hals gelegt und reckt sich zu ihnen hinauf, oder zieht sie zu sich hinunter, um ihnen abwechselnd eine Reihe schneller Küsse zu verpassen.

Die anderen Reiter bleiben ruhig auf ihren Pferden sitzen, warm eingewickelt in prächtig dicke, dunkelrote wollene Umhänge. Sie tragen alle die gleichen spitzen Sarazenenhelme mit langen, oben aufgepflanzten weißen Federn und Nackenschutz aus Kettengeflecht. Vom stabilen, vierkantigen Nasensporn und den beweglichen und breiten Wangenschutzplatten sind die Gesichter so verborgen, dass mir lange nichts dämmert, so ausgiebig ich sie mir auch ansehe. Bis der eine in der hinteren Reihe in helles Lachen ausbricht:

„Na, Tom, jetzt hast du aber mächtig Respekt vor uns, was? In der kriegerischen Verkleidung erkennst du keinen mehr, wie?"

Und da wird's schlagartig klar, dass es Laia ist, die mich da auslacht.

Ach, und die anderen drei sind Gina, Bianca und Cara – und die hätte ich doch wenigstens gleich erkennen müssen, auch wenn ihre Eisenstelze halb verdeckt ist mit einer ganz eleganten silbernen Beinschiene.

Aber wer hätte ahnen können, dass uns diese neue Kaisertochter da mit einer Begleitung oder Leibgarde aus unseren Miliz-Mädchen begegnen würde?

Die reihen sich also bei uns ein, als es dann weitergeht. Und ich seh zu, dass ich neben Laia komme und ich mir sie und die anderen aus der Nähe ansehen kann.

So ausstaffiert sind sie schon schmucke und eindrucksvolle Gestalten, muss ich sagen. Allein wie sie kerzengerade im Sattel sitzen. Nicht so besorgt und krumm über den Pferdehals gebeugt wie unsereiner. Dazu diese blitzenden Helme mit den lang hochgezogenen Spitzen und den munter wippenden Federn obenauf, einfach glanzvoll. Man wird gespannt, was wohl noch an Pracht und Glanz unter ihren weiten Reitermänteln verborgen sein mag.

Ja, sie wurden alle neu ausgerüstet, erzählt Laia begeistert, auf direkten Befehl des Kaisers, es sei schon einiges fertig, aber noch nicht alles. Die Rüstungsbauer, die Silberschmiede und allerlei andere Handwerker in Cremona hätte für Herrn Odos, vielmehr jetzt des Kaisers *Amazonen-Garde* reichlich zu tun und seien eifrig bei der Arbeit.

Da werde nicht nur ich zu staunen haben, meint sie. Selbst die Kaiserin habe große Augen gemacht, aber eben auch ganz beifällig gelächelt bei ihrer Ankunft aus dem Süden Italiens vor ein paar Tagen. Und weil diese nicht gerne vor ihren privaten Gemächern gleich den finsteren Kriegern der Sarazenen-Garde begegnen wolle, seien nun die weiblichen Milizen von Peio auf besonderen Wunsch der Kaiserin für Schutz und Sicherheit der engsten

Familie eingeteilt. Und darum jetzt auch einige mit Salvazza uns entgegen geritten. Da schau an.

Und überhaupt die Kaiserin! Da bekomme ich nun was zu hören, Laia ist voll begeistert von dieser hohen Frau, ganz hin und weg: So eine wahrhaft königliche Erscheinung, natürlich sowieso wunderschön und hochvornehm, und dazu von so einer natürlich ausstrahlenden Majestät, die jeden im Raum sofort verstummen lasse, wenn sie erscheine – und so weiter und so fort. Und dabei sei Frau Isabella aber stets freundlich und gewinnend, auch gegenüber der Dienerschaft, gar nicht herablassend oder unnahbar oder schroff gar, wie der Kaiser doch oft, sondern eben... und nochmal alles von vorn mit leichten Variationen...

Na, is' ja schön, denke ich, besser meine Laia schwärmt der Frau Kaiserin hinterher, als irgendeinem hochwohlgeborenen Affenkerl da am Hofe!

Außerdem bereite sich der Hof auf Hochzeitsfeierlichkeiten vor, erzählt sie. Enzio und Katharina, die ältesten Kinder des Kaisers sollen heiraten, wie man erzählt. Nur wen, das sei noch nicht heraus, vielleicht gebe es da auch noch Schwierigkeiten, bei den hohen Herrschaften ist ja immer alles so kompliziert. Die Gerüchteküche laufe auf Hochtouren und fast jeden Tag gebe es neue Versionen, die im Palast lebhaft diskutiert würden, und so weiter. Laia wird ganz lebhaft bei dem Thema, selten habe ich sie so gesprächig erlebt. Sicher, als

Wachtposten vor den privatesten Räumen der Kaiserfamilie ist sie ganz dicht dran und bekommt so einiges mit vom Geschehen.

Ich hör ihr zu, und bleib still, und bin froh, Laia wieder bei mir zu haben. Und nach Luca und Zacco übrigens, da fragt sie mit keinem Wort.

Wie wir nun zu dieser Stadt Cremona kommen – die zwei Stunden vom letzten Stück des Weges vergehn wie nix, wo Laia soviel zu erzählen hat – in jener guten Stadt da ist mächtig viel los und ein Heidengedränge nur, überall wo man auch hinkommt.

Kein Wunder, dass unsere Sarazenen da keine Lust haben, sich mit uns durch diese ganzen Massen von Menschen zu wühlen. Sie bleiben klug gleich draußen vor den Stadtmauern und suchen sich einen Platz in dem ausgedehnten Zeltlager.

Direkt vor dem Stadttor steht ein geräumiges Balkengerüst, an die zwanzig Schritte lang und gleich am Wege. Da hängt ein glattes Dutzend Kerle, tot, an ihren Hälsen, und baumeln melancholisch den Reisenden zur Begrüßung – und wohl zur besonderen Mahnung – was weiß denn ich, was sich die Obrigkeit von solchen Maßnahmen verspricht. Die tragen auch jeder ein hölzernes Schild um den langgezogenen Hals. Frage ich also Laia, was da geschrieben steht.

Sagt sie: „Mittwoch, steht da auf dem einen, und Donnerstag, auf dem nächsten, und Freitag, und Sonnabend und so fort... da hängen sie jeden Tag einen Taschendieb auf, seit zwei Wochen..."

„Dann gibt das hier wohl reichlich von denen, für so'n Programm..."

Aber mich schüttelt es ganz ordentlich. Das sind auch nur arme Schweine, die von jenem Handwerk leben wollen und müssen. Und wenn man sich das vorstellt: Jeden Morgen schickt der Stadthauptmann – oder wie der hier nun heißt – schickt der seine Büttel los: Nun fangt mir mal den Taschendieb des Tages, vorwärts marsch, und kommt mir nicht ohne einen wieder heim.

Logisch wie das dann läuft, da wird eben irgendein armer Wicht aufgegriffen und ganz kurzer Prozess mit dem gemacht. Verdächtig sehen sie ja alle aus, die armen Schlucker. Erzähl mir keiner nix von irdischer Gerechtigkeit, ich weiß wohl wie das zugeht in der Welt.

Also, wir wurden zu unserem Quartier gebracht: Prächtig prächtig sage ich euch. Ein wahrer Palazzo ist das! Nicht weit vom Stadtzentrum, wo ganz in der Nähe auch der Kaiser selbst mit seiner Familie untergebracht ist, aber in einem anderen Gebäude. Unser Quartier ist von außen fast unscheinbar, hohe Mauern an engen Gassen, mit ganz kleinen Fenster-chen nur, und die auch erst ab dem zweiten Stock oben – aber innen dann: Unglaublich, habt ihr noch nicht gesehen!

Einen recht weiten Innenhof hat es da, von dem geht eine breite Treppe aus feinem Marmelstein drei Stockwerke hinauf zu umlaufenden Galerien, von wo dann die Türen zu den Zimmern abgehen nach allen Seiten. Jeder Raum ist glatt so groß wie ein halber Rittersaal, und jeder von denen hat sogar seinen eigenen Kamin – also, wer's nicht selbst gesehen hat! Es ist, als wären die Prachträume von einem halben Dutzend Burgen übereinander gestapelt.

Ich weiß nicht, wer hier sonst wohnt, und wo die jetzt alle hin sind, wo für Herrn Odo und seine ganze Reisegesellschaft so reichlich Platz gemacht wurde. Na, uns kann das nur recht sein.

Ich habe sogar ein eigenes Zimmer bekommen, ganz für mich allein. Mit Bett und eigener Waschschüssel und so, gleich neben dem Gemach von Herrn Odo und Frau Delia. Habe ich ja aufzupassen, zu bedienen und zu bewachen und so weiter, als ein Knappe jetzt.

Auf der anderen Seite vom Gang haben sie hier einen *Abort,* so nennt sich das. Ein kleines Kabuff mit einer steinernen Bank und einem Loch darin, in dem du deine Notdurft abladen kannst, wann immer du willst und nötig hast. Das pladdert da dann lustig und pfeilgerade durch so `nen Schacht in die Tiefe und verschwindet irgendwo im Keller, oder wo auch immer. Brauchst du nicht mehr rauslaufen und dir einen Busch suchen und dir jetzt im Winter `nen kalten Hintern holen dabei, oder auf den Balken über dem Misthaufen klettern dafür – haben die hier auch gar nicht in der großen Stadt, weder Misthaufen noch Büsche für sowas.

Kolossal praktisch also, und in der Art neu für mich. Auf der Burg von Peio haben sie wohl auch etwas Ähnliches, aber das ist da so eine Art winziger Balkon, oben außen an der Kemenate im dritten Stock, wie angeklebt hoch über dem Burggraben. Was da durchs Loch geht, klatscht zehn Klafter tiefer auf den blanken Felsen.

Da hab ich mich aber noch nie nicht drauf hocken wollen, nein. Würde ich mich da nicht wohlfühlen, wenn ich mir vorstelle, meine blanke Kehrseite da oben in den Wind zu halten, und die Klöten im Freien baumeln lassen zu müssen... nein, so lieber nicht.

Kapitel 11

Odo

Noch am Abend unserer Ankunft in Cremona kamen meine Brüder, um uns zu begrüßen in unser Quartier im Palazzo der Familie Amati.

Besonders Enzio hatte es eilig und stürmte mit gesenktem Kopf und langen Schritten die Hoftreppe hinauf zu uns in den ersten Stock, wo Delia und ich ihn erwarteten. Federico seinerseits kam ihm gemessenen Schrittes hinterher, nachsichtig lächelnd über Enzios Ungestüm.

Oben, mit einem letzten Satz bei uns angekommen, stoppt Enzio, als er meine Delia neben mir stehen sieht, seine Augen weiten sich und er richtet sich zu seiner vollen Góße auf, und schwankt dabei für einen Moment auf der obersten Stufe, sodass Federico, inzwischen auch oben angelangt, zur Sicherheit seinen Rücken leicht stützt, damit Enzio nicht nach hinten abstürzt.

„So, du Schuft! Jetzt wird mir ja so einiges klar...", mit einem Grinsen klappt Enzio seine ganze lange Gestalt zusammen in einer tiefen Verbeugung.

Federico macht es ihm nach, geschmeidiger und mit Maß.

„Delia, das hier sind meine...", fange ich an vorzustellen – doch sie weiß schon Bescheid:

„Deine Brüder, Enzio und Federico, ich weiß. Seid uns willkommen.“ – und umarmt sie.

„Ja, also wir sind eben erst...“

„Wir sind sehr froh, dich endlich kennenzulernen – und sogleich hergeeilt, sobald wir hörten, dass ihr angekommen seid.“

„Richtig, Federico, das schon, natürlich – aber wir müssen... ich muss dringend mit dir reden, Odo, vielleicht kannst du mir da aus der Klemme helfen...“

„Nun, Odo, lieber, das klingt ja dringend. Am besten lasse ich euch allein...“

„Entschuldige, liebe Schwägerin, das ist eine ganz schwierige Sache für unseren Enzio hier, geradezu brenzlig, könnte man sagen. Er soll nämlich heiraten, musst du wissen – und nun weiß er einfach nicht weiter...“, Federico zieht den Kopf zwischen die Schultern und hebt die gespreizten Hände in gespielter Verzweiflung, „... ein finsteres, trostloses Schicksal droht ihm!“

„Oh, der Ärmste! Da hat er mein ganzes Mitgefühl. Ich weiß aus eigener Erfahrung, wie verzagt einen solche Aussichten machen können. Aber, manchmal kommt es dann doch ganz anders, als man es sich vorstellte – und alles fügt sich zu einem wahren Glück!“ Delia drückt mir noch einen schnellen Kuss auf die Lippen, wendet sich um und ist schon auf und davon.

„Ja, nun...“, Enzio sieht ihr hinterher und sucht nach Worten, als wir uns auf Bank und Stühlen am

Kamin des großen Zimmers niedergelassen haben.

„Wie gesagt, er soll nun nächstens heiraten, der ärmste. Vater hat das entschieden, und zwar – oh Schreck! – eine reich begüterte Erbin von der Insel Sardinien – man sollte meinen, keine schlechten Aussichten für einen unehelichen Bastard wie ihn – oder uns."

„Aber ich kann nicht... und will nicht. Weil ich doch..."

„Weil er's seit Wochen schon fröhlich mit der kleinen Löwin aus deiner Truppe treibt, Odo, und sich ganz und völlig in die verguckt hat – keine Rettung für unseren Bruder Enzio hier!"

„Ja. Ich bin ihr wirklich ganz und gar... und ich kann gar nicht anders, als nur ständig an sie zu denken, und..."

„Da schau ihn dir an, unseren strahlenden Helden: Er stammelt herum wie ein Schuljunge, den man mit den Fingern tief im Honigtopf erwischt hat! Kein bisschen Verstand mehr in seinem dicken Schädel."

Und wirklich, der große Enzio, Vaters Lieblingssohn, lässt jämmerlich den Kopf hängen, zuckt die breiten Schultern, und bleibt still.

„Ja aber, ich habe noch nicht ganz verstanden, wer denn nun deine glückliche – unglückliche Geliebte ist, von der du dich trennen sollst, wenn du heiratest?"

„Na, hast du das denn gar nicht mitbekommen?

Schon vor der Schlacht bei Cortenuova, seit wir deine Leute im Feldlager dort besucht haben, und die ganze Zeit seitdem – da machen die doch ständig miteinander rum, er und die kleine Monteleone..."

„Cordelia?"

„Ja die, du sagst es. Da wird nun wohl nichts mehr draus, diese Idylle muss nun ein Ende haben, und unser Enzio ist völlig verzweifelt. Seine letzte Hoffnung bist nur noch du, Odo..."

„Ich? Aber wieso denn ich?"

„Na, du hast dir deine liebliche Delia hier geholt und sie geheiratet, ohne Vater vorher zu fragen, ob ihm das passt und ob er`s erlaubt, oder ob er wohl andere Pläne hat mit dir."

„Aber was sollte er denn für Pläne haben mit mir?"

„Na, weiß ich nicht, aber du siehst es ja an unsrem Enzio: Vater hat ihm eine Braut ausgesucht, wie es ihm in den Kram passt, da hat er seine Gründe für, ist doch offensichtlich: Eine Erbin von Sardinien, wo er bisher keine Karten drin hatte, also Einfluss auf jener Insel da zukünftig und einigen Machtgewinn, und pipapo..."

„Ja, alles supertoll, Federico. Was soll ich mit der da von Sardinien... das ist mir so fremd und fern... ach, nein. Aber du, Odo, du bist mir ein Beispiel, sowas wie ein Vorbild sozusagen. Und wenn wir jetzt zusammen zu Vater gehen, und er sieht dein Glück mit deiner Delia, dann... vielleicht hat er dann ein

Einsehen, und zwingt mich nicht mehr in seine Pläne, mit Sardinien und dieser unbekannten Erbin."

„Meinst du wirklich? Ich weiß nicht, er ist... ihr kennt ihn doch, wenn er sich entschieden hat zu etwas, dann kann ihn keiner mehr umstimmen..."

„Es ist ein Versuch, Odo. Bitte – ich weiß gar keinen Ausweg sonst."

„Und du wirst doch ohnehin bald zu ihm gehen und ihm deine Delia vorstellen, oder? Also dann."

Federico hat Recht, gleich morgen früh wollen wir zu Vater hin. Voller Vorfreude war diese Aussicht bisher für mich, auf den Flügeln meiner Liebe.

Und jetzt soll ich versuchen, ihn für Enzio umzustimmen, für ihn und Cordelia, Artemisias kleine Schwester. Wer kann es wissen, was dabei herauskommen wird. Bis eben war mir nicht mal klar, dass ich ihn vor meiner Heirat mit Delia hätte um Erlaubnis fragen sollen – vielleicht erwartet mich da sowieso noch ein kaiserliches Donnerwetter. Alles ein bisschen viel auf einmal. Es macht mich verzagt.

Gut nur, dass sie dabei an meiner Seite sein wird.

Am nächsten Morgen machen wir uns dann auf den Weg zu meinem hohen Vater. Die kaiserliche Familie wohnt in Cremona in einem ganz neuen, eleganten Palazzo hinter dem achteckigen Baptisterium, ganz in der Nähe des geräumigen Domes. Welche reiche Familie der Stadt hier weichen musste, um dem Kaiser und seiner nächsten Umgebung Platz zu machen, habe ich vergessen. Es wird dieser eine Ehre gewesen sein, denn kaisertreu ist die gute Stadt Cremona schon seit Menschengedenken, soviel ich weiß, mindestens seit Urgroßvater Barbarossas Zeiten.

Auf dem Weg kommen wir auch an einer anderen großen Baustelle vorbei. Hier ist man dabei, auf den Resten eines aufgelassenen Friedhofes den neuen Glockenturm zu errichten.

Jetzt am Ende des Winters ruhen die Arbeiten natürlich noch, aber an der Masse der behauenen Steine und den Dimensionen der Grundmauern lässt sich ahnen, welche gewaltigen Ausmaße sich die guten Bürger der Stadt für ihren neuen Torrazzo hier vorgenommen haben.

Die Gasse vor dem Quartier des Kaisers wird von der Sarazenen-Garde bewacht, kein Durchlass für jedermann. Auch im Erdgeschoss des mehrstöckigen Palastes werden wir nochmals kontrolliert. Es gehen Gerüchte um, ein Anschlag sei geplant von den Feinden des Kaisers nach der Schmach dieser verlorenen Schlacht bei Cortenuova. Im Hof des Palazzos steht hier noch der eroberte Fahnenwagen der Mailänder als Zeichen ihrer Schande. Soweit ich weiß, hat Vater noch nicht entschieden, was damit letztlich werden soll.

In den ersten Stock hinauf, wo die prächtigen Wohnräume liegen, gelangen wir über die übliche breite Steintreppe. Auch hier halten wieder einige Sarazenen Wache vor dem Portal mit der doppelflügeligen Tür. Solche Vorsichtsmaßnahmen waren zuhause in Foggia oder Palermo bisher nie nötig.

Vater sitzt an einem reichlich mit Schriftstücken belegten Tisch. Die Schreiber jagt er gleich hinaus, als er Delia und mich hereinkommen sieht, und schickt nach der übrigen Familie, die sie ja auch kennenlernen soll.

„Seid uns willkommen, Frau Adelheid – sieh an, unser Sohn Odo ist ein wahrer Glückspilz, dass er euch zur Gemahlin gewinnen konnte."

Vater zeigt sich von seiner freundlichsten Seite. Meiner Delia fällt es so nicht schwer, ohne alle Scheu auf ihn zuzugehen. Er hebt sie zu sich empor, noch ehe sie ihren tiefen Hofknicks ganz zu Boden bringt, und hält sie weiterhin fest an beiden Händen. Diese zwei scheinen mir auf den ersten Blick ganz einverstanden miteinander.

„Majestät, Sire, es ist auch mein ganzes Glück, mit eurem Sohn vermählt zu sein. Wir sind einander von Herzen zugetan und unzertrennlich, schon von der ersten Minute an, als wir einander erblickten."

„Wunderbar, Mädchen, aber sage nur schlicht Friedrich zu mir, oder auch Vater, wenn es dir recht ist... willkommen also in unserer großen Familie!"

Wie auf ein Stichwort hin öffnet sich eine Tür an der Seitenwand, und die ganze wilde Horde meiner Geschwister bricht herein.

Ich habe sie ja alle länger als drei Jahre nicht mehr gesehen, und natürlich sind sie inzwischen erheblich größer geworden. Ich habe bei einigen Mühe, sie wieder zu erkennen.

Als erster, den anderen voran, kommt mir mit schnellen Schritten Richard entgegen: Wer sonst hätte solche verwirrend unterschiedlichen Augen, grün das eine, braun und dunkel das andere. Wir umarmen uns. Er muss jetzt dreizehn oder vierzehn Jahre alt sein – und ist schon fast so groß wie ich.

Dicht hinter ihm stürmt ein heller Wirbelwind herein, mit leuchtend schneeweißen, glatten langen Haaren, fast bis zum Po hinab – unsere Schwester Biancafiore. Ihre hellen, fast farblosen Augen unter den weißblonden Brauen funkeln vor Lust auf Spott und Schabernack wie schon eh und jeh.

„Sieh einer an, unser Dummkopf-Bruder Odo! Wer hätte ihm das zugetraut? War er doch abgezogen in die Provinz irgendwo im Norden und verschwunden für die Welt, und da ist er auf einmal wieder – und verheiratet auch, einfach so, ohne unseren strengen Vater zu fragen vorher..."

Sie duckt sich unter meinen zur Umarmung geöffneten Armen hindurch, greift sich aber einen Zipfel von Delias Rock und wirbelt die mit sich herum: „Und das hier ist also sein schönes Weibchen! Meine ergebene Verehrung, Gnädigste! Du musst aber auch recht einfältig gestrickt sein, dass du auf diesen lieben Narren gleich hereinfällst!"

Delia lacht nur und lässt sich gutwillig von allen Seiten betrachten – fängt aber diesen Kobold bald ein, mit einem entschlossenen Schritt zur Seite, und schließt sie fest in die Arme. Beide brechen sie zusammen in Gelächter aus.

Da haben sich wohl zwei gefunden.

„Bi! Was musst du immer für einen Zirkus aufführen – gib Ruh, Schwesterchen, und lass uns anderen auch mal eine Chance, unsere neue Schwägerin geziemend zu begrüßen."

Mit diesen Worten tritt ein eleganter, schmaler Jüngling näher, der sich nun formvollendet und tief vor Delia verneigt, und ihr sodann mit einem warmen Blick seiner dunklen Augen die Hand bietet.

Meine Delia bleibt still und zögert zunächst mit schräg gelegtem Kopf, schaut dann zu mir herüber, dass ich ihr diesen vorstelle:

„Nun, meinen Bruder Anti haben wir hier. Um Verwechslungen zu vermeiden, nennen wir ihn meist so..."

„Friedrich von Antiochia – zu euren Diensten, meine allerschönste Schwägerin", schneidet der mir das Wort ab, und verneigt sich nochmals und tiefer, sodass die schwungvoll im Bogen niederfahrende rechte Hand fast den Boden streicht, während seine Augen jedoch frech an Delias leicht errötendem Angesicht festhalten.

Wie immer scheint Anti mächtig Eindruck zu machen in der Damenwelt.

Aber ehe noch weitere Verlegenheit entsteht, fordern nun auch die Kleinen ihre Rechte. Bislang haben sie an der Tür gelauert und sich noch nicht recht getraut. Auch für sie ist es lange her, dass wir uns zuletzt gesehen haben. Doch jetzt stürmen sie auf mich ein und drängen sich an mich, dass ich sie der Reihe nach in die Arme schließen muss.

Danach begrüßen sie auch Delia, die Mädchen mit eiligen, wackeligen Knicksen: Costanza, schon sieben Jahre alt jetzt, und Violanta, fünf. Und Manfred, der inzwischen sechs sein müsste, mit dem Versuch, die höfische Verbeugung seines großen Bruders Friedrich möglichst elegant nachzuahmen.

Alle werden sie auch von meiner Delia entschlossen in die Arme genommen.

Unser aller Vater, der Kaiser, hat der ganzen Szene bisher schweigend zugesehen. Nun erhebt er sich sogar aus seinem Sessel, drüben am Kamin, und geht einige Schritte einer anderen Gruppe entgegen, die da noch immer abwartend an der Tür des Zimmers steht. Er winkt sie herein zu uns.

Zwei blasse, schmächtige Knaben von vielleicht acht Jahren – sie sind einander verblüffend gleich, wie ein Ei dem anderen – Zwillinge! Das müssen also die Söhne unseres ältesten Bruders Heinrich sein, jenes unglücklichen, jetzt vom Vater wieder abgesetzten Königs jenseits der Alpen.

„Dieses, Odo, sind meine Enkel, deine Neffen. Sie heißen Heinrich und Friedrich. Hätte ihr Vater nicht jenen schamlosen Verrat begangen, so wären sie die nächsten Erben meiner Kronen und Königreiche. Nun, wir werden sehen, was uns die Zukunft bringen mag."

Für einen Moment scheint ihn eine bleierne Melancholie zu erfassen. Zögernd treten die Knaben näher, sie werden von unserer ältesten Schwester Katharina sanft hereingeschoben.

Es ist wieder Delia, die ihnen entschlossen entgegenkommt. Mit beiden Händen greift sie nach den verschüchterten Jungen.

„Wir freuen uns sehr, euch zwei kennenzulernen – nicht wahr Odo? Und..."

Beschwörend versucht sie die herumirrenden Blicke der beiden mit ihren hellen Augen festzuhalten. „... und kommt nur immer zu mir – zu uns, wenn irgendwas ist, wenn ihr vielleicht einen Kummer habt, oder euch etwas auf der Seele liegt, ja? Was es auch sein mag, hört ihr?"

„Ja... is' gut...", mühsam schlucken muss der eine arme Kerl und wagt doch hintennach ein schüchternes Lächeln zu Delia hinauf – der andere starrt nur erschrocken mit geweiteten Augen – und fällt auch, als er wieder zu atmen beginnt, in einen hartnäckigen Hustenanfall. Das hört sich nicht gut an.

Dann treten sie schnell beiseite, wohl froh, dass die allgemeine Aufmerksamkeit sich von ihnen abwendet, und lassen meine große Schwester nach vorn.

„Schau Delia, das nun ist Katharina, ich habe dir von ihr erzählt..."

„Und du bringst uns hier deine Frau, Odo, endlich – und deine große Liebe, das sehe ich... ich freue mich sehr für euch."

Sie umarmen sich, Katharina und meine Delia.

Wie ähnlich sie sich sehen, fällt mir erst jetzt auf. Beide hochgewachsen und aufrecht, meine Schwester noch etwas größer als Delia und breiter in den Schultern, beide blond... Delia, wie soll ich es beschreiben, *golden,* das ist immer das erste Wort, das mir zu ihr einfällt. Katharinas Haare haben mehr den leichten Kupferschimmer von unserem Bruder Enzio oder von Vater selbst.

„Und ganz besonders freut es mich," so fährt Katharina fort, mit einem ernsten Blick zu unserem Vater hinüber, „dass ihr ohne Zögern eure Zukunft in die eigenen Hände genommen und geheiratet habt, wo ihr euch sicher wart, das Richtige gefunden zu haben. Darauf kommt es an, auf euer Glück – nicht auf irgendwelche politischen Rücksichten und nützlich scheinende Verbindungen."

Vater fühlt sich angesprochen, er hat ohnehin länger geschwiegen zu unserem Wiedersehen, als es sonst seine Art ist:

„Nun, Katharina, liebe Tochter, dies wird wohl eine Ausnahme bleiben. Die Mitglieder unserer Familie haben Verpflichtungen und wohl abzuwägende, ernste Rücksichten zu bedenken bei der

Wahl ihrer Ehepartner. So war es bei meinem Vater Heinrich, und auch bei mir selbst, und so wird es bei allen meinen Kindern sein müssen. Der eigene Wille kann da gar keine Rolle spielen in der Regel – denn das ist kein Spiel. Bei unserem Odo hier... nun, er ist halt ein Sonderfall, eine Ausnahme, welche die Regel bestätigt meinetwegen, lassen wir es dabei. Außerdem war Graf Albert, Frau Delias Vater, wie man hörte, durchaus einverstanden mit dieser Verbindung. Und dann ist es auch für Odos kleine Herrschaft da oben am Fuße der Berge nur von Vorteil, dadurch die aufstrebende Macht der Grafschaft Tirol auf seiner Seite zu haben. Das alles galt es auch zu bedenken, und deshalb will ich dem jetzt nicht mehr widersprechen – in diesem Falle."

„Ja, Vater...", versuche ich, eine Antwort zu finden, „so froh wir darum sind, und so... so..."

„So dankbar sind wir Euch – Euch und dem Schicksal." Gott sei dank kommt mir Delia zu Hilfe, ich war mit meinen mühseligen Worten schon wieder am Ende, ehe der Gedanke überhaupt verständlich wurde.

„Und so froh und dankbar wir Euch sind", fährt sie fort, „Herr Vater – wenn ich Euch nun als Eure gehorsame Schwiegertochter so nennen darf..."

„Gewiss darfst du das, Kind."

„Auch dafür meinen Dank. So sorgenvoll und betrübt macht es uns zu hören, dass nun andere von Odos Geschwistern nach Eurem Ratschluss heiraten sollen, ohne dass sie Gelegenheit hatten, ihre Gefühle vorher zu erproben. Ja, ohne solche überhaupt zuvor nur kennenzulernen, weil sie fremden Partnern zur Eheschließung versprochen werden, die sie bisher überhaupt noch nicht gesehen..."

„Genug, mein Kind. Ich höre wohl, worauf es hinausläuft. Du findest die beredten Worte, welche meinem lieben Sohne Odo so offenbar fehlen – und auch Enzio selbst hat schon die Dreistigkeit gezeigt, uns damit in den Ohren zu liegen. Genug davon, sage ich! Dass ihr beiden hier die Ehe eingehen konntet, ohne vorher meine Erlaubnis eingeholt zu haben, dass ich bei euch zweien also diese besagte Ausnahme gestattet habe, ändert nichts, gar nichts an der Regel, dass meine Kinder, die Kinder des höchsten Fürsten der Christenheit, solche und nur solche Bindungen einzugehen haben, welche die Pläne und hohen Ziele unseres Wirkens auf Erden befördern und unterstützen. Euer Bruder Enzio – nun ja, er hat sich leidenschaftlich in irgendeine dralle Nymphe verguckt, die ihm vorübergehend den heißblütigen Kopf verdreht hat, wie man mir sagt. Und jetzt meint er, es müsse sich der Weltenlauf plötzlich nach der Windrichtung seiner Lüste richten – das ist grober Unfug. Schweigt davon, kein Wort mehr will ich hören. Er nehme sich ein Beispiel an unserer geliebten Tochter Katharina hier, die ohne zu fragen und zu argumentieren wohl weiß, dass ich zu ihrem und dem Besten meiner Königreiche eine wohlüberlegte Wahl ihres künftigen

Ehegatten treffe. Alles weitere wird sich dann schon schicken, so wie es sich immer findet, zwischen Mann und Frau. Es tut nicht not, daran Bedenken zu verschwenden.“

Katharina steht die ganze Zeit neben uns, pfeilgerade aufgerichtet und erhobenen Hauptes, nur den Blick zu Boden gerichtet, und hört schweigend der energischen Rede unseres Vaters zu, ohne weiter eine Reaktion zu zeigen.

Auch die ganze Schar unserer Geschwister steht still und erstarrt um uns herum.

Wir kennen alle, auch die kleinsten hier schon, den drohenden Tonfall und den unerbittlichen Willen des Kaisers, dessen aufbrausendem Temperament zu hartnäckig Widerstand zu leisten, keinesfalls ratsam ist.

Der Bann löst sich wie durch einen Elfenzauber, als Biancafiore es wagt, mit einem hellen Auflachen auf den Vater hinzuspringen, und ihn mit schelmischem Augenaufschlag fragt:

„Papa, sollen wir nicht loslaufen und die Kaiserin herbeiholen? Dass auch sie Odo und seine Delia endlich kennenlernt, ja?“

Und Vater braucht nur ein kleines Nicken zu zeigen, da ist sie schon losgehüpft zur Tür, und verschwindet mit einem jubelnden „Kommt mit, Viola und Stanza! Los, wir holen sie!“ – über die Treppe hinauf ins obere Stockwerk.

Die beiden kleinen Schwestern raffen ihre

weiten Kinderkleidchen und stolpern so schnell sie können hinter ihr her.

Die Anspannung im Raum löst sich.

Delia und Katharina flüstern miteinander. Ich stehe bei meinen Brüdern, Richard und Anti, in leisem, vorsichtigem Gespräch – nur der kleine Manfred ist zum Vater gegangen. Er hat ihn sogar an der Hand genommen und schaut geradezu besorgt zu ihm hinauf, als müsse der Kaiser getröstet werden.

Es dauert auch nicht lange, da hören wir wieder Schritte auf der hölzernen Treppe von oben herunterkommen.

Es erscheint unsere neue Stiefmutter, die Kaiserin: Isabella Plantagenet, die sagenumwobene Prinzessin von England.

Die beiden kleinen Schwestern, Costanza und Violanta, führen sie aufgeregt hüpfend zu uns her.

Isabella ist wahrhaftig die außerordentliche Schönheit, wie es die Gerüchte seit Monaten von ihr behaupten. Ihre Gesichtszüge sind nicht klassisch, sondern von ganz eigener Art, die schwer zu beschreiben wäre. Ihre dunklen, kastanienbraunen Haare sind in einem kunstvollen Zopfgeflecht unter einer kostbaren kleinen Spitzenhaube hochgesteckt und bilden einen warm strahlenden Kontrast zu dem dunkelgrünen Samtkleid mit der Reihe von schreitenden blauen Leoparden auf dem goldenen Streifen unten am Rocksaum, den Wappentieren ihrer englischen Heimat.

Vater darf sich glücklich schätzen, ohne Zweifel, wie es scheint.

Nachsichtig lächelnd lässt sie sich von ihren beiden Führerinnen heranbringen.

Wir werden ihr in normannischem Französisch vorgestellt und dürfen der Kaiserin die Hand küssen.

Auch Biancafiore ist wieder da. Sie trägt das jüngste Mitglied unserer Familie, Margarethe, vor ein paar Monaten erst zur Welt gekommen, ihrer Mutter hinterher und zu uns herein.

Groß ist unser aller Freude.

Auch Vater sieht man seinen Stolz an, als er andeutet, dass seine junge Gemahlin bereits wieder den nächsten Spross seiner Lenden erwarte.

Wir aber bleiben stumm, Delia und ich. Wir finden es stillschweigend unpassend, unsere eigenen, unbedeutenden Erwartungen an diese staatswichtigen Nachrichten anzuhängen.

Die Natur nimmt ihren Lauf, unbeirrt vom Gerede der Menschen.

Erst später, nach einer ganzen Weile, fallen mir die beiden Wachen auf, die da mit der Kaiserin aus den privaten Gemächern von oben herabgekommen sind und sich still beiderseits der Eingangstür dieses Empfangszimmers aufgestellt haben.

Man kann ja nicht auf alles zugleich achtgeben. Und es war auch nicht zu erwarten, dass in diesen Pluderhosen und kurzen Westen orientalischer Machart, unter den sarazenischen Helmen mit

Nackenschutz aus Kettengeflecht und stählernen Nasenstegen, dass da jetzt zwei unserer Mädchen aus Peio stecken.

So ist es aber. Bei näherem Hinsehen erkenne ich in jenen beiden Türwachen tatsächlich Fatma und Rahel. Ihre ganze Truppe ist inzwischen so ausstaffiert worden, wie ich höre. Sie dienen hier im innersten Kreis um die kaiserliche Familie als Leibwachen.

Das ist eine erstaunliche Entwicklung, aber auch eine hohe Anerkennung für uns alle, die mich sehr freut.

Kapitel 12

Tom

Nach paar Wochen hat man echt die Nase voll von dem ganzen Trubel in so 'ner Stadt wie diesem Cremonia. Das geht nicht nur mir so, glaub ich wohl.

Als es endlich wieder losgeht, bin ich jedenfalls froh, dabei zu sein. Raus aus den Mauern und den schattigen Gassen, weg übers Feld und der Sonne entgegen. Wenn die jetzt im ersten Frühling auch noch nicht so viele Kräfte hat, es geht immerhin nach Süden, ans Meer, zum Hafen dieser großen Stadt Genova, heißt es.

Ich begleite nämlich als Knappe meinen Herrn Odo, welcher mit seinen Brüdern Enzio und Federico unterwegs ist, bewacht und beschützt von einer ordentlichen Truppe Sarazenen. Mehr als ich zählen kann sind das jedenfalls.

Was das soll, was die da jetzt wollen in Genova? Na, mir erzählt ja keiner was. Ich krieg nur gesagt, was ich tun soll, kurz und knapp. Obwohl ich mich nicht beschweren will, mein Herr Odo ist ein feiner Kerl, und gut zu seinen Leuten, alle halten schwere Stücke auf ihn. Nicht so anstrengend und hochnäsig wie manch anderer der hohen Herren, wenn man sich so umhört unter den Kollegen.

Aber da ich als Knappe ja gleich dicht hinter

meinem Herrn bleiben soll, nämlich Rüstung und Waffen immer zur Hand und bereit halten muss – da kriegt man klar so einiges mit, was die drei Kaisersöhne da zu bereden haben. Geht einen zwar nicht so direkt was an, und kann mir im Grunde auch völlig wurscht sein – aber bei so einem langen Ritt, wo nicht viel passiert und sonst wenig zu tun ist, da sind die Ohren halt offen.

Herr Enzio, sonst immer eine wahre Frohnatur, ist recht niedergeschlagen und hadert nur mit seinem Geschick. Er soll ja nun heiraten. Kann man verstehen, dass er da bange ist. Und deshalb überhaupt sind wir unterwegs hier alle, um dem seine Braut abzuholen. Da in dem Hafen von Genova, wo sie nämlich ankommen soll.

Na, ist doch bestens, sollte man meinen, nur Mut großer Held!

Aber nein, es passt Herrn Enzio alles nicht so. Auch wenn's eine reiche Erbin ist sogar, die wo er kriegen soll, und vom Kaiser selber ausgewählt. Es soll um eine Insel gehen bei diesem Erbe, die *Sardinen-Insel* anscheinend – naja bitte, eine Insel, so dolle ist das vielleicht wirklich nicht, was?

Sein Bruder Federico redet ihm gut zu: „Also jetzt hör mal, Enzio, als Ehemann dieser holden Adelasia wirst du im Handumdrehen zum Fürsten von Longo-sowieso. Ist das vielleicht ein Dreck, Alter?"

Enzio seufzt.

„Logudoro, heißt das, und Torres, ja... und noch Gallura, wahrscheinlich auch noch – wenn's klappt und alles nach Vaters Willen geht."

„Ja bitte, also. Ein dreifacher Fürst sogar – mein lieber Schwertfeger! Da halte mal die Füße still und beschwer dich nicht länger. Da würde mancher arme Ritter – oder eben so ein Bastard, wie wir alle hier – da würde mancher aber jede Kröte für schlucken, sei sie so alt oder warzig, wie sie will!"

„Federico, ich bitte dich, nun quäle ihn doch nicht so. Du siehst doch, wie er leidet..."

„Ja klar, reiche Erbinnen sind wirklich eine Plage. Aber lass das Köpfchen nicht hängen – deine liebreizende Cordelia wird dir in deinem Ehestande gewiss auch zukünftig noch als fröhlicher Bettschatz erhalten bleiben, so munter wie die ist, macht ihr das eher keine Probleme, glaube ich!"

„Ach, ich hätte sie einfach gleich heiraten sollen, heimlich und ohne Zögern – und vor allem, ohne vorher lang zu fragen – so wie Odo das gemacht hat. Dann wäre alles perfekt und erledigt und nichts mehr dran zu ändern... Vater würde toben, aber deine Delia hat er doch auch schnell akzeptiert, oder?"

„Ja, sicher, er hat sie mit Freude willkommen geheißen. Aber ich habe auch gar nicht gewusst, dass ich ihn vorher hätte fragen sollen, welche Frau ich da heiraten will. Und außerdem ging doch alles so schnell wie im Rausch, kein Gedanke, kein Zweifel zwischen uns..."

„Ja, Odo, jeder kann euer Glück sehen..."

„Und ich war auch froh und glücklich mit meiner Cordelia, bis vor paar Tagen noch. Alles schien möglich, und wir machten uns keine Gedanken..."

„Nun, da ist jetzt nichts mehr zu machen, den Moment hast du verpasst."

„Und was ist mit dir, Federico, wie läuft es mit deiner kleinen Jüdin?"

„Ah, Kehla ist ein Schatz! Ein wilder, mutiger Geist – alles wunderbar. Und über's Heiraten brauchen wir gar nicht erst nachzudenken. Ich glaube, Vater würde mich eher zu unserem armen Bruder Heinrich in den finstersten Kerker stecken, als es zuzulassen, dass sich einer seiner Söhne öffentlich mit einer Jüdin verbindet. Auch wenn er sonst nicht viel für mich übrig hat im Allgemeinen."

„Aber Vater hat doch nichts gegen die Juden. Im Gegenteil, vor einigen Jahren hat er sie alle erst ausdrücklich unter seinen Schutz gestellt im ganzen Reich."

„Ja, Odo. Als seine *Kammerknechte,* so werden sie da genannt, in diesem Erlass. Eine verblüffende Idee – nur dass man nicht so recht weiß, wie das gemeint sein soll: Sind die Juden dann so etwas wie Leibeigene des Kaisers, nicht viel mehr als Sklaven gar? Jedenfalls sind die deshalb ganz sicher keine Untertanen mit gleichen Rechten – und schon gar nicht als Ehepartner für einen Christen möglich. Da würde es heftigste Proteste von unserer streitbaren

Kirche geben, eine pastoralen Sturmlauf geradezu vom Papst, garantiert – und mit dem hat unser Vater gerade wieder Ärger genug."

„Aber er hat gar keine Bedenken, sich die andere Jüdin, diese fabelhafte Rothaarige, jede Nacht in sein warmes Bett zu holen! Nur gerade mal so diskret, dass es die Kaiserin nicht mitbekommt..."

„Oh, habt ihr das auch mitgekriegt, wie das läuft, zwischen Zeta und Vater..."

„Na, der ganze Hof weiß davon und tuschelt – man muss sich schon fragen, ob die Kaiserin Isabella das wissentlich ignoriert..."

„Und es kann ihn ja auch jeder verstehen, oder? Diese Zeta ist ja wirklich ein ganz außerordentliches Prachtweib!"

„Da hör sich einer unseren Enzio an! Wie er da nun mit leuchtenden Augen schwärmend in die Welt schaut – um den müssen wir uns keine Sorgen machen, er wird uns schon nicht im miefigen Ehebette versauern, was?"

Federico schlägt seinem Bruder kräftig auf die breite Schulter, und alle drei brechen in lautes Gelächter aus.

Ja, Leute, da habe ich lange Ohren gekriegt. Na, wenn das kein Ding ist, oder?

Dass die Kehla mit dem einen da was laufen hat, wusste ich schon von Laia. Aber Zeta, unsere Capitana, mit dem Kaiser selber unter einer Decke sozusagen, allen Ernstes – na, wenn das kein Ding ist!

Jaja, hatte ich zu Laia gesagt, als sie mir davon schon ins Ohr flüsterte, du kannst mir viel erzählen. Aber sie schwur auf ihre Geschichten, steif und fest. Und geriet weit ins Schwärmen, wie die Mädels das immer machen, wenn es um so Liebesgeschichten geht. Na, war mir nur recht, wenn Laia dadurch in Hitze geriet, hatte ich dann bald auch was davon. Wo wir schon so selten zusammen kamen, in dem dröhnenden Trubel da im Winterquartier des Hofes.

Die Stadt Genua dann schließlich war nicht so viel anders als Cremona vorher.

Nur noch viel größer, sicherlich, und eben direkt am Meer gelegen, mit Hafen und tausend Schiffen da an der Kante und so.

Überhaupt, das Meer! Also, ich versuche ja immer, klar und ehrlich alles so zu erzählen und zu schildern, wie ich es erlebe und sehe und mir das begegnet – aber das Meer?

Nee, Leute, da fehlen einem glatt die goldenen Worte. Das ist einfach zu viel, zu groß und gewaltig, unendlich und alles zugleich. Da müsst ihr schon selber hin und euch das anschauen, wenn ihr was von verstehen wollt!

Bekamen wir aber erst am dritten Tag da in Genova zu sehen, das Meer. Erstmal hast du da nur ein Gewirr von Straßen, Gassen und Plätzen, und so riesig und endlos, dass du gar nichts davon mitkriegen tust, dass dahinter irgendwo das endlose

Wasser anfängt.

Zunächst wurde dann hier erstmal der übliche Empfang für die Söhne des Kaisers abgespult mit allem Tamtam und Trara. Das kannten wir ja schon: Die Begrüßung durch die sogenannten Honorazoren der Stadtregierung schon draußen vor dem Tor, mit allen Fahnen und Fanfaren, dass du aber die Ohren anlegst, und Blumen auf dem Weg und zu Kränzen gewunden für unsere misstrauischen Reitpferde von den lieblichen Jungfrauen und ansehnlichsten Töchtern der Stadt, die da alle in braven weißen Kleidchen auf uns warteten und winkten und jubelten.

Herr Enzio ließ schon ganz erfreut sein Auge schweifen über soviel Anmut und freundlichen Liebreiz in leichter Kleidung, bis Federico seinem Ross einen Klaps aufs Hinterteil gab, dass es mit Gewieher weitertrabte.

Sodann bezogen wir unser Quartier, zu Gast bei einer der vornehmsten Familien der Stadt im Palazzo Doria. Der Hausherr empfing uns selbst mit großer Geste scheinbar echt empfundener Freude. Sämtliche weiblichen Mitglieder seiner zahlreichen Familie ließen sich entschuldigen, diese hatte er allesamt aufs Land hinaus geschickt. Gewiss nicht nur, um uns den nötigen Platz in seinem Stadtschloss zu verschaffen, ein kluger Mann.

Die nächsten beiden Tage vergingen mit Empfängen und Besuchen quer durch alle Stadtteile. Jeden Abend gab es ein Fest für hundert Gäste. Alles prächig herausgeputzt, und reichlich Musik, und Spiel und Tanz, als hätten sie hier schon Jahrzehnte auf unseren Besuch gewartet. Alles war ständig bester Stimmung, nur lustig und beschwingt und am späteren Abend so besoffen, dass wir Knappen unsere liebe Mühe hatten, die Herrschaften heim und ins Bett zu kriegen. Nun ja, so waren sie auch nicht mehr in der Lage, weitere Verwicklungen in den Stammbäumen der Stadtgeschlechter anzustiften.

(Auch Herrn Enzios eigenes Entstehen war ja, wie erzählt wird, seinerzeit irgendwo im fernen Deutschland, der freimütigen Gastfreundschaft einer Tochter der Familie von Urslingen für den damals jungen König Friedrich zu verdanken...)

Am vierten Tage auf einmal kam früh am Morgen ein Bote vom Hafen gelaufen: Die Schiffe von der Insel Sardinia seien dort in Sicht gekommen und in Kürze an der Anlegestelle zu erwarten.

Da tat nun Eile not.

Herr Federico war schon munter und saß bei einem reichlichen Frühstück.

Unser Herr Odo ist morgens ja ohnehin oft schweigsam und kommt erst langsam in Gang, so kennen wir ihn. Das braucht seine Zeit und muss halt abgewartet werden.

Aber das eigentliche Problem war jetzt Herr Enzio. Ein starkes morgendliches Unwohlsein wegen des gestrigen Gelages war das eine. Seine grundlegende Abneigung gegen die befohlene Verheiratung mochte zwar nicht unbedingt direkt die körperliche Übelkeit verstärken, doch war sie eben auch nicht geeignet, seine Lebensfreude an diesem Morgen zu beflügeln. Mit anderen Worten: Er ließ sich nach Kräften hängen, tat gar jämmerlicher als nötig und wurde schnell grob bei jedem Versuch seiner Umgebung, ihn zu trösten oder aufzumuntern. Es dauerte, bis wir ihn in präsentablem Zustand und im Sattel hatten. Arg blass und leise vor sich hin fluchend schwankte er auf seinem großen Gaul über das holprige Pflaster der engen Gassen zum Hafen hinunter.

Dort hatten wir ein bisschen Pech. Denn wir gerieten mitten hinein in den morgendlichen Fischmarkt mit allen seinen nicht immer nur appetitlichen Anblicken und, nun ja, den speziellen Gerüchen.

Herrn Enzio jedenfalls macht das ihn umbrandende Gedränge aller Sinneseindrücke dermaßen zu schaffen, dass er eilig von seinem Pferde heruntergleitet, und zusammengekrümmt beiseite eilt, um sich hinter der nächstgelegenen Heringstonne mit Gründlichkeit und Ausdauer auf das ohnehin schon glitschige Pflaster zu erbrechen.

Sein Knappe flitzt auch gleich los, aus einer nahegelegenen Schänke ein Krüglein sauren Weines herbeizuholen. Welcher sich aber als keine für diesen Fall wirklich wirksame Medizin erweist, da es zunächst nur zu weiterem, krampfhaften Würgen unseres armen Prinzen führt – und das Marktgestänge des besorgten Fischweibes nebenan, an dem sich Enzio blind nach Halt und Stütze suchend festklammert, noch mitsamt seinen daran zum Trocknen in die Morgensonne gehängten Bündeln von Tintenfischtentakeln bedenklich ins Schwanken gerät.

Aber auch diese Krise wird mit dem lobenswerten Gleichmut eines Edelmannes überstanden.

Endlich stehen wir am Ufer des Meeres, das heißt, unsere Pferde stehen da, wir selbst bleiben erstmal oben sitzen im Sattel und schauen von da den Schiffen entgegen.

Es sind vier Schiffe, die herankommen. Erst fahren sie noch vor dem westlichen Winde in ihrem Rücken, dann werden die Segel eingeholt, und lange Reihen von Rudern bringen die Schiffe näher heran und in den Hafen von Genova herein. Das größte fährt vorneweg und macht direkt vor uns längsseits an der Kaimauer fest, die anderen legen sich eins nach dem anderen an dessen freie Seite zum Wasser hinaus nebeneinander.

Eine lange doppelte Planke, ähnlich einer Hühnerleiter mit Querstreben versehen, wird vom Kai aus hochgestemmt und mit einem Ende auf das Schanzkleid des Schiffes als Brücke zum Land abgelegt.

Dann aber lässt man uns weiter warten, was da wohl kommen will.

Einige bewimpelte Lanzen erscheinen schließlich hinter der hohen Brüstung des Schiffsleibes, mehr ist von den Ankommenden noch nicht zu erkennen. Zwei kleine, braunhäutige Pagen laufen behende auf der wackligen Landungstreppe hin und her und breiten einen bunten Teppich darüber, um das rauhe, nackte Holz zu verdecken, so vornehm geht das zu.

Sodann steigt vor unseren Augen diese junge Dame aus dem Schiffskörper empor auf den Anfang und die höchste Stelle des aufgelegten Steges. Stolz richtet sie sich auf in ihren schön geschmückten, feinen Kleidern und mustert in aller Ruhe die unten vor ihr wartende Menge der Bewunderer. Sie sucht wohl zu erkennen, welches die maßgebliche Gestalt sein möge. Schnell haften ihre Blicke an Enzios stattlicher Erscheinung, ihre Augen weiten sich für einen kurzen Moment des Wohlgefallens auch – dann wendet sie ihren Kopf mit den prächtigen, frei schwingenden, schwarzen Locken unter silbernem Stirnreif und spricht einige Worte über die Schulter zu den unter ihr stehenden, für uns noch unsichtbaren anderen Passagieren des Schiffes.

Enzios Antlitz belebt sich deutlich bei diesem wohlgefälligen Anblick. Munter schaut er zu den Herren Federico und Odo herüber. Auch lächelt er erfreut und streicht sich mit einer Hand über das kantige Kinn, dessen rötliche Stoppeln am heutigen Morgen aus Zeitmangel nicht mehr hatten entfernt werden können. Auch greift er sich an den Kragen, um diesen zu lockern und sich mehr Luft zu verschaffen. Das Unwohlsein von vorhin ist scheint's vergessen.

Alsdann bückt sich diese Prinzessin auf der Planke, um aber einer anderen Person die Hand zu reichen und dieser vom Schiffsdeck auf den hohen Steg hinauf und sodann zum Lande hinüber zu helfen.

Jene zweite, gänzlich in tiefschwarzer Witwenkleidung, hat bald die größte Mühe, sich mit ihren tappsig unsicheren Schrittchen und in vorgebückter Haltung, die umfangreichen Röcke gerafft, erst einmal auf die schwankende Planke hinaufzuarbeiten, wo sie für einen wackeligen Augenblick aufseufzend verharrt, um darauf dann den langsamen Abstieg ans rettende Ufer in Angriff zu nehmen. Es geht dies jedoch arg langsam nur voran. Mehrfach verfangen sich ihre Füße mit den klobigen Schuhen und erstaunlich hohen Absätzen, die sie ängstlich kaum anzuheben wagt und mehr nur vorwärts schiebt, in den Falten des üppigen Teppichs, den sie sich so selber vor den Fußspitzen zusammentürmt.

Ihre vorangehende Helferin hat einige Mühe, ihr da unten vor den Füßen den Weg zu glätten, und gleichzeitig aber oben ihren sich ängstlich festklammernden Händen einen stabilen Halt und Hilfe zu bieten.

So ist man etwa bis zur Mitte des Steges vorangekommen – und hinter der schwankenden Frau in den Witwenkleidern hat ein älterer Ritter in voller, schwerer Rüstung schon die Planken betreten und diese durch sein schieres Gewicht zu bedenklicher Durchbiegung gebracht – als sich die schlanke, führende Dame doch zu einer anderen Vorgehensweise entschließt. Kurzerhand übergibt sie mit einem resoluten Stoß ihre Schutzbefohlene dem nachfolgenden Rittersmann, sodass jener gar nichts anderes übrigbleibt, als diesem mit einem spitzen Aufschrei in die hastig geöffneten Arme zu sinken...

Selber aber springt die Schlanke mutig von der Planke herab – aus guten drei Fuß Höhe immerhin – und kommt auch inmitten ihrer hochfliegenden Röcke elastisch durchfedernd sauber zum Stand. Sie bläst sich die wilden Locken noch mit einem Schnauben aus der heiß und feucht gewordenen Stirn – und zieht, tief gebückt am Ende des Steges, den hinderlich aufgefalteten Teppich so energisch stramm und wieder glatt, dass ihre unsichere Herrin oben auf der schwankenden Planke ein zweites Mal dem standfesten Rittersmann in die Arme geworfen wird. Anlass für erneutes Geschrei und Gestöhne, und anderes, das man in jeder verständlichen Sprache wohl für einige kräftige Flüche würde halten müssen.

Auch der Ritter hat da kurzfristig ein Problem gehabt, als er so plötzlich die Witwe aufzufangen gezwungen war: Für einen bangen Moment weiß er nicht, wohin mit Schwert und Gurt, welche er in der Hand hält – doch statt diese schmählich ins dunkle Wasser des Hafenbeckens fallen lassen zu müssen, wenn er seiner Herrin rasch genug zur Seite stehen will, gelingt es ihm, seine Waffe Herrn Federico zuzuwerfen, der geistesgegenwärtiger als alle andern von uns inzwischen an den jenen Steg geeilt ist – und der jetzt schließlich sogar aus seinem festen Stand auf dem Pflaster des Hafenkais der schwankenden Fürstin von Sardinia ritterlich und galant den Arm zu bieten vermag für ihre letzten Schritte an ein festes Ufer.

Dort glücklich angekommen, während ihr die umfangreichen Röcke sortiert und geglättet werden und der kunstvoll hochgetürmte Witwenschleier gerichtet, hält sie sich weiter an Herrn Federico fest.

„Madre Dio! Ich danke dir, mein lieber Junge – ohne dich läge die Judicessa von Sardinien jetzt im Wasser – bei den Sardinen! Hohohoho!", bricht sie in ein misstönend schallendes Gelächter aus.

Sie hält sich dabei den schwarzverhüllten Bauch und wirft den Kopf so weit in den Nacken, dass gleich wieder Korrekturen an ihrem hohen Schleierturm nötig werden.

Dann aber steht sie vor uns auf dem buckligen Hafenpflaster: Eine breite Gestalt in unförmiger schwarzer Witwenkleidung, ziemlich klein zudem, trotz ihrer klotzig hohen Sohlen reicht sie dem Federico neben ihr kaum bis zur Schulter – und der ist schon kein Riese. Sie stemmt die Fäuste in die breiten Hüften und grinst skeptisch abschätzend – allein das Antlitz der Fürstin wirkt jünger als der Rest, ja fast noch hübsch vielleicht.

Nun aber kommt es mit heiserem Bellen von ihr: „Was ist nun? Wer von euch Kameraden ist wohl jetzt mein glücklich Auserwählter? Zeige dich mir, mein Enzio!"

Da ist für den der Moment gekommen, nun endlich auch vom Pferd zu steigen. Blass ist er um die Nase, immer noch – oder bereits wieder. Er beeilt sich nicht gerade dabei. Mit dem einen Fuß noch im Steigbügel gerät er etwas in Rücklage, und bleibt so hängen mit dem Stiefel, bis sein Knappe herbeispringt und ihn hastig befreit – das wäre fast noch wieder schief gegangen. Endlich gelingt ihm eine mäßig schwungvolle Verbeugung vor seiner holden Zukünftigen und ein recht kleinlaut geflüstertes:

„Madame... zu euren Diensten."

Sie mustert ihn, mit schräg gelegtem Kopf, bis er sich wieder zu seiner vollen Höhe aufgerichtet hat. Und mit einem energischen Schlenkern ihres spitzenverhängten Ärmels befreit sie eine kurze, bleiche Hand und reicht sie ihm zum Kuss.

„So. Nun. Da wären wir also. – Und wenn du wieder bei Stimme bist, mein Angelobter, so könntest du mir vielleicht die anderen Herren hier vorstellen?"

So geschieht es, während ihr übriges Gefolge nach und nach von den Schiffen herunterklettert.

Auch wird eine Sänfte für die Fürstin ausgeladen und herbeigebracht, ein großes Ding, das mehrere Pferde zu tragen haben. Ein langer Zug ordnet sich auf dem Hafenufer unter den Augen der gaffenden Menge, und endlich setzt sich alles in Bewegung, in die Stadt hinein und weiter zu den vorgesehenen Unterkünften.

Kapitel 13

Frater Carlo

Die nächste Station meiner Wanderung ist Monteleone, eine der Herrschaft Peio benachbarte und mit diesem, wie man hört, schon seit Jahren verbündete Grafschaft.

Diese ist nun nicht besonders bedeutend oder groß, nur eine Burg mit dem zugehörigen Bauerndorf, hügeliges Ackerland und Wälder, in einer weiten Biegung des Flusses gelegen.

Früher, noch vor zwei Generationen, war die Grafschaft ganz wesentlich wohlhabender und von größerer Bedeutung. Dann haben aber wirtschaftliche Schwierigkeiten zu Niedergang und Verlust eines großen Teiles der ursprünglich der Grafschaft zugehörigen Ländereien geführt, was wohl mit der kostspieligen Beteiligung eines der damaligen Herren an dem unglücklichen Kreuzzug des Kaisers Barbarossa zusammenhängen soll.

Der jetzige Graf Riccardo hat keinen männlichen Erben, aber doch, wie die Leute erzählen, unverständlich lange gezögert, seine drei Töchter standesgemäß zu verheiraten. Inzwischen ist er schon fortgeschrittenen Alters und hat sich nach der späten Eheschließung seiner ältesten Tochter vor einiger Zeit, mit einem Herrn von Katzenellenbogen, weitgehend von den eigentlichen Regierungsgeschäften zurückgezogen.

Jener Ehemann der Erbtochter ist nun ein alter Waffengefährte des Odo von Peio. Und so hat sich wohl das enge Bündnis mit diesem ergeben, welches sich angeblich auf alle Bereiche erstreckt, in denen die fantastischen, und meinen Auftraggebern so verdächtigen, Neuerungen stattgefunden haben sollen. Wollen wir mal sehen.

Um in das Gebiet von Monteleone zu gelangen, muss ein Grenzfluss überquert werden. Es bietet sich dort dem Reisenden eine recht brauchbare Furt, wo es mir genügte, die Kutte einfach bis knapp übers Knie zu raffen. In zwanzig Schritten ist man auch schon drüben ohne weitere Beschwerlichkeit. Man sollte also meinen, alle wären mit diesen Verhältnissen zufrieden, wo unser Herrgott den Menschen zu allerlei Gebrauch und ihrem Vieh zur Tränke ein gemäßigtes Gewässer geschaffen hat und noch dazu für eine günstige Gelegenheit gesorgt, jenes ohne Gefahren und große Anstrengung wenn nötig zu durchqueren.

Aber nein, weit gefehlt. Auch hier, gleich neben der von Gottes gnädiger Vorsehung geschaffenen Furt mühen sich die verblendeten Menschlein damit ab, eine Brücke zu erbauen in ihrem frevlerischen Hochmut, wie dereinst das Volk zu Babel mit ihrem unglückseligen Turme! Mitten im fließenden Gewässer ist ein hölzernes Geviert errichtet, und darin sind schon einige Schichten von schweren, behauenen Steinen aufeinander gefügt als ein Fundament für einen Pfeiler zu dem künftigen Brückenschlag. Emsig ist man bei der Arbeit, den derzeit niedrigen Wasserstand zu nutzen.

Der Wanderer verweilt an der Stelle dieses Geschehens, das Auge gefangen vom faszinierenden Getriebe der Arbeiter, und er schüttelt betrübt seinen Kopf über den eitlen Ehrgeiz, welcher sich in diesem Streben offenbart, und wandelt in tiefen Gedanken sodann weiter seines Weges. So vieles geht mir durch den Sinn. Das ewig verfluchte, vergebliche Mühen der Menschheit, Gottes herrlicher Schöpfung eine kleine Verbesserung, einen geringen Mehrwert wider die Natur abzugewinnen – oft freilich um den Preis, die anderen Ortes drohende Gefahr in ihrer engstirnigen Verblendung und Blindheit zu verkennen, und in ihrer verbohrten Ignoranz vom schnell und gnadenlos zuschlagenden Schicksal zu Boden geworfen zu werden, inmitten der Trümmer ihrer zwangsläufig gescheiterten Träume.

Die Burg Monteleone also ist ein durchaus stattlich großes Bauwerk, langgestreckt auf einem flachen Hügelrücken. Das Dorf unterhalb der Burgmauern dagegen recht bescheiden, kaum mehr als dreißig Häuser oder Hütten, die Schuppen und Scheunen nicht mitgezählt.

Das Tor zur Burg stand weit offen und es herrschte ein reger Betrieb von Leuten, die mit

Tragelasten und Karren ein und aus gingen. Niemand bewachte den Eingang, keiner kontrollierte mich oder fragte nach meinem Begehr, als ich den Schlosshof betrat.

Dieser ist ein weiter, gut gepflasterter Platz mit einer dichten Reihe von Ställen und Gebäuden auf beiden Seiten. Jedes ist belegt, und überall wird gearbeitet. Lärm liegt in der Luft, Gerede von Menschen, Rufe, Klänge vom Einsatz verschiedenster Werkzeuge – das bekannte Bild von dem emsigen Betrieb in einem Bienenkorb drängt sich dem Zuschauer auf. Man meint, das Handwerkerviertel einer kleinen Stadt zu betreten, soviel Betrieb herrscht, soviel eifriges Gewerkel – dabei ist es ja nur der große Hof einer geräumigen Vorburg – und draußen vor den Mauern hat es auch nur ein eher dürftiges Bauerndorf, wie gesagt.

Wenn man darüber nachdenkt, scheint das ein auffälliges Missverhältnis zwischen der doch recht geringen Zahl der Anwohner einerseits, und eines so erstaunlich breiten Angebotes der hierorts ansässigen Gewerke, welche von den paar Bauern doch kaum ihren Lebensunterhalt verdienen können. Bemerkenswert, aber nicht meine Sorge soll dies sein, oder die unserer kirchlichen Obrigkeiten.

Erstaunt und ganz in Gedanken stehe ich eine Weile vor einer großen, offenen Werkstatt und schaue dem geschäftigen Treiben dort an gleich mehreren Schmiedeöfen zu. Wobei aber nirgends ein Pferd zu entdecken ist, was mit neuen Hufeisen zu versehen gewesen wäre.

„Na, Herr Pfaffe, was steht er da und glotzt? Will er spionieren, was hier getrieben wird – und seine Erkenntnisse sodann einer fremden Macht zutragen, heh?"

Solcherart unversehens und plötzlich geradezu ertappt in meinen Geheimnissen und verborgenen Absichten, fahre ich erschreckt zusammen: „Was – wie … was meint er? Nein, nein, gewiss doch nicht...", stammele ich herum.

Worauf der breite Kerl, der mich ansprach, völlig verrust vom schwarzen Qualm der offenen Feuer und glänzend vor Schweiß auf seinem halbnackten, feisten Leib unter dem dicken Lederschurz, in lautes Gelächter ausbricht: „Na, nichts für ungut, Herr Pfaffe – das war nur als ein Scherz gemeint – wo ihr so stur und ohne Verstand uns auf die Hände und Hämmer schaut, als ob ihr uns jeden Handgriff abgucken wolltet!"

„Nein, nein, guter Mann, da verstehe ich nichts davon – doch sage er mir, was ist das Ziel aller eurer Mühe hier, ich meine, was für eine Ware oder Werkzeug schafft ihr da im Schweiße eures Angesichts, wie man so sagt – und für wen auch?"

„Seht ihr wohl, das wollt ihr nun doch wissen! Viele Fragen auf einmal. Na, das ist auch kein Geheimnis... heh, Juda, mein Sohn, zeige dem Bruder hier doch mal, was du da grade in der Zange hast..."

So ruft der Kerl hinter sich in die Schmiede hinein, und dreht sich dabei halb von mir weg – und zeigt dabei, dass er auf dem Hinterkopf zwischen seinen fettigen, schwarzen Locken ein kleines, kreisrundes Käppchen trägt, ganz ähnlich jenem, wie es in unserer Kirche Bischöfe und Kardinäle als Zeichen ihrer Würde benutzen. Nur, dass es bei diesem Schmied von schlichter schwarzer Farbe ist und nicht in Violett oder Karmesinrot prangt wie bei jenen.

Später erst wurde mir erklärt, dass es sich bei dieser für meine Augen so ungewöhnlichen Kopfbedeckung um eine typisch jüdische Kappe handelt, wie sie hier in Monteleone und Peio von den Angehörigen dieses verlorenen Volkes getragen wird.

Mir war das bisher nicht bekannt. Hat man ja auch, zumal als Klosterbruder, seit den durchaus gerechtfertigten, mit dem Beginn der heiligen Kreuzzüge häufiger gewordenen Vertreibungen dieses heidnischen Ungeziefers aus den christlichen Landen, Gott sei es gedankt, kaum mehr noch einen Kontakt mit diesen inferioren Menschen – fast scheue ich mich, diese noch so zu bezeichnen.

Anderswo wird ihnen meist von der Obrigkeit vorgeschrieben, die bekannten spitzen gelben Hüte zu tragen oder Ähnliches. Auch hat das allgemeine Konzil der Kirchenfürsten im Lateranpalast zu Rom vor ein paar Jahren der Welt befohlen, Juden und auch Muselmanen durch ihre Kleidung allen guten

Christenseelen eindeutig und hinreichend kenntlich zu machen. Solches erfüllt den verständlichen Wunsch jedes aufrechten Christenmenschen, schon von weitem vor jenen heidnischen Schmutzfinken gewarnt zu sein, und was durch ein grelles, weithin sichtbares Zeichen gewiss auch besser gewährleistet wird, als durch jenes nur schwer auszumachende, am Hinterkopf angeklebte Deckelchen in unauffälliger Farbe, wie sie es hier nun tragen.

Wieder ein klares Zeichen für die verlogene Hinterhältigkeit dieser Rasse, die es allenthalben versucht, sich in die braven Herden der frommen Christenkinder einzuschleichen, um dort dann ihr teuflisches Wesen zu treiben!

Man wird daher auch verstehen, welcher wahrlich schmerzhafte Schrecken mir im Nachhinein noch in die Glieder fuhr, als mir plötzlich klar wurde, dass es sich bei diesen so emsig mit der Herstellung von Messern, Lanzen- und Pfeilspitzen – denn um solche handelte es sich, wahre Massen werden davon in diesen Werkstätten auf Monteleone produziert – mit all diesem, sage ich, befassten Arbeitern und Schmieden um Angehörige jenes gefährlichen Stammes handelte. Die Haare sträubten sich mir rings um die vernachlässigte Tonsur.

Der alte Graf Riccardo ist offensichtlich nicht mehr ganz bei Verstand, dass er solche Praktiken duldet. Und seine von allen ihren Untertanen hier wegen ihrer milden und gerechten Herrschaft so begeistert gelobte Tochter Artemisia wird es gewiss noch bitter zu bereuen haben, sich diesem gefährlichen Wirrkopf Odo von Peio bei seinen unglaublichen und tadelnswerten Verirrungen angeschlossen zu haben.

Für den Bericht an Bruder Egno zu notieren:

In der mit Peio eng verbundenen Grafschaft Monteleone scheint sich vordergründig ein gewisser wirtschaftlicher Aufschwung zu entwickeln, dessen

Fortbestand jedoch aufgrund mangelnder Aufsicht und Prinzipienstrenge der Herrschaft nur als fragwürdig eingeschätzt werden kann. Weitere Erkenntnisse müssen erst gewonnen werden.

Kapitel 14

Kehla

Im Grunde waren wir viel zu ahnungslos.

Sicher, die weibliche Miliz von Peio hatte die Aufgabe übernommen, alle Mitglieder der kaiserlichen Familie zu bewachen. Aber, mach das mal, mit gerade zehn Leuten nur, und dann auch noch auf diesen ganzen wuseligen Stall von Kindern aufpassen, Tag und Nacht, und rund um die Uhr am besten.

Es ging daher gar nicht anders, wir mussten uns beschränken auf die wichtigsten Personen, eben den Kaiser und seine Gemahlin. Andere, außer diesen, waren aber nur bei ein paar besonderen Gelegenheiten noch zu behüten, wo es vielleicht dringend geboten schien, beobachtend und schützend vor Ort zu sein, so gut es eben gehen konnte, wie gesagt.

Jeden Tag saßen unsere Anführerinnen beisammen, Zeta und Cara, manchmal auch Gina, und beratschlagten, wie es zu machen war, unsere übergroße Aufgabe zu erfüllen. Und das haben wir ja auch, letztlich, wenn man hinterher natürlich auch immer schlauer ist. Ja, aber ich meine, wer hätte das ahnen können, welche wirkliche Gefahr da auf uns zukam!

Doch der Reihe nach.

Der Kaiser Friedrich und seine Gemahlin haben hier in Cremona getrennte Schlafkammern im obersten Stockwerk ihres Stadtpalastes. Darüber ist nur noch das fast ganz flache Dach. Ein bequem breiter Balkon zieht sich aber auf der Hofseite über die ganze Länge des Gebäudes und bietet so die Annehmlichkeit, sich in der frischen Luft aufhalten zu können. An eine Gefahr dachte niemand.

Bewacht wird der Palazzo im Erdgeschoss und Innenhof von einer ausreichenden Abteilung der treuen sarazenischen Garde. Auch die Treppe, die von dort im Hof nach oben führt, wird während der Nacht von denen komplett abgeriegelt, alles schien also gut gesichert.

Von unserer Leibwache der *Amazonen*, auf die der Kaiser und mehr noch die Kaiserin so großen Wert legen, sind jeweils vier gemeinsam zu einer Wache für die Nacht eingeteilt. Mindestens zwei sollten auf dem Gang vor den Schlafräumen bleiben, den anderen beiden war es gestattet, sich mit den Leuten der ohnehin meist noch anwesenden Dienerschaft in den Schlafzimmern der hohen Herrschaften selbst, vor und neben deren Ruhestätten für einen flüchtigen Schlaf niederzulegen. Unser Dienst war so schon strapaziös genug, da musste man eben sehen, wo man selber blieb mit seinen Bedürfnissen.

Nun, nicht alle von uns hielten sich da immer so genau an diese Ordnung.

In jener verhängnisvollen Nacht war Bianca bei der Kaiserin im Schlafgemach als Wache von unserer Truppe, und dort außerdem noch einige von deren

Dienerinnen, wie gesagt. Wie immer waren die Bettvorhänge um das Lager der Herrin dicht zusammengezogen, damit sie ungestört blieb vor aller eventuellen Unruhe der anderen Schläferinnen.

Bianca nun legte sich vor der Tür zum Balkon zur Ruhe, ihre Waffen neben sich und griffbereit, wie immer, und ahnungslos wie wir alle.

Draußen auf dem Gang vor den Schlafräumen hielt Gina Wache. Sie saß am Kopf der Treppe, hielt ihre handliche Armbrust schussbereit für alle Fälle und hatte gewiss vor wach zu bleiben und aufmerksam.

Beim Kaiser nun, in dem zweiten Schlafzimmer, war, wie meist in diesen Tagen, oder besser Nächten, allein nur unsere Capitana. Alle anderen Bediensteten und Pagen hatte der Kaiser hinaus und fort geschickt, er wollte mit Zeta allein sein, verständlicherweise.

Und ich selber – nun, ich war allerdings die zweite Wache auf dem Flur vor den Schlafräumen, so war das eingeteilt. Doch ich war, sagen wir, abgelenkt war ich, denn ich hatte Besuch. Mein Federico hatte sich zu mir heraufgeschlichen, für ein lange ersehntes Zusammentreffen, was hier in Cremona ja nur selten möglich war, ohne irgend ein Aufsehen zu erregen in den vollgestopften Unterkünften der gänzlich überfüllten Stadt.

Und so hatten wir uns im letzten Winkel dieses Flures vor den Schlafzimmern hinter eine dicke Truhe verzogen, die da stand und unser zärtliches Zusammenkommen vor der übrigen Welt verbarg.

Aber es war, wie gesagt, außer uns beiden hinter der Truhe, auch noch Gina da, am anderen Ende des Flures, vorne an der Treppe. Die uns ganz verständnisvoll und diskret den Rücken zuwandte und ihre ganze Aufmerksamkeit nach unten auf den vermeintlich einzigen Zugang zu diesem obersten Stockwerk gerichtet hielt.

Nun, derart war ich mit allen meinen Sinnen gefangen und in einer anderen Welt, wie man so sagt, und musste erst aus diesem weiten, leuchtenden Lande der Leidenschaften zurückgeholt werden, bis ich wieder mitbekam, was in der Welt der harten Wirklichkeiten um mich her geschah...

Dabei war es sicher noch ein Glück, dass ich dann in jenem Augenblick oben war – ihr versteht – als alles plötzlich losging, und mich von meinem Liebsten eben empor stemmte – denn hätte ich da gerade geborgen unter ihm gelegen, Augen und Ohren verschlossen und nur auf das süße, innere Feuer konzentriert – vermutlich hätte ich nichts, oder wenig, zu wenig und zu spät von dem losbrechenden Aufruhr mitbekommen. Und er ohnehin nicht. Denn mein Federico ist da stets so sehr und ausschließlich mit seinen Empfindungen und allem anderen nur auf mich ausgerichtet – und das ist ja sonst immer gerade so wunderbar...

Jedenfalls, was ich erzählen will und muss: Plötzlich war da ein Gepolter zu hören, so laut doch, dass es auch in meine erregten Gefühle vordrang. Und erschreckt springe ich ab von Federico, ohne Rücksicht zu nehmen, ob ich ihm damit was weh tue. Dann seh ich mit Entsetzen die Tür zur Kammer der Kaiserin offen stehen – und keine Gina mehr da vorne an der Treppe sitzen...

So nackig wie ich bin renne ich in meiner Panik stolpernd los und habe gerade noch soviel Verstand, meinen an der Wand abgestellten Kurzspieß zu greifen.

Auch mein Federico rafft sich keuchend auf und folgt mir in das dunkle Zimmer der Kaiserin hinein.

Erst ist nichts zu erkennen, bis sich unsere Augen an das dünne Licht von Mond und Sternen gewöhnt haben, das den Weg durch die weit geöffnete Tür zum Balkon gefunden hat. Es ist totenstill, nur der eigene Puls trommelt in meinem Kopf.

Da, direkt vor meinen Füßen aber, da liegt Gina, seltsam verdreht, in ihrem Blut, und rührt sich nicht. Mein Gott.

Rechts an der Wand kauert, leise wimmernd, eine der Dienerinnen, die Decke bis zum Kinn hochgezogen, als könne sie das wirksam schützen gegen den kalten Stahl einer Waffe. Mit weit aufgerissenen Augen starrt sie auf einen schwarz gekleideten Kerl, der vor ihr an die Wand gelehnt dasitzt.

Seine rechte Faust umklammert noch einen langen, spitzen Dolch – aber auch er regt sich nicht mehr, als ich ihn vorsichtig mit meiner Lanzenspitze angehe.

Wie sich herausstellt, hat den der Bolzen aus Ginas Armbrust geradezu an die Wand genagelt. Sie muss ihre Waffe noch in dem Moment ausgelöst haben, als sie von der langen Klinge des eingedrungenen Mörders schon tödlich erwischt wurde.

In der Nähe der Fenstertür zum Balkon liegen weitere zwei Tote mit durchtrennten Kehlen, hier wohl noch im tiefsten Schlaf überrascht. Es ist das eine weitere Dienerin – und unsere Bianca...

Wir haben keine Zeit für Ängste und Trauer: In der größten Sorge schlage ich die Vorhänge am Bett der Kaiserin auseinander: Nein, Gott sei Dank! Ihr ist nichts geschehen. Bis zu ihr ist der mörderische Eindringling nicht mehr gekommen. Der Bolzen aus Ginas Armbrust hat ihn daran gerade noch hindern können.

Frau Isabella schläft, tief und fest. Erst als ich erleichtert auf ihre Bettkante niedersinke, rührt sie sich brummend. Sie wickelt sich mürrisch aus dem langen Tuch, das sie sich mehrfach um Kopf, Ohren und Augen gewickelt hat, um ungestört von allem um sie her schlummern zu können. Das ist ihr denn ja auch soweit gelungen.

Ich verzieh mich lieber eilig, ehe ich für diese Störung der Nachtruhe noch gründlicher angerüffelt werde, und der Hohen Frau das ganze Ausmaß der Gefahr bewusst wird, in der sie eben noch geschwebt hat. Soll sich doch die andere Zofe um ihre Herrin kümmern, denke ich, oder weitere Hilfe von unten holen. Das wird reichlich Geschrei geben hier in Kürze...

„Kehla komm, wir müssen drüben nach dem Kaiser sehen!"

Federico zieht mich aus dem Zimmer auf den Flur hinaus. Er hält sein kurzes Schwert in der Rechten, ansonsten ist er noch gänzlich unbekleidet – wie das klassische Standbild eines Kriegers aus Sparta steht er da im flackernden Licht der Öllampen, alle Muskeln angespannt – ein faszinierendes Bild für meine Augen – aber bei diesem Anblick wird mir nun bewusst, dass auch ich kaum einen Fetzen am Leib trage, so wie ich eben erst hinter der dicken Truhe mit ihm hervor gekrochen bin. Doch das muss uns jetzt egal sein.

Wir hasten zu der anderen Tür, die zu dem Schlafraum des Kaisers führt.

Sie ist geschlossen und verriegelt.

Federico hämmert mit der Faust an das Holz: „Vater... bist du wohlauf? Alles in Ordnung bei dir?"

Es rührt sich nichts. Erst als Federico ein zweites Mal energisch klopft, hören wir das schabende Geräusch, mit dem ein Riegel zurückgeschoben wird.

Zögernd öffnet sich die Tür.

Friedrich, der Kaiser – stumm steht er da vor uns – und in ein blutiges Laken gehüllt!

„Vater, bist du verletzt? Was ist mit dir?" Federico drängt an mir vorbei, doch der Kaiser hält ihn auf: „Mit mir ist alles gut – aber du lauf los und hol den Medicus, meine... Zeta ist verletzt. Sie hat mir das Leben gerettet... mit ihrem Leib. Lauf schnell! Und zieh dir was an – bitte!"

Und ich – ich höre nur *Zeta* – und duck mich unter seinem Arm durch und stürme ins Zimmer hinein: Ein wildes Durcheinander da, die Bettvorhänge runtergerissen, alle Decken und Kissen voller Blut. Zwischen Bett und Fenster liegt noch so ein schwarzer Kerl, reglos und ganz ohne Leben anscheinend aber.

Und da, hinter dem Bett auf dem Boden, sitzt meine Zeta, gänzlich nackt, wie ich selber – und presst sich ein zusammengeknülltes, blutnasses Tuch auf ihre linke Brust. Sie wiegt sich mit einem leisen Singsang langsam vor und zurück.

Ich stürze zu ihr hin und will sie in die Arme nehmen – da lächelt sie schon durch ihre blutverklebten Haare zu mir hoch:

„Kehla... schau, fast wär' ich zu spät gekommen... aber dann hab' ich den doch noch ganz gut erwischt, was?"

Sie wird plötzlich bleich und verstummt, und dann verliert sie doch das Bewusstsein und sinkt mir entgegen.

Der Kaiser ist mir hinterhergekommen und steht jetzt da, neben dem Bett, in sein Laken gehüllt wie ein römischer Senator, und schaut auf uns herab.

„Los, Herr, helft mir, wir müssen sie auf das Bett schaffen..."

Er zuckt zusammen, befreit die Hände aus den Tiefen seiner vielfaltigen Hülle und packt an Zetas Beinen mit an. Sie ist schwer, ich kriege sie nur auf das Bett hinauf, indem ich sie von hinten unter den Armen packe, sie mir auflade und mich rückwärts, zusammen mit ihr auf die Matratze schiebe.

Herr Friedrich ist da unten an den Füßen keine große Hilfe.

Schließlich liege ich da, an die Wand gelehnt, die besinnungslose Zeta zwischen meinen Beinen und mit ihrem Rücken halb auf mir liegend, und presse das blutige Tuch auf ihre Wunde. Ein böser Stich ist das, zwischen der Schulter und ihrer linken Brust. Totenbleich und ohne Bewusstsein liegt sie nun da.

Herr Friedrich setzt sich auch zu uns auf das Fußende des Lagers und lässt erschöpft den Kopf hängen. Seine Toga hat er verloren.

So warten wir auf den Arzt, der hoffentlich bald zur Stelle sein wird – drei nackte Menschenkinder auf einem zerwühlten blutigen Lager – zwei Jüdinnen und ein König und Kaiser, das Oberhaupt der Christenheit auf Erden.

Kapitel 15

Mahmoud

Hochverehrter, gnädiger Herr Kanzler und Protonotarius, Herr Petrus von Vinea, und jetzo auch Statthalter des Königreiches Sizilien, etc. etc., es grüßt Euch in tiefer Verneigung Euer Diener,
Mahmoud bin Abdallah.

Welcher noch bis vor kurzem sich der festen Gewissheit zu erfreuen glaubte, Euer Gnaden höchstselbst und in eigener Person allhier zu Cremona, im Winterlager oder Hoftag unseres Herrn und Kaisers Friedrich, antreffen und sprechen zu können. Wonach dann Euch dort auch alle Neuigkeiten und inzwischen eingetretenen Entwicklungen sofort und besser als durch jeden Bericht dieses Euren Dieners zu erfassen und zu beurteilen möglich geworden wäre, und dadurch glücklich jegliches schriftliche Bemühen meinerseits ganz überflüssig, von gelegentlichem mündlichen Rapport gegebenenfalls abgesehen, doch wohl kaum mehr.

Da diesem nun nicht so ist, leider, sondern Ihr Eurer hohen Pflichten und Dienste weiterhin, und fern von hier zu Palermo oder Neapel, zu obliegen gehalten sein mögt, so verzeiht daher, aus den dargelegten Gründen Eurem ergebenen Diener, wenn er diesem Irrtum erlag. Umso mehr und mit all seinem pflichtschuldigen Eifer will er sich bemühen, das Nötige und Wesentliche hier, mit welchen bedauerlich schwachen Kräften auch immer, also nun nachzuholen.

Wie zuletzt berichtet, war ich gemeinsam mit Herrn Odo und einem ausreichenden Begleitschutz unserer Sarazenen-Garde unterwegs, von Peio dessen neu angetraute Ehefrau Adelheid von Tirol, oder *Delia,* wie sie von ihm selbst immer genannt wird, abzuholen, um sie zu seinem Vater, dem Kaiser, herzubringen und vorzustellen. Die Reise verlief zügig, auch Frau Artemisia von Monteleone und Frau Helena von Rocassa schlossen sich uns bei der Rückreise nach der treuen Stadt Cremona an.

Dort nun herrschte die beste Stimmung. Die neue Kaiserin Isabella und die ganze Kinderschar der kaiserlichen Familie waren inzwischen hier eingetroffen. Täglich wurde der große Sieg unserer Waffen über den verräterischen Bund der lombardischen Städte gefeiert und deren Abgesandte demnächst erwartet, welche die absolute Unterwerfung jener Feinde unter den Willen und die Gnade des Kaisers, und somit den ersehnten Frieden für dieses Land, bringen mussten, anders war es nicht vorzustellen.

Auch sind hierselbst weitere und bedeutende Festlichkeiten in Vorbereitung. Wie Ihr vermutlich längst wisst, wenn nicht sogar bei deren Anbahnung und Planung maßgeblich beteiligt wart – unser Herr und Kaiser Friedrich will zwei seiner ältesten Kinder verheiraten:

Enzio, seinen Lieblingssohn, offensichtlich, mit einer Erbin von großen Teilen Sardiniens, und die älteste Tochter Katharina wohl, wie man munkelt, sicherlich mit einem der bedeutendsten Fürsten seiner näheren Umgebung, oder Verbündeten hier im Norden, ein Genaueres weiß man noch nicht. Nur dass es eine prachtvolle Doppelhochzeit werden soll, dessen ist man sich sicher und in aufgeregter Erwartung.

Kaum war daher nun unsere Reisegesellschaft aus Peio hier in Cremona eingetroffen, und hatte Herr Odo die Gelegenheit wahrgenommen, seinem Vater und der neuen Kaiserin Isabella seine Ehefrau vorzustellen, da war er schon, gemeinsam mit seinen Brüdern, den Herren Enzio und Federico, wieder unterwegs, um des ersteren zukünftige Braut, Adelasia von Lacon-Gunale, Herrin von Torres, Logudoro und Gallura, in der Hafenstadt Genua abzuholen und herbei nach Cremona zu bringen. Zum Schutz dieser Reise und Unternehmung wurden ihnen ausreichend Gardesoldaten meiner Sarazenen mitgegeben. Ich selbst konnte hier zurückbleiben, um in dieser von Soldaten und Hofleuten überfüllten und unruhigen Stadt für die Sicherheit von Frau Delia und der anderen mitgereisten Damen Sorge zu tragen.

Dann aber, völlig unerwartet, mitten im Jubel der fortwährenden Siegesfeiern und der fröhlichen Hochzeitsvorbereitungen, ereignete sich ein entsetzlicher, mörderischer Anschlag auf Leib und Leben unseres Herrn und Kaisers und seiner hohen Gemahlin.

Es fällt Eurem Berichterstatter schwer, sein Entsetzen über diese unerhörte Tat zu bezwingen, und noch mit seinen mageren Worten das Unfassbare in klaren Sätzen zu schildern. Zwar darf er gewiss sein, dass auch von anderen Seiten Euch ausführliche Kunde dieses Geschehens zugehen mag, und gewiss wird diese Tat mit allen Einzelheiten noch lange ein Thema vieler Debatten sein. Aber weil auch dieser Euer Diener nicht selbst an den haarsträubenden Ereignissen jener Nacht im kaiserlichen Quartier beteiligt war, und somit nicht als ein wirklicher Augenzeuge seinen Teil zur wahrheitsgetreuen Schilderung aus erster Hand beizutragen vermag, werde ich mir, Eure gnädige Erlaubnis voraussetzend, gestatten, stattdessen im Folgenden einen Bericht anzufügen, den ich, ohne ein Wort daran zu ändern, noch aber wegzulassen oder hinzuzufügen, nach einer mündlichen Schilderung der nun wirklich nächsten Beteiligten niedergeschrieben habe.

Allein etwaige Einfügungen in Klammern [ ] stammen von mir.

Hier folgt also der Bericht der Zeta, diensthabender Anführerin der innersten kaiserlichen Leibwache und Capitana der Miliz von Peio:

Die Wachen waren in dieser Nacht eingeteilt wie immer in der letzten Zeit:

Gina und Kehla auf dem Flur vor den Schlafzimmern, Bianca bei der Kaiserin, ich bei ihm [dem Kaiser] selbst.

Obwohl es ausgeschlossen schien, dass irgendwer unbemerkt in dieses Gebäude würde eindringen können, das allein von der kaiserlichen Familie bewohnt wird, und welches im Erdgeschoss, auf dem Innenhof und auch im ersten Stock bestens und reichlich [von der Sarazenen-Garde] bewacht wurde, Tag und Nacht.

Sie [die Attentäter] müssen daher über das Dach gekommen sein. Von einem der umliegenden Gebäude wäre nur ein schmaler Spalt zwischen den Dächern zu überwinden. Allerdings haben wir nachher keine Seile oder Leitern gefunden. Wenn sie eben nicht die Fassade hinaufgeklettert kamen, müssen sie also [von Dach zu Dach] gesprungen sein, was ein gewisses Geräusch verursacht haben dürfte. Von den Überlebenden des Angriffs kann sich jedoch keiner erinnern, etwas gehört zu haben.

Ich [Zeta] schlief beim Kaiser im Zimmer. Wie Friedrich es liebt, lag ich hinter ihm auf der Bettstatt und hielt ihn in meinen Armen.

Wir wurden im Schlaf überrascht.

Als der lautlos eingedrungene Mörder plötzlich vor unserem Lager stand, schreckte Friedrich [der Kaiser] hoch, wandte sich seitlich zur offenstehenden Balkontür – wich jedoch beim Anblick des gezückten Messers heftig zurück, und fiel somit gleich wieder auf mich hernieder, sodass ich halb unter ihm zu liegen kam.

Bis ich mich frei gearbeitet hatte, und dann quer über den ganz erstarrten Friedrich [den Kaiser] hinweg nach meinen Waffen greifen konnte, die direkt neben dem Lager abgelegt waren – stieß der Angreifer zu [mit seinem langen Assassinen-Dolch] – und traf mich [Zeta] mit einiger Kraft unterhalb der linken Schulter.

Jedoch hatte ich mit der ausgestreckten Linken noch eines meiner Messer zu packen bekommen, war aber mit jener Hand [des verwundeten Armes] nicht zu mehr im Stande, als eine zwar drohende und rasche, aber nur ganz ungezielte Bewegung eines Halbkreises vor uns zu umschreiben, der den Angreifer für einen kurzen Moment aber zurückweichen ließ, sodass sich mir damit die Gelegenheit bot, das Messer in die [unverletzte] rechte Hand überzuwerfen.

Der sofort folgende Wurf der Klinge fand sein Ziel auf kurze Distanz in der Kehle des Angreifers und beendete die Gefahr.

[– Und rettete so unserem Kaiser das Leben !!]

Ich bedaure es sehr, dass meine Kräfte danach nicht mehr ausreichend waren, um noch den Balkon vor dem Fenster zu sichern und womöglich im Nebenzimmer bei der Kaiserin einzugreifen. Ich ging hinter dem Bett, noch vor der Tür nach draußen zu Boden und war außer Gefecht.

Doch war inzwischen auch nebenan, durch das tapfere Eingreifen von Gina [von der Elle] und Bianca [von Monteleone] die Gefahr schon gebannt.

Auch kam bald Kehla vom Flur herein und sicherte die Lage. Der Kaiser und seine Gemahlin blieben so unverletzt.

Zukünftig muss in jedem Fall das Dach durch weitere Wachen gesichert werden, besser noch auch alle umliegenden Nachbarhäuser.

Wir beklagen den Tod zweier Gefährtinnen, die ihre Pflicht vorbildlich erfüllt haben. Bianca und Gina wären froh, wenn sie es noch erfahren könnten, dass sie durch ihr mutiges und schnelles Eingreifen unseren Herrn Friedrich und die Kaiserin retten konnten.
[Soweit der Bericht der Zeta, Capitana der Miliz von Peio.]

Alles dieses geschah, bevor die abgeordnete Gesandtschaft, mit den Herren Enzio, Federico und Odo, ausgesandt, die Braut des ersteren von Genua herbeizuholen, nach Cremona zurückgekehrt war. Als diese Gesellschaft mit Frau Adelasia in ihrer Mitte die Hofhaltung des Kaisers hier in Cremona erreichte, war das Attentat geschehen, vielmehr durch die Aufmerksamkeit und das tapfere Eingreifen unserer weiblichen Milizen von Peio bereits vereitelt und alle Angreifer getötet.

Ich überlasse es Eurer staatsmännischen Weitsicht und Erfahrung zu beurteilen, wo die Urheber und Auftraggeber dieser schändlichen Aktion zu vermuten sein mögen. Euer Berichterstatter ist nur ein schlichter Soldat, dem es sich verbietet, hier weitere Spekulationen zu versuchen, zumal wenn diese eine naheliegende Richtung einschlagen dürften, die jedem ehrlichen Freunde und Diener unseres Kaisers die Haare zu Berge stellen müssen. Nein, von mir, als einem Angehörigen einer dem Kaiser immer treu ergebenen, wenn auch von anderen Seiten öfter als erträglich übel geschmähten Volksgruppe und Religion, kein Wort mehr hierzu. Sollen es doch die guten Christenmenschen unter sich ausmachen – und mit ihrem höchsten Oberhirten, dem *Stellvertreter Gottes auf Erden*, wie sie ihn nennen immerfort. Verzeiht mir, Herr, diese bittere Bemerkung.

Als wir nun, wie gesagt, nach Cremona wiederkehrten, lag das Attentat schon zwei Tage zurück, und die Opfer jener Untaten waren im größten Saal des kaiserlichen Palastes zu ihrer Totenfeier aufgebahrt, welche am folgenden Morgen stattfinden sollte. Einige festliche Pracht wurde vorbereitet.

Auch die schwer verletzte Capitana Zeta wurde zu diesem feierlichen Akt erwartet. Dank der großen Kunst der sarazenischen und jüdischen Hofärzte des Kaisers, allen voran Magister Theodor von Antiochia, war sie auch immerhin so weit wiederhergestellt und auf dem Wege der Genesung, dass sie schon meinte, sitzend auf einem gepolsterten Sessel oder Tragestuhl für einige Zeit an dieser Feier teilnehmen zu können. Ihre Schulter wurde mit einem dicken Druckverband zwischen linker Brust und Schlüsselbein fest bandagiert, der Arm in einer Trageschlinge gehalten und am Oberkörper fixiert. Sie sollte sich nur so wenig wie irgend möglich bewegen – wer dieses Bündel von Energie und Kraft kennt, weiß wie schwer Zeta das fallen musste. Aber nur so konnte sie bei der feierlichen Angelegenheit dabeisein.

Am folgenden Morgen dann versammelte sich der gesamte Hofstaat, mit der großen kaiserlichen Familie an der Spitze, in jenem Saal des Palastes. Auch alle vornehmen Geschlechter der guten Stadt Cremona waren zahlreich vertreten, unter anderen die Familien Dovara, die Pelavicino, die Cavalcabo und mehr.

Man stand dicht gedrängt um einen schmalen, für die Bahren der drei getöteten Frauen freigehaltenen Raum vor einer um drei Stufen erhöhten, breiten Empore.

Hier erscheinen unser Herr und Kaiser und seine hohe Gemahlin Isabella, und lassen sich dort nieder auf zwei leichten Sesseln. Dies sind die einzigen Sitzplätze im ganzen Saal, alle anderen Herrschaften müssen stehen.

Auch seine älteren Kinder versammeln sich um das Kaiserpaar: Enzio und Katharina, Federico von Pettorano, Odo mit seiner Frau, Biancafiore und Salvazza, Friedrich von Antiochia und Richard von

Theate – sogar die beiden Enkel des Kaisers, Heinrich und Friedrich, sind mit dabei auf dem niedrigen Podest. Nur die Kleinsten hat man in ihrer Unterkunft bei den Kinderfrauen gelassen.

Alle sind sie in festliche, aber schlichte, in dunklen Farben gehaltene Gewänder gekleidet, wie es dem traurige Anlass angemessen ist. Viele der Frauen im Saal tragen einen schwarz gefärbten Schleier ins Haar gesteckt, manche auch ganz über den Kopf gelegt, die Männer eine Binde aus schwarzem Stoff um den linken Arm.

Unterhalb der etwas erhöhten Empore für die kaiserliche Familie, beiderseits des schmalen freien Raumes in der Mitte, haben die Fürsten und Heerführer des Kaisers Aufstellung genommen. Diese sind alle in der vollen, blitzenden Rüstung des Ritters erschienen, mit dem Schwert gegürtet und ihrem bunten Waffenrock über dem blanken Kettenhemd.

Da steht Friedrichs Marschall Giordano Filanghieri, Herr von Candia, mit seinen Söhnen Aldoino und Lotterio und seinem Neffen Riccardo, alle mit dem blauen Kreuz auf silbernem Schilde, dem stolzen Wappen ihrer Familie auf der Brust; dann der Generalcapitan des Königreiches Sizilien und Podesta von Cremona, Tommaso von Aquino, Graf von Acera, mit seinem Sohne Adenolfo, dem Justiziar, die Waffenröcke ganz in ihren Farben Rot und Gold schräg gestreift; sodann auch der alte Gebhard von Arnstein, mit dem weißen Adler auf schwarzem Feld, der General der Truppen aus Neapel und Apulien; ferner einige Herren aus der Familie Lancia, erkennbar am schwarzen Löwen mit Krone auf goldenem Schild; und schließlich die Urslinger, Herzöge von Spoleto, die drei Brüder Konrad, Berthold und Rainald mit ihren Söhnen gleichen Namens, alle mit den drei kleinen roten Schilden auf dem weißen Wappenfelde.

Und dort auch, ganz am Rande dieser ritterlichen Schar, und lieber natürlich in der Nähe von Odo und Frau Delia steht doch tatsächlich der kleine Herzog Otto von Meranien und reckt ganz stolz seine schmale Kinderbrust mit dem Wappen seiner Familie, der Grafen von Andechs, in das flackernde Licht der Fackeln und der vielen Kerzenleuchter, es zeigt goldenen Adler und Löwen, übereinander auf dem blauen Schilde.

Draußen ertönen drei einzelne, tiefe Glockenschläge, und das leise Reden im Saale verstummt. In der Menge der Wartenden bildet sich eine Gasse von der hohen Eingangstür bis zu den aufgebahrten Toten.

Nun kommen herein die *Amazonen* aus Peio – wie die Frauen unserer Miliz spätestens seit diesem Tage von jedem respektvoll genannt werden.

Gemessenen Schrittes betreten sie paarweise in einer Doppelreihe den Saal. Alle haben sie ihre neuen Rüstungen nach Art der Römer angelegt, wie es der Kaiser ausgewählt und bestimmt hat für sie: Stiefel mit blanken Beinschienen, die kniekurzen Röcke aus breiten Lederstreifen mit aufgesetzten, ebenfalls silbernen Beschlägen, und auch solche Unterarmschienen – und die für unsere spähenden und bewundernden Männeraugen so irritierend ihren individuellen, anatomischen Formen genau nachgebildeten Brustpanzer aus kunstvoll getriebenem Silberblech.

Nur die Helme mit den hohen, bunten Federbüschen wurden heute für diese Totenfeier weggelassen. Alle diese Frauen haben ihre langen Haare zu einem gleichartigen, festen Zopf direkt auf die Kopfhaut geflochten.

Sie sind nur noch sechs: Cara, ihre jetzt die Capitana vertretende Anführerin, bei deren Auftritt und Gang inzwischen niemand mehr etwas davon bemerken kann, dass sie mit einem eisernen Stelzfuß unterwegs ist. Neben ihr Fatma, groß gewachsen und stattlich, die ebenso wie die zierliche Aliya hinter ihr aus meiner großen sarazenischen Familie zur Miliz kam. Dann folgen ihnen noch Kehla, Laia und die junge Rahel.

Aller Blicke folgen den Amazonen-Kriegerinnen bei ihrem langsamen Einmarsch. Ich kann nichts anderes als Bewunderung, Dankbarkeit und Stolz in den Gesichtern der ihnen Platz machenden Menge erkennen – doch ist mein Auge natürlich voreingenommen und nicht unparteiisch. Manch ein Klügerer als ich hat sich schon arg getäuscht, der in den Gesichtern der Menschen deren Gedanken hat lesen wollen.

Als letzte von allen kommt tatsächlich auch die verwundete Capitana Zeta in den Saal, mit den Schwestern der getöteten Bianca von Monteleone neben sich. An ihrem linken Arm, den sie in Verband und Schlinge trägt, wird sie von Artemisia gestützt, diese als einzige der ganzen Gruppe in Trauerkleidern und nicht in einer Amazonen-Rüstung. Sie geht ruhig und aufrecht, den Blick irgendwohin hoch über alle Köpfe gerichtet – vielleicht ist sie in Gedanken bei ihrem Vater, der ja noch nichts wissen kann von dem Unglück seiner mittleren Tochter. Mit ihrer rechten Hand aber drückt Zeta die jüngste der Monteleone-Schwestern fest an sich. Cordelia schluchzt völlig aufgelöst in ein verknülltes Tuch hinein und krümmt sich in dieser Umarmung, sie müht sich vorwärts mit schleppenden Schritten, an Zeta hingelehnt. Es sieht ein jeder, dass es die selber so beeinträchtigte und verletzte Capitana ist, die der anderen Halt gibt auf diesem schweren Weg.

Die Frauen machen Halt bei den aufgebahrten Toten in unserer Mitte, senken die Köpfe und schauen schweigend auf sie hinab.

Der Kaiser erhebt sich aus seinem Sessel, er steigt die Stufen der Empore hinunter und geht auf die Trauernden zu. Die Kaiserin folgt ihm.

Sie sprechen leise mit Artemisia, Zeta und Cordelia, und die Kaiserin nimmt diese auch eine nach der anderen in die Arme.

Auf einen Wink des Kaisers wird sein eigener Sessel von den Söhnen Enzio und Federico herangebracht. Er lässt ihn zwischen den Bahren der Toten abstellen und bittet Zeta dort Platz zu nehmen. Die Kaiserin tritt einige Schritte zurück zu den anderen Damen. Friedrich gibt seinem Marschall ein Zeichen.

Dieser, Giordano Filanghieri, Herr von Candia, hält des Kaisers Schwert mit beiden Händen feierlich aufrecht vor sich hin und kommt nun mit gemessenen Schritten heran. Friedrich ergreift sein Schwert, zieht es langsam aus der kostbaren Scheide und hält es im Schein der Fackeln und Leuchter in die Höhe.

„Dieses geschieht hier, euch allen und der Welt zum Zeichen Unserer höchsten Wertschätzung und Unseres Dankes für die Rettung aus Todesgefahr durch das Opfer des eigenen Lebens. Vernehmt und seht..."

Langsam, am gestreckten Arm, senkt der Kaiser sein Schwert, und berührt mit dessen Spitze leicht die eine der dort aufgebahrten Toten erst an der rechten, dann an der linken tuchumhüllten Schulter.

„Hiermit erhebe ich dich, Bianca von Monteleone..."– sodann wendet er sich zu der anderen Toten und vollzieht an ihr die gleiche Geste mit seinem ausgestreckten Schwert:

„... und auch dich, Regina von Katzenellenbogen – post mortem sed sub specie aeternitatis [nach dem Tode aber im Angesicht der Ewigkeit] – in den edlen Ritterstand, mit allen seinen besonderen, ihm gebührenden Ehren und Rechten."

Er verstummt und hält inne.

Der ganze Hof steht in tiefem, staunendem Schweigen.

Darauf dreht sich der Kaiser zu seiner versammelten Familie um und nickt hinüber in deren Richtung.

Seine Enkel, die zehnjährigen Zwillinge Heinrich und Friedrich treten vor, beide tragen sie auf ihren vorgestreckten Händen ein Bündel weißen Tuches. Beim Kaiser angekommen werden diese entfaltet und ausgebreitet – es sind weite Reitermäntel mit dem schwarzen Kaiseradler der Staufer auf dem weißen Grunde.

Friedrich selbst hilft seinen Enkeln dabei, Biancas und Ginas Leichname mit diesen Umhängen zu bedecken. Anschließend holen die Knaben aus dem Hintergrund des Saales zwei schlichte, aber gediegen gearbeitete Langschwerter herbei, wie nur die Ritter sie tragen dürfen, und bringen diese zu ihrem Großvater, dem Kaiser, der sie den Toten in die starren Hände legt.

Die ganze versammelte Hofgesellschaft steht stumm, staunend und ergriffen.

Die Zwillinge werden mit einem Nicken Friedrichs bedankt und entlassen und kehren eilig und erleichtert auf ihre Plätze unter den anderen Kindern der Familie zurück.

„Nun zu dir, meine Retterin..."

Der Kaiser wendet sich Zeta zu, die da vor ihm zwischen den Bahren der neu erhobenen Ritter-Damen auf dem Sessel des Kaisers sitzt.

„... Zeta, kniee nieder."

Sie sieht mit geweiteten Augen zu ihm auf, und holt tief Luft – zu rasch und heftig wahrscheinlich, denn ein Schmerz sticht ihr wohl jäh hinein in die verletzte Schulter – man sieht, wie sie die andere Hand auf ihre verbundene Brust presst – und danach erst ganz langsam wieder ausatmet.

Dann aber sinkt sie doch von ihrem Sitz herab, kniet auf dem nackten Steinboden nieder und hebt dort erst langsam das Angesicht wieder zu ihrem Kaiser empor.

Der schaut ihr mit ernster Miene einen langen Moment in die Augen. Dann erhebt er erneut sein aufblitzendes Schwert und berührt mit der flachen Klinge ihre rechte, die nicht verbundene Schulter.

„Niemand, niemand verdient es mehr als du, zu den edlen Rittern meines Reiches gezählt zu werden, ausgezeichnet vor allen durch deinen unerschrockenen Mut, die kühne Bereitschaft zu entschlossenem Eingreifen und wahrhaft ritterliche Selbstlosigkeit, ohne sich, den Leib und das eigene Leben zu schonen. Und mit höchstem Dank und tiefer Freude erhebe ich auch dich, Zeta, hiermit in den Ritterstand. Dein Name sei jetzt und künftig –

Zeta di Falcocuore – denn wie ich die Falken liebe, als die edelsten der Vögel – so hat dein mutiges Falkenherz allein mich aus den Händen der Mörder gerettet..."

So jedenfalls, hoher Herr, habe ich diesen leise gesprochenen letzten Satz des Kaisers verstanden. Mag er nicht ganz logisch formuliert oder verständlich sein, so brachte er doch in jener Situation Friedrichs Gefühle jener einzigartigen Frau gegenüber zum Ausdruck so gut es ihm möglich war.

Die Kaiserin aber stand nahe daneben und lächelte still.

Auch für unsere Zeta wurde nun der Rittermantel aus weißer Seide mit dem schwarzen Kaiseradler gebracht, und dieses von Friedrichs jüngster anwesenden Tochter, von Biancafiore. Mit fliegenden Elfenschritten springt sie herbei, die fast weißen Feenhaare wehen hinter ihr her, bis sie, stolz aufgerichtet neben ihrem Vater, diesem den Mantel anreicht, und sie dann beide gemeinsam Zeta darin einhüllen.

Darauf erhebt sich diese mit einiger Mühe wieder von den Knieen. Sie scheint benommen und schwankt, taumelt fast, als wolle sie Friedrich, den ihre Augen nicht loslassen, an die Brust sinken, sodass der das Schwert mit Geklirr auf den Boden fallen lassen muss, um sie mit beiden Händen an den Schultern halten zu können – erst der Schmerz unter seinem festen Griff bringt sie wieder ganz zur Besinnung.

Die kleine Biancafiore hebt das Schwert schnell vom Boden auf und reicht es ihrem Vater. Der Kaiser lässt Zeta erst zögernd los und überreicht ihr mit ernstem Blick dann wahrhaftig sein eigenes, das reichlich golden verzierte und juwelengeschmückte Schwert, mit dem er sie eben zum Ritter schlug.

Die Erstarrung der Hofgesellschaft löst sich in Flüstern und Geraune. Fast will sich ein ungeordneter Tumult anbahnen, von dem aber Zeta und der Kaiser inmitten des Geschehens nichts zu bemerken scheinen.

Doch da stößt der alte Gebhard von Arnstein, des Kaisers dienstältester General, eine Lanze mit Kraft auf den Boden, die er einer Wache der Sarazenengarde neben der Eingangstür abgenommen hat, und ruft: „Ein Hoch! Herrschaften, hört: Ein dreifaches Hoch – auf unseren neuen Ritter: Auf Zeta von Falkenherz! – und Hoch! – Hoch! – Hoch!“

Bei dem ersten dieser Hochrufe bleibt der gute Alte noch fast allein – nur die silberhelle Mädchenstimme Biancafiores hört man ihn unterstützen – bei dem zweiten Ruf dann fallen aber doch mehr und mehr Stimmen ein, und beim dritten Mal hallt es hinreichend donnernd unter die hohe Balkendecke des Festsaales hin, dass man zufrieden sein kann soweit.

Für die anschließende Totenmesse werden die Leichname hinübergetragen in den Dom Santa Maria Assunta. Dort sollen wohl auch die Beisetzungen stattfinden der neu erkorenen Ritter-Damen.

Diese christlichen Bräuche sind mir, wie Ihr wisst, wenig verständlich, noch hatte ich, als rechtgläubiger Muslim, Zutritt in die Kapelle.

Doch bei all dieser bewundernswert geschickten Inszenierung und Durchführung der so unerhörten Absichten unseres großen Kaisers wäre es gewiss zuviel gewesen, diese Erhebung einer jüdischen Kriegerin in den Ritterstand auch noch in einer christlichen Kirche zu veranstalten. Zeta lässt sich denn auch zurückbringen in ihr Krankenzimmer beim Quartier unserer anderen Milizen.

Hochverehrter Herr und Kanzler, Ihr kennt wohl meine Bedenken und Vorbehalte zu diesen mir befohlenen und abverlangten Berichten, mehr noch zu den unzureichend armen eigenen Fähigkeiten dieses Eures Dieners zu eben jener Aufgabe.

Auch diesmal geriet mein Brief vermutlich wieder viel zu umfangreich für Eure Bedürfnisse – allein es sind die geschilderten Ereignisse so neuartig und kaum zu glauben, wäre man nicht selber dabei gewesen, dass es mir berechtigt schien, einige Ausführlichkeit auch den einzelnen Schritten und Abfolgen dieser wahrhaft ungewöhnlichen Zeremonie zu widmen, und ebenso den Reaktionen des anwesenden Publikums nicht zuletzt.

Soweit, was ich zu berichten weiß.

Die offiziellen Geschehnisse, vor allem die Verhandlungen mit den besiegten Gegnern des vergangenen Feldzuges, mit den Städten des Lombarden-Bundes, haben, soweit ich weiß, noch nicht begonnen – oder entziehen sich völlig meiner Kenntnis. Vielmehr werden sie gewiss Euch auch von anderer, berufenerer Seite hinreichend mitgeteilt werden, dies bleibt meine Hoffnung.

Euer geringer Diener schließt daher nun mit der erneuerten Versicherung seiner tiefen Ergebenheit und dem Versprechen, wiederum mit Eifer berichten zu wollen, was und wovon er vermuten mag künftig, es könnte Eurer Hoheit zu wissen nützlich oder von Interesse sein.

Möge der Allmächtige, sein Name sei gepriesen, Euch gnädig segnen und beschützen,
das wünscht,
sich tief verneigend in Ehrfurcht

Mahmoud bin Abdallah

Kapitel 16

Kehla

Der Winter geht und der Frühling kommt – obwohl, so viel merkt man hier zwischen den Steinen der Stadt davon nicht. Nur hier und da streckt ein Baum seine frischen Blätter über die Mauern eines verborgenen Gartens. Ja, und es ist natürlich morgens eher hell, klar – und vom Gesang der Vögelein ist ganz in der Frühe etwas zu hören. Sobald aber das Leben in den Gassen beginnt, übertönt der endlose Lärm des Geschehens und das aufgeregte Geschrei und Gezänk der Menschen alles andere.

Auch Zeta sitzt jetzt gerne in der Sonne, meist oben auf dem freien Balkon, wo sie jetzt ganz offiziell eine Kammer bezogen hat, nicht weit von den Räumen der kaiserlichen Familie.

Langsam geht es nur voran mit ihrer Genesung und der Erholung von ihrer bösen Verletzung – das war nicht ohne. Noch immer muss ihr der Brustkorb fest verbunden werden, und den linken Arm darf sie auch ganz wenig erst bewegen und nicht mal tief Atem holen. Keinerlei Anstrengung ist ihr erlaubt von den Ärzten – sie haben Sorge, dass sonst die tiefe Wunde sich wieder öffnet.

Also bleibt sie vorerst in ihren Räumen und bewegt sich nur mit äußerster Vorsicht. Auch der

Kaiser besucht sie nicht. Besser so, das könnte glatt gefährlich werden sonst, sagte sie mir, mit einem resignierenden Grinsen, denn sie würden doch nicht voneinander lassen können und wohl stürmisch übereinander herfallen gleich, allen Bandagen zum Trotz.

Es fällt Zeta in ihrer Ungeduld schwer, diese Tage in untätiger Ruhe und Schonung zu verbringen. Wir besuchen sie oft, um zu berichten, was sich tut am Hofe und in der hier in Cremona versammelten Gesellschaft. Cara ist als ihre stellvertretende Capitana der Miliz ohnehin täglich bei ihr, um alles Wichtige abzusprechen. Wie entscheidend unsere erst von vielen belächelte Amazonen-Wache ist, hat sich ja schmerzhaft deutlich erwiesen.

Ansonsten wartet man hier immer noch auf die Gesandtschaften der besiegten lombardischen Städte für die weiteren Unterhandlungen – außerdem bereitet man sich vor auf die Hochzeitsfeierlichkeiten der ältesten Kinder des Kaisers. Obwohl noch immer nicht bekannt wurde, wer denn Prinzessin Katharina nun zum Altar führen soll. Auch Herrn Enzios Braut aus Sardinien haben wir bislang selten zu Gesicht bekommen.

Was man hört ist, dass sich ihr Bräutigam Enzio in weiten Ausritten über Land ergeht, mitunter ist er tagelang fort. Er scheint kein großes Bedürfnis zu haben, seine Zukünftige näher kennenzulernen.

Nun, da saß ich also gestern schon einige Zeit an Zetas Lager und versuchte, ihr die untätige Langeweile mit einigen solchen Mutmaßungen aufzuheitern, als der gute Tom bei uns auf dem sonnigen Balkon erschien. Zeta freute sich, ihn zu sehen.

„Hallo, mein Junge, das ist schön, dass du deine alte Capitana auf ihrem Siechenlager mal besuchen kommst!"

„Ja – ich... bin auch ganz froh, dass es dir besser geht?" Tom steht verlegen vor uns und schaut zu Boden. Die gepflegte, anteilnehmende Konversation am Krankenlager ist seine Sache wohl nicht.

Zeta klopft auffordernd neben sich auf die Matratze. Tom tritt näher, bleibt aber errötend abrupt stehen, als er erkennt, dass er dort direkt neben einem unbedeckten Schenkel zu sitzen kommen würde.

„Ja, was... weshalb ich herkomme, das ist also so... Herr Odo schickt mich... als Knappe zu dir... zu Euch." Ganz glücklich, dies soweit herausgebracht zu haben, nickt Tom, sich selber bestätigend und länger als es nötig gewesen wäre.

Zeta und ich schauen uns erstaunt an.

„Aber, Tom, du bist doch als Odos eigener Knappe im Dienst – fühlst du dich da nicht genügend ausgelastet?"

„Ja – nein – wieso?... nein, Herr Odo schickt mich, ich soll in deinen Dienst wechseln, Zeta, weil du doch jetzt als Ritter... also, als eine Ritter–in… also, weil du jetzt ja einen brauchst. Weil, jeder Ritter braucht einen Knappen. Ja."

„Aha. Und welche Dienste stellst du dir vor,

was würdest du da wohl zu tun haben bei mir?“

„Nun, wie bei Herrn Odo eben, denke ich: Um die Sachen habe ich mich zu kümmern, also, die Waffen in Schuss halten und so. Und aufwarten – also Essen holen, und zu trinken. Und das Zimmer mal fegen und lüften. Und helfen beim Ankleiden und beim Ausziehen der ganzen Klamotten und...“

Toms Eifer verstummt, und er wird nochmals um einige Grade röter von Angesicht als vorhin, als er merkt, wohin ihn seine Vorstellungen gebracht haben.

Er tritt von einem Fuß auf den anderen, schaut vor sich hin auf den Boden hinab. Bis Zeta und ich in Gelächter ausbrechen.

„Tom, ich danke dir – und Odo – für das Angebot, aber ich weiß nicht, ob das so nötig ist. Was meinst du, Kehla? Friedrich hat mich total überrascht mit diesem Ritterschlag. Ich hatte ja keine Ahnung, was er vorhatte, als ich mitten im Festsaal da vor ihm saß zwischen all diesen Leuten... ich denke, das sollte nur seine Dankbarkeit ausdrücken... naja, und sein größter Spaß ist es auch immer, die Leute durch seine unerhörten Einfälle zum Staunen zu bringen.“

„Ich weiß nicht, Zeta, ich kenne den Kaiser natürlich nicht so gut wie du,“ sage ich. „Aber das sah doch sehr feierlich und ernst gemeint aus. Ich glaube, das konnte keiner anders verstehen. Und wenn Herr Odo schon meint, dass du in deinem neuen Stande einen Knappen brauchst, so nötig, dass er dir seinen Tom herschickt, dann wird da wohl was dran sein...“

Meine Überlegungen werden unterbrochen durch ein Klopfen, das vom Rahmen der offen stehenden Balkontür herkommt, gefolgt von einem mehrstimmigen Räuspern.

„Ja, was – herein mit wem auch immer," ruft Zeta, die anscheinend noch mit weiteren Besuchen unserer Leute rechnet.

Doch herein treten zwei junge Männer, in der gediegenen Kleidung höfischer Edelleute. Fast lautlos bleiben ihre forschen, selbstbewussten Schritte in den teuren Stiefeln aus weichem Leder. Sie treten näher, bleiben stehen, und verneigen sich nach höfischer Sitte, zwei Schritte vor Zetas Lagerstätte.

„Mit Eurer Erlaubnis – und auf Befehl des Kaisers...", so beginnt der kleinere der beiden, ein ziemlich untersetzter, blondgelockter Jüngling mit weichen, freundlichen Zügen, „so grüßen wir Euch, Dame von Falkenherz. Mein Name ist Galeotto di Lancia..."

„Und Lotterio Filanghieri der meine," so kommt es rauh unterbrechend von dem anderen. Ein schlanker, hochgewachsener, dunkler Typ ist das, mit einem kalten, fast grimmigen Blick – momentan offenbar gar nicht erfreut.

„Wir sind gekommen, uns Euch vorzustellen. Auf Geheiß des Kaisers, wie gesagt, und um Euch als Knappen zu dienen in... in Eurem neu erhöhten Stande." Der rundliche Blonde führt das Wort, der andere schweigt weiterhin auf seine verbissen missvergnügte Art.

„So. Also der Kaiser schickt euch zu mir. Na... wenn er meint, dann wird es wohl so seine Bewandnis haben mit dem.“

Abwartend mustert Zeta die beiden Jünglinge in ihren vornehmen Wappenröcken: Ein blaues Kreuz auf silbernem Grund trägt der eine, einen schwarzen Löwen auf goldenem Schild der andere.

Beeindruckend – und ich sollte mir so langsam mal merken können, was dieser ganze Wappen- und Heroldskram für Sinn und Bedeutung hat, und die tausend Regeln dazu und darum herum. Ist ja alles sowas von wichtig hier, in der besseren Gesellschaft am Hofe. Und es weiß auch keiner, wie lange wir da noch mitspielen müssen in diesem umständlichen Theater.

„Und... ist das nun auch euer eigener Wunsch, in meine Dienste zu treten?“

Zetas schräger Blick bleibt bei den beiden, während sie sich mit einem gestreckten Räkeln auf dem Lager eine neue Position sucht, dabei auch ein Bein unter das andere schlägt, und der Saum ihrer ohnehin kurzen Tunika noch ein beträchtliches Stück höher rutscht, aber das scheint sie gar nicht zu stören.

„Oh, es ist...,“ der Sprecher der beiden räuspert sich ausführlich, während sein herumirrender Blick einen neuen Fixpunkt sucht, „... es ist der Wunsch unseres Herrn und Kaisers, Euch mit... mit unseren Kenntnissen vom... vom ritterlichen Leben und den höfischen Sitten und Gebräuchen zu dienen, ja..."

„Schliff und Benehmen sollen wir dir beibringen nach Möglichkeit, so habe ich unseren Auftrag verstanden," platzt es da aus dem finsteren anderen Rittersmann heraus.

„Und... und was eben sonst noch so...," stammelt der freundlichere Bursche ganz erschrocken und den hochrot entflammten Kopf jetzt heftig schüttelnd, „... wo es nottut, einzuüben an Fähigkeiten ritterlicher Art, wo es..."

„Ja, wo es dir halt doch ganz sicher mangelt noch – mal von deinen sonstigen wohlbekannten Vorzügen abgesehen," bringt der andere die Rede zu einem frechen und zweideutigen Schluss.

Oha. Da hättet ihr sehen müssen, wie geschwind unsere Capitana auf den Beinen ist: Einen Stöhner unterdrückend zwar, aber ohne Zögern springt sie vor diesen unverschämten Kerl hin und baut sich vor ihm auf, den freien Arm in die Hüfte gestützt, und so dicht vor dem miesepetrigen, eingebildeten Gockel, dass sie mit der Brustspitze fast seinen seidenen Waffenrock berührt.

„So... meint er das, Lotterio. Meint er, sich eine solche Meinung erlauben zu dürfen zu dem, was er meine *wohlbekannten Vorzüge* zu nennen beliebt, ja? Tatsächlich, wie?"

Zetas Augen blitzen den Kerl an, der da stramm aufgerichtet vor ihr steht, und sich jetzt zum ersten Mal, seit er bei uns aufgetreten ist, ein freches schräges Lächeln erlaubt zu der zornigen Reaktion, die er da provoziert hat.

„Er, Lotterio, er tut sehr gut daran, sich ab sofort keine Meinung mehr zu erlauben. Ich nun lege absolut keinen Wert auf Stellungnahmen solcher Art – und es ist mir auch ganz gleich, ob die Herren es begrüßen, in meine Dienste zu treten, als Knappen oder nicht."

„Aber..."

„Schweige er! – Auch das Grinsen wird ihm noch vergehen. Ich bin noch nicht fertig. Es steht ihm auch nicht an, den Wunsch und Befehl unseres Herrn und Kaisers zu kommentieren oder gar zu bewerten – wie im Übrigen auch mir nicht..."

Zeta schwankt leicht nach dieser autoritären Kraftanstrengung. Sie darf sich nicht zu sehr anstrengen, das wäre gefährlich für ihre Genesung, immerhin ist sie auch seit der Verwundung noch kaum auf den Füßen gewesen. Ich beeile mich, ihr einen der leichten Stühle mit geflochtenem Sitz hinzuschieben. Sie lässt sich mit einem dankbaren Seitenblick zu mir darauf fallen.

„Aber... aber wir wollten euch auf gar keinen Fall...," der Blonde sucht bestürzt nach Worten, „... oder auch irgendwie überhaupt..."

„Ja, lass es gut sein, Galeotto."

Erschöpft lässt Zeta für einen Moment den Kopf hängen und stützt sich mit dem freien Unterarm auf das Knie.

„Gut also. Selbstverständlich fügen wir uns alle der kaiserlichen Anordnung, wie wir es immer tun." Dann atmet sie durch, blickt auf und nickt den beiden so unterschiedlichen Jünglingen zu. „So wollen wir es also auch ganz offiziell machen: Legt eure Hände in die meinen, zum Zeichen der Unterordnung, und dass ich euch in meinen Dienst nehme."

Die feinen Herren stehen noch regungslos da, fast erschrocken jetzt.

„Komm her, Tom, du als erster..."

Der hat dem ganzen Auftritt nur staunend zugesehen bislang.

Jetzt tritt er heran, beugt vor Zeta das Knie, neigt seinen Kopf, schaut zu Boden und legt seine Hände zusammen in Zetas Rechte.

„Hiermit nehme ich dich, Tom von Peio, als meinen ersten Knappen in meinen Dienst, mit allen entsprechenden Pflichten und, nun ja, Rechten. Wir werden ja sehen. Nun kannst du dich wieder erheben... und jetzt du, ...Galeotto?"

Der dickliche Blonde errötet erneut heftig, reißt sich aber schnell zusammen und folgt Tom in allem nach.

Darauf braucht es keine weitere Aufforderung mehr, es genügt, dass Zeta mit ihren geöffneten Händen da sitzen bleibt.

Auch der dunkle Jüngling tritt nach einem fast unmerklichen Zögern heran von seinem Platz, wo er nach Zetas Donnerwetter wie versteinert verharrt hat.

Vor Zetas Sitz braucht er nochmals einen Augenblick, bis er das Knie beugt, sich herablässt auf den harten Boden und seine Hände in die ihren legt.

Doch dann, während Zeta wieder langsam und deutlich die bedeutungsvollen Worte spricht, schaut er nicht demütig zu Boden, wie die anderen vor ihm. Nein, dreist ruhen seine Augen auf dem nahen Anblick, den Zetas in dieser vorgebeugten Haltung aufklaffender Halsausschnitt der Tunika ihm bietet – und wieder hat er dieses freche, hintergründige Lächeln um die Lippen. Er verharrt so, und wartet es ab, bis sie es deutlich merkt, wo er hinglotzt...

Sie aber, ihre Augen verengen sich nur kurz, dann grinst sie breit – und sie verändert ihre Haltung um kein Bisschen. Soll er doch, denkt sie wohl, er wird schon bald sehen, wer hier das Sagen hat.

„Ja, das trifft sich gut", fährt sie dann fort, „dass ihr euren Dienst eben jetzt hier antretet – nicht wahr. Ist es doch die erste süße Pflicht des Knappen, seinem Herrn in allen Lagen behilflich zu sein, soweit ich das verstanden habe, was es auch sei. Zumal wenn er verwundet ist und allerlei Pflege bedarf? – Dann doch besonders, nicht wahr. Seht ihr, mir ist nun doch recht heiß geworden, ich bin völlig verschwitzt, und es tut not, mich zu reinigen. – So beginnt also euren Knappendienst und lauft in die Küche hinab, unten in den Kellergewölben, und schafft mir den Waschzuber hier herauf. Sodann soviele Eimer kalten Wassers wie nötig ist, ihn zu füllen. – Ach, und Tom, du wirst den anderen dabei nicht helfen können – du gehst zu Cara, und bittest sie, mich aufzusuchen. Es ist aber nicht sonderlich eilig damit, sie mag sich Zeit lassen durchaus."

Die beiden edlen Jünglinge stehen unschlüssig da. Wohl glauben sie es nicht recht, was sie da zu hören gekriegt haben, diesen ersten Auftrag ihrer neuen Dienstherrin.

„Und reicht mir doch eben noch meinen Messergurt her..." Der liegt griffbereit am Boden neben ihrer Matraze. Tom holt ihn ihr.

Zeta greift eines ihrer Wurfmesser heraus, und lässt dieses wie im Spiel in der Hand hüpfen.

„Ihr werdet sehen, wir können alle vieles von einander lernen, nach und nach. Hier jetzt...," sagt sie, und wirft, mit einer blitzschnellen Bewegung aus dem Handgelenk heraus, ihr Messer zur Seite weg – dass es vier Schritte entfernt in Kopfhöhe krachend im Balken des Türrahmens steckenbleibt...

„Hieran könnt ihr schon mal eure feinen Waffenröcke aufhängen vorerst. Es tut ja nicht not, sich die beim Wasserschleppen einzunässen oder unten in der rußigen Küche gar böse zu beschmutzen, nicht wahr."

Der Schreck ist den Herrschaften in die Glieder gefahren und bringt sie nun in Bewegung. Sie tun, wie ihnen vorgeschlagen.

Wo sie alle fort sind auf ihrem ersten Gang die Treppen hinunter, auch Tom ist unterwegs mit seinem

Auftrag, zieht sich Zeta ihre kurze Tunika über den Kopf und lässt sich dann von mir aus ihren endlosen Verbänden wickeln. Das dauert seine Zeit, denn es muss mit aller Vorsicht geschehen.

Mittlerweile haben die beiden neuen Knappen den kupfernen Badebottich mit einigem Gepolter und Schnaufen her zu uns auf den Balkon geschafft.

Der dunkle Bursche steht einen langen Augenblick da und gafft zu Zetas dreiviertel entkleideter Gestalt herüber, bis ihn sein kleinerer Kumpan wegzieht und zur Treppe hinaus schiebt und weiter auf ihren Weg, das nötige Badewasser zu holen.

Als sie dann mit den ersten wassergefüllten Eimern erscheinen, sind wir auch soweit. Zeta steigt mit ihren langen Beinen in den Zuber und winkt sie heran: „Ja, her damit – und ganz langsam von oben bitte..."

Da steht sie nun also, im hellen Sonnenlicht, legt ihren Kopf mit der roten Mähne in den Nacken, lässt mit geschlossenen Augen die Arme locker herabhängen – und sich das kalte, erfrischende Wasser eimerweise über den Leib rinnen. Sie genießt es und atmet tief durch.

Und auch die beiden Knappen scheinen die Unzufriedenheit mit ihrem neuen Dienste hier für einen Moment vergessen zu haben.

Der dunkle, größere gießt Zeta langsam das Wasser über den Kopf – und zeigt dabei ein geradezu genießerisches Lächeln, welches seinen bisher nur strengen und missvergnügten Zügen erheblich zum Vorteil gereicht, soviel kann man sagen.

Und der rundliche Blonde beginnt, von Zeta dazu freundlich aufgefordert, ihr den ganzen Leib mit einem weichen Schwamm gründlich abzureiben, Eifer und Sorgfalt färben ihm die runden Wangen rosig.

Deutlich besser motiviert laufen sie alsbald wieder los, um neues Wasser zu holen. Inzwischen seife ich Zeta ein von Kopf bis Fuß.

Bald sind die beiden schwer atmend mit ihren gefüllten Eimern wieder zur Stelle. Diesmal hockt Zeta sich in die Wanne und lässt sich von dem eifrigen Dickerchen die Haare ordentlich einseifen und durchkneten. Das macht er gut und mit liebevoll ausführlicher Gründlichkeit.

Der Dunkle steht daneben und mag zusehen in aller Ruhe, das stört sie nicht. Als alle Seife gut ausgespült ist, darf dieser Zeta dann noch das große Handtuch reichen, sie darin einhüllen und ihr den langen Rücken abrubbeln, wofür sie sich auch mit einem gnädigen Nicken bedankt.

Dann werden die neuen Knappen aus ihrem Dienst entlassen – mit dem Auftrag, in der Nähe womöglich ein Quartier zu suchen für sich und noch zwei bis drei weitere – ihren *Knappenstall* nennt Zeta das. Da hat sie demnach vor, ihre persönliche Dienerschar noch zu erweitern.

Kapitel 17

Odo

Das trübe Elend hat mich wieder gepackt mit aller seiner schwammigen Macht. Ich will heim, nach Peio, oder – irgendwohin. Nur, wo ich alleine bin, den Kopf hängen lassen kann, und keiner kommt und was von mir will. Wo ich nichts denken brauche, das tut alles nur weh.

So ist das mit dem Elend. Alles fällt furchtbar schwer, ist nur eine riesige Anstrengung ohne erkennbaren Sinn. Alles verflucht.

Ich bin hier in Cremona auch nicht mehr nötig, wenn ich es denn jemals war, wahrscheinlich nicht. Es fällt niemandem auf, glaube ich, wenn ich bei dem großen, bunten Spiel einfach nicht mitmache, das hier alle ständig umeinander treibt.

Es hilft auch nicht, dass die alle so fröhlich sind, um mich her. Da werden Vorbereitungen getroffen für Festlichkeiten jeden Tag, sowieso. Aber auch für Besonderes und Größeres, denn Heiraten stehen an. Bedeutende Verbindungen sind geplant, mit erheblichem politischem Nutzen natürlich – und so weiter.

Nein, das geht mich nichts an. Ja, ich habe es versucht – vergeblich – für Enzio und seine Cordelia bei Vater etwas zu bewegen – ach was, er hört auf keinen, das war vorher schon klar.

So nimmt es halt seinen Lauf, und die Puppen tanzen an ihren unzerreißbaren, goldenen Fäden, und wenn es auch ungelenk und hektisch aussieht, kein Wunder. Was können sie schon tun – nicht mehr, als zu versuchen, das Beste aus ihrem Schicksal zu machen. Und Schluss und schlecht.

Aber, wofür ich, außer dem allen, noch keine Worte habe, weil es mich erschüttert – Gina ist tot. Gefallen und getötet im Kampf gegen die Attentäter, die Kaiser und Kaiserin ermorden wollten. Gott sei es gedankt, sie konnte noch helfen, das Schlimmste zu vereiteln – so wurde sie selbst zu einem Opfer des Anschlags.

Meine Delia spürt auch, wie nah mir das geht, dieser plötzliche Tod meiner Jugendgeliebten. Von mir hat sie nichts davon erfahren, was Gina mir einst bedeutet hat, aber sie scheint doch Bescheid zu wissen. So sehr ich versuchte, mich zusammenzureißen, es ist gewiss meine Trauer und Erschütterung deutlich zu merken, jedenfalls für sie.

Da kam Delia zu mir und nahm mich lange in die Arme. „Lass nur los," sagte sie leise. „Weine ruhig um sie, das ist doch klar – du brauchst mir nichts vorzumachen."

Was bin ich für ein glücklicher Mann, mit ihr an meiner Seite.

Odo

Gina war meine erste große Liebe, mit ihr bin ich über die Schwelle in ein anderes, neues Leben getreten. Sie hat mir den Mut gegeben zu diesem Schritt ins Unbekannte und ohne langes Überlegen und Zaudern hat sie mich bei der Hand genommen. Ohne sie wäre alles anders gekommen, das ist gewiss. Der Platz bleibt ihr in meinem Herzen.

Und die arme Bianca hat den Überfall auch nicht überlebt, ja. Artemisia trägt den Tod ihrer Schwester aufrecht und gefasst, wie es von dieser starken Frau nicht anders zu erwarten ist. Sie verbirgt ihre Gedanken und Gefühle – jetzt noch mehr als sonst. Gewiss ist ihr auch Mahmoud eine Stütze und an ihrer Seite, so oft es sein Dienst bei den Sarazenen zulässt.

Ich weiß nicht, für wen die Überraschung größer war, als der Kaiser die beiden getöteten Frauen aus unserer Miliz und dann auch Zeta zu Rittern erhob – da konnte niemand darauf gefasst sein. Auch wenn sich die engere Hofgesellschaft schon an so manches hatte gewöhnen müssen in den letzten Jahren. Seinen Vertrauten und Freund, den muslimischen Emir Fakhr ed-Din, hatte Vater vor neun Jahren in Jerusalem seinerzeit zum Ritter geschlagen. Auch das damals war ein unerhörter Vorgang.

Aber Weiber im Ritterstand – das hat es noch nie gegeben, soviel ich weiß. Nun, ja sicher, man kennt die alten Geschichten von der legendären Kämpferin Sofia di Colfoso, die als Anführerin einer Reiterabteilung in mehreren Schlachten für Barbarossa gestritten haben soll – oder war es gegen ihn? Das weiß ich nicht mehr so richtig.

Jedenfalls hat keiner im Traum dran gedacht, was Vater da vorhatte. Auch Zeta selber nicht, das war ganz offensichtlich. Andererseits ist sie ja auch schwer angeschlagen und verletzt, und ließ diese ganze überraschende Prozedur nahezu regungslos nur über sich ergehen.

Der Hof stand staunend sprachlos, ein jeder hatte mit seiner eigenen maßlosen Verblüffung zu tun. Dafür ging hinterher das Gerede erst recht los und kam lange nicht zur Ruhe: Eine Frau als Ritter, eine Jüdin zumal, das ist ganz unerhört – auch wenn Zeta mit ihrer großen, aufrechten Gestalt und der feuerroten Haarflut so gar nicht den üblichen Vorurteilen diesem Volke gegenüber entspricht.

Wer aber bisher dem Gerede am Hofe noch nicht glauben mochte, weshalb denn eigentlich Zeta gerade so direkt und nah bei der Gefahr zur Stelle und bereit gewesen ist, dem Kaiser das Leben zu retten – auch der letzte musste sich nun überzeugen lassen, dass sie zur Zeit seine Bettgenossin war – die aktuelle Favoritin in der langen Reihe seiner Geliebten. So sehr man daran schon gewöhnt sein sollte, so aufregend ist es doch immer für die tratschende Meute.

Umso besser ist es für Zeta, dass sie nicht

alleine dasteht, sondern uns alle aus Peio an ihrer Seite weiß, zumal und besonders natürlich unsere kleine Truppe von *Amazonen* – diese Bezeichnung hat sich inzwischen allgemein so eingebürgert – und warum auch nicht, sie scheint mir die schlechteste nicht, zeugt sie doch auch von einigem wohlverdienten Respekt.

Aber ihr neuer Stand als Ritter soll gewiss ernst genommen werden, mit allem was dazu gehört, und nicht ein bloßes Schauspiel bleiben, eine dann nur hohle Geste der Dankbarkeit des Kaisers. Darum habe ich ihr meinen Tom geschickt, damit er ihr als Knappe dient – und siehe da, ich war nicht allein mit diesem Gedanken. Vater befahl ebenfalls zwei jungen Herren aus den besten Familien zu ihren Diensten. Das ließ den Hof erneut aufhorchen, Gerede und Spekulationen aller Art wurden entfacht.

Doch ich bin ganz sicher, Zeta wird sich souverän behaupten in dieser aufgeregten Schlangengrube am Hofe. Zunächst hat sie noch ein Mädchen aus unserer Miliz zu sich geholt, so dass die allgemeine Aufmerksamkeit sich vielleicht etwas verteilt, wo sie nun gleich vier Knappen um sich geschart hat. Ganz ähnlich den Vierer- oder Fünfergruppen, mit denen wir ja vor einigen Jahren die Ausbildung unserer Verteidigungskräfte im Dorf begonnen haben.

Außerdem bereitet sich das ruhelose Hoftheater für das nächste glänzend inszenierte Spektakel vor: Katharina und Enzio, meine ältesten Geschwister, sollen verheiratet werden – so muss man es wohl formulieren, denn nach ihren eigenen Absichten fragt Vater dabei nicht.

Als erstes ist ein offizieller Empfang ihrer zukünftigen Ehegemahle vorgesehen, während eines festlichen Abendmahles in jenem Saal des Palastes, wo noch vor wenigen Tagen Zeta und ihre beiden getöteten Kameradinnen zur Ritterwürde erhoben wurden – Gottes Wille geschehe.

Eine lange Tafel wird dort aufgebaut, in der Form eines riesigen `U` – so würde das wohl aussehen, könnte man vom Dachgebälk hoch oben auf sie herunterschauen. Auf den Ehrenplätzen an der Stirnseite der Tafel, die auf einem um zwei Stufen erhöhten Podest aufgebaut ist, nimmt selbstverständlich unser Herr, Kaiser und Vater seinen Platz ein mit Isabella, seiner für mich immer noch ganz fremden Gemahlin.

An des Kaisers freien, linken Seite wird die zukünftige Braut Katharina sitzen, neben der Kaiserin, rechts, folgt Enzio – neben diesen beiden bleibt dann jeweils ein Platz frei für ihre erwarteten Ehepartner, welche sodann im Laufe des Festmahls hereingeführt werden sollen. Adelasia von Sardinien, Enzios Zukünftige, haben wir ja schon im Hafen von Genua gemeinsam abgeholt. Sie musste sich nun wegen der anderen schrecklichen Ereignisse einige Tage gedulden bis zu diesem offiziellen Empfang am kaiserlichen Hofe.

Aber wer nun Katharinas Bräutigam werden soll, das bleibt uns allen ein bis heute ungelüftetes Rätsel. Wie zu hören war, wurden schon Wetten abgeschlossen – die Ungewissheit treibt die sensationslüsterne Meute der Höflinge schier zur Raserei. Man kann nur vermuten, was Vaters Absicht dabei ist, so ein Geheimnis daraus zu machen. Möglich, dass er bei seiner Lieblingstochter ähnliche Widerstände gegen ihren vorbestimmten Gemahl erwarten muss, wie jenes letztlich vergebliche Aufbäumen unseres Bruders Enzio gegen die für ihn ausgewählte sardinische Erbin – wenn ich mir das bei unserer braven großen Schwester auch kaum vorstellen kann.

Andererseits – und da musste mich Artemisia erst drauf bringen – andererseits ist durch alles das eine sehr gut funktionierende Ablenkung inszeniert worden. Denn eigentlich wartet man hier in Cremona doch darauf, dass die Abgesandten der besiegten Städte des Lombardenbundes erscheinen werden, um nach der Niederlage bei Cortnuova ihre gänzliche Unterwerfung anzubieten und dann zu besiegeln, und damit den endgültigen Triumph des kaiserlichen Willens. Aber die lassen auf sich warten und kommen nicht, ohne dass irgendwelche plausiblen Gründe dafür greifbar wären, so wird am Hofe gemunkelt, und wilde Vermutungen schießen ins Kraut.

Wo war ich stehen geblieben? Die Sitzordnung beim Bankett: Das Kaiserpaar in der Mitte auf der Estrade, die zukünftigen Hochzeitspaare links und rechts daneben, mit den vorerst leeren Plätzen noch, wie gesagt, und dann folgen – schon als Beginn der beiden langen Längsseiten der Tafel, aber noch mit auf dem Ehrenpodest – ich mit meiner Delia neben dem für Enzios Braut freigehaltenen Sitz. Und uns gegenüber soll meine Schwester, der Wildfang Salvazza sitzen, neben unserem besonnen zurückhaltenden Bruder Federico als ihrem Tischherrn, also die nächsten Kinder unseres Vaters.

Es hat seine Bewandnis, warum ich dies so umständlich hier aufgezeichnet habe, man wird hören und sehen. An diesem denkwürdigen Abend hatten wir auf der Empore, oder Estrade oder wie auch immer man dieses niedrige Podest nennen soll, wir hatten also unsere Sitze eingenommen – und, wie bei einem so festlichen Empfang üblich, betreten nun nacheinander die Würdenträger des Hofes und Heeres, und die patrizischen Familien der guten Stadt Cremona den Saal, um sich dem Kaiserpaar vorzustellen, ihnen ihre Reverenz zu erweisen mit ehrerbietiger Verbeugung und Hofknicks, und sich danach auf ihre vorgesehenen Plätze zu verfügen.

Prächtige Gewänder sind da zu bewundern, leuchtende Seidenstoffe, mit kostbaren Pelzen gesäumte Mäntel und Umhänge auch – so überflüssig sie auch sein mögen bei dem freundlich warmen Frühlingswetter, und zumal in der zunehmenden Hitze hier im Saal, wo überall Kerzen auf der langen Tafel und Fackeln an den Wänden das ihre dazu tun.

Verständlicher ist es da, dass viele der Damen wesentlich luftigere Festkleider tragen. Manche wohlgeformte Hals- und Schulterpartie wird gezeigt, glitzernder Schmuck, funkelnde Edelsteine und schimmernde Perlen – gern auf nackter Haut getragen – kunstvolle Frisuren und hochragende, prachtvolle Hauben. Die Reihe dieser Auftritte zieht sich eine lange Weile hin.

Als vorerst letzte betritt dann auch Zeta den Festsaal. Mit langsamem Schritt – sie muss wegen ihren Verletzungen noch unter Schmerzen leiden – und in einem schlichteren Gewand, das ihre Verbände und den beigebundenen linken Arm verdeckt. Die kleine Schar ihrer neuen Knappen begleitet sie, mein Tom und die beiden adligen Jünglinge folgen zwei Schritte hinter ihr und tragen das Schild mit dem Wappen nach, das Zeichen ihrer neu verliehenen Würde, denn den üblichen bunten Wappenrock kann sie so ja noch nicht überziehen. Bei ihr aber direkt auf beiden Seiten, auch um sie notfalls zu stützen, wird sie von zwei Frauen unserer Miliz eingerahmt. Diese beiden tragen ihre neue kriegerische Kleidung im Stil römischer Soldaten mit den kurzen Röcken aus metallbelegten Lederstreifen, den aus Silber getriebenen Brustharnischen und den passenden Arm- und Beinschienen.

„Schau nur, Odo," flüstert mir Delia zu, „das ist jetzt auf einmal die allerneueste Mode geworden am Hofe: Viele der Damen tragen jetzt ein Stück getriebenes Silber am Gürtel – ich habe mir auch eines besorgt..." – Sie zeigt mir eine rautenförmige Plakette aus blankem Silberblech, nicht viel mehr als handflächengroß, die sie am seidenen Gürtel trägt, etwa dort, wo der Bauchnabel zu vermuten wäre – und richtig, in der Mitte dieser Platte ist sogar eine runde Vertiefung eingeprägt, was wohl diesen Nabel anatomisch darstellen soll.

„Und hast du's nicht bemerkt: Auch sogar die Kaiserin trägt jetzt so einen, sieh nur! Man sagt jetzt *Damen-Tartsche* dazu. Deine Amazonen machen hier eben mächtigen Eindruck, Odo!"

Ich bin verwirrt, tatsächlich war mir nichts davon aufgefallen bisher. Aber wie ich nun umherschaue, ist es wirklich so: Mehr als die Hälfte der versammelten Damen trägt so ein silbern blitzendes Teil vor dem Bauch, mal in Höhe der Taille an eng geschlungenem Gürtel – mal etwas tiefer, und fast im Schoß, ganz lässig wie ein Schmuckstück an einem Schal um die Hüften. Auch Größe, Form und mehr oder weniger detailgetreue Ausprägung der ziselierten Platten variieren, wohl je nach Geschmack der Trägerin – oder nach dem jeweiligen Bedürfnis, Aufsehen zu erregen vielleicht auch. Denn in jedem Fall, soweit ich sehe, geht es darum, mit der kunstvoll veränderten Oberfläche des Metalls, die wirklichen anatomischen Konturen des verborgenen Körpers wiederzugeben. Überall ist auf diesen Blechen ein Bauchnabel angedeutet, nur mehr oder weniger ausgeprägt, auch oft ein diesen umgebendes, reizendes Bäuchlein – oder die sich oberhalb im flacheren Leibe abzeichnende Landschaft ausgebildeter Muskeln – diese aber, könnte man vermuten, meistens deutlicher ausgeprägt, als es im Original der Trägerin gegeben sein mag.

Eine modische Angelegenheit eben, wie es meine Delia mir zu erklären versucht, eine Spielerei aus gegebenem Anlass, eine anmutige Verbeugung geradezu der Damen des Hofes vor den Fähigkeiten und bewiesenen Verdiensten unserer *Amazonen-Wache* aus Peio.

Zeta nun wird zu ihrem Platz geleitet, und zwar drüben zu den führenden Offizieren des Heeres, und da ernst und achtungsvoll begrüßt von den Urslingern, den Aquino, den Filanghieri und so weiter, wie ich sehe. Unser Tom und ihre beiden anderen männlichen Knappen bleiben dort bei ihr und stellen sich, wie überall sonst auch im Saal, an der Wand hinter dem Sitz ihres Herren auf, um für die Bedienung an der Tafel zur Hand zu sein.

Ihre beiden Mädchen aus der Miliz verlassen aber zunächst den Saal – und erscheinen einen Augenblick später schon wieder, gemeinsam mit den übrigen meiner Amazonen-Truppe. Aber das sind jetzt nur noch sieben Frauen von den ursprünglichen zehn: Gina und Bianca sind nicht mehr unter uns – und Zeta sitzt schon drüben bei den anderen Rittern.

Wahrhaftig, wir können stolz sein auf unsere Mädchen! Der versammelte Hof und die ganze Gesellschaft der Stadt schauen voller Achtung auf sie, wie sie da in ihren römischen Uniformen, jetzt auch komplett mit den neuen, federgeschmückten Helmen, ihren kurzen, kräftigen Lanzen und den gewölbten, rechteckigen Schilden langsamen Schrittes in den Saal kommen.

Alles schweigt. Dann plötzlich fängt jemand an, in die Hände zu klatschen – und mehr und mehr der Menge machen mit, zustimmende Rufe werden laut, und bald jubelt die ganze versammelte feine Gesellschaft unserer Frauen-Truppe zu, dass es von den hohen Wänden der Halle widerhallt.

Erst als meine Delia mir lächelnd aber energisch ihre Hand entzieht, merke ich, dass ich sie ihr die ganze Zeit viel zu fest gedrückt habe.

Cara, die diese kleine Schar jetzt anführt, bleibt mit ihr in der Mitte des Raumes stehen, bis der Beifalls-Tumult abebbt. Dann wendet sie sich zu ihren Leuten um und entlässt sie mit einem Nicken auf ihre vorgesehenen Plätze.

Denn auch hier, in dieser festlichen Versammlung von hunderten Menschen, soll meinen *Amazonen* wieder die Aufsicht und der engste Schutz der kaiserlichen Familie obliegen. Sie stellen sich daher hinter deren Plätzen an der Tafel auf, die Schilde vor den Füßen auf dem Boden und in ihrem Rücken die mit allerlei Teppichen verhängten Wände, so halten sie das ganze weitere Geschehen im Auge. Alles das, der nüchtern soldatische Auftritt und das demonstrative Beziehen ihrer Posten bei den Mit-gliedern seiner Familie, führt allen ihre Bedeutung deutlich vor Augen, und welche Achtung ihr Dienst beim Kaiser selbst genießt.

Von mir unbemerkt hat noch eine Person dicht hinter der Miliz den Saal betreten, die jetzt noch abwartend in der Mitte des Raumes verharrt.

Diese ist, nun ja, schon ähnlich gekleidet wie unsere Frauen der Leibgarde – aber doch anders: Statt des römischen Helmes der Amazonen mit dem bürstenähnlichen Kamm auf dem silbernen Schädeldach, hat diese sich das dunkle Haar hochgetürmt und mit einer langen, bunten Feder besteckt. Ihr Rock geht zwar weiter hinunter, fast bis zum Boden, aber er ist vielfach geschlitzt – und sogar, wie man erst sieht, als sie sich in Bewegung setzt, das noch bis über die Hüfte hinauf. Aus Silber getrieben ist auch ihr Brust- und Rückenharnisch – doch wie soll ich es beschreiben?

Dieser Harnisch ist außerordentlich knapp beschnitten, nur wie ein Mieder etwa. Das Metall modelliert ohnehin ihre Körperformen nach, aber so wirkt es, als sei ihr der Leib fast nur silbrig angemalt – und zudem hebt es ihre Brüste empor, dass sie sich dem Lichte entgegen wölben – denn sein oberer Rand endet auch gerade dort schon, wo man deren Spitzen vermuten kann, oder eigentlich schon erwarten muss...

doch scheinen diese gerade eben noch bedeckt zu sein – ein wahrlich verwirrender Anblick. Die wohlgeformten Arme und reizend gerundeten Schultern trägt jene ohnehin ganz frei und unverdeckt.

Nun erst, als die anderen Milizfrauen, zu ihren Plätzen fortgegangen sind, nun erst richtet sich Helena von Rocassa zu ihrer vollen Größe auf – denn das ist sie, die sich in dieses Aufsehen erregende Kostüm gewandet hat. Sie hebt das Kinn und reckt sich bis auf die Zehenspitzen empor – denn sie weiß, dass jetzt alle Augen nur auf sie gerichtet sind – und dann schreitet sie mit langen Schritten und sich weit in den Hüften wiegend voran, langsam, und den hohen Schlitzen ihres Rockes alle Zeit lassend, sich bei jedem Schritt weit zu öffnen.

Vor der Empore mit dem Tisch des Kaisers und seiner Gemahlin verharrt sie einen Augenblick hoch aufgerichtet, sinkt dann aber in vollendeter Anmut nieder zum tiefsten Hofknicks. Dort, ganz unten, bleibt sie für einen Moment noch tief gebückt, hebt aber bald mit strahlendem Lächeln das kleine, herzförmige Antlitz, reckt den Hals zurück, biegt sich hoch – und erhebt sich, wie eine Tänzerin, die nackten Schultern ganz zurück genommen, die Hände weit hinten auf dem Rücken noch ineinander verschränkt – so, dass sich in dieser langen, rund rollenden Bewegung aufwärts ihre vorher schon so weit entblößte Partie zwischen vorgerecktem Kinn, Hals, Schultern und Brust mehr und mehr vorwölbt...

Übermütig dreht sie sich einmal schnell um sich selbst und lässt die Streifen ihres Rockes hoch im Kreise fliegen, bis sie sich dann, schon im Abwenden, die Kante der silbernen Brünne endlich energisch hochzieht, und mit schnellen Trippelschrittchen seitlich zwischen den Tischen wegschlüpft.

Ihr helles Lachen läuft durch den verblüfft schweigenden Saal – aber es wird aufgenommen und erwidert von meiner Schwester Salvazza drüben, uns gegenüber am anderen Flügel der Tafel, auch zu fröhlich begeistertem Händeklatschen lässt die sich hinreißen zum Ende dieser erstaunlichen Darbietung.

Jetzt erst schaue ich zum Kaiser hinüber, er lächelt leise vor sich hin, seine Brauen sind hochgezogen und die Lippen gespitzt.

Dann wendet er sich zur Seite und winkt Cara zu sich, die als stellvertretende Capitana der Garde direkt hinter dem Kaiserpaar Posten bezogen hat. Er fragt sie etwas, und erhält eine Antwort, von Kopfschütteln begleitet, soweit es unter ihrem Helm auszumachen ist, scheint Caras Gesicht gerötet.

(Als ich sie später nach diesem kurzen Wortwechsel frage, berichtet sie mir, er habe von ihr wissen wollen, wer das gewesen, ob „dieses freche Weibchen" eine von ihrer Truppe sei. Sie habe das natürlich verneint – und ihm den Namen genannt: Frau Helena von Rocassa also.)

Der Kaiser nickt und schaut zu seiner Gemahlin hinüber, welche diesen ganzen Auftritt, mit eisern hoheitsvoller Miene und ohne ein Wort zu äußern, vor sich ablaufen sah. Jetzt blickt sie kurz zu ihm hin – ich kann nicht erkennen, mit welchem Gesichtsausdruck – er aber hebt nur wie entschuldigend beide Hände und schüttelt lächelnd das Haupt.

Jene Helena aber hat sich im hinteren Teil des Saales, bei den jüngeren Offizieren auf einen Stuhl geworfen, den man dort eilig für sie freigemacht hat. Lebhaft wird sie von dieser Gruppe beklatscht und von allen Seiten prostet man ihr freudig zu. Sie stürzt einen Becher Wein hinunter und beugt sich weit über den Tisch vor, alle Männer ringsum wollen ihr anscheinend die Hände reichen oder gar küssen. Strahlend badet sie in ihrem Erfolg dort, scheinbar lange nicht achtend, dass die dürftige Bedeckung ihrer schwellenden Reize längst schon wieder nicht ganz ausreicht – bis sie sich zuletzt doch an die Lehne ihres Sessels zurückwirft, und mit neckischem Kopfschütteln sich lachend windet und dabei die knappe Kante ihres silbernen Rüstungsleibchens hochruckelt. Wer weiß, wie lange das diesmal da halten wird.

Mein Gott, ich kann es nicht ändern, wenn sie eine solche Rolle am Hofe spielen will – gewiss hat sie vor, dadurch etwas zu erreichen. Nach einem derartigen Auftritt wird es vielen Männern nicht leicht fallen, von diesen Bildern in den Köpfen wieder los zu kommen.

Man kann nur für sie hoffen – doch ich weiß es nicht einmal, was ich für sie hoffen soll – dass sie ihr vermutliches Ziel erreicht? Oder dass sie doch daran scheitert, vom Kaiser in sein Bett geholt zu werden, und vom ganzen Hof mit Spott und Häme übergossen davonschleichen zu müssen? Nach dem, was man heute sah, scheint sie zu einem Versuch durchaus entschlossen, ja, *wild entschlossen,* so kann man wohl sagen, die alte Phrase trifft es diesmal wirklich.

Ich bin recht nachdenklich und habe es gar nicht mitbekommen, dass die kaiserlichen Herolde losgeschickt wurden, um nun die Ehrengäste dieses Festmahles herein zu holen. Denn es geht hier ja um den feierlichen Empfang der Brautleute für Enzio und Katharina, Vaters Lieblingssohn und -tochter. Das ist ja ganz offensichtlich so, jeder weiß es.

Eine kräftige Fanfare weckt mich aus meiner Grübelei: Arabische Jagdhörner verkünden vom Eingang des Saales den Fortgang dieser neuesten Aufführung des glänzenden Hoftheaters.

Bei den alten Griechen kam nach dem burlesken Possenspiel dann immer die Tragödie – wollen wir für jene beiden hoffen, dass es diesmal anders kommt!

Und da sind sie auch schon: Der Herold des Reiches mit dem schwarzen Adler des Kaisers auf dem weißen Waffenrock vorneweg – und hinter ihm gleich die erwarteten Ehrengäste in festlichem Aufzug.

Kapitel 18

Kehla

Nein, oh nein! – War das zu glauben?

Ich sage dir, du hast deinen eigenen Augen nicht getraut – und das, wo du noch direkt daneben standest! Und ich stand ja gleich dabei, also hinter Prinzessin Katharina war mein Posten, und die saß auf dem Ehrenplatz neben ihrem Vater und wartete auf ihren noch unbekannten Zukünftigen, der bei diesem Festmahl nun endlich erscheinen sollte. Der ganze Hof erwartete voller Spannung dessen Auftritt.

Dabei schien sie selbst noch am ruhigsten in dem ganzen Trubel um uns her. Gefasst und still saß sie da, ließ sich so gut wie nichts anmerken und wartete ab. Anscheinend voller Vertrauen in die Auswahl und Entscheidung, die ihr Vater, der all-mächtige Kaiser, für ihre eheliche Zukunft getroffen hatte, ohne sie noch zu fragen überhaupt. Gar nicht viel anders, als in unseren jüdischen Familien und Sippschaften, wo jede alte Tante an Heiratsprojekten strickt und kungelt und für jedes Mädchen viel besser zu wissen meint, was das – vielmehr der Beste sein muss.

Aber wer kann schon hineinsehen in das Herz einer anderen. Na gut, insofern kam der unverschämte Auftritt jener Helena gerade richtig, um von aller inneren Anspannung abzulenken. Das immerhin hatte die hingekriegt.

Dreist und schamlos kam sie da hereingetänzelt am Ende, hinter uns von der Miliz, die wir da erstmal gar nichts von mitgekriegt hatten. Und dann in diesem Aufzug, der alle klebrigen Gerüchte um unsere Truppe von Amazonen-Soldatinnen zu bestätigen schien: Auf den ersten Blick ganz ähnlich unseren neuen römischen Rüstungen aus Silber und Leder – aber dann so dreist und schamlos ihren Körper allen lüsternen Männeraugen zur Schau zu stellen!

Und wie sie am Ende noch, direkt vor dem Kaiser selbst, fast ihre verdammten Möpse aus dem Mieder hopsen ließ, als grellen Höhepunkt ihrer Darbietung – also, man hätte sie glatt noch dafür bewundern müssen: Die Frau weiß, was sie will.

Aber nein, Bewunderung, wenn man das so nennen soll, erntete sie dafür reichlich und fortdauernd, als sie sich danach, mitten unter den begeisterten jungen Herren des Hofes niederließ, die sie so fröhlich und gierig umschwärmten wie ein Wurf Ferkel das mütterliche Gesäuge.

Was aber mein Federico von dieser grellen Darbietung hielt, war von meinem Platz nur schwer zu erkennen, saß er doch links in der Reihe hinter seiner Schwester Salvazza, die da ständig lebhaft und aufgeregt auf ihrem Stuhl herumhüpfte. Erst zuletzt lehnte er sich weit zurück, und schaute grinsend zu mir herüber, rollte die Augen und zwinkerte mir mit übertriebener Begeisterung zu. Ich strafte ihn natürlich mit Verachtung – soll er doch meinetwegen hingucken wie die anderen Kerle alle. Wenn er darüber vergisst, was er an mir hat, kann ich ihm auch nicht helfen.

Man möchte nur hoffen, dass die Menschen den Unterschied erkennen zwischen Frau Helenas liederlich brünstigem Possenspiel und unserem ehrlichen und notwendigen Dienst als Milizwache für Kaiser Friedrich und seine Familie – den eben erst zwei von uns mit ihrem Leben bezahlt haben.

Schließlich erwartete der ganze Hof an diesem Abend aber noch Wichtigeres.

Der Auftritt von Herrn Enzios Braut aus Sardinien und des immer noch unbekannten Bräutigams für Prinzessin Katharina stand nun unmittelbar bevor.

Es ging dann auch endlich los damit: Der kaiserliche Herold kam unter dem schmetternden Getröte der Posaunen in den Festsaal zurück.

Kapitel 19

Tom

Junge, Junge, war das ein gepfefferter Auftritt!

Diese Helena, was für ein Feger – ich habe sie euch ja schon beschrieben – also die hat es wirklich drauf, uns Männer verrückt zu machen.

Schon ihre Aufmachung, wie sie da in den Saal hereinmarschiert – heiß, das sage ich euch aber! Leider war ich zu weit weg, um das wirklich gut mitzukriegen, was sie da vor dem Kaiser für eine Schau zum Besten gab. Aber wie sie danach mit ihren wiegenden Schritten zu den Tischen der Offiziere kommt, wo ich denn ja hinter Zeta an der Wand postiert bin mit den anderen Knappen – also da war ihr knappes Mieder jedenfalls nicht mehr an der vorgesehenen Position – oder, was weiß ich denn – eher wahrscheinlich noch, dass das gerade genauso eben von dem Weib so vorgesehen gewesen ist, was?

Jedenfalls wippt und hüpft da bei ihr alles munter herum, was das Herz begehrt, und sie strahlt nur so vor Freude und offensichtlicher Lust sich zu zeigen, als sie da vor uns zwischen den Offizieren des Kaisers Platz nimmt. Die sie natürlich eilig und freudig erregt und mit großem Hallo in ihrer Mitte begrüßen, kannst du dir denken.

Und auch wenn an diesem Abend noch so einiges geschehen sollte, was die allgemeine Aufmerksamkeit auf sich zieht – dazu gleich, immer der Reihe nach – Helena versteht es auch danach immer wieder, das Zentrum des Aufsehens in ihrer Umgebung zu sein und zu bleiben: Keine Ruhe findet ihr runder, kleiner Hintern auf ihrem Sesselchen, sie rutscht fleißig herum, redet und scherzt mit allen rings um sie her, beugt sich ständig lebhaft vor, oder zur einen und anderen Seite, und wirft sich gleich darauf mit lautem Auflachen wieder zurück. Und alles, ohne jede Vorsicht walten zu lassen oder ein Aufheben darum zu machen, dass bei diesen heftigen Bewegungen und Manövern sich ständig und immer wieder das eine oder andere ihrer niedlichen Dinger mehr oder weniger im Freien zeigt. Das ist ihr alles so egal, scheint es, wenn sie sich mit begeisterter Geste beider Hände durch die ohnehin halb aufgelöste Haarpracht fährt – nur damit das lustige Tänzchen bald springlebendig wieder von vorne losgeht.

Ach ja. Wer es nicht selber gesehen hat, kann's kaum glauben, nicht wahr.

Ja, Leute, ich muss zugeben, ich war doch zeitweise reichlich abgelenkt durch die Verlockungen dieses munteren Spiels, das jene Helena da trieb vor unseren Augen und mitten in der entzückten Meute der sie umlagernden Verehrer.

So hab ich dann auch nicht alles mitbekommen

von dem offiziellen Brimborium, dem Einmarsch und der Begrüßung der Sardinen-Witwe, die wir ja schon vor paar Tagen am Hafen von Genua kennen gelernt hatten. Und auch danach noch von dem Einmarsch von diesem anderen Kerl, der mir allerdings auch irgendwie bekannt vorkam.

Aber kann man sich die alle merken, die ganzen vornehmen Kameraden mit ihrer eitel protzigen Wichtigtuerei?

Kapitel 20

Odo

Da kam sie nun also hereingerauscht:
Frau Adelasia de Lacon-Gunale, *Judicessa* – also sowas wie Fürstin – von Logudoro, Torres und auch Gallura auf der Insel Sardinien – kam mit ihren kurzen, eiligen Schrittchen, von denen sie nahezu schon außer Atem geriet – und war immer noch gewandet in ihre finsteren, ausgedehnt unförmigen Witwenkleider. Nur den üppigen schwarzen Spitzenschleier hatte sie jetzt doch weggelassen, ein langes dunkles Seidenband genügte ihr jetzt, das vom obersten Gipfel ihrer aufgetürmten Hochfrisur hinter ihr herflatterte.

Wieder wurde sie begleitet von ihrem langen alten Ritter – und auch von der schlanken, jungen Schönheit, die uns bei der Landung im Hafen von Genua auf der hohen Planke als erste vor die Augen trat, und deren Anblick dort unseren Enzio für einen irrtümlichen Moment freudiger seiner ehelichen Zukunft entgegensehen ließ. Diese nun, in ihrer eleganten, langbeinigen Erscheinung, mit der natürlichen Grazie ihrer wiegenden Schritte, bot einen krassen Gegensatz zu ihrer kurz geratenen und leider ziemlich unförmigen Herrin, die sich da mit watschelndem Schwanken auf ihren erblassenden Bräutigam heranwälzte wie eine düstere Gewitterwolke.

Enzio schaffte es eben noch rechtzeitig, sich aus seiner eingetretenen Erstarrung loszuwinden und von dem Sessel hochzuraffen, und sodann seiner ihm zugedachten Braut ein paar Schritte entgegenzugehen, um sie das letzte Stück des Weges zu ihrem vorgesehenen Sitz an seiner Seite zu geleiten. Es wurde nicht ganz einfach, ihre breite Figur zwischen den eng stehenden Tischen der Festtafel hindurchzumanövrieren.

Ihre Begleiterin blieb natürlich dicht bei ihr und war behilflich bei der notwendig umständlichen Prozedur Platz zu nehmen. Mehrfach musste diese sich dabei vor, neben und hinter ihrer Herrin zu Boden knien und ordnend eingreifen. Manch andere wäre bei diesen Diensten wohl ins Wackeln geraten oder hätte unbeholfen agiert, doch ihre Anmut und Eleganz blieben unerschütterlich – im Gegenteil, oder vielleicht so ganz besonders jetzt, aus nächster Nähe betrachtet: Hier war in jeder Bewegung und Pose der deutlich spürbare Zauber jugendlicher Vollkommenheit.

Schließlich aber war dann doch alles raschelnde Sortieren der umfangreichen Röcke vollbracht, so dass sich die sardinische Witwe endlich mit einem ungeduldigen, halblauten Grunzen zwischen uns niederlassen konnte.

Somit wurde sie auch zu meiner Tischnachbarin, denn ich hatte diese Ehre auf ihrer anderen, rechten Seite.

Nicht, dass sie sich anfangs veranlasst gefühlt hätte, sich mehr als auf das höflich Nötigste beschränkt mit mir abzugeben. Enzio, ihr Versprochener, zu ihrer Linken blieb den Abend über das hauptsächliche Objekt ihrer Aufmerksamkeit.

Ihre Hofdame verschwand klug irgendwo im Hintergrund.

Kapitel 21

Kehla

Oh, die Arme! So vorgeführt zu werden vor dem ganzen Hof und den vornehmen Leuten aus der Stadt, die sich doch alle für sowas Besseres halten, grausam.

Der kaiserliche Herold, dieser aufgeblasene Wichtigtuer, stolziert mit einem so überheblichen Grinsen vorneweg, als wollte er sagen: Schaut alle her, was ich euch für eine unterhaltsame Attraktion hier anschleppe: Ist sie nicht allerliebst? Zum totlachen?

Es fehlt auch nicht viel. Manche feine Dame des Hofes hält schon die Hände vor den Mund oder duckt sich gar zur Seite weg, als könne sie den Anblick wirklich nicht ertragen, ohne in ein verletzendes Gelächter auszubrechen. Die Herren ziehen die Brauen hoch und mustern die Ärmste meist nur mit einem kurzen Blick. Dann haben sie nur noch Augen für ihre Hofdame, die ihr in zwei Schritten Abstand folgt und die schwere schwarze Schleppe trägt. Na klar, das ist nicht anders zu erwarten, die bietet den Blicken der Kenner eine andere Attraktion.

Keiner hat die verwitwete Fürstin von Sardinien ja bisher zu Gesicht bekommen, soweit ich weiß, außer denen, die sie im Hafen von Genua abgeholt haben vor paar Tagen. Dann kam das schreckliche Attentat auf den Kaiser dazwischen. Jetzt aber sollte man nach vorne schauen wieder, das Leben geht weiter, und freudige Ereignisse stünden bevor, hieß es. Und ja, sicher, stimmt das ja auch.

So stehen sie jetzt alle hier im Saal versammelt, in festlichen Gewändern und mit gespannter Aufmerksamkeit – und haben auch schon einiges geboten bekommen, als Appetitanreger sozusagen, wenn man an den spektakelmäßigen Auftritt dieses adeligen Früchtchens Helena eben denkt.

Aber danach jetzt das: Herrn Enzios lang erwartete Braut, die ihm ein komplettes Fürstentum oder mehr ins Ehebett mitbringen soll – was für ein Absturz!

Wie eine schwarze Wolkenwand vor dem drohenden Gewitter wallt sie in den Saal – so die treffende Beschreibung, die ich später von Herrn Odo hörte. Ein kleiner, breiter Berg aus kostbarsten Spitzen und feinsten Seidenstoffen – eilig, so schnell sie eben vorwärts trippeln kann offenbar – dabei durchaus ein freundlich zufriedenes Lächeln im runden Gesichtchen unter der turmhohen, kunstvollen Frisur, mit Bändern gekrönt, und das kleine Kinn stolz und trotzig erhoben: So stürmt sie herein und voran, bis sie kurz vor der Estrade mit der hohen Tafel stoppt und mit blitzenden Äuglein wartet, dass sich Herr Enzio, ihr Zukünftiger, endlich aufrappelt, Gott sei Dank, und ihr entgegenkommt, um sie noch wenigstens für die letzten paar Schritte zu ihrem Platz an seiner Seite zu geleiten.

Mit zorniger Energie zwängt sich Frau Adelasia zwischen den hinderlich eng gestellten Tischen durch, auch Herr Odo ist aufgesprungen, um ihr Platz zu machen, und hinter seine Frau getreten. Die Hofdame lässt sich auf die Knie nieder, um in aller Ruhe die reichlichen Röcke ihrer Herrin zu ordnen.

Der Kaiser und die umstehenden Herren sehen dieser mit freundlichem Interesse dabei zu, bis sie sich nach Beendigung ihres Arrangements wieder erhebt, sich auch die schwarzen Locken beiderseits hinter die bloßen Schultern zurückwirft und abtritt in den Hintergrund.

Alles nimmt Platz, das allgemeine Gemurmel im Saal schwillt wieder an. Und man ist bereit für den nächsten Auftritt.

Kapitel 22

Tom

Na, jedenfalls kam dann die dicke Witwe von der Sardinen-Insel reinmarschiert, was nun die Braut von dem Prinzen Enzio werden soll. Die hatten wir ja schon gesehen und abgeholt vor paar Tagen.

Nun hätte man meinen können, sie hätte dafür jetzt auch ihr prachtvollstes Zeugs angezogen, für so einen Auftritt da vor seiner Familie, der neuen Verwandtschaft und der ganzen zusammengetrommelten Hofmannschaft.

Aber, wie Freund Zacco sich immer wundert: Versteh einer die Weiber! Nein, sie kommt da wieder in ihren rabenschwarzen Trauersachen. Eingewickelt in hundert Schichten wie ein Marktweib an einem Wintermorgen watschelt sie flink und zielstrebig quer durch den Saal auf ihren Zukünftigen zu.

Dem fällt das freudige Begrüßungs-Lächeln nicht so ganz leicht, und ist er auch wieder blass und bisschen grün um die Nase. Wie an dem Morgen im Hafen unten in Genova, als ihm so schlecht war zwischen den Ständen von dem Fischemarkt dort. Aber da muss er jetzt durch, da kann ihm keiner mehr bei helfen.

Frau Adelasia hat auch wieder ihre fesche Dienerin dabei, die kommt ihr dicht nach und trägt die

Zipfeln vom Rock hinterher. Auch noch so ein komisches Getue, muss sie nicht selber merken, dass der für ihre kurze Gestalt viel zu lang gemacht ist, oder? Oder ob sie glaubt, dadurch größer zu erscheinen, dass sie meterlangen Stoff hinter sich her durch den Staub schleift? Ich kann's nicht sagen.

Auch dass sie sich gerade dieses prachtvolle Mädchen als Dienerin ausgesucht hat, echt eine Augenweide ist die. Jung und drahtig, und so schlank und groß gewachsen, dass ihre dickliche Herrin dagegen noch pummeliger wirkt, also wirklich. Weiß nicht, wie ich das beschreiben soll. Vielleicht soll die ja auch gerade die Blicke ablenken von der unscheinbaren Gestalt der Alten? Und darum auch dieses ganze stumpfe Schwarz, unter dem sie sich versteckt?

Das jedenfalls funktioniert hervorragend: Alle Blicke zieht die knackige Schönheit auf sich, und nicht nur die der Männer: Sie zeigt ein strahlendes Lachen, ihre prächtigen dunklen Locken glänzen im Licht der hundert Kerzen und Fackeln – und um den langen, schlanken Hals trägt sie eine enge Kette blitzender tiefroter Edelsteine. Dafür fängt ihr Kleid erst eine Handbreit tiefer an und läßt uns die komplette Breite ihrer gar nicht schmalen Schultern sehen. Gerade dann auch in der Szene, wo sie sich da niederhockt, um ihrer Herrin beim Hinsetzen mit diesen ganzen Massen von Röcken zu helfen: Dieses ganze geschmeidige Spiel der Muskeln und Sehnen und so, da unter der glatten Haut von Hals und Schultern – ja, man wäre gerne näher dran gewesen, versteht ihr. Wie Herr Enzio etwa, der mit verwirrtem Blick gleich daneben steht. Oder wie unser Herr Odo, der hinter seine Gemahlin Delia getreten ist und dieser seine Hände auf die Schultern gelegt hat, als ob er sich da festhalten müsste.

Aber nun, ich bin da an der Wand hinter der Capitana viel zu weit weg, um das aus der Nähe richtig mitzukriegen, schade auch.

Wo dann alles seinen Platz gefunden hat, setzt natürlich das eifernde Getuschel und Getratsche im ganzen Saal wieder ein. Dieses Getue hinter vorgehaltenen Händen und das geheimnisvolle Geflüster. Oft genug gerade so laut, dass es eben nicht mehr ein Geheimnis bleibt, sondern dass es doch in die Welt gesetzt wird, als gewagtes Wortspiel oder kühne Gemeinheit, und schnell die Runde macht am Hofe zur allgemeinen höhnischen Schadenfreude.

Doch dafür bleibt nicht soviel Zeit, denn Fanfaren kündigen den nächsten Auftritt an in diesem Theater. Erwartet wird ja auch noch der vom Kaiser bestimmte Gemahl für seine älteste Tochter Katharina, was man so hörte. Von der war bisher nicht viel zu sehen. Eine ernste, blasse Rotblonde ist das, mit weit auseinanderstehenden Katzenaugen, hoch gewachsen wie ihr Bruder Enzio. Die ist still und bleibt meist so im Hintergrund. Während die jüngeren Schwestern, die dunkle, wilde Salvazza und die zarte, engelhafte Biancafiore alle Aufmerksamkeit auf sich ziehen. Von der schon sprichwörtlichen Schönheit der neuen Kaiserin aus dem fernen Engelland mal ganz zu schweigen.

Jetzt also kommt vom unvermeidlichen Lärmen der Trompeten angekündigt der nächste kaiserliche Herold in den Saal geschritten – und gleich hinter dem marschiert so ein kleiner, hässlicher Kerl, der wo mir irgendwie bekannt vorkommt... wenn mir auch das Wappen – ein goldenes Kreuz auf blauem Feld? – was er da reichlich überall auf seinen schwer herausgeputzten Festgewändern zeigt – nein, das verhilft mir auch zu keiner klaren Erkenntnis nicht.

Aber ich bin ziemlich sicher, dass ich dieses schräge Grinsen in dem ramponierten Ganovengesicht schon mal gesehen habe... ist glaub ich gar nicht so lange her.

Kapitel 23

Kehla

Ja – Isaak, Josef und Bathseba!

Unser Tom hat da mal wieder Augen nur für das Eine und steht darum feste auf dem Schlauch. Wenn das mal kein anderer ist als unser alter Freund und Spielkamerad: Ezzelino, der lüsterne Graf von Bassano und eitle Herr von Verona. Was für eine prachtvolle Besetzung für die ausgeschriebene Stelle als kaiserlicher Schwiegersohn!

Die arme Katharina muss einem leidtun.

Da marschiert er auf seinen kurzen krummen Reiterbeinen in den Saal, natürlich in blitzender Rüstung und den prächtigsten Gewändern. Im bärtig narbigen Soldatengesicht trägt er ein fröhlich freches Grinsen, das uns heute eine geräumige Zahnlücke enthüllt, wo dem tapferen Krieger offensichtlich zwei Frontzähne fehlen, wohl neuerdings erst, vielleicht seit dem Schlachtgetümmel letzten Herbst – jedenfalls war mir dieses Detail bisher noch nicht an ihm aufgefallen. Er blinzelt freudig erregt nach allen Seiten – hätte nur gefehlt, dass er noch winkend Kusshände verteilt ringsumher, wie ein fadenscheinig als Prinz verkleideter Bauer im Karnevalsumzug.

Doch mein Erstaunen wird nicht von allen im Raum geteilt. Im Gegenteil: Dieser Ezzelino ist ein bewährter Verbündeter und alter Kampfgefährte unseres Kaisers. Wäre der Gedanke erlaubt, und wäre die einzigartige Stellung des Kaisers nicht so hoch über alles Irdische erhaben, so könnte man ihn vielleicht sogar einen seiner seltenen Freunde nennen, zumal er mit Herrn Friedrich auch so ziemlich im gleichen Alter sein mag.

Aber nun soll er zum Gemahl für dessen älteste Tochter aufrücken und so die machtpolitische Position des Kaisers hier im unruhigen Norden seines italienischen Reiches sichern helfen. Wir haben bei seinem Besuch in Peio voriges Jahr erlebt, wie er seine unsauberen Finger von keinem weiblichen Hintern fernhalten mochte, der in seine Reichweite kam, und so von seinem frivol fragwürdigen Betragen genug gesehen, dass es einen schaudern lässt, ihn sich als Ehegatten vorzustellen für die vornehm stolze Kaisertochter Katharina. Es ist kein Wunder, dass mir meine Gedanken und Begriffe durcheinander geraten.

Herr Ezzelino ist nun also hier, der ruhmreiche Eroberer von Verona, Padua und Vicenza, und dort vor der Estrade mit der Hohen Tafel angelangt verharrt er, in leidlich strammer Haltung und mit unternehmungslustig vorgerecktem Kinn, wohl erwartend, dass ihm seine junge Braut nun vorgestellt werden möge.

Ja, und der Kaiser erhebt sich tatsächlich für den von seinem Sessel und lässt dem Verhängnis seinen vorgesehenen Lauf.

Mit freundlich geöffneten Armen und weiter Geste heißt er Ezzelino willkommen:

„So, lieber alter Freund und Kampfgefährte in so mancher Schlacht – hier ist sie nun, meine geliebte Tochter Katharina, deine künftige Braut. Meinen Segen sollt ihr haben!“

Jene aber hat bisher still auf ihrem Platz gesessen und dem ganzen Auftritt ohne Regung, wie erstarrt, entgegen gesehen. Jetzt braucht sie noch einen Augenblick, und ein kleines Schütteln läuft ihr durch die auch im Sitzen so vornehm aufrechte Gestalt.

Mit einem deutlichen Ruck nimmt sie sich zusammen, und erhebt sich. Und zwar so plötzlich, dass ich, die ich hinter ihr direkt meinen Posten bezogen habe, einige Mühe habe, ihren kippenden Stuhl noch aufzufangen, ehe er mit lautem Gepolter auf den Marmorboden geschlagen wäre.

Und dann steht sie da, Prinzessin Katharina von Marano, die älteste der Töchter des Kaisers, zu ihrer vollen Größe von bestimmt fast sechs Fuß aufgerichtet, und schaut ernst und ohne ein Lächeln von der um zwei Stufen erhöhten Estrade herab auf diesen altgedienten Haudegen, der da unten mit weiten Augen und sich langsam öffnenden Munde zu ihr empor starrt – und der, wenn er sich auf Zehenspitzen stellen wollte, doch immer noch nahezu einen Kopf kürzer bliebe als diese seine ihm versprochene Braut.

Dem Ezzelino fehlen da tatsächlich vorerst die rechten Worte. Er rettet sich in ein nervöses Hüsteln, senkt sein angegrautes Haupt nachdenklich und steigt sodann langsam die wenigen Stufen hinan, um an der Tafel den für ihn freigehaltenen Platz neben seiner Braut einzunehmen.

Langsam und vernehmlich schnaufend lässt er sich hernieder – und landet direkt hinter dem Tisch auf seinem breiten Hosenboden! – und seine hastig nach Halt greifenden Fäuste reißen noch das halbe Tischtuch der festlich gedeckten Tafel mit sich herunter... was für ein Schreck für den alten Kämpen – und manchen anderen, der das Geschehen in diesem Moment beobachtet.

Nur eine helle Stimme bricht in lautes Gelächter aus: – Salvazza!

Dieses wilde Kind hat von seinem Platz zur Linken des jetzt so jäh gestürzten Bräutigams dessen Stuhl mit einem stillen, beherzten Tritt eben in der Sekunde weit fort und nach hinten befördert, als sich Ezzelino auf diesem niederlassen wollte. Jetzt kräht und gackert sie vor Vergnügen über ihren gelungenen Streich und trommelt dazu mit ihren kleinen Fäusten auf die vom Tuch so plötzlich entblößte hölzerne Platte.

Alles starrt auf diese Szene, empört oder entsetzt und mit angehaltenem Atem die einen – mit spontan aufflammender Schadenfreude die anderen. Was wird nun?

Es ist der so krachend hereingelegte Bräutigam selber, der den Bann bricht: Noch hinter dem Tische auf dem Boden sitzend fängt er, anfangs hustend, ein tiefes, gröhlendes Lachen an, klatscht begeistert in seine breiten Pranken und hoppst dazu fröhlich auf seinem Allerwertesten herum.

Das gibt die Richtung vor. Bald fällt die ganze Hofgesellschaft in das ansteckende Gelächter dieser beiden dort ein.

Von Adelasia, unserer anderen Braut, ist auch ein überraschend hohes, ein geradezu jauchzendes Wiehern zu vernehmen, nachdem sie in der ersten Überraschung einen Mundvoll roten Weines prustend weit über die halbe Tafel verteilt hat.

Auch der Kaiser zeigt sich belustigt. Nur die Kaiserin zieht kopfschüttelnd die Brauen in die Höhe und stemmt sich weit zurück gegen die Lehne ihres Sessels – und Katharina wendet sich zur Seite ab und leidet still mit wundem Blick.

Salvazza ist nun aufgestanden und bietet Ezzelino beide Hände an, um ihm wieder auf die Beine zu helfen – der ergreift diese auch, akzeptiert also anscheinend ihr freundliches Friedensangebot – und reißt sie aber mit einem so plötzlichen Ruck von den Füßen, dass Salvazza mit einem spitzen Schrei ihm direkt auf den Schoß plumpst!

Jetzt ist er es, der johlend das aufs Neue ausbrechende Gelächter anführt – und ihr, Salvazza, bleibt nichts anderes übrig, als mit guter Miene einzustimmen.

Doch als er sie noch mit einigem energischen Stoßen des Beckens, auf seinem Schoß ins Hüpfen bringt, wie man es vielleicht bei allerlei Reiterspielen mit kleinen Kindern auf den Knien machen mag – da springt sie doch lieber behände und flink wieder auf die eigenen Füße und sieht zu, seine Reichweite zu verlassen. Wohl bedenkt sie ihn mit einem schrägen Blick, doch scheint sie ihm nicht ernstlich böse zu sein.

Ezzelino rollt sich hustend und schnaufend zur Seite, kommt auf alle Viere und von da auch wieder in die Höhe. Der prächtige Waffenrock ist ihm hochgerutscht, durch diese ganze lebhafte Aktion, und lässt da einen breiten, nackten Streifen seiner stattlich gewölbten und üppig schwarz behaarten Leibesmitte über den zerknitterten Beinkleidern sehen, was dem Guten die freie Gelegenheit gibt, sich dort mit einigem Behagen die Schwarte zu kratzen – bis er sich doch die Kleider wieder herabzerrt, in aller lässigen Ruhe, abwechselnd vorne, hinten, seitlich – und sich dabei brummend um sich selber drehend, einem gut gelaunten Tanzbären ähnlich, und gänzlich unbehelligt vom ringsum zuschauenden Publikum.

Dann sitzt er endlich auf seinem Platz, greift fröhlich zu einem gut gefüllten bronzenen Pokal und hebt diesen, nach allen Seiten zuprostend – zuletzt aber mit einer galanten Verbeugung linkerseits zu seiner jetzt wieder breit lächelnden Partnerin in dieser wilden Posse. Die aber dann, gerade als sie zum Trinken ansetzt, noch einen so kräftigen Klapps auf die Schulter von ihm abbekommt, dass ihr der Wein in einem hohem Bogen über den Rand des Bechers schießt und quer über den Tisch bis zu den Hunden, die sich im Stroh vor der Tafel schon um die ersten ihnen zugeworfenen Knochen balgen.

Aber auch das scheint Salvazza ihm nicht übel nehmen zu wollen. Von meinem Posten hinter den beiden an der Wand kann ich im Laufe des Abends beobachten, wie es weitergeht. Lebhaft und vergnügt unterhalten sie sich, Ezzelino und Salvazza, mitunter gar in ver-schwörerisches Gelächter ausbrechend, ganz so, als seien sie allein auf der Welt. Nur gelegentlich wendet er einen kritisch abschätzenden Blick hinauf zu seiner auf der anderen Seite, sozusagen über ihm thronenden Braut, die ihrerseits gänzlich unberührt scheint von dem munteren Geschehen neben ihr und in resig-niertem Schweigen verharrt.

Als im Laufe des Abends nicht nur die allgemeine Fröhlichkeit des Festmahls Fahrt aufnimmt und immer ausgelassener wird, beginnen Salvazza und Ezzelino ein neues Spiel: In den Lachen des verschütteten Rotweins feuchten sie Brotreste an und formen fleißig Kügelchen daraus, mit denen sie dann in eifrigem Wettstreit nach anderen Gästen an den Tischen zu schießen beginnen. Jeder Treffer wird jubelnd gefeiert und abgeklatscht.

Man meint, dem ungezogenen Treiben der Lausbuben aus der letzten Bank zuzusehen, das ein ohnmächtiger Lehrer nicht zu unterbinden vermag – nur dass es diesen hier im Saal ja nicht einmal gibt.

Prinzessin Katharina jedenfalls erhebt sich bald von ihrem Sessel. Sie schaut im Stehen noch einmal kurz diesen Kinderpossen zu, und verlässt sodann, ohne ein weiteres Wort an ihren zukünftigen Gemahl zu verlieren, mit gesenktem Haupt die Halle.

Wie es meine Pflicht gebietet, folge ich ihr, um sie sicher zu ihrem Schlafraum zu geleiten.

Kapitel 24

Odo

Der nächste Morgen stand in einem strahlend kaltem Blau vor den eleganten schmalen Strebepfeilern der Loggia im zweiten Stock des Palazzos, wo Delia und ich unser Frühstück einnahmen.

Ihre neue kleine Dienerin bediente uns, so gut sie es konnte – ein ganz mageres und fast rabenschwarzes Ding, das sie vor ein paar Tagen auf dem Sklavenmarkt am Flussufer einem schmierigen arabischen Händler abgekauft hatte. Kerri heißt sie. Das verschüchterte Mäuschen hat noch vieles zu lernen, auch dass sie bei uns bald kein Sklavenmädchen mehr sein wird.

Man meldet uns einen Besucher, einen Mönch, der mich unbedingt und dringend zu sprechen wünsche. Sonderbar, wer weiß, was das wieder zu bedeuten hat.

Bald stürmt ein langer, dünner Franziskaner zu uns herein. Die Kapuze der groben braunen Kutte hat er tief über den Kopf gezogen, so dass man nichts weiter von ihm zu sehen bekommt. Größte Vorsicht und Geheimhaltung scheint angebracht bei diesem Besuch.

Eilig tritt er heran, wirft sich vor uns auf die Knie nieder und fleht mit einer hohen Stimme:

„Odo, du musst mir helfen... ich muss hier schnellstens weg!“

„Ja, wer aber...?“ – mir bleibt die Sprache weg, wieder einmal.

Doch Delia hat sich schon erhoben, tritt zu dem Bittsteller hin und stellt ihn sanft aber bestimmt auf seine Füße: „Komm nur, Mädchen. Es ist gut, dass du zu uns gekommen bist. Und gewiss wird auch alles Weitere gut, du wirst sehen...“

Ich sehe staunend auf meine Frau, die schon alles durchschaut und verstanden zu haben scheint...

„Aber...“

„Na, nun nimm mal die Kapuze herunter – sonst begreift es unser Odo noch nächsten Palmsonntag nicht, wer du wirklich bist! Männer sind da einfach etwas langsam, weißt du.“

Und ja, die Kapuze fällt, und ein ruppig kurz geschorener, blonder Kopf kommt zum Vorschein. Und ein bekanntes Gesicht – aber immer noch braucht es einige Augenblicke, bis ich's kapier: Tatsächlich, es ist meine Schwester Katharina.

Gestern noch der große Gala-Auftritt für sie im Festsaal mit allem Pomp als zukünftiger Braut vor der erwartungsvollen Hofgesellschaft – und jetzt erscheint sie hier verkleidet als ein Bettelmönch, und die Haare radikal abgeschnitten und geschoren bis auf einen kranzförmigen Rest. Denn, wahrhaftig, sogar die Tonsur eines Ordensbruders, diese komische, kahle Stelle auf dem Hinterkopf, hat ihr jemand verpasst –

und ein paar frische, blutende Schnitte gleich mit.

Mein langes sprachloses Kopfschütteln unterbricht sie, indem sie sich zu meinen Füßen niederlässt und meine Hände greift:

„Odo, du musst mir helfen, ich muss hier schnellstens weg, ich werde diesen... ich kann diesen kindischen Narren Ezzelino nicht heiraten, niemals! Da... da geh ich sonst ein wie ein verdurstender Fisch! Soll Vater ihn doch auf seinen Schoß nehmen und verhätscheln, wenn er ihm so lieb und wichtig ist, oder meinetwegen adoptieren, oder was weiß ich... lieber bring ich mich um!"

„Na... nein... Schwester, das bitte nicht..."

„Das kann doch keiner wollen, nicht wahr, Odo? – Wir müssen ihr jetzt helfen. Dieser Ezzelino ist ja nun auch wirklich kein... kein Prachtmensch zum Liebhaben, das kannst du doch verstehen, oder? Na – jetzt sag doch was, Odo!"

Delia schüttelt mich in ihrer Ungeduld an der Schulter.

„Wie?... ja. Aber wie soll das gehen? Willst du jetzt als wandernder Bettelmönch auf Pilgerfahrt gehen... und hoffen, dass dich keiner erkennt ? Du bist ja völlig verrückt geworden, Katharina."

„Lieber verrückt meinetwegen – und was wagen für sein Leben, als lebenslänglich eingekerkert mit diesem... diesem ekligen Kindskopf. Hast du gesehen, wie er sich gemeinsam mit Salvazza zum Affen gemacht hat, gestern im Saal? Vor aller Augen?

Niemals. Wenn du mir nicht helfen willst, dann muss ich eben allein..."

Mit wildem Blick springt sie auf und will hinauslaufen – doch sie stolpert nach ein paar Schritten in ihrem weiten, fußlangen Gewand, stürzt zu Boden und bleibt da im Krampf weinend liegen.

„Verdammt, Odo! Siehst du nicht, wie verzweifelt sie ist? – Erstmal bleibst du jetzt bei uns, Katharina. Hat dich irgendjemand gesehen auf dem Weg her? – Nein? Das ist schon mal gut. Dann werden wir weitersehen... diese Verkleidung als Mönch finde ich eigentlich gar nicht schlecht..."

Delia hilft ihr hoch und bringt sie zurück an unseren Frühstückstisch. Dort nötigt sie sie, sich auf ihren eigenen Platz zu setzen.

„Man müsste dich zu uns nach Peio bringen, da wärst du sicher und verborgen vor der übrigen Welt – und vor allem völlig außer Sicht des Hofes. Nur kannst du dahin natürlich nicht ganz alleine unterwegs sein... zu unsicher und gefährlich, zumal in diesen kriegerischen Zeiten mit heimziehenden Soldaten auf allen Straßen. Und wir können dich nicht begleiten, das würde Aufsehen erregen. Außerdem müssen wir hierbleiben in Cremona bis diese Hochzeitsfeiern vorbei sind."

„Na, es wird dann wohl nur noch die von Enzio und seiner Zukünftigen stattfinden, wenn Katharina jetzt vor allem flüchtet...", mehr fällt mir nicht ein dazu, sehr klug fühle ich mich nicht.

Delia überlegt weiter und geht dabei an der Balkonbrüstung auf und ab.

Meine Kehle ist völlig trocken, ich muss erst einen Schluck von dem verdünnten Wein haben und meine Stimme freihusten.

„Hört mal... ich wollte doch ohnehin bald... weil ja mein Tom jetzt als Knappe zu Zeta gegangen ist..."

„Tom! Odo, das ist es! Der und sein Esel, von dem du mir erzählt hast, mit dem komischen Namen, und seiner Karre..."

„Archimedes, so heißt der Esel..."

„Ja, egal – also, was meinst du?"

„Also, genau das habe ich ja sagen wollen... ich wollte ja sowieso wen nach Peio schicken und einen der anderen Jungs von da herholen lassen, damit der den Tom bei mir als Knappe ersetzt. Die sind hier ja alle so genau mit der Etikette bei Hofe, man steht ja geradezu nackig da, wenn man nicht vorne und hinten von Dienern und Knappen begleitet wird und..."

„Gut, Odo, aber warum du das wolltest ist ja jetzt egal. Jedenfalls Tom und sein Esel mit ihrer Karre – die könnten doch ganz unauffällig so einen wandernden Bettelmönch ein Stück mitnehmen, ohne dass sich da einer was bei denken muss, oder? – Das ist es!"

Katharina richtet sich auf, wischt sich noch schniefend mit dem weiten Ärmel ihrer Kutte die Tränen aus dem Gesicht und nickt vor sich hin.

Dann atmet sie tief durch und schaut uns an, vom einen zur anderen: „Also dann. Ich danke euch sehr... und nichts wie weg von hier!“

Richtig, es hat keinen Sinn, noch lange abzuwarten. Im Gegenteil, am besten, sie ist fort aus der Stadt, still und unbeobachtet, und schon möglichst weit auf den Straßen vorangekommen, ehe es überhaupt auffällt, dass sie nicht mehr zur Verfügung steht für Vaters Heiratspläne.

Ich gehe dann selbst zum Palast der kaiserlichen Familie, wo auch Zetas Quartier zu finden ist, um dort Tom zu suchen und dem seinen neuen Auftrag zu erklären. Ich muss mich durchfragen, denn Zetas Knappen sind anderswo untergebracht, und dort ist er dann auch.

Er hört sich an, was ich zu sagen habe – natürlich verrate ich ihm nichts davon, wer sich wirklich unter dem ärmlichen Habit eines Franziskaners aus braunem Wollstoff verbirgt. Für Tom heißt es nur, ein Mönch dieses Bettelordens ist möglichst schnell und ohne jedes Aufsehen fort nach Peio zu bringen mit dem Esel und seiner Karre und so weiter.

Ernst und stumm sieht er mich an, begeistert scheint er nicht, Peio bald wiederzusehen.

„Was ist, Tom, hast du Bedenken?“

„Nun ja, Herr Odo, nein, Bedenken deswegen weniger... es ist nur... die Sache ist wohl die... ich lasse

Laia nicht gerne alleine hier, wisst Ihr, mit diesen eingebildeten Schnöseln da, die wo jetzt auch mit uns die Knappen der Capitana sein sollen auf einmal. Das ist mir nicht ganz geheuer so, wisst Ihr..."

„Dann... dann werde ich Zeta bitten, uns deine Laia solange als Dienerin auszuleihen, bis du wieder zurück bist. Und ja, überhaupt möchte ich, dass du noch einen von den Jungs aus dem Dorf mitbringst, wenn du zurück kommst."

„Ihr meint, den Zacco oder den Luca?"

„Ja, einer von denen soll an deiner Stelle bei mir Dienst tun zukünftig. Denn du wirst ja wieder bei Zeta sein danach."

„Ja. Das muss ich ja wohl. Aber ich weiß nicht, welcher von denen..."

„Sonst bring sie halt beide her. Werden wir dann sehen. Jetzt mach voran, es ist eilig. Ich gehe gleich noch zu Zeta und kläre das alles mit ihr."

„Und... Laia?"

„Jaja, mein Junge – die nehmen wir mit zu uns hinüber, versprochen."

Hier war alles gesagt, und wir trennen uns. Ich mache mich auf den Weg zurück zu dem großen Stadtpalast, in dem die ganze kaiserliche Familie untergebracht ist, und mit ihnen inzwischen auch Zetas Quartier.

In der Eingangshalle und dem quadratischen Innenhof wimmelt es von Wachen der sarazenischen Leibgarde des Kaisers. Alle Eingänge sind doppelt und dreifach gesichert seit dem mörderischen Anschlag letztens.

Es ist ein kleines Wunder, dass Katharina in ihrer Verkleidung hier unbemerkt herausgeschlüpft ist. Vielleicht hat sie das Glück gehabt, dass die muslimischen Soldaten doch Scheu haben, einem unbekannten Christenmönch prüfend unter die Kutte zu schauen.

Ich bin eben ein paar Stufen die breite Steintreppe hinauf, da kommt mir von oben Dukas entgegen, der Capitan generalis der Sarazenen:

„Herr Odo, da seid Ihr ja schon – ich wollte gerade nach Euch schicken. Unser Herr, der Kaiser – möge er ewig leben – verlangt nach Euch. Es scheint dringend. Haltet Euch gleich links im ersten Stock."

Nun, dieser Wunsch geht meinem Besuch bei Zeta freilich vor.

Oben habe ich die breite, um den ganzen Innenhof herum laufende Galerie im ersten Stock fast erreicht, als sich schon die Doppeltür zu Vaters Empfangszimmer öffnet – und Graf Ezzelino heraustritt, Katharinas bisher vorgesehener Ehegatte. Er sieht mich kommen, nickt mir vergnügt zu, zwinkert schelmisch, wie es seine Art ist – und geht mit kurzen, hüpfenden Schritten zur Seite ab, pfeift auch ein unharmonisches Liedchen dazu, und scheint ganz zufrieden so mit sich und der Welt. Jedenfalls keineswegs irgendwie beunruhigt. Katharinas Verschwinden aus diesem Palast hat wohl noch niemand bemerkt.

Vater sitzt allein am Fenster, als ich sein Empfangszimmer betrete, vor einem runden, orientalischen Tischchen aus getriebenem Messing mit allerlei Flaschen und Trinkpokalen darauf. Er winkt mich gleich heran.

„Odo, gut, dass du da bist. – Höre, ich habe meine Pläne geändert. Katharina wird den guten Ezzelino nicht heiraten, sie ist zu... nun ja, sie ist nicht die Geeignete dazu eben. Mein Wunsch an dich, suche sie auf und bring ihr das schonend bei. Sie ist ein braves Mädchen und wird schon darüber hinwegkommen. Vielleicht kannst du dich die nächste Zeit etwas um sie kümmern, gemeinsam mit deiner reizenden und klugen Frau, ja? Und sie soll uns bloß aus den Augen bleiben, wenn sie sich's doch schwer zu Herzen nimmt – ich kann keine jammernden und verheulten Weiber um mich ertragen, das weißt du. Es ist nun, wie es ist, und punktum basta."

Was soll ich dazu sagen? Ich verbeuge mich sprachlos – und beteure sodann, mein Bestes versuchen zu wollen, um Katharina zu trösten, und so weiter, gewiss, wie immer.

„So, na gut. Und noch eines, mein Sohn. Wenn du nach deinem Peio zurückkehrst, nach den Hochzeiten nächste Woche – würdest du wohl bitte meine Enkel Heinrich und Friedrich mitnehmen zu euch. Sie sind jetzt zwar schon zehn, bald elf Jahre alt geworden, aber immer noch von allzu schwacher, oder, *wie es die Ärzte nennen, von zarter humoraler Constitution*. Man sagte mir, bei Zwillingen sei das häufiger so. – Wie auch immer, man darf jedenfalls hoffen, dass ihnen eine Veränderung der Lebensumstände gut tun dürfte. Die freiere Luft der Berge und so weiter, pipapo, du kennst das Geschwafel der gelehrten Quacksalber. Aber es mag etwas Wahres daran sein. Ich kann mich selber nicht genug um sie alle kümmern – meine neue Gemahlin hat auch anderes im Sinn, und sie ist außerdem mit unserer jungen Brut beschäftigt... ja, wenn meine geliebte Bianca noch lebte,wäre so manches anders..."

Vaters Rede stockt für einen Augenblick bei den Gedanken an die große Liebe seines Lebens, die auch für uns Geschwister alle, die ganze zusammengewürfelte große Schar seiner Kinder, eine großartige Ersatzmutter gewesen ist. Bis sie vor vier Jahren aber diese Welt verlassen musste, von uns allen beweint.

Sein Blick wandert von den Fransen des seidenen Tischläufers, mit denen seine Finger spielen, hinauf zu der prachtvoll geschnitzten Kassettendecke aus Pinienholz hoch oben.

„Nun... jedenfalls, ich hoffe, dass die Zwillinge da draußen bei euch, bei deiner Frau und dir – ja, und auch nicht zuletzt unter der Anleitung der Capitana eurer Miliz – vielleicht besser gedeihen werden. Vor allem körperlich gestärkt, kräftiger und lebendiger, auch einfach selbstbewusster vielleicht – das wünsche ich mir für sie. Ich bin sicher, ihr werdet gut auf sie achtgeben."

Das war wieder ganz typisch für ihn. Man musste den Kaiser schon gut kennen – und dann noch höllisch aufpassen – dass man es richtig mitbekam, wie Zeta, seine Geliebte, die ihm vor einigen Tagen erst das Leben gerettet hatte, da in einem Nebensatz, nur eben leichthin gesprochen, vom Hof entlassen wurde – oder weggeschickt noch eher! Aber warum? Und wenn Zeta ging, oder gehen sollte, würde das für die übrige Amazonen-Leibwache wohl auch bedeuten, mit uns nächstens heimzukehren.

„So. Und unser Engelchen Biancafiore nehmt ihr am besten auch gleich mit. Ist mir viel zu verträumt, das Kind. Holt mir die mal richtig wieder auf die Erde herunter – na, das wird Zeta schon hinbekommen. Und für die weitere Ausbildung der Kinder in höfischen Sitten und adeligem Betragen hat sie ja ihre beiden Knappen aus den besten Familien an ihrer Seite. Die werden ihren Teil zur Abrundung der Ausbildung beitragen, denke ich."

Sieh an. So hat er sich das gedacht und alles eingefädelt. Nur – da war doch noch etwas gewesen...

„Vater – Ihr sagtet vorhin etwas von *nach den Hochzeiten*... wenn aber doch Katharina gar nicht mehr heiraten soll, so ist es ja nur noch Enzio, der seine Adelasia..."

„Ja, richtig, Odo. Aber nein, ich habe es dem guten Ezzelino schon so lange versprochen, dass er mein Schwiegersohn werden soll, nicht wahr – und wenn er Katharina nun partout nicht will, so gebe ich ihm eben Salvazza zur Frau. Da ist er auch ganz zufrieden mit. Hat sich mit der letztens beim Festempfang ganz prächtig schon verstanden und vergnügt. War ja gar nicht zu übersehen, welchen Spaß die zwei da mitein-ander hatten."

Damit war ich entlassen. Für die Heiratsprojekte unseres kaiserlichen Vaters war es offensichtlich kein Problem, eine Tochter ohne lange zu fragen durch die nächste zu ersetzen.

Für mich wurde es nun auch Zeit, an die frische Luft zu kommen.

Kapitel 25

Mahmoud

An den hochgeehrten, weisen und gelehrten Herrn, Herrn Petrus von Vinea, Kanzler des Reiches, Statthalter des Königreiches Sizilien, und so vieles mehr, erlaubt sich zu senden diesen rechtschaffenen Bericht – in hoffentlich der gebotenen Kürze und gleichwohl Ausführlichkeit – Euer untertänigster und beflissener Diener,
Mahmoud bin Abdallah.

Allah der Allmächtige, sein Name sei gepriesen, er schenke Euch alle Gesundheit, Weisheit und Langmut dieser unvollkommenen Welt – er allein wird wissen, wie sehr wir Geringeren alle auch dieser bedürfen.

Unser hoher Herr, der Kaiser und König Friedrich, sieht selbige Langmut inzwischen, so ist zu beobachten, schon allzu hart und eben lange auf eine Probe gestellt, denn die nach der gewonnenen Schlacht vom vorigen Herbst erwarteten Gesandten und Unterhändler der besiegten Feinde sind hier in Cremona immer noch nicht eingetroffen. Man scheint es dort so eilig oder gar nötig nicht zu haben, das eigene bangende Geschick wieder in die Gnadensonne unseres Kaisers zu rücken. Oder man weiß schon von der hohen Wahrscheinlichkeit, mit welcher diesbezüglich nicht mehr so gar viel zu erhoffen sein wird. Doch dieses umso weniger, je länger man wartet sich zu unterwerfen, das sollte doch wohl die naheliegende Schlussfolgerung sein – es sei denn, jener niedergeschlagene Bund der abtrünnigen lombardischen Städte fände schon wieder eitle Hoffnungen in erneuerten Ränken und verräterischem Wahnwitz.

Doch genug von diesem, denn was sollen auch Euch, Hoher Herr, die Überlegungen eines schlichten Soldaten wie mir bedeuten oder gar nützen.

Wie gut vielleicht auch, dass den kaiserlichen Hof, gleichermaßen wie die Civitas der guten Stadt Cremona, noch andere Themen derzeit in Atem halten, denn es wurde mit allem Glanz und prachtvollem Prunk eine doppelte Hochzeit gefeiert:

Herr Enzio bekam die verwitwete Fürstin von Sardinien zur Gemahlin – wie Euch gewiss bekannt sein dürfte – und der Herr von Verona und Padua, unseres Kaisers alter Verbündeter und treuer Kampfgenosse, Herr Ezzelino da Romano, Graf von Bassano, erhielt die Hand der jungen Kaisertochter Salvazza. Welches Euch vielleicht neu und überraschend sein mag, denn es war hierorts lange das Hofgespräch, es solle die ältere Schwester, Prinzessin Katharina, diesem verheiratet werden.

Wie es zu dem einen kam – und zu dem anderen nicht, vermag ich Euch nicht zu erklären. Tatsächlich auch ist diese Katharina, die bisher wohl als unseres hohen Herrn und Kaisers Friedrich Liebingstochter gelten durfte, sie ist seit jener überraschenden Wendung ihres Geschickes verschwunden und der verwundert rätselnden Aufmerksamkeit der Hofgesellschaft gänzlich entzogen.

Die feierliche Vermählung der beiden besagten Paare wurde mit allem gehörigen Pomp in dem erst vor wenigen Jahren nach der Zerstörung durch ein Erdbeben wieder aufgebauten Dome Santa Maria Assunta begangen und gefeiert – Euer, in den Augen jener machtbewussten Kirche, nur heidnischer Berichterstatter musste während dieser Zeremonien wiederum mit der übrigen sarazenischen Leibgarde draußen auf dem Vorplatz bleiben.

Es wurde dort im Dom auch ohne uns eng genug. Fast wäre es schon beim Einmarsch der vornehmen Herrschaften zu handgreiflichem Streit um den Vorrang und die besten Plätze gekommen, hätte nicht der kluge Graf von Aquino mit Unterstützung seiner Söhne gleich im Eingang des Gotteshauses die mit kopfloser Geltungssucht andrängende Menge geteilt und geordnet: Herren und Damen des Hofes zu seiner Linken, die vornehme Crema der Eingeborenen dieser guten Stadt Cremona zu seiner Rechten.

(Verzeiht mir dies dürftige Wortspiel, gnädigster Herr – mag es dem Umstand geschuldet sein, dass mir diese für Euch übernommene Pflicht getreulicher Berichterstattung, so mühselig und fragwürdig sie mir anfangs erscheinen musste, inzwischen doch wahrhaftig bei Gelegenheit mitunter ein kleines, stilles Vergnügen zu bereiten imstande ist.) (Verzeiht wiederum und gleichwohl, dass ich Euch hier mit diesen, meinen so unerheblichen Gefühlsregungen zu belästigen wage!)

Bald nach ihrem hohen Hochzeitsfeste brachen die jungen Paare auf in ihre jeweiligen Heimatlande. Welche Bezeichnung nun allerdings nicht zu wörtlich zu verstehen ist (gemeint sei hier das Akzidenz *jung* in der benutzten Floskel), da es so offensichtlich weder auf den Bräutigam des einen Hochzeitspaares zutrifft, welcher an Lebensjahren dem Vater seiner Braut gleichkommen mag, wenn er diesen nicht sogar übertrifft – noch auf die immer noch überwiegend in Witwenschwarz auftretende Braut des anderen, über deren wahres Lebensalter zu spekulieren jedoch jegliche, hier gebotene höfliche Diskretion verbietet.

Ein ganz unbedarfter Beobachter des Festes hätte wohl annehmen können, als die beiden Paare aus dem Portal des Domes traten und sich dem pflichtgemäß jubelnden Volke zeigten, die vier Hauptpersonen dieses doppelten Aktes seien über Kreuz vertauscht passender sortiert gewesen: Der alternde Haudegen mit der Witwe doch schon vorgerückten Alters, und der stattliche, seinem Vater so ähnliche, jugendliche Kaisersohn mit jener fast noch kindlichen, jedoch bezaubernd temperamentvollen Prinzessin.

Wie gesagt, reisten nach dem Ende der dreitägigen Festlichkeiten die frisch vermählten Paare ab, jedes in seine alte oder für den Partner zukünftige Heimat. Herr Enzio schiffte sich ein zur Insel Sardinien, deren nordwestliche Ecke mit hinreichend anzunehmender Sicherheit, die ganze nördliche Hälfte aber, wie gemunkelt wurde, durchaus nur vielleicht und mit Glück, ihm seine eingeborene Gemahlin in eine gemeinsame Herrschaft mitzubringen versprechen konnte. Gleichwohl wurde er vom Hofe schon mit lauten Zurufen als *König von Sardinien* in jene Zeit verabschiedet, welche man gemeinhin, aber sonst vielleicht mit mehr Anschein der Berechtigung, als die *Flitterwochen* zu bezeichnen gewohnt ist.

Einige junge Ritter aus dem Kreise seiner Freunde wollen ihn dorthin begleiten. Ich sah in dieser Gruppe unter anderen einen der Lancias und auch einen Urslinger der jüngeren Generation. Auch sein Bruder Federico von Pettorano ist mit dabei, eigentlich ist dieser ja der ältere der beiden, wurde aber bei der väterlichen Heiratsvermittlung offenbar übergangen. Ob nun der Kaiser seinem Lieblingssohn Enzio mit dieser in die Jahre gekommenen Erbin wirklich eine begehrenswerte Partie verschafft hat, muss sich erst erweisen.

Die vor wenigen Tagen in den für ihr Geschlecht unerhörten Rang eines Ritters erhobene Capitana jener Amazonen, Zeta von Falcocuore – wie sie nun heißt – diese allerdings geht zurück nach Peio, wie man hört, um sich dort vollständig von den erlittenen Verletzungen zu erholen.

Ihren Platz als Favoritin im Bett unseres erhabenen Herren und Kaisers soll aber an ihrer Stelle, hurtig und zielstrebig, vorerst eine gewisse Helena von Rocassa eingenommen haben, so jedenfalls wird es am Hofe herumerzählt, nachdem diese sich bei einem Festmahl letzthin vor aller Augen für diese besondere Position sehr engagiert und offensiv beworben hatte. Ob sie diese Stellung für längere Frist wird behaupten können, dürfen wir, die wir unseres Herrn Friedrichs wechselhafte Gunst und unbeständige Vorlieben schon länger miterleben, wohl eher bezweifeln.

Hoch geehrter Herr, dieser mein Brief schließt mit der zagenden Sorge, ich könnte hiermit Euer Interesse und Eure Geduld zu sehr beansprucht haben mit eitlen Klatschgeschichten und nichtigen Hirngespinsten. Möget Ihr Eurem geringen, in höfischen Dingen so unbewanderten Diener den gezeigten Übereifer gnädig verzeihen, der doch, wie Ihr wohl wissen mögt, nicht eitler Angeberei entspringt, sondern vielleicht zu beflissener, steter Bemühung, Euren Wünschen in alle Richtungen vorauseilend und umfassend Genüge zu tun.

In tiefer Verneigung und Ehrerbietung verharrend,

Euer eifriger Diener
Mahmoud bin Abdallah.

Kapitel 26

Kehla

Das war wieder ein freches Ding – so typisch für diese Brüder!

Es war noch früh am Morgen, ich hatte in der Nacht keinen Wachdienst und sie also bei Federico verbracht. Wir waren eben erwacht – und gerade nochmal zärtlich miteinander zugange – genauer gesagt, lag ich wie ein Frosch auf seinem Bauch, und er war… na, ihr könnt es euch denken.

Da klopft es laut an der Kammertür, irgendein sonderbarer Rhythmus, das kriege ich aber nur so halb mit in meiner besonderen Lage...

Und ohne ein Zögern ruft Federico: „Herein!"

Und ich aber, völlig geschockt, will noch eilig, als die Tür schon aufschwingt, von ihm runter rollen – da hält der Schuft mich aber stur an Ort und Stelle und, mit beiden Händen auf meinem Hintern, fest an sich gepresst. So kann ich mich nicht rühren, nur gerade noch einen Zipfel der Decke über mein blankes Hinterteil ziehen – und meinen hochroten Kopf zur Wand drehen, als wäre ich gar nicht da! Schöne Bescherung...

„Ohaho...", sagt sein Bruder Enzio, wie er da forsch zu uns hereinmarschiert kommt, „... ich will euch auch gar nicht lange stören, bei... bei diesen..."

„Ach lass nur, macht nichts... wir lassen uns gar nicht stören, was? Schatz?“

Federico hat jetzt einen Arm unter den Kopf geschlagen und es sich da unter mir gemütlich gemacht, während er mit der anderen Hand meinen Hintern nochmals fester an sich presst.

Mit einem halblauten „...du Schuft“ entweicht die vorerst letzte Luft aus meinem Leib. Für andere muss es eher wie ein schmachtender Seufzer klingen...

„Na, das ist doch schön“, freut sich Enzio für uns. Ganz ungezwungen geht er dicht vor unserem Lager in die Hocke nieder.

„Also, ich habe jetzt Vater und auch meine gnädige Adelasia so weit...“

„Sag überhaupt mal, Bruder, wie waren denn deine ersten Nächte mit dieser Holden eigentlich? War sie auch vollauf zufrieden mit ihrem jugendlich stürmischen Liebhaber, was? Hat es allen Beteiligten den größten Spaß gemacht?“

Federico räkelt sich bei diesen mitfühlenden Erkundigungen voller Wohlbehagen und hält mich dabei weiterhin so unerbittlich an seine Lenden gedrückt, dass mir erneut ein gepresstes Stöhnen entfährt. „Ja, sag, Enzio, hast du sie auch so zum Quieken gekriegt, Alter, heh?“

Dieser bescheuerte Angeber!

Ich versuche, mich hochzustemmen von seiner Brust, so weit es geht – mag sich Enzio meinetwegen meine baumelnden Brüste auch noch aus der Nähe betrachten, soviel gibt's da ncht zu bewundern an den kleinen Dingern, pah.

Der schaut dem denn auch ganz freundlich zu, still und vergnügt.

„Hmh, ja..." fährt er schließlich fort, von meinen wütenden Blicken ganz unbeeindruckt, „ja, du kannst – ihr beide könnt uns nämlich begleiten. Nach Sardinien hinüber, in mein neues Königreich. Nächste Woche fahren wir schon ab dahin. Ein Dutzend Ritter nehmen wir auch mit, dort etwas kriegerischen Eindruck zu machen kann ja nicht schaden."

„Ja fein!" Federico ist gleich begeistert. „Würde ich mir schon gerne ansehen, was du dir da erheiratet hast, Brüderchen!"

„Und was wird mit deiner Cordelia? Die willst du dann einfach so hier zurücklassen?" Das möchte ich nun doch gerne von Enzio wissen.

Es ist mir gelungen mich, mit dem einen Arm wenigstens, auf Federicos Schulter soweit hoch zu stemmen, dass ich versuchen kann, die herumwandernden Blicke seines Bruders einzufangen.

„Aber nein, Mädchen...", ganz sanft und fürsorglich streicht mir Enzio eine feuchte Lockensträhne hinter das Ohr. „... aber nein, meine Cordelia kommt auch mit. Ihr beide, du und sie, ihr bildet sozusagen unsere offizielle Leibgarde, für Adelasia und mich, als *Amazonen* eben, nicht wahr. So können wir dann nämlich alle zusammen bleiben."

„Pah, lass das!"

Ich versuche mit energischem Kopfschütteln meine Haare aus seinem vorwitzigen Griff zu befreien – ganz vergeblich. Also lasse ich den Kopf wieder auf Federicos Brust niedersinken. Wenn es Enzio solche Freude macht, meine heftig verschwitzten Strähnen zu ordnen, soll er doch. Ist jetzt auch nicht mehr von Bedeutung.

„Aber diese Adelasia ist doch auch gar nicht dumm, die merkt doch gewiss bald, wie es wirklich steht mit Cordelia und dir... und dann..."

„Dann aber zieht ein gewaltiger Sturm auf über dem Mittelmeer und wirft im schönen Sardinien alles über den Haufen!" So fällt nun Federico in meine Bedenken ein und untermalt das beschworene, lebhafte Unwetter vergnügt mit erneuten, sprunghaften Stößen seines Beckens, dass ich einen heißen Moment lang die Luft anhalten muss. Dieser Halunke der.

„Jaja, da habt ihr beiden Recht, dumm ist die Fürstin Adelasia keinesfalls, und schon misstrauisch fast außerdem. Deshalb dachten wir auch, Cordelia und ich, dass wir zur Sicherheit einfach tauschen würden. Also, dass Cordelia, um meine gute Gemahlin gehörig in die Irre zu leiten, dass sie jetzt sich breit und deutlich so aufführt, als wäre sie deine Geliebte, Federico... und sie freut sich schon diebisch auf diese Schauspielerei und das ganze erforderliche Theater. So bleiben wir jedenfalls alle zusammen. Das Weitere wird sich finden."

Na, da denke ich mir so meinen Teil. Und forme derweil ein paar Kringel aus den schwarzen Härchen da auf Federicos Brust vor meiner Nase.

„Aber warum...“, wende ich dann doch noch ein, „...warum bleibe ich nicht einfach bei Federico, wie jetzt, und Cordelia kommt als meine Gefährtin mit und als eine weitere Leibwache meinetwegen, und so weiter – warum überhaupt dieser überflüssige Rollenwechsel und der ganze Zirkus, der da dranhängt?“

„Na schau mal, Schatz, du bist doch eben mehr oder weniger... wie soll ich das sagen, du bist halt eher für eine solche Rolle nicht so...“, Federico druckst herum.

„Jetzt sag mal gleich nix Falsches, mein Lieber!“ Es wird Zeit, mich wieder hochzustemmen und meinen Liebsten streng bei den Ohren zu greifen.

„Nein, Kehla, du darfst deshalb nicht böse werden, Federico hat schon Recht... was er sagen wollte, ist wohl, dass meine Cordelia einfach die deutlich auffallendere Erscheinung von euch beiden ist, nicht wahr. Mit ihren goldenen Locken, ihrer ganzen Ausstrahlung und der Art sich zu bewegen, und ihrer umwerfend üppigen Figur, die nun wirklich jedes Auge auf sich zieht, nicht wahr...“

Enzio gerät mächtig ins Schwärmen, wie er da sein Mädchen beschreibt. Soll er doch meinetwegen – nur die schrägen Blicke herab auf meine anscheinend so wenig aufregende Blöße könnte er sich jetzt bitte sparen.

„... da ist es einfach viel glaubhafter, wenn sie die Rolle der Geliebten meines Bruders spielt. Wo sie doch sicherlich ohnehin vornean in der Aufmerksamkeit aller Beobachter stehen wird. Während du eben nicht... nicht gleich so auffällst... und eher die Begleiterin im Hintergrund spielen könntest."

So, da habe ich also mein Fett abgekriegt. Zum Ende ist er doch etwas verlegen geworden.

„Pah...", sage ich nur, „macht doch was ihr wollt, ihr Auskenner und Besserwisser...", und drehe den Kopf zur Wand und versuche, mir die Decke über den Kopf zu ziehen. Sie werden schon sehen, was sie davon haben. Hauptsache ist ja doch, ich bin dabei und mit von der Partie.

„Na, fein, dann hätten wir ja alles geklärt, und ihr wisst Bescheid", sagt Enzio noch, erhebt sich und wuschelt mir nochmal kräftig durch den Haarschopf, der es ihm ja irgendwie angetan zu haben scheint.

„Da will ich euch dann auch nicht länger stören bei euren... euren Verrichtungen. – Ich sag nur: Weitermachen!"

Und so verlässt er uns, die Tür klappt laut hinter ihm zu.

Mein Federico lacht vor sich hin, drückt mir einen Kuss aufs Haar – und fängt schon wieder an, eifrig an mir herumzufummeln.

Offensichtlich hat er die unmögliche Situation recht genossen, denn während ich danach nur noch unkonzentriert und voller wirrer Gedanken auf ihm herumhoppse – hat er, ein paar energische Stöße später, seinen Spaß auch schon gehabt.

Ich bleibe noch eine Weile auf ihm liegen und mache mich zur Strafe so schwer wie möglich. Diese Männer!

Kapitel 27

Tom

War mir jetzt gar nicht recht, die Laia da im sogenannten *Knappenstall* bei Zeta zurückzulassen. Mit diesen eingebildeten Fatzken und ihrem überheblichen Grinsen ständig, denen war alles zuzutrauen. Ich machte mir Sorgen und bat sie eindringlich, immer vorsichtig zu sein.

"Tom, mein Lieber, ich kann schon alleine auf mich aufpassen. Gegebenenfalls werden die sehen, was ein Mädchen aus Peio so alles gelernt hat inzwischen von Zeta und Cara..."

Na, das beruhigte mich nicht ganz. Und als sie mir noch "liebe Grüße an Luca und Zacco" auftrug, machte das meine Laune auch nicht besser. Lieber wäre es mir anders gewesen, kann ich auch nix dafür.

Es war einfach zu schön, Laia für mich allein zu haben, in der ganzen Zeit da in Cremona. Unsere letzte Nacht zusammen dann – sie hatte ihre Wache bei der Kaiserin getauscht, um frei zu sein – na, viel geschlafen haben wir nicht, es war ein fieberhafter Rausch vor Aufregung und Glück... mehr sag ich nicht. Also hatte ich allen Grund, mich auf der Reise zu beeilen, um auch bald wieder zurück zu sein.

Archimedes verstand das nicht so, aber er ist ein guter Esel und tat doch, was er konnte. So kamen wir recht zügig voran mit unserer Karre.

Mein Passagier, er wollte Bruder Catto genannt werden, ist ein langer, schmaler Mönch mit einem recht feinen, fast schon hübschen Gesicht. Irritierend irgendwie. Ich war versucht, ihn oft und lange anzustarren. Ich hatte so ein Gefühl, als sei da bei dem ein Geheimnis zu erraten oder sowas, weiß auch nicht. Er wandte sich ab, wenn er meine Blicke bemerkte und es ihm zuviel wurde. Sonst blieb er überhaupt nur ernst und schweigsam die ganze Zeit.

Wie gesagt kamen wir gut voran und fielen auch nirgendwo wem auf, glaube ich. Abends hielten wir bei irgendeinem Bauern an, lieber etwas abseits der Straße, und fragten, ob wir da über Nacht in der Scheune in sein Stroh kriechen konnten. Das war dem stillen Mönch immer am liebsten, selbst wenn die Leute ihm ganz fromm und freundlich ihr eigenes verwanztes Bett in der Hütte anbieten wollten. Nein, ihm war es lieber, sich abseits zu halten in jedem Fall. Kam mir auch seltsam vor, wenn ich drüber nachdachte.

Bis dann aber, schon in den Hügeln im Norden, wo es eine Nacht nochmal richtig fies kalt wurde. Erst lagen wir da wie immer, brav einzeln jedes für sich in seine dünnen Decken gewickelt tief im

Stroh einer Scheune. Bis ich's nicht mehr aushalte und zu ihr rüberrobbe mit meinem ganzen Hüllenwulst.

Na, jetzt hab ich's schon verraten. Aber ich hatte echt keine Ahnung, an wen ich mich da ranmachte, um mich zu wärmen in meiner verkühlten Not, ehrlich.

Da klappern wir erst noch gemeinsam mit den Zähnen. Und muss ich mich durch die ganzen Decken, Falten, Zipfel noch durchwühlen zur Wärme hin, bis nur noch ein dünnes Hemd zwischen unseren Leibern ist - und dass das von ganz unerwartet feinem Stoff gemacht ist, merke ich gar nicht in meinem ruhelosen Streben jetzt. Ich schmiege mich also ran an den langen Rücken. Und es ist doch ganz natürlich, dass ich meinen Arm auch um die schmale Mitte dieser Gestalt vor mir lege und sie an mich drücke, oder? Denke ich mir wirklich noch nichts dabei in meiner nötigen Suche nach bisschen Wärme.

Aber schau mal, da landet meine Hand ganz unabsichtlich und von selbst auf etwas Rundem – ganz niedlich, passt gerade so klein in meine Handwölbung rein, und hat auch an der typischen Stelle dafür, ganz kalt und hart zusammengezogen, einen Knopf – naja, ihr wisst schon.

"Hah!", denke ich so ungefähr, ganz erstarrt vor Überraschung. Oder etwas ähnlich Kluges. Und will auch gleich meine böse Hand da ganz langsam wieder wegziehen, so als wäre nix gewesen, eh' das jetzt einen Aufruhr gibt...

"Was fällt dir ein...", knurrt es da vor mir, "... nun lass die Hand auch da... wo sie schon mal ist...", und sie schnappt sich meinen Arm, und presst den fest an ihre Vorderseite, krümmt sich darüber noch mehr zusammen und drückt mir ihren mageren Hintern fest in den Bauch.

"Na gut, auch schön", denke ich schwer erleichtert. Und wie abzusehen, wird es auch schon was wärmer bald, ja. Und was sich bei mir jetzt gleich zu regen beginnt, verstecke ich mal vorsorglich zwischen meinen Beinen, wo's nicht so auffallen muss...

"Aber nicht, dass du dir irgendwas drauf einbildest, du frecher Bauernlümmel...", murmelt sie noch leise.

Und wir schlafen auch bald ein.

Am nächsten Morgen scheint die Sonne schon durchs Scheunentor, wie ich aufwache. Und sie, meine Schlafgenossin, steht da in der ersten Wärme, im hellen Licht und macht Freiübungen.

Noch im Hemd, und mit allerlei Stroh in dem komischen Haarkranz ihrer unmöglichen Mönchsfrisur, dehnt und biegt sie ihre langen Glieder in die verschiedenen Richtungen, in aller Ruhe. Und stört sich offenbar keineswegs daran, dass ich ihr dabei verwundert zusehe, und würdigt mich mit keinem Blick. Wie blöde war ich, nicht zu merken, was da vor meinen blinden Augen unter der groben Kutte versteckt war – und warum sagt einem keiner vorher was? Ich sitze da im Stroh und staune.

Auch das Gesicht kommt mir endlich bekannter vor. Recht kantig ist es, aber eigentlich sogar ganz hübsch, die großen, hellgrauen Augen, der breite Mund... doch von alleine komme ich nicht drauf, wo ich sie da hinstecken soll. Ich räuspere ausführlich meine Verlegenheit fort und ringe mich zu einer Frage durch:

"Wer... wer bist du denn jetzt... eigentlich?"

Sie, eben in einer tiefen Rumpfbeuge mit weit gegrätschten Beinen, sie bleibt so und hebt nur den Kopf: "Guten Morgen, Tom. Mein Name ist Katharina von Marano. Dein Herr Odo ist mein jüngerer Bruder übrigens."

Tröpfchenweise dämmert's mir nun. Ich spring hastig aus dem Stroh, weiß aber überhaupt nicht, was ich nun besser tun soll, oder lassen...

"Ganz ruhig, mein Lieber. Kein Grund zur Aufregung, bleib gelassen - nimm dir ein Beispiel an deinem Archimedes, dem ist es ganz gleich, wer da hinter ihm auf dem Karren hockt, und in welcher Verkleidung. Bis vorhin warst du noch genauso klug und ahnungslos wie der, und wir sind doch bisher auch recht gut miteinander klargekommen. Für euch beide bin ich am besten weiterhin kein anderer als ein *Bruder Catto.* Alles wie bisher, ja?"

Mehr als eifriges Nicken bring ich vorerst nicht zustande.

"Und... wie letzte Nacht, wenn es so kalt ist... dann ist es doch klar, dass man näher aneinanderrückt und sich gegenseitig wärmt. Da haben wir doch kein Problem mit, oder? Tom?"

Nein - ja, sicher. Ich glotz gewiss immer noch ganz blöde aus der Wäsche.

Sie hat inzwischen einen Fuß, in Schulterhöhe fast, an den seitlichen Torbalken gestemmt, und beugt sich über ihr gestrecktes Bein vor, um mit der Nasenspitze das Knie zu erreichen... der Hemdsaum ist ihr dabei hoch nach irgendwo gerutscht - also, ich sehe zu, dass ich nach draußen komme. Brauche jetzt dringend einen Eimer kaltes Brunnenwasser über den roten Kopf.

"Ach, Tom...", ruft sie hinter mir her, "... wo du zum Brunnen gehst, bring mir doch bitte auch einen Eimer Wasser mit. Muss mich endlich mal richtig waschen. Und wo ich jetzt nichts mehr vor dir verbergen muss..."

Ja eben, und das zieht sie dann auch durch, kann man sagen. Ganz ungeniert zieht sie sich das Hemd über den Kopf, wirft es zur Seite ins Stroh, und macht sich ans Werk, wie sie's braucht.

Und ich darf noch paarmal für sie zum Brunnen laufen und frisches Wasser holen und, während sie im Halbdunkel hinter mir ausgiebig herumplantscht, am Eingang der Scheune stehen und aufpassen, dass auch keiner jetzt kommt. Macht ihr anscheinend nicht viel, wenn ich ab und zu einen Blick rüber zu ihr riskiere. Das ignoriert sie einfach ganz vornehm und macht halt weiter mit ihrem Kram.

Dann geht's wieder los mit unserer Reise, und nicht mehr lange danach kommen wir auch schon im großen Burghof von Monteleone an.

Hier herrscht wie immer ein munteres Treiben und Werken. Alles rennt durcheinander und keiner beachtet uns und unseren unscheinbaren Auftritt.

Ich fahre weiter hinein in den zweiten, inneren Hof der Burg, und bis vor das Haupthaus, als aus der Burgkapelle, gegenüber auf der anderen Seite, ein fremder Mönch heraustritt. Der hat auch so eine ärmliche, braune Kutte an, scheint also zu demselben Verein zu gehören, wie mein Fahrgast. Und der stiefelt auch gleich schon entschlossen auf uns zu, wie er Katharina in ihrer Verkleidung erblickt.

Na aber, denke ich, der hat uns noch gefehlt. Wenn das jetzt mal keine ganz blöden Komplikationen gibt auf die letzten Meter von unserer Fahrt...

Aber da kommt mit entschlossenen Schritten Frau Griselda die breite Steintreppe von der Halle herunter, die ist sowas wie die geheime Herrin der Burg Monteleone, zumal wenn Frau Artemisia wie jetzt nicht zuhause ist.

"Na, Tom, wen bringst du uns da her nach Monteleone?"

Keine Zeit für lange Erklärungen jetzt, ich schiebe ihr meinen falschen Mönch hinüber.

Und anscheinend hat sie gleich was kapiert, denn sie redet fast ohne Pause weiter:

"Nun, Ihr werdet gewiss müde sein von der Reise, ehrwürdiger Bruder, und hungrig wohl auch. So kommt doch gleich mit hinauf..."

Sie legt ihm tatsächlich auch gleich einen Arm um die Schulter, als würde man sich schon bestens kennen. Schaut nur einmal streng über den Hof zu dem anderen Mönch hinüber, der missmutig auf halber Strecke innehalten muss, weil ihm eben ein frisch beladener Mistkarren in die Quere kam, der vom Stall der herrschaftlichen Rösser her auf dem Weg zum Burgtor und ins Freie ist.

Die beiden sind die Treppe schnell hinauf und im Haus verschwunden.

Ich mach mich daran, unseren Archimedes von seinen Pflichten zu entbinden, der will jetzt nämlich auch mal Feierabend haben. Da steht der fremde Mönch vor mir und will mich ausfragen mit grimmiger Miene: Wer das ist, den ich da mitgebracht habe, und woher auch, und so weiter.

Na, ich guck ihn an, so blöde und harmlos wie ich kann, und erzähle ihm nur was Weniges: Hätte den Mönch *unten* getroffen und eben paar Meilen mitgenommen, und Namen weiß ich auch keinen, so ein Bruder Irgendwas halt. Sollen sie doch selber sehen, welche Geschichten sie einander erzählen, und danach glauben oder nicht. Irgendwann ist auch mal gut mit der geheimen Politik.

Ich sehe zu, dass ich das Eselchen im Stall unterbringe und selber was zu essen abgreife in der Burgküche. Sodann mache ich mich auf die Suche, ob ich Zacco finde. Hab nämlich gehört, dass der hier jetzt bei der Miliz-Ausbildung und dem Waffentraining der Dorfjugend mitmischt und seine unschätzbaren Fähigkeiten weitergibt an die nächsten Jahrgänge. Muss ja alles irgendwie auch weitergehen damit und voran.

Ich schau mich also um und frage die Leute hier und da. Auf dieser Burg Monteleone kenne ich mich halt nicht so gut aus. Man schickt mich schließlich zu einer ziemlich versteckten Seitenpforte in der nördlichen Mauer, die da auf einen Platz hinaus führen soll, wo hier meist das Training stattfindet. Draußen im Schatten nach Möglichkeit, Schweiß fließt ja schon so immer genug dabei.

Ist wohl für heute auch gerade vorbei und zuende mit den Waffenübungen, wie ich jetzt durch die Pforte trete, am späten Nachmittag. Eine weite Mulde erstreckt sich hier im Gelände zwischen der hohen Mauer der Burg und dem nächsten kahlen Hügel, hinter dem dann in einiger Entfernung die dicht bewaldeten Berge beginnen. Alle Bäume und Büsche werden hier von Zeit zu Zeit sorgfältig beseitigt, um eventuell sich nähernden Feinden keinerlei Deckung zu bieten, hat man mir erklärt.

Hinten sehe ich den Waffenmeister Hildebrandt und ein paar von den Jungs noch mit ihren

Kurzspeeren üben. Der Alte ist immer unermüdlich bei dem Geschäft, für ihn eben das A und O der Grundausbildung. Andere liegen erschöpft im Gras, reiben sich ihre diversen blauen Flecke und ziehen Grimassen. Sie haben mein ehrliches Mitgefühl – ich lobe meinen Herren, dass ich durch diese Phase längst hindurch bin.

Ja, und da kommt er mir auch entgegen, mein Kumpel Zacco. Aber nicht alleine kommt er da, sieh einer an! Mit seinem breitesten Grinsen stapft er den Hang herauf zu mir, der ich an der Pforte stehen geblieben bin - und gewiss recht blöde und verdattert aus der Wäsche sehe.

Denn neben ihm geht da eine ganz erstaunliche, langbeinige Gestalt auf mich zu. Fast eine ganze Handbreit größer ist die als er und mit kaum mehr am schlanken Leib als einer Art Lendenschurz aus Leder über den Hüften und einem Leinentuch um den Hals gelegt, so, dass sie reichlich Haut sehen lässt. Und zwar ist das eine über und über rein kohlrabenschwarze Haut – hast du nicht gesehen! Ja, und vieler Orts glänzt sie silbrig noch, vom Schweiß der Übungen jetzt wohl...

So, und er, Zacco, der Schlawiner, hat dieser großen, wohlgestalten, schwarzen Frau einen Arm, triumphierend geradezu, um die schmale Lende gelegt – und sie ihm eine Hand ins Genick.

Ja, und so also kommen sie mir im gleichen Schritt entgegen...

„Nanu...", sage ich da, „... aber Zacco, alter Junge, wen hast du denn da am... am Haken?"

„Nix von *Haken*, Tom, gar nicht, alles reines, heißes Einverständnis zwischen uns hier, nicht wahr?", sagt der und schaut schräg zu seiner schwarzen Flamme hinauf.

Die lächelt nur stumm zurück, mit riesigen, strahlend weißen Augen.

„Das ist meine Nomi, Tom... wir haben hier vor paar Wochen zusammen gefunden. Nomi... das - ist - mein - Freund - Tom", spricht er ihr ganz langsam vor und zeigt auf mich.

„Dei' F'eun' Tom heiß'? I' bi' No'omi", sagt sie darauf, mit einer ganz erstaunlich tiefen Stimme, glucksend und weich hinten aus dem Hals – dass man gleich eine Gänsehaut kriegt davon...

„Ja, das ist ja schön... da freu ich mich sehr für euch...", sag ich, und trete näher und will ihr brav die Hand geben.

Sie aber kommt flink heran zu mir und nimmt überraschend meinen Kopf mit beiden Händen, zieht ihn zu sich und etwas herunter bis nahe vor ihre ganz nackten, dunkel glänzenden, und wirklich ausgesprochen wohlgerundeten Brüste – und drückt mir einen festen, langen Kuss auf die Stirn...

Ja, Donnerwetter!

Und sie spricht dazu: „No'omi f'eu sik au' serr, Tom. Du heu' Na'ak bei No'omi un' Ts'aggo be'ei?"

„Was sagt sie?" (– ich glaub', ich hör' nicht richtig...) „...was meint sie?"

Zacco grinst wieder stolz und schief, wie nur er das kann.

„Na, sie lädt dich ein, die Nacht bei uns beiden zu verbringen. Das hatten wir noch nicht, da kannste dir was drauf einbilden, Alter: Mein Freund ist auch Nomis Freund, so ist das wohl bei ihr!"

„Wie jetzt... wie ist das gemeint, will sie dann gleich auch mit mir in die Kiste? Machen die das so, wo sie herkommt da?"

„Das weiß ich nicht, Alter. Würde mich aber brennend interessieren... wir lernen uns ja auch erst richtig kennen, so nach und nach. Und mit der Sprache hapert's noch gewaltig... ich bring's ihr jetzt bei, so gut ich kann, hörst du ja."

Nomi nickt zu seinen Worten und lächelt ihr bezauberndes, überbreites Lächeln dazu.

Dann setzen sich die beiden langsam wieder in Bewegung. Erst steh ich noch blöde da, doch dann legt sie auch mir einen langen Arm um die Hüfte und zieht mich mit. So gehen wir zu dritt hinein in die Burg.

Zum Abendessen im großen Saal der Burg erscheint Nomi wie eine Prinzessin aus dem Morgenland, in einem langen, fließenden Gewand aus feinem, elfenbeinfarbenem Stoff. Da ist auch noch ein anderes Mädchen, von nicht ganz so dunkler Hautfarbe wie sie.

Die setzt sich auch zu uns und wird Hagga genannt. Beide waren sie, wie ich erfuhr, vor paar Monaten schon, als Sklaven von einem fremden Händler hergebracht worden. Aber Herr Odo hat sie kurzerhand für freie Menschen erklärt und dem wutschnaubenden Menschenhändler weggenommen. Seitdem ist er ein Gott für die Mädchen, oder wenigstens ein Apostel oder sowas. Und sie wollen hier bleiben und fühlen sich wohl – soweit sie sich verständlich machen können und man sie versteht, wie gesagt.

Nach dem Essen wurde noch viel erzählt – mit Händen und Füßen und mit der lustigen, halbverschluckten Aussprache dieser beiden Wesen aus einer fernen Welt. Es ist schwer zu erklären – so fremd sie sind mit ihrer fast schwarzen Haut, man kann die Augen nicht wenden von ihren Gestalten, ihren Bewegungen, und jeder Blick bringt eine tief berührende Freude – sonderbar und märchenhaft...

Ja, haltet mich doch für verrückt meinetwegen, andere Worte habe ich nicht, man müsste zum Dichter werden über sie. Seht doch selber, wenn ihr's euch nicht vorstellen könnt.

Nach dem Mahle ging Hagga fort. Fast wollte ich das schon bedauern, aber dann dachte ich mir: Tom, eines nach dem anderen – denn Zacco und seine Nomi zogen mich in ihre Richtung mit sich und nahmen mich mit auf ihre Kammer.

Da stand nun ein breites Bett, auch mit einem ganzen Haufen von Decken. Und wie ich noch so rumstehe und mich erstmal abwartend am Hinterkopf kratze und zusehe, wie Nomi zügig aus ihrem langen Gewand schlüpft und sich dann zwischen die Decken schlängelt, die sie sich aber gleich bis zur Nasenspitze hochzieht, dass nur noch ihr wild krauser Schopf und die blitzenden Augen von ihr zu sehen sind – da langt mir Zacco doch schmunzelnd ein paar von den Decken her – und lässt die auf ein dickes Fell auf dem Boden hinten an der linken Wand fallen, als ich nicht gleich zupacke.

„Da, mein lieber", sagt er noch, „da kannst du dir's wohl bequem machen, erstmal..." Er sagt das, und steigt aus seinen Kleidern, löscht noch die Kerze auf der Truhe und steigt zu seiner heißen Flamme zwischen die Kissen.

Nun ist es stockfinster, und es bleibt mir nichts anderes übrig, als mich da an der Wand auf meinem harten Lager am Boden einzurichten, so gut es gehen will.

Ja, was hatte ich mir denn auch gedacht.

Müde bin ich eigentlich ausreichend, nach der langen Reise und den aufregenden Stunden noch hier, und fast hätte ich es also geschafft, in meinen Schlaf zu kommen – hätten mich nicht allerlei Geräusche daran gehindert...

Nun ja, ihr könnt es euch denken: Rascheln, heftiges Atmen, auch allerhand Bewegung war zu spüren, denn zu sehen gab es nichts in der vollkommenden Finsternis. So ging das eine ganze Weile – erstaunlich lang sogar, wenn man sich erinnerte, wie rasch Zacco sonst immer durch war mit seinem Vergnügen, naja. Bis Stille eintrat, nur noch geflüstert wurde noch.

Ich weiß nicht mal, ob ich dann doch schon schlief, oder gerade eben noch nicht wirklich – jedenfalls hörte man wieder deutlich Bewegungen in den Decken – und ich dachte schon: Na toll, Leute, auf zur nächsten Runde!

Aber da tappsen auf einmal bloße Fußsohlen über die Dielen zu mir her, jemand hockt sich neben mich, und greift nach mir und sagt:

„Hei T'om, k'ome mi' nu'...", und zieht an meinem Arm.

Na, das lass ich mir nicht zweimal sagen, in dieser Nacht der Wunder!

Ich rappel mich also hoch, komm noch ins Stolpern dabei, mit den drei Decken um die Füße, suche Halt – und lande mit der anderen Hand auf fester, runder Haut – was sie verlockend aufkichern lässt... und sie zieht mich richtig rüber zu dem einladend breiten Bett – und schiebt mich neben den da schon leise vor sich hin schnarchenden Zacco auf's Lager. – Na, denk ich, was wird das nun?

Doch sie lässt mich los, sagt nur leise ungefähr: „Scha'laf nu' gu', T'ome", und tappt zurück, dahin, wo ich eben noch gelegen hab, und legt sich auf das Bodenlager. Und still ist es bald und aus.

Wie ich aufwache am nächsten Morgen, gut ausgeschlafen immerhin, wenn auch mit einigen wilderen Träumen – da sitzt Zacco schon wach und munter neben mir auf dem Bett an die Wand gelehnt und pult in seinen Zähnen rum.

„'n Morgen, Tom", sagt er, grinst und tut so, als wolle er mir durch's Haar kraulen.

Ich fahr hoch und schau mich im Zimmer um, und entdecke zwischen dem Deckenlager am Boden ein langes, dunkles Bein herausragen – mit einer erstaunlich hellen Fußsohle übrigens. Sonst ist von dem Mädchen nichts zu sehen.

„Naja, siehst du, Tom, so ist das. Nomi kann eben nur da unten auf dem Boden schlafen. Deshalb hat sie dich hier herauf gescheucht. Das ist sie so gewohnt, von daheim wohl... kannste nix dran machen, was."

Ich habe so den Eindruck, dass Zacco hier mal vorerst nicht weg will von diesem Idyll auf Monteleone, um meine Rolle als Knappe bei Herrn Odo drüben zu übernehmen.

Werde also Luca fragen müssen, wenn ich den wo gefunden habe.

Kapitel 28

Griselda

Alles hätte gut und schön sein können. Die Zeit der großen Sorgen schien vorbei. Mein Riccardo ist zwar ein alter Mann geworden, doch er kann ruhig sein, denn seine Älteste regiert die Grafschaft an seiner Stelle klug und mit ruhiger, fester Hand. Auch stehen wir nicht mehr allein in dieser gefährlichen Welt, sondern sind eng verbündet mit dem Herrn von Peio und einigen anderen noch.

Unsere Artemisia hat endlich noch ihr Glück gefunden, wenn auch im Geheimen. Vor den Augen der Welt ist sie verheiratet, standesgemäß und in allen Ehren. Und was des nachts zwischen Decken und Laken geschieht, geht keinen etwas an. Ihre Zwillinge gedeihen prächtig, Rico und Dietz, bald sind sie schon drei Jahre alt. Es sollte mich nicht wundern, wenn sie bald ein Geschwister bekämen; zwar hat Artemisia noch nichts gesagt, aber man macht so seine Beobachtungen.

Vor einigen Wochen jetzt wurde sie von ihrem Sarazenen abgeholt nach Cremona zum Hofe des Kaisers und hat ihre Söhne hier zurückgelassen. Das geht ganz gut mit uns, sie fragen zwar oft nach ihrer Mama und ebenso häufig fast auch nach „Mahmud", aber gemeinsam mit den Kindern der zu uns geflohenen Gräfin von Terrasecca und anderen aus dem Dorf bilden sie eine wilde Kameradschaft, deren ständige Unternehmungen quer durch Haus und Hof leicht wieder aufregende Ablenkungen bieten.

Der alte Hildebrandt von der Elle, Artemisias rechtmäßiger und offizieller Ehemann, oder wie ich ihn sonst nennen soll, versteht sich gut mit meinem Riccardo. Die beiden verbringen manche Stunde miteinander, sie sitzen zwischen den Rosen des Burggartens in der Sonne und erzählen von alten Zeiten, oder sie beobachten von der Galerie zum Hof das alltägliche Treiben dort. Abends trinken sie ihren Wein am Kamin in der Halle und schweigen einträchtig mit Blick ins Feuer, wenn alle alten Geschichten noch einmal erzählt sind.

Ja, so könnte es gerne bleiben und weiter friedlich seinen Gang nehmen - aber es soll nicht sein. Das Rad des Schicksals, wie man so sagt, bleibt nicht stehen, wenn man es sich wünscht: *Fortunae rota volvitur* [das Rad des Glückes dreht sich], wie es in dem Liede heißt.

Vom Hoftag zu Cremona hatten wir lange nichts mehr gehört, von Artemisia oder Odo und den anderen. Es war dann Odos neuer Knappe Tom, den ich als ersten wieder zu Gesicht bekam.

Eines späten Nachmittags, ich wollte gerade vom Palas in den Hof hinunter und zur Waschküche in der Vorburg, da kam ein gewöhnlicher Bauernkarren, von einem struppigen Esel gezogen, durch das innere Tor herein. Tom lenkte den, das sah ich gleich, und neben ihm saß ein hochgewachsener junger Mönch in der groben braunen Kutte des Franziskanerordens, die Kapuze tief über den Kopf herabgezogen. Den hatte ich ziemlich gewiss noch nie hier auf Monteleone gesehen.

Mein erster Gedanke war: Na, wir werden ja geradezu beliebt bei diesem neuen Bettelorden – denn vor ein paar Tagen war schon einer von denen bei uns erschienen, ein Bruder Carlo. Der trieb sich seitdem überall herum, im Dorf und auf der Burg, als hätte er nichts anderes zu tun. Er fragte die Leute aus nach allem Möglichen, dass es schon hätte verdächtig werden können, wäre er nicht eben so ein Kirchenmann, was weiß ich. Noch so einer also, denke ich, als ob sie sich hier verabredet hätten bei uns.

Wie ich aber die halbe Treppe zum Hof etwa hinunter bin, sehe ich, wie Tom in merkwürdiger Eile von seiner Karre springt, schnell um die herum hastet und den verhüllten Mönch so eilig von seinem Sitz herabzieht, dass der schon ins Stolpern kommt dabei, und dann auch erstmal – irgendwie damenhaft fast, finde ich – seine fußlange Kutte ordnen muss. Dann eilen sie in langen Schritten die Treppe herauf, mir entgegen.

„Ah, Frau Griselda, gut, dass wir dich hier

schon antreffen! Bitte nimm... das... den hier bitte gleich mit nach drinnen, irgendwohin, wo sonst keiner gleich hinkommt...", und schiebt mir den Mönch so heftig entgegen, dass er mir fast in die Arme fällt.

„Ich will nicht, dass der da unten uns gleich in die Quere kommt", flüstert Tom mir noch zu und deutet hinter sich, wo tatsächlich der andere Mönch eben mit eilenden Schritten von der Kapelle her über den Burghof kommt und prüfend zu uns hinauf sieht.

Nun, unser Tom wird seine Gründe haben, denke ich, greife den recht dünnen Arm von Toms Fahrgast und geleite ihn die Stufen zum Haus hinauf. Er scheint erschöpft und stützt sich vertraulich auf mich – ein merkwürdiges Verhalten, finde ich, für einen Mann Gottes überhaupt. Und als der oben noch auf der ausgetretenen Schwelle zum Saal stolpert, und ich ihn im Reflex auffange, fühle ich eine sehr schmale Taille an ihm – und noch ganz anderes auch, das mich schnell was ahnen lässt.

Daher habe ich keine Scheu, den Gast gleich weiter hinauf in unsere privaten Räume zu führen. Viele stehen ja unbenutzt, seit alle drei Töchter des Hauses unterwegs sind, auf und davon und in die weite Welt hinaus.

Der angebliche Mönch lässt sich erschöpft auf dem angebotenen Sessel nieder. Ich schicke ein Mädchen los nach stärkendem Wein und einem Imbiss. Dann schiebt sich mein Gast endlich die Kapuze vom Kopf und lässt mich eine recht stümperhaft geschnittene Mönchstonsur sehen – auf einem überraschend hübschen Frauenkopf! Große, graue Augen sehen mich an, ein zaghaftes Lächeln um den breiten Mund.

„Na, das ist eine Überraschung! Wen haben wir denn hier zu Gast, wenn ich fragen darf – und warum in dieser Verkleidung, Mädchen?"

„Nennt mich einfach Katharina. Niemand darf wissen, dass ich hier bin, versteht ihr? Odo hat mir angeboten, mich hier zu verstecken. Er sagte, Frau Artemisia werde da nichts dagegen haben, auch wenn wir vorher keine Zeit hatten, sie zu fragen..."

„Ah, Herr Odo schickt dich her zu uns, das war ja klar... das heißt... nein, das kann doch nicht sein... woher kennst du ihn? Ich meine, wie gehörst du..."

„Odo ist mein Bruder, Griselda. Aber das darf außer dir niemand wissen, bitte!"

„Aber wieso... ich dachte bisher, Odo hätte gar keine Geschwister, es hieß doch, seine Mutter sei bei seiner Geburt gestorben..."

„Ja – nein. Nicht seine Mutter – wir haben denselben Vater..."

„Oh! Dann verzeiht... dann seid Ihr eine Tochter unseres Kaisers!" Wie ich das nun endlich kapiert habe, will ich eilig aufstehen und mich gleichzeitig tief und ehrerbietig verneigen – oder was immer man halt tun sollte gegenüber einer Prinzessin, in einem solchen Fall. Ich habe auch schon ein Knie auf dem Boden und wackle da schief und hektisch herum... aber:

„Nein nein, bitte, hör auf damit, Griselda. Ganz unnötig diese Possen – und jetzt auch nur fehl am Platze. Ich muss hier still unterschlüpfen, völlig unauffällig und unbeachtet und vor allem unerkannt und im Verborgenen bleiben... mindestens bis Odo und seine Leute zurück sind, Dann werden wir weitersehen. Ich bin nämlich vom Hof geflüchtet, und niemand darf wissen, dass ich jetzt hier bin, verstehst du?"

„Ja, gut..."

Was soll ich auch sagen, ich setze mich ihr wieder gegenüber. "Entschuldigt, meine edle..."

„Und hör bitte auch auf mit diesen höfischen Anreden: Sag nur einfach *du* zu mir..."

„Auch gut... Katharina, also... entschuldigt. Hat man ja nicht alle Tage, eine geflohene Kaisertochter zu Besuch... in brauner Mönchskutte und mit... mit..."

„Mit einer total ruinierten Frisur! Sag's nur."

In gespielter Verzweiflung fasst sie sich mit beiden Händen an den Kopf und grinst mich an. "Was soll man da bloß machen?"

„Vielleicht... verzeih, Katharina, ich denke, das beste wird sein, wir scheren dir die Reste deiner Haare da auch noch herunter. Und bis das alles langsam wieder nachwächst, musst du halt ein Kopftuch tragen..."

„Und wir sagen einfach, ich hätte die Läuse gehabt! Deshalb musste alles runter!" Wieder vom Lachen überwältigt rutscht sie uns fast unter den Tisch. Da ist dieser Frau wohl eine schwere Last von den Schultern genommen, was auch immer es war.

Wir vereinbaren, sie für alle anderen vorerst als meine Cousine auszugeben. Von meinen Familienverhältnissen war bisher kaum irgendwann die Rede, da ist sozusagen alles möglich praktischerweise. Die Mönchskutte wird gut weggepackt, wer weiß, wofür sie noch einmal zu brauchen ist. Und Katharina bekommt ein Zimmer gleich neben meinem, es stehen ja genug leer, seit die Töchter des Hauses fort und unterwegs sind.

Katharina ist völlig erschöpft von ihrer Reise, oder Flucht eher, muss man wohl sagen. Erst als ich ihr am nächsten Morgen ein kräftiges Frühstück bringe, scheint sie bereit, mehr zu erzählen. Doch ehe sie etwas anrührt, nimmt sie meine Hand und zieht mich zu sich herunter, dass ich mich zu ihr auf das Bett setze.

Die geweiteten blassgrauen Augen sehen mich an, voller Ernst, traurig. Sie schluckt mühsam, sucht nach Worten...

„Höre, Griselda. Was ich dir noch sagen muss,

das... es ist nichts Gutes. Verzeih mir... wie soll ich es sagen..."

„Nun sag schon, was ist los? Etwas mit den Mädchen?"

„Ja, du ahnst es schon... leider. Griselda, es... es gab da ein Attentat auf den Kaiser und seine Gemahlin..."

„Was?!"

„Ja. Aber ihnen ist nichts geschehen. Zeta und die Wachen eurer Miliz haben alles vereitelt und das Schlimmste verhütet. Aber Zeta... sie selber wurde verletzt, und einige andere auch... und zwei wurden getötet."

„Oh. Wer? – Jetzt sag schon – wer?"

„Gina und... und Bianca."

Das war hart. Meine Gedanken jagen im Kreis, als wollten sie sich gegenseitig hetzen – und gleichzeitig sind Kopf und Glieder wie gelähmt. Mein Gott!

Katharina erzählt dann mehr. Und noch einmal alles der Reihe nach und ausführlicher. Ich versuche zuzuhören, es ist so schwer.

Aber es ist geschehen und nicht zu ändern, so gern man das auch möchte. Wären sie doch besser zuhause geblieben alle, statt sich von der großen Welt locken zu lassen zu solch dummen Soldatenspielen. Jetzt ist es zu spät für guten Rat und Warnungen vor gefährlichen neuen Wegen und allem Unbekannten.

Aber was soll ich meinem Riccardo sagen? Oder auch Hildebrandt, Ginas Vater. Ich fürchte mich davor. Erstmal noch nichts.

Lieber noch eine Weile warten damit, solange es geht, und so tun, als wäre alles beim Alten und alles noch gut. Später irgendwann, wenn die anderen, auch Artemisia und Cordelia wieder hier sind, vielleicht wird es dann einfacher sein.

Ich weiß nicht. Ich will es ja selber nicht glauben. Alles in mir schreit danach, so zu tun als sei nichts geschehen.

Kapitel 29

Frater Carlo

Nun bin ich schon eine Reihe von Tagen in Monteleone, in Burg und Dorf, und komme aus dem Staunen nicht heraus – dieses oft allerdings gemischt mit redlicher Empörung, ja, erregtem Entsetzen. Nichts gilt hier mehr, so scheint es, von Gottes und der Kirche heiligen Regeln für eine wohlgeordnete christliche Welt! Alles ist völlig anders, ja, manches steht auf dem Kopf geradezu, wohin man auch sieht.

Doch muss und will ich mir die Zeit lassen, hier meine aufschlussreichen Beobachtungen zu vollziehen, solange es eben reizvoll – ich meine: sinnvoll erscheint, um das ganze Ausmaß der hier freimütig gelebten und mehr als fragwürdigen Verirrungen zu ermessen.

Schon drängt es mich, jene erschütternden Einblicke zu schildern, welche mir das sündige Treiben der hiesigen Jugend wieder und wieder bot – allein, das muss ich mir vorerst versagen. Dazu später dann in aller gebotenen, entrüstlichen Ausführlichkeit.

So ist es zum Beispiel täglich zu beobachten, wie man schon am frühen Morgen, ehe die Hitze des Tages allzu merklich wird, zusammenkommt, Männlein und Weiblein der Dorfjugend – welche Diminutiva an dieser Stelle gewiss berechtigter benutzt werden als sonst öfters, weil solche hier Beteiligte das doch immer gern als *unschuldig* bezeichnete Alter der Kindheit noch wenige Jahre erst verlassen haben dürften... (– wo war ich?)

Ja, wie gesagt, ich zwinge mich, diese empörenden Bilder der teuflisch verlockenden Unzucht beiseite zu schieben – davon aber, wie gesagt, später und in extenso. Nur Geduld, mein drängendes Herz.

Zunächst versucht man natürlich an solch neuem Ort, wo alles fremd und unbekannt ist, nützliche Kontakte zu knüpfen. Als nur ein geringer, dahergewanderter Mönch der noch recht neuen Bruderschaft des heiligen Franziskus – und in dem Bestreben, gemäß meinem Auftrage, möglichst nirgendwo ein Aufsehen zu erregen, war es mir nicht gegeben, mich geraden Weges bei der Herrschaft zu melden und dort, sozusagen am fragwürdigen Kopf des anrüchigen Organismus der hiesig verirrten Gesellschaft beginnend, meine peinlichen Untersuchungen anzusetzen.

Vielmehr habe ich mich zunächst in aller Bescheidenheit mit dem örtlichen Priester bekannt gemacht. Dieser Pater Locatus, ist freilich schon fortgeschrittenen Alters, ein freundlich harmloser und weitgehend seniler Mann Gottes, der in seiner friedlichen Vergreisung nicht mehr imstande scheint, sich ernsthaft um die schwärenden Wunden am Seelenkörper seiner Gemeinde zu sorgen, oder es vielmehr sogar vorzieht, das sündig Offensichtliche der schönen, ungestörten Beschaulichkeit zuliebe erst gar nicht wahrzunehmen. Immerhin versorgte er mich mit einem Schlafplatz in einem Winkel der Gesindeunterkünfte der Burg, nicht weit von seiner eigenen kleinen Kammer, und führte mich soweit bei den dienenden Geistern des Küchentraktes ein, dass mein wenig bedürfendes leibliches Wohl gesichert war.

Ansonsten fragte er mich nicht viel, wohl entsprechend seinen friedvollen Grundsätzen, sich möglichst wenig Gedanken über seine Mitmenschen zu machen. Mir ist es freilich nur recht, mir keine meine Anwesenheit und Absichten erläuternden Geschichten ausdenken zu müssen, bei denen man doch irgendwann nur Gefahr läuft, sich in dumme Widersprüche zu verwickeln.

So habe ich seit Tagen alle Freiheit, mich in Burg und Umgebung umzusehen wie es mir belieben will. Allenthalben bestätigt sich der erste Eindruck meiner Ankunft hier: Jede gottgewollte Ordnung der unterschiedenen Stände, jede wohlmeinende Regel unserer Mutter Kirche scheint hier außer Kraft gesetzt – wo man nur hinschaut geht es drunter und drüber! Auch wohnen Heiden, Juden und Christenkinder eng beieinander und durcheinander, ohne jegliche vorgeschriebene Trennung und gebotene Moral. Ein Jeder geht seinen dubiosen Geschäften nach, wie er will und meint. Keine Gilde oder Zunft oder Verordnung der Obrigkeit setzt den Horden von gierigen Juden und finsteren Arabern irgendwelche gottgefälligen

Grenzen und Schranken – es ist ein einziges gärendes Sodom und Gomorrha, schon in dieser Hinsicht.

War nun solcher Befund der ersten Tage meines Aufenthaltes hier bereits erschütternd genug, so sollte es sich bald herausstellen, dass ungeahnte Steigerungen sogar noch möglich waren – nein, nicht nur dies, sondern im wahrsten Sinne des Wortes: an der Tagesordnung!

Denn bald bekam ich heraus, was die verdorbene Jugend dieser fahrlässig regierten Herrschaft jenseits der nördlichen Burgmauer trieb – und nein, es machte auch keine Seele nicht einmal ein Geheimnis daraus, nein, jedermann weiß es, und anscheinend nimmt niemand einen sittenwahrenden Anstoß daran – denn anstößig ist es wahrhaftig in erregender Weise – ich meine, in Empörung erregender Weise.

Aber nur ruhig, mein Blut wallt, mein armes Herz will schier zerspringen – wie nur soll auch ein armer, keusch züchtiger Ordensmann wie ich passende Worte finden für das Unfassliche, das Unvorstellbare?

Der Reihe nach also:

Es war nur ein Zufall, oder besser gesagt, ein Fingerzeig des HErrn, welcher mich das Treiben der Jugend allhier entdecken ließ. Bis dahin hatte ich nur dem alltäglichen Leben und Handeln, den vielfältigen Vorgängen in Dorf und Burg Monteleone meine Aufmerksamkeit gewidmet – bis sich dies dann vor drei Tagen schlagartig ändern sollte.

Ich machte am fortgeschrittenen Nachmittag noch eine Runde auf den Wehrgängen um die Burgmauern, vorgeblich in die Psalmen und Gebete meines Breviers vertieft, eben so, als sollten mir solche, abgetrennt vom übrigen Leben und über dieses erhobenen Pfade zu einem Ersatz für den Kreuzweg eines Klosters dienen – in Wahrheit aber aufmerksam herumspähend und meine Beobachtungen der Leute und ihrer Umtriebe von jener erhöhten Lage aus fortsetzend.

Mehr aus Langeweile und nur zufällig, oder eben doch durch den leitenden Fingerzeig eines höheren Geistes, ließ ich meinen unschuldigen Blick auch einmal durch eine der Schießscharten in der nördlichen Außenmauer schweifen – und siehe da, ich erblickte in einiger Entfernung, am Fuße der dort beginnenden Hügel mehrere Gestalten in sonderbaren Aktionen engagiert, die sofort meine erhöhte Aufmerksamkeit erregen mussten. Leider waren sie zu weit weg, als dass ich Genaueres hätte erkennen können. Deutlich aber blinkte mir helle, empörend entblößte Haut im letzten Abendsonnenschein entgegen, und das bei vielen, fast allen dieser offensichtlich jungen Geschöpfe, welche dort auf freier, grasbewachsener Fläche miteinander sonderbare Bewegungen oder Rituale ausführten. So schien es, und die dort, in Paaren aufeinander treffend und wieder sich trennend, und mit lauten Rufen sich abwechselnd, mit heftigem Stöhnen auch gar, einen sonderbar aufgeregten Tanz zu vollführen schienen.

Gebannt stand ich gaffend vor meinem engen Spalt in der Brüstung der Mauer und konnte meine nach Erklärung suchenden Augen nicht abwenden von diesem Aufsehen erregenden Geschehen.

Auch fand das Treiben dann bald ein Ende. Die Jugendlichen beiderlei Geschlechts aus der Burg und dem Dorfe, denn diese waren es, einige mir schon bekannt von meinen vorigen Beobachtungen, beendeten ihre befremdlichen körperlichen Anstrengungen. Allerlei Gerät wurde eingesammelt, auch einige Kleidungsstücke, die sie in der Hitze ihrer Gefechte abgelegt und den umstehenden Sträuchern anvertraut hatten. Und die ganze gemischte Schar strebte gemeinsam der Burg zu, welche sie durch eine kleine Pforte in der Außenmauer unweit meines verborgenen Ausguckpostens wieder betraten.

Männlein und Weiblein, wie gesagt, alles ein ganz frisches, junges Volk, viele sehr sehr dünn und dürftig nur, einige kaum mehr bekleidet, aber alle gänzlich unbekümmert, erhitzt und schweißig, so kamen sie hereingeschlendert, direkt unter mir hindurch, der ich sie, hinter einem gemauerten Pfeiler gut versteckt, nun aus der Nähe betrachten konnte. Man war wohl erschöpft von dem munteren Treiben miteinander, aber vergnügt, man warf sich allerlei scherzende Worte zu, gerade als käme man von einem fröhlichen Feste, einer Kirchweih vielleicht – Gott bewahre! – und nicht aber von solchem anstößigen

Geschehen und jener unsittlichen Durchmischung der Geschlechter, dessen schamlosen Ablauf ich mir genauestens zu unter-suchen dringend vornehmen wollte und musste. Da war mein ganzer Einfallsreichtum und Spürnasensinn gefragt, um näher an dies sündhafte Spiel heranzukommen.

Noch am selben Abend schlich ich mich heimlich aus der Burg, um den Schauplatz jener nur aus der Ferne beobachteten, jedoch stark als solche zu vermutenden, so aufregenden Orgien näher zu inspizieren und mir einen praktikablen Plan für mein weiteres Vorgehen zurechtzulegen.

Zwei Tage später, aus den Abschiedsworten der Dorfjugend hatte ich von deren geplantem nächsten Zusammentreffen erfahren, war ich mit allem Eifer frühzeitig zur Stelle.

Schon im ersten Morgendämmer verließ ich die Burg und versteckte mich in einem Gebüsch, so nahe am Ort jenes erwarteten skandalösen Schauspiels, wie ich es nur wagen konnte – und harrte stundenlang aus. Das Warten wurde mir schwer, meine unselige Phantasie spiegelte mir unerhörte Bilder ins Hirn, die ich nur mit größter Mühe von mir zu weisen vermochte.

Was muss ein aufrechter Ordensmann nicht alles erdulden im harten Dienste für seine heiß geliebte Kirche und die Wiederherstellung der göttlichen Ordnung!

Doch dann kamen sie endlich:

Eine Handvoll Jünglinge, Halbstarke aus dem Dorf – und sieben Mägdelein, in der gerade voll entfalteten Blüte ihres sündhaft lockenden Liebreizes... jawohl.

Für die folgenden Stunden bis zur Mittagshitze zwang ich mich, die Augen nicht abzuwenden, so sehr mich alle natürliche Scham und klösterlich gelobte Keuschheit auch bewegen wollten, den bestürzten Blick zu senken. Denn es oblag mir ja, alles, jede schandbare körperliche Offenbarung und jegliche sündige Verirrung, ohne zu ermatten scharf und beflissen zu beobachten und für meinen Bericht im Gedächtnis zu vermerken.

Schon zu Beginn ihrer abseitigen Übungen entledigte man sich einiger Kleidungsstücke, welche wohl, so eng und knapp sie an sich schon nur auf den jungen, wohlgestalteten Leibern saßen, doch immer noch für zu hinderlich hierbei erachtet wurden. Und man tummelte sich sodann in mehreren Gruppen auf dem Grase des weiten Übungsfeldes: Einige gingen je zu zweit mit stabilen, klafterlangen Stäben aufeinander los, dass lautes Klacken von Holz auf Holz in die umgebenden Hügel hinauf erklang – andere warfen mit gefährlich scharf blitzenden Eisen nach einem breiten Baumstumpf, welcher – Gott sei es gedankt! – einigermaßen entfernt stand von meinem dürftigen Versteck hinter den Büschen.

Nahe vor mir aber lag ein nahezu kreisrunder Bereich, wo das hohe Gras anscheinend in der Absicht zu Boden getrampelt lag, dort eine Art Tummelplatz, eine Arena zu bereiten. Hier ließ sich ein etwas älterer Bursche, wohl so etwas wie ein Anführer oder Lehrer für die Jüngeren, mit einer Gruppe von vier, bestürzend spärlich bekleideten Mädchen im Kreise auf dem Boden nieder und begann mit einigen Erklärungen:

„Ganz allgemein, Mädels, und grundsätzlich wird es ja praktisch immer so sein, dass ihr es mit Männern als Gegner zu tun haben werdet, das muss euch klar sein. Und das heißt eben auch, dass eure Gegenüber nun mal meistens größer, schwerer und kräftiger sein werden als ihr selber..."

„Aber wir werden auch jeden Tag stärker jetzt", warf eine dazwischen. Eine niedliche Kleine in einer ganz außerordentlich kurzen Tunika, und mit wilden schwarzen Locken, die sie im Nacken mit einem roten Tuchstreifen gebändigt hielt.

„Ja schon, Ghia. Sicherlich. Ihr bekommt alle nach und nach bessere Kräfte durch unser Training. Aber deshalb wird es trotzdem so bleiben, dass euch ein angreifender Soldat immer mit größeren Muskelkräften und vor allem mit mehr Masse und körperlicher Wucht angehen wird. Dagegen ist eine jede von euch nur ein Leichtgewicht, das ist nun mal so. Aber überlegt auch, was sind eure Vorteile andererseits, bei einem so ungleich beginnenden Kampf?"

„Wir müssen halt einfach..."

„Wir sind schneller als wie die, allemal!"

„Darum hauen wir man lieber bloß schnellstens ab, aber so fix wie möglich!"

„Ja, du bestimmt – ich aber springe ihn an, und beiß ihm in die Gurgel!"

Alle reden sie durcheinander und sind aufgeregt wie ein Wurf junge Hunde.

„Naja, so einfach geht das wohl nicht. Aber ihr habt auch schon Recht, teilweise. Also, wenn euch so ein Kerl erstmal gepackt hat, mit seinen überlegenen Kräften, dann habt ihr schon mindestens zur Hälfte verloren, da ist es schnell vorbei wahrscheinlich. Dazu darf es möglichst eben gar nicht kommen. Euer größter Vorteil aber ist: Ihr seid vielleicht wendiger und schneller in euren Bewegungen und Aktionen – und das ist es, was wir hier vor allem trainieren können und wollen."

„Fixe die richtigen Stellen zu treffen, bei dem Kerl!" – Schadenfrohes Gelächter bricht aus.

„Ja sicher, das auch, ja klar. Ihr wisst ja..."

„Wenn es klappert..."

„...ham wir gewonnen!"

„Richtig. Zum Teil aber nur, nicht ohne Weiteres – jetzt gilt für euch: Wenn ihr seine Klapper trefft, ist er für fünf Atemzüge außer Gefecht, solange habt ihr Zeit, ihn gänzlich fertig zu machen – bei Treffern auf die anderen bekannten Stellen am Hals, nur zwei Atemzüge. Andererseits sonst aber..."

„...kommt er da mit seiner harten Lanze an!“

Wieder ein tobendes Gelächter ringsum – das für mich völlig unverständlich bleibt...

„So ist es, Mädels. Zuerst wird er versuchen, euch mit seiner farbigen Lanze zu treffen. Dann vielleicht auch, euch zu packen – ihr werdet ja sehen. Im Übrigen, steht er jetzt schon bereit – hier hinter uns im Gebüsch – und kann uns von dort jeden Moment überraschen! Nein, nein – bleibt noch hier im Kreis hocken – dann erst, wenn er herauskommt, soll der Tanz losgehen. Und dann ist eine nach der anderen von euch dran, ihr bestes zu zeigen...“

Was hatte ich da gehört? Hier, ganz in meiner Nähe, im Busch, hier sollte wer versteckt stehen? Fast hätte ich panisch durchgedreht und mich verraten – konnte mich gerade noch zusammenreißen, und die Luft anhalten und mit äußerster Vorsicht um mich schauen – und Tatsache: Links hinter mir, nur paar Schritte weg, da steht er schon: Ein stämmiger Bursche mit Helm, gut eingepackt in dickem, gepolstertem Lederwams – und er grinst ganz frech zu mir rüber! – und legt einen Finger auf seine Lippen: Still soll ich sein... Oh, das will ich wohl! Doch mir wird ganz flau trotzdem.

Der Kerl neben mir holt nochmal tief Luft und fingert an einem Beutelchen aus grober Leinwand herum, das da an der Spitze seines langen Stockes befestigt ist – seine besagte *Lanze* also wohl. Er drückt leicht auf dieses Beutelchen, und ein Wölkchen roten

Staubes löst sich heraus. Ich verstehe das alles immer noch nicht wirklich.

Dann aber geht's auch schon los:

Mit bärenhaftem Gebrüll bricht der ledergepanzerte Bursche neben mir aus unserem Gebüsch hervor und ruft irgendwas von:

„Hab ich euch endlich!"

Die vier Frauen spritzen mit Geschrei nach allen Seiten davon – aber die eine trifft er doch gleich feste im Rücken, mit seiner Lanze und dem Puderbeutel da vorne dran: Ein fetter roter Fleck bleibt davon auf dem hellen Stoff ihres knappen Leibchens.

„Und aus, aus! Du bist raus", ruft der, wo hier das Sagen hat, und wedelt der Getroffenen mit einem schwarzen Tuch an kurzem Stiel wild vor der Nase herum.

Die lässt sich daraufhin aufstöhnend zu Boden fallen, und flucht auch so gotteserbärmlich, wie ich es lange nicht zu hören bekam – schon gar nicht von einem Weib! – und sie bleibt da liegen wie tot.

Währenddessen ist aber eine der anderen Frauen den ledergepolsterten Angreifer von hinten angesprungen und hat ihm einen harten Tritt in seine Kniekehle verpasst – völlig überrascht kann sich der zwar noch fangen, und wendet sich auch der Angreiferin mit einem gepressten Grunzen entgegen, als die eben zu einem hoch angesetzten neuen Tritt wieder heranspringt – diesem kann er aber ausweichen, und erwischt sie auch, seinerseits fest zupackend, an ihrem Fuß, sodass sie plötzlich den Stand verliert, und mit einem hellen Schrei auf ihrem runden Hintern landet.

Er braucht jetzt nur einen plumpen Schritt voran zu tun, um sie mit beiden Fäusten kraftvoll am Gewand zu packen und hoch zu reißen – oder, das ist es wohl, was er machen will – denn das dünne, mürbe Fähnchen geht in Fetzen unter seinem groben Griff, wo er sie erst in halber Höhe hat. So fällt sie zum zweiten Mal rückwärts ins Gras – und ist nahezu gänzlich nackig bloßgelegt diesmal, und windet sich da unter seinem stierenden Blick, und versucht mit allerlei fahrigen, hektischen Bewegungen der gespreizten Hände von ihrem schwellenden Leibe das Nötigste zu bedecken.

Er aber lacht – und lässt sich runter fallen, einfach und brutal auf sie drauf, einen Unterarm quer über ihre schutzlose Kehle gelegt und ein Knie auf ihrem weichen, bebenden Bauch.

„Und halt und aus!“, ruft der Übungsleiter erneut und wedelt wieder mit seiner schwarzen Fahne herum.

„Das war wohl auch nix, Mädchen. Da hat er dich aber viel zu schnell gepackt und erledigt. Nein, das müssen wir erstmal der Reihe nach durchsprechen jetzt... und du, Lippo, gehst aber ein gutes Stück beiseite solange...“

Folgsam und schwer schnaufend rappelt sich der Angreifer hoch.

„... dass du uns hier nicht zuhören kannst. Ich rufe dich dann wieder."

Der Bursche schlurft davon, so von seinem Meister fortgeschickt, und setzt sich in einiger Entfernung in den Schatten der Bäume und lockert auch sein beengendes Lederwams.

„Also hört mal...," winkt der Ausbilder die Weiber herbei. Sie setzen sich dicht vor meinem Versteck ins Gras nieder in einem Kreis.

„Es war natürlich richtig, zuerstmal sofort auseinander zu laufen, wo der Angreifer da aus dem Busch heraussprang, ja klar. – Aber: Was habe ich euch gesagt, wie ihr das machen sollt? – Marta, na?"

Er schaut die eine an, die gleich anfangs vom Farbbeutel der Lanze im Rücken getroffen wurde.

Die guckt erst nur so vor sich zu Boden und schüttelt den Kopf, räuspert sich aber dann: „Also, einen Schritt nur, hast du gesagt, und dann gleich zur Seite weg, und dann nur zwei Schritte voran und wieder querab... und so weiter."

„So ist es: Schnellstens im Zickzack weg. Werden wir später nochmal üben müssen. Aber du weißt es ja. Musst es nur auch so machen – dann hätte der aber ganz große Schwierigkeiten gehabt, dich mit seiner Lanze zu treffen. So bist du nur in einer geraden Richtung los, und dann auch noch blöderweise nach rechts weg, und so eben vor seiner Speerhand längs – und patsch, hat er dich voll erwischt!"

Sie nickt langsam und reumütig und zuckt mit den schmalen Schultern.

„Naja, ich hoffe, nächstes Mal weißt du's besser, bestimmt. – Jetzt aber zu dir, Maria..."

Er wendet sich der zweiten zu, die da neben ihm kauert und immer noch versucht, ihre freigelegte Blöße mit den Resten ihres zerrissenen Hemdchens zu bedecken.

„Weißt du aber, was dein Fehler war? Zunächst hast du ihn ja gut getroffen, ganz wirkungsvoll von hinten ins Knie, das hat ihn ins Wanken gebracht. Den zweiten Tritt dann hat er zwar pariert – gut, das kann passieren, damit muss man immer rechnen, der Gegner ist auch nicht nur blöde – und dann kriegt er deine Tunika zu fassen, auch Pech – aber dann?"

„Dann stand sie aber ganz im Freien!"

„Nein, sie lag auf'm Rücken, wie ein hilfloses Baby!"

„Jaja, richtig, Leute, aber was tat sie dann? – Nun?"

„Na, was du halt so machst, wenn du..."

„Sie hat halt nur hektisch versucht, ihre Möpse und alles zu bedecken!"

„Ja genau, das meine ich: Sie hat nur sinnlos herumgefuchtelt mit ihren Händen und Armen, und die Knie zusammengekniffen, und so weiter, völlig zwecklos. Vor allem aber: Sie hat da ganz und gar aufgehört zu kämpfen! Vom einen Augenblick zum anderen war sie völlig woanders, wie gelähmt, und nur noch Scham und blöde Peinlichkeit regierten ihr unsinniges Getue. – Entschuldige, Maria. Aber so war es doch, oder?“

„Naja, ist doch aber verständlich, wenn man so... so bloßgelegt wird auf einmal...“

„Aber dann hatte der Angreifer auch keine Mühe mehr mit ihr, er brauchte sich nur auf sie fallen zu lassen, und aus war's mit ihr, und verloren.“

„Ja gut, aber was...“

„Das gerade müssen wir miteinander trainieren, dass ihr euch nicht – niemals nicht, in keiner unerwarteten Situation – aus dem Kampf-Modus herausbringen lasst.“

„*Kampf-Modus*? Was soll das denn heißen? Was meinst du damit?“

„Also damit ist gemeint, – Cara und Zeta nennen das so – dass ihr immer und in jedem Augenblick Soldaten seid in der Miliz, und immer bereit sein müsst, euren ganzen Leib und euer Leben einzusetzen, wenn es nötig ist, ohne zu zögern oder zu überlegen. Da kann es keine Rolle spielen, ob einer dieses oder jenes blanke Stück oder Zipfelchen von euch zu sehen kriegt vielleicht, was ihr freilich sonst immer und unter allen Umständen verborgen und unbesehen halten wollt.“

„Ja, aber bisher waren wir doch...“

„Und das steckt so tief drin in einem, dass man nicht alles zeigen darf und niemals sehen lassen will...“

„... und man ist doch so geschockt dann plötzlich auch!"

„Sicher, Kinder. Und das muss gerade deshalb geübt werden. Hier beim Training ist ja schon vieles so anders als ihr es bisher gewohnt seid, nicht wahr. Alle seid ihr ganz bewusst freier und lockerer unterwegs miteinander – wir müssen nur noch ein entscheidendes Stück weiterkommen damit..."

„Du meinst also, wir sollen uns ganz frei machen, einfach mal..."

Die das sagt, ist die niedliche Kleine mit den krausen, schwarzen Locken. Sie steht auf, nestelt an ihrem Gürtelstrick und zieht sich sodann kurzerhand ihre Tunica über den Kopf – und steht also da – der Herr sei gepriesen! – völlig ohne Scham und nackt jetzt, wie die sündige Eva im Sonnenlicht, und atmet schneller, sodass sich ihre spitzigen Tittchen heben und senken, als wenn sie gleich alleine losspringen wollten – dass Gott erbarm! Es war mir nicht möglich, meine armen, bezwungenen Augen von dem lieblichen... [gestrichen] liederlich lockenden Anblick abzuwenden, ich gestehe es. Meine kostbare Keuschheit wurde im Fundament bebend erschüttert...
– mea culpa – ne nos inducas in tentationem!
[meine Schuld – und führe uns nicht in Versuchung!]

„Richtig, Ghia, du hast es so ziemlich verstanden – nur aber, nicht, dass ihr gleich von vorneherein nackig in den Kampf ziehen sollt, das nun auch nicht. Aber du demonstrierst uns doch, was ich meinte. Seht sie euch nur an, Leute! Wie sie jetzt so dasteht, zu allem bereit: Es darf euch im Kampf eben keine Sekunde etwas ausmachen, notfalls auch völlig nackt vor eurem Feind zu stehen, und vor allem darf euch das keinen einzigen Augenblick zögern lassen zu handeln..."

„Na, der wird dann aber Augen machen", brummt da eine große Dunkelblonde mit langen, kräftigen Gliedmassen, die bisher noch gar nichts gesagt hat.

„Ja, Sueva, ihr werdet schon sehen, wie der Gegner darauf reagiert. Das – versteht mich recht – das kann eine Möglichkeit für euch sein, und euer so weiblicher Körper kann zu einem Trumpf werden – für einen Augenblick zu einem Vorteil gegen einen männlichen Gegner. Passt auf, am besten, wir probieren diese Wirkung gleich einmal aus, mit unserem ahnungslosen Lippo da hinten. Aber es muss auch eine echte Überraschung für ihn werden – deshalb zieh du dich erstmal wieder an, Ghia. Der schielt ja schon dauernd herüber..."

Die Gruppe vor meinem Versteck steckt flüsternd die Köpfe zusammen, um weiter ihre Pläne auszuhecken. Schließlich wird die eine, inzwischen wieder bekleidet, zu dem abseits hockenden Burschen geschickt. Dem werden von ihr locker die Augen verbunden, aber er muss dann noch abwarten.

Das große Weib, das sie Sueva genannt haben, hat sich jetzt inzwischen ganz frei gemacht von allen ihren Kleidern – Heilige Magdalena, sei bei mir! – Nur die langen Haare hat sie sich mit einem Band aus der Stirn gebunden. Dann legt sie sich eben dort nieder, wo vorhin die andere zu Boden fiel, nachdem ihr das Hemd vom Leib gerissen war. Dergestalt machen sie also genau an der Stelle weiter, wo vorhin abgebrochen wurde. Sehr interessant und aufregend...

Und nun wird der ledergepanzerte Kerl wieder herangeführt, mit seinen verbundenen Augen, und direkt vor der da leibhaftig am Boden liegenden blonden Sünde in Position gebracht. Dann heißt es:

Los! – und mit dem Kommando wird ihm die schwarze Binde von den Augen gerissen.

Er nun jetzt, er lässt erst noch seine Lanze unentschlossen in der Rechten hängen, er stutzt vor der Nackten, die da plötzlich vor ihm liegt – so scheinbar wehrlos, und vor allem aber blank und glänzend wie die Schlange im Paradies – und die nun auch noch die Beine völlig schamlos weit von sich spreizt, und eines anwinkelt, als lade sie ihn ein zu ihrer haarigen Höllenpforte...

Ach, wahrlich – miserere nobis! – man muss ein brüderliches Mitleid haben mit dem armen Kerl in solcher Gefahr, der da zu lange verwirrt zögert!

Denn blitzschnell stößt das ruchlose Weib vom Boden aus zu: Der angewinkelte Fuß schnellt vor und trifft ihn hart zwischen die Beine – ein lautes *Klack* ertönt – und er lässt seinen Speer fallen und krümmt sich – vielleicht doch mehr aus Überraschung als wirklich schmerzhaft getroffen.

Das Weib rollt sich blitzeschnell seitlich weg und kommt auf die Füße, dreht sich behende und landet bei dem Kerl von hinten noch einen kräftigen Tritt in die Nierengegend, der ihn nun tatsächlich ganz zu Boden schickt. Sie aber springt ihm auf den Rücken, packt seinen Kopf an der Helmkante über den Augen und reißt ihn nach hinten, und hält ihm etwas an die so gedehnte Kehle, was sie, ich weiß nicht wo, auf einmal hergeholt hat, und das wie ein aus einem Stück Holz geschnitztes Messer aussieht.

Lachend hockt die furchterregende Nackte auf dem besiegten Trottel, wie eine Hexe auf ihrem Ziegenbock, oder... oder wie der Teufel selbst auf einer erbeuteten Seele!

– et libera nos a malo...
  [und erlöse uns vom Bösen]

Und die nackte Teufelin, sie stößt ein wildes Geheul aus, in das ihre drei Genossinnen triumphierend mit einstimmen...

Wahrlich, mir ward Angst und Bange! Erneut flüchtete ich meine bedrängte Seele in ein hastiges Gebet:

– Pater noster qui es in coelo...
  [Vater unser, der du bist im Himmel]

Wie deutlich wurde mir sonst so bravem Ordensbruder da vor die hilflosen, erschreckten Augen aufgeführt, welche abgrundböse, gefährliche Macht dem Weibe gegeben ist, von Satanas, dem großen Versucher! Erst recht, wenn sie gar bedenkenlos entschlossen ist, mit ihren lodernden Reizen, nackt, wie die böse Schlange am verbotenen Baum der Erkenntnis, den armen Mann zu verlocken und... und zu verderben. Wehe uns Ärmsten, die wir die gierigen Blicke nicht rechtzeitig abwenden können von den hitzigen Verführungen von blanker Haut, wogendem Fleische und glänzendem Haar! Schneller, als ein Stoßgebet unsere seufzenden Lippen verlässt, sind wir ihnen verfallen und ist es um uns geschehen!

Fassungslos und erschüttert schwankend stand ich in meinem engen Versteck, hielt mich krampfhaft fest an einem dünnen, aufrechten Stamme mit beiden Fäusten und schaute gebannt auf den wahnsinnigen Freudentanz dieser Hexenweiber, den sie jetzt miteinander um den besiegten Mann vollführten, halb oder gänzlich nackend, mit stampfenden Füßen, schaukelnden Hüften und hüpfenden Brüsten.

Ich weiß nicht, wie lange ich gezwungen war, all diesem sündigen Schauspiel zuzusehen.

Irgendwann kam es zu einem Wechsel der Übenden. Diese Gruppe der Mädchen, die sich da vor meinen, wie von einem bösen Fluch gebannt, staunenden Augen so hemmungslos und energisch mit ihrem lanzenbewehrten Angreifer herumgeschlagen hatte, ging irgendwann hinüber an den jenseitigen Rand des Platzes – und an ihrer Stelle kamen andere Weiber heran.

Wenn dies überhaupt möglich war, stieg meine angstvoll schwankende Verwirrung nun noch weiter. Denn... denn zweie dieser nahenden Gestalten – erst schienen sie mir in dunkler und sehr eng anliegender Kleidung gewandet – bis ich erkenne, dass auch ihre Gesichter – wenn man diesen doch für Menschen reservierten Begriff so ohne Weiteres auf jene Unwesen anwenden soll – ihre Köpfe nun, so sage ich ganz neutral, diese also ebenso rabenhöllenschwarz gefärbt sind wie – ja, wie ihre ganzen nackten, fremdartigen Körper. So kommen sie nämlich heran, größeren Teiles wieder schon unbekleidet und in ihrer sündigen, vom Schweiße glänzenden Pracht, ja, geradezu protzend – und zugleich doch mit irgendwie lässigen Bewegungen und gänzlich schamlos und empörend unbekümmert treten sie vor meine brennenden Augen, um sodann hier wieder mit ganz ähnlichen Übungen wie die erste Gruppe anzuheben.

Dieses nun aber ist endgültig und gänzlich zu viel für meine schwächer werdenden Seelenkräfte, fast atemlos versuche ich, mich erneut in das Gebet zu retten:

Pater noster... sanctificatur nomen tuum...
fiat voluntas tua...

[Vater unser... geheiligt werde Dein Name...
Dein Wille geschehe...]

Jedoch dabei zuzusehen, wie eine von diesen schwarzen Hexen da tief in die Hocke geht vor ihrem glotzenden Gegner, auf alle Viere hinunter wie ein Vieh, dabei die nackten, dunklen Schenkel unzüchtig weit auseinandergespreizt, und wie eine eklige Spinne seitwärts laufend, mit dem wüsten Haarschopf tiefer am Boden als ihr blankes, glatt glänzendes Hinterteil, und dabei seltsame, hündische Knurrlaute von sich gebend...

Oh!! – Nein, meine aufgerührten Sinne kann ich kaum noch sammeln zu einem keuschen Reste aufrechter Empörung...

– fiat... fiat vol... vol... (– umpf –) fiat voluptas
tua, et... et sicut in coelo et in ter... et...(– ah! –)
... a tergo!
et... nos... nos inducas... in... ducas in...
tentationem!
non, non!... et... submitte nos...
sicut et nos... in... inducimus... malum a...
a tergo!
… et... et... adveniat... veniat!!
... adveniat regnum tuum!

[es geschehe dein Will... Woll... (…)... deine Wollust
geschehe, und... und wie im Himmel... auch auf Er...
... auch... (von!)
... von hinten!
und... uns... führe uns... in... führe in... die
Versuchung!
nicht, nicht!... und... unterwerfe uns...

wie auch wir uns... in... einführen... das Böse von...
von hinten!
... und... und... es komme... komme..!!.
es komme... dein Reich komme!]

Und so ermannte ich mich mit letzter Kraft, und mit der Hilfe aller flehentlich angerufenen Schutzheiligen: Ich hatte genug gesehen und erlebt und musste mich flüchten, retten.

Kopflos zog ich mich rückwärts aus dem Gebüsch zurück, ungesehen, wie ich nur hoffen kann. Aus größerer Ferne sodann, im Wald, ein Stück den Hügel hinauf, verbrachte ich den Rest des Tages in aufgewühltester seelischer Verfassung und glühend erstarrt in erregten Gebeten, um diese verdorbenen und verderblichen, züngelnden Bilder aus meiner armen Seele zu bannen.

Ich fand absolut keine Ruhe in jener Nacht.

Lange wälzte ich mich schlaflos. Hin und her getrieben zwischen inbrünstig flehenden Gebeten und heillos erregenden Träumen, aus deren wilden Bildern und sündigen Blicken ich hochschreckte wie ein Ertrinkender – der das rettende Ufer aus der Sicht verloren hat – stattdessen wurden meine armen, schwachen Augen immer wieder zwanghaft verlockt zu Blicken in wahrhaft finster leuchtende Abgründe, wo diese gleißenden Höllengeburten aus Sodom ihre Paarungstänze vollführten...

So anders und so abartig jagten sich die Spukbilder in meiner armen, sündigen Seele, immer wieder heraufgerufen aus ungeahnten Tiefen durch, ja, durch bösartigen Zauber und unkeusche Hexerei – anders war es nicht zu erklären.

Beim ersten Morgenlicht, das bleifarben und grau über den Mauern dieser verwünschten Burg erscheint, will ich meine Habseligkeiten zusammenraffen und ins Freie fliehen. Nur weg von hier und schnell weit fort, das seien meine einzigen Gedanken. Alles mit fliegender Eile hinter mir zu lassen, diesen verdammten Ort der teuflischen Versuchungen – und mich zu flüchten, zu retten in den bergenden Schoß der heiligen Mutter Kirche.

Diesen unseligen Auftrag baldmöglichst abzuschließen, und meinen Bericht zu erstatten von dem unglaublichen Ausmaß dieser beobachteten Verkommenheit, und sodann der strafenden Autorität der gestrengen Obrigkeiten alles Weitere zu überlassen, das bleibe meine heiße Hoffnung. Mögen diese in ihrer höheren Weisheit beschließen, mit welchen härtesten und einzig wirksamen Mitteln ein solcher Sumpf von schwärenden Übeln auszurotten sein kann und soll.

Ich will mich nur klammern an die Hoffnung, dass meine schwachen Schilderungen, meine bebenden Worte des größten Entsetzens! – dass alles dies

Wenige eben, was ich nur vermag, ausreichend sein möge, um einen siegreichen Kreuzzug des Heils zu zeugen, einen Samen, einen Keim wenigstens fürchterlichen, aber fruchtbaren Feuers der Läuterung zu entfachen – ach, ich darf nicht weiter denken, meine flackernden Fantasien schwächen mich zu sehr und hindern mich sonst an der Erfüllung meiner Pflichten.

Sobald ich die freie Landstraße gewonnen habe, werde ich meine eilenden Schritte gen Norden lenken, der Stadt des guten Bischofs Heinrich entgegen, der mich auf solche gefährliche Reise geschickt hat, vor wenigen Wochen ja erst.

Facit für den Bericht an den Prior Egno:
Es sind weitere, wiederholte Beobachtungen und eingehende Untersuchungen vonnöten, ehe man die beunruhigenden Vorgänge und Praktiken hier vor Ort recht fassen und beurteilen kann. Ich werde daher noch dringend wieder hierher zurückkehren müssen, so groß die Gefahren für mein eigenes Seelenheil auch sein mögen.

Aber wie groß war meine Überraschung, als mir nach einigen Stunden mühseliger Wanderschaft, begleitet von immer weiter hin und her streitenden Gefühlen und Gedanken, eine Reisegruppe entgegenkam, in der ich eine Reihe bekannter Gesichter entdeckte.

Umgeben von mehreren Bewaffneten, die gewiss zu ihrem Schutz dienen sollten, näherten sich mir einige Kleriker und Ordensbrüder auf ihren langmütigen Maultieren in gemächlichem Schritttempo. Und ja, in deren Mitte, nicht zu übersehen – das nicht zuletzt, weil er als einziger hoch über den anderen auf einer fast reinweißen, langbeinigen Stute thronte: Herr Egno von Eppan selbst, Archidiakon und rechte Hand des ehrwürdigen Bischofs Heinrich von Brixen, mein Dienstherr sozusagen und Auftraggeber zu dieser meiner auskundschaftenden Expedition und somit bewegende Ursache aller meiner letzten Verwirrungen – und ach, Versuchungen!

Auch jener erkennt mich gleich.

„Bruder Carlo, sieh an. Wir hatten noch nichts wieder von dir gehört bislang. Vielleicht eine glückliche Fügung, dich hier schon unterwegs anzutreffen. Schließe dich uns an, wir sind auf dem Wege zum kaiserlichen Hof, derzeit in der Stadt Cremona. Wir wollen uns später ausführlicher besprechen, wenn wir rasten zur Nacht."

So schürzte ich meine Kutte und ließ mich hinter einem der Knechte aufs Pferd heben. Schwer brummte mir der Schädel, ich brannte darauf, meine horriblen Beobachtungen und hart errungenen Erkenntnisse mitzuteilen und unsere geliebte Mutter Kirche zu warnen vor all den grauenhaften Abirrungen, die ich erleben musste, und vor jenen unsäglichen Praktiken all dieser verlockenden Ausgeburten der Verdammnis!

Doch so bald gab es dafür keine Gelegenheit. Zu Mittag hielten wir nur kurz an einem Bach, um die Tiere saufen zu lassen. Für die Reiter gab es lediglich einen kalten Imbiss im Sattel. Dann ging es weiter, Vater Egno schien es beträchtlich eilig zu haben.

Auch die Einkehr zur Nacht wurde ungewöhnlich lang hinausgezögert. Es dunkelte schon, bis wir aus dem Sattel kamen, und meine zitternden Knie und taub gewordenen Füße endlich wieder festen Boden unter sich fanden. Als mir meine schmerzenden Glieder wieder hinreichend gehorchten, war Pater Egno längst in der Dorfschänke verschwunden, in deren Hof wir abgestiegen waren.

Ich hatte sogar Schwierigkeiten, zu ihm durchzudringen – er wolle seine Ruhe haben, hieß es von den begleitenden Fratres. Aber ich konnte nicht aufgeben, zu sehr brannten mir meine Erlebnisse auf der Seele, und loderten immer noch die höllischen Bilder vor meinen inneren Augen.

Schließlich ließ man mich dann doch zu ihm.

Pater Egno saß in guter Ruhe vor einem munter brennenden Kaminfeuer, die Füße, von den hohen Reiterstiefeln befreit, gemütlich auf einem Hocker ausgestreckt und einen geräumigen Pott in den Händen, aus dem es würzig nach heißem Weine duftete.

„Na, Bruder Carlo, du hattest sicher nicht gedacht, uns hier unterwegs schon auf der Straße zu treffen..."

„Vater Egno, ja, gewiss, ein Glücksfall", ich unterbreche ihn, weil ich nicht mehr länger an mich halten kann, „ hört mich an, was ich zu berichten habe, aus Monteleone, was ich mit eigenen, entsetzten Augen ansehen musste, es ist... es ist geradezu unbeschreiblich... und kaum mit anständigen Worten zu fassen..."

„Nun nun, so beruhige dich doch, guter Bruder. Erst einmal nimm dir einen Becher dieses durchaus trinkbaren Weines, wer hätte das gedacht in dieser Bruchbude von einem Wirtshaus. Und rücke nur heran ans Feuer, atme durch und berichte mir in aller Ruhe. Und ganz sachlich, bitte, ganz ohne dich gleich in pastoralem Zorn zu ergehen, wenn möglich, immer schön der Reihe nach."

So mach ich's. Und kämpfe aufrichtig darum, ziemlich stockend erst und oft zögernd vor Verlegenheit, die passenden, zutreffenden und doch geziemenden Worte zu finden für meine unsäglichen Beobachtungen, so schwer mir das fällt diesem hohen Herren und Würdenträger unserer Kirche gegenüber.

Doch Herr Egno überrascht mich. Er hört mich freundlich lächelnd an, so haarsträubend jene Geschehnisse und Zustände auch sein mögen, von welchen ich zu berichten habe. Nein, geradezu immer dort, wo ich eben froh bin, eine für priesterliche Ohren glimpflichere Ausdrucksweise gefunden zu haben und mit mildem Schaudern über die sündigsten Einzelheiten hinweggleiten will – nein, da gerade hakt Ehrwürden ein und bohrt mit freudigem Eifer nach jedem drastischen und so abstoßenden, allzu körperlichen Detail, wovon immer mir noch grelle Bilder im zerrütteten Gedächtnis aufflackern wollen, und zwingt mich mit freundlich hartnäckigem Nachfragen zu epischen, geradezu körperlich breiten Schilderungen. Geprüft wird auch dadurch meine keusche Standhaftigkeit, kaum weniger als im realen Erleben der zugrunde liegenden Geschehnisse – viel schlimmer kann es auch im Fegefeuer nicht werden, muss ich glauben. Zielsicher legt Hochwürden den prüfenden Finger seines Priesteramtes auf alle die Empörung erregenden Vorgänge, welche ich in allen fleischlichen Einzelheiten wiederholt zu beschreiben gezwungen werde – wo es mir doch gerade erst kaum gelingen wollte, sie aus meinem allzu schwachen, fiebrigen Geiste zu verdrängen.

Endlich dann scheint Herrn Egnos inquisitorische Lust doch befriedigt, und er lässt mit einem träumerischen Lächeln von mir ab...

„Soso, lieber Bruder“, sagt er und wendet den Blick hinüber zum lodernden Feuer des Kamins, „da hast du mir ja recht Erstaunliches zu berichten gehabt, kaum zu glauben geradezu. Dein heißer Eifer ist sehr lobenswert... doch wollen wir auch nicht über das Ziel hinausschießen – sondern unsere gerechte Entrüstung in christlicher Nächstenliebe bezähmen, nicht wahr, vorerst. Darum bitte ich dich, lieber Bruder Carlo – nein, ich befehle es dir, kein Wort von diesen Beobachtungen dort in Monteleone, und keinem Menschen gegenüber, laut werden zu lassen! Vorerst, wie gesagt, und solange, bis ich es dich ausdrücklich wissen lasse."

„Aber nein!", so fährt er mir in zorniger Erregung über den Mund, als ich mich in meiner verausgabten Erschöpfung eben noch zu ersten schwachen Einwänden aufraffen will:

„Nein, kein Wort weiter will ich dawider hören, Bruder Carlo! Dieses alles ist von so hoher umstürzender Potenz...", hier zögert er weiter zu sprechen, „nun ja, dass wir wohl überlegt abzuwarten haben, bis wir erst... nun ja, aus einer besseren, abgesicherten und mehr gefestigten Position einzugreifen imstande sein werden, dann bin ich wohl zuversichtlich. Bedenke auch immerhin, lieber Bruder, dass sich deine Anschuldigungen letztlich ebenso gegen die Person des Herrn Odo von Peio richten, also einen natürlichen Sohn dieses noch so machtvollen Kaisers Friedrich."

Nach diesen zweideutigen Worten entließ mich Vater Egno, nicht ohne vorher von mir einen heiligen Schwur auf das kostbare Silberkreuz zu verlangen, das ihm mit allerhand Edelsteinen geschmückt auf der Brust hing, einen Schwur auf vollkommenstes Stillschweigen, einem Beichtgeheimnis gleich, wie er ernst betonte.

Die folgende Nacht in diesem Gasthaus an der Landstraße war für mich kaum weniger unruhig als die vorige in der Burg Monteleone.

Mir ist so schnell nicht zu helfen.

Kapitel 30

Kehla

Soweit ist es also mit mir gekommen: Federico begleitet seinen Bruder Enzio in dessen neues Königreich Sardinien, und darum folge ihm auch ich, ganz wie eine brave, gehorsame Ehefrau, welche ich jedoch keineswegs bin, noch jemals sein werde, nach aller menschlichen Voraussicht und den engstirnigen Sitten dieser unvollkommenen Welt.

Der Aufbruch folgte rasch der Hochzeit, denn Frau Adelasia wollte bald zurück sein in ihrer Herrschaft und dort dem Volke ihren strammen neuen Ehemann präsentieren ehe irgendwelche Gerüchte oder gar Unruhen in ihrer Abwesenheit entstünden. Unser Weg führte nicht nach Südwesten zur großen Hafenstadt Genua, wo Enzio seine Braut vor wenigen Wochen ja erst abgeholt hatte – und welche ich mir gerne angesehen hätte. Ich weiß nicht, ob dort in Genua wirklich schon Schwierigkeiten zu erwarten waren, aber am Hofe gingen bereits Gerüchte um, jene mächtige und streitbare Seerepublik empfinde die eigenen Interessen und Ansprüche auf jener Insel behelligt allein schon durch den prächtigen neuen Titel Enzios als *König von Sardinien*.

Also hielt sich unsere Reisegesellschaft weiter nördlich zu einem kleineren Küstenort, der schon zur

Markgrafschaft von Savona gehört. Und dort schifften wir uns also ein für die Überfahrt.

Kaiser Friedrich hatte seinem Sohn nur ein kleines Gefolge von einem knappen Dutzend Rittern aus dem Süden Italiens mitgegeben unter dem Kommando eines Landolfo Calcenario. Das hatte ihm zu genügen zu einer Darstellung seiner königlichen Macht und Herrlichkeit. Wahrscheinlich hätte Enzio selber zu diesem Zwecke lieber eine schlagkräftige Truppe aus der Sarazenengarde mit sich geführt. Doch davon war ihm entschieden abgeraten worden. Denn Sardinien hat, wie alle Inseln im Mittelmeer auch, über lange Jahrhunderte immer wieder so übel unter muslimischen Seeräubern leiden müssen, dass ein Erscheinen von sarazenischen Kriegern in Adelasias und Enzios Gefolge eher einen wütenden Aufruhr provozieren dürfte, als zu gutwilliger Akzeptanz ihres fremden neuen Herren.

Mir fällt jetzt selber auf, dass ich mir da Gedanken mache zu gewissermaßen *höherer Politik,* wie sie mir noch vor kurzem gar nicht in den Sinn gekommen wären!

In meiner offiziellen Rolle als Leibwächterin bin ich jetzt einfach so viel näher am Geschehen und den wichtigen Geschäften und allerlei Unterredungen, das ein Verständnis dieser Angelegenheiten wächst – und auch Interesse und Anteilnahme entprechend.

Ja, und eben auch durch meinen Liebsten Federico. Der ja nun des Kaisers ältester Sohn ist, und so eigentlich der erste Kandidat für die Hand der reichen, alten Erbin aus Sardinien hätte sein müssen... puh, nicht auszudenken. Zum Glück, sagt er, ist es aber schon lange sein Pech, hinter dem strahlenden Lieblingssohn Enzio zurückstehen zu müssen. Und so, quasi aus der sicheren zweiten Reihe, das Geschehen am Hofe, den *Tanz der Interessen*, wie er's nennt, relativ neutral und persönlich unberührt beobachten zu können. Mir ist es natürlich entschieden lieber so. Bei ihm aber bin ich mir da nicht so sicher, trotz aller seiner Beteuerungen.

Die Überfahrt zur Insel Sardinien war lebhaft, stürmische Winde aus Nordwesten hielten unser Schiff in Bewegung, mehr als es manchen von uns lieb war. Enzio, mit seinem bekannt schwachen Magen, und auch Cordelia blieben die zwei Tage und Nächte in ihren – natürlich getrennten – Kojen. Ich kümmerte mich um sie, denn diese Schaukelei in alle Richtungen kann mir offensichtlich nicht viel anhaben. Federico sorgte für seinen Bruder so gut es ging.

Frau Adelasia blieb die meiste Zeit der Reise in ihrer geräumigen Kabine am Heck des Schiffes. Erst als die Küste der Insel in Sicht kam, erschien sie an Deck, mit ihren beiden Trabanten, der mysteriösen Schönheit Emeralda und dem graubärtigen Ritter Ricoberto *im Schlepptau* (wie die Seeleute sagen). Mit forschen Schritten marschierte sie zum Bug des Schiffes und stellte sich in den Wind, die schon von einigen Silberfäden durchzogenen schwarzbraunen

Haare geöffnet und wehend. Ihrer Begleitung hatte sie bedeutet, ein Stück hinter ihr am Mast stehen zu bleiben.

Wo auch Federico und ich auf einigen Taurollen eng beieinander saßen und zur Küste hinüber schauten – aber jetzt, bei Adelasias Erscheinen, rückten wir natürlich eilig und hoffentlich unauffällig auseinander, um unsere vorgetäuschten Rollen nicht vorzeitig zu verraten. Doch das schien unnötig zu sein – vermutlich hätten wir da zwischen den nassen Spritzwasserflecken auf dem abschüssigen Vordeck auch knutschend aneinanderkleben können: Frau Adelasia beachtete uns mit keinem Blick, sie hatte nur Augen für ihre Heimat, die da in der Ferne aus dem frühsommerlichen Dunst heraufstieg.

Der Hafen von Torres ist dürftig, nur eine flache Bucht mit dem bröckeligen Rest einer niedrigen Steinkante, um das Aussteigen aus den Booten zu erleichtern.

Dahinter auch nur ein paar schäbige Häuschen und Hütten. Es war hier kein Mensch zur Begrüßung erschienen. Ein sonderbarer Empfang in Herrn Enzios neuem Königreich.

Es dauerte, bis unsere Reisegesellschaft vollzählig angelandet war und sich der kleine Zug von Reitern formieren konnte für den Weg zu Adelasias Hauptstadt Ardara, welche einen langen Ritt entfernt zwischen den Hügeln des Binnenlandes gelegen ist.

Na, man hatte so seine Vorstellungen und war gespannt auf des strahlenden Königs Enzio künftige Residenz – wie auch dieser selber gewiss. Doch sein freudiges Lächeln erstarrte zusehends, je näher wir uns diesem armseligen Städtchen näherten.

Was sage ich, wenig mehr als ein größeres Dorf ist dieses Andara, mit staubigen, ungepflasterten Gassen und strohgedeckten, niedrigen Häusern mit schiefen Wänden aus Flechtwerk und Lehm. Kaum ein Bewohner lässt sich blicken, seinen neuen Landesherren zu begrüßen auf unserem winkligen Weg in das Zentrum jener traurigen Ansiedlung. Dort dann, auf dem höchsten Punkt des Stadthügels, breitet sich ein mäßig geräumiger Platz vor einer breit hingeduckten Kirche, die in einem nachlässigen Wechsel aus hellen und schwarzen Steinen aufgemauert ist, was ihr eine wenig schmeichelhafte Ähnlichkeit mit einer gescheckten Kuh verleiht: *Santa Maria del Regno* die Krönungs- und Begräbniskirche der Fürsten von Torres und Logudoro – welch beeindruckende Pracht und Herrlichkeit...

Immerhin haben sich hier auf dem Platz vor der Basilika einige Dutzend, anscheinend allerdings wenig fröhlich gestimmter Untertanen zum Empfang ihres Herrscherpaares versammelt. Eine Schar ernster Gesichter, unter breitkrämpigen, bäuerlichen Hüten die Männer, und in ausgedehnter Verschleierung die Frauen, fast alle in dunklen Gewändern, braun in allen Schattierungen zumeist, wenige nur in kostspieligem, aber verstaubtem Schwarz. Keine Blumen, keine jubelnden Kinder oder bekränzte Jungfrauen zu unserer Begrüßung.

Nur immerhin einige ältere Herren stehn bereit, einer auch mit breiter goldener Amtskette. Die treten heran und grüßen mit standesbewusstem Ernst und kurzen Sätzen in einem sonderbar knarzenden Dialekt ihre Fürstin. Lediglich ein würdevolles Nicken des Fürstenpaares wird ihnen zum Dank.

Man betritt die düstere Basilika Santa Maria – kleine Fensterchen nur in den dicken Mauern, dunkle Säulen ohne Schmuck und von beträchtlichem Umfang, die nach oben hin zu der finsteren Balkendecke noch zuzunehmen scheinen, und diese großporigen Steine aus schwarzem Material überall ohne Ordnung verteilt in den massigen Wänden. Vorne über einem schlichten Altar ein hohes Tafelbild, darauf dämonisch glitzernde, von Gold strotzende Gestalten mit den traurig blickenden immergleichen Gesichtern der christlichen Hilfsgötter, von denen manche ihre bestialischen Marterwerkzeuge vorzeigen, mit deren Hilfe man ihnen in sagenhafter Vorzeit zu ihrer unglaublichen Seligkeit verholfen haben soll. Es ist wahrlich viel verlangt, an die abstrusen Dogmen dieser Religion der Liebe und Barmherzigkeit zu glauben, wider alle Vernunft!

Ein schauderndes Zittern muss ich unterdrücken, drehe diesen abscheulichen Bildern lieber meinen Rücken zu und stelle mich an die Seitenwand neben Cordelia. Gegenüber nehmen Ricoberto und Emeralda ihre Plätze ein.

Herr Enzio und Frau Adelasia aber treten gemeinsam vor den Altar, wo sie der Bischof in all seinem märchenhaften Pomp schon erwartet. Denn hier, auf diesen Marmorplatten, unter denen auch Adelasias vor wenigen Jahren erst ermordeter kleiner Bruder Barisone begraben liegt, hier, vor den Augen ihres Volkes, sollen sie gleich noch einmal verheiratet werden – zur Sicherheit und vorsichtshalber, dass auch keiner sagen kann, das sei alles gar nicht wahr. Also ziehen sie's nochmal durch, es möge nützen.

Versprechen und Ringe werden getauscht; der Schleier der Braut aber nicht feierlich gehoben, der ist eh' schon beseitigt, und für den sonst obligaten ersten Kuss fehlt augenscheinlich beiden derzeit die Motivation.

Dieses hinter sich gebracht, wendet man sich dem Volke zu, die Honoratioren nähern sich mit gemurmelten Glückwünschen, und so weiter.

Cordelia und ich tun unsere Pflicht als Leibwache des Herrscherpaares und spähen konzentriert und gespannt, ob nicht ein verborgener Dolch aus einem Ärmel gezogen werde oder sich ähnliches Meuchelwerk anbahnt. Schon auf dem Weg hierher haben wir unsere prahlerischen Römer-Harnische verhüllt, sie mögen am prachtvollen Kaiserhof ihre Rolle erfüllen, hier erscheinen sie uns aber unpassend, zumal mit den allzu detailliert ausgeprägten anatomischen Formen in blitzendem Silber. Darüber tragen wir jetzt lange weiße Reiterumhänge mit dem Wappen Enzios darauf, drei schreitende goldene Löwen auf nachtblauem Grund, das ist recht hübsch und prächtig genug, und hier in der Kirche verbergen diese Mäntel unsere bereitgehaltenen Waffen. Wir sind auf alles gefasst.

Doch eine Gefahr geht nicht aus von diesen würdigen Herren – es ist dies der Kronrat, so erfahren wir später, die *Corona de Legu,* so wird das hier genannt, gebildet aus den *Curatores* der verschiedenen Teile von Frau Adelasias Fürstentum.

Nun, da diese erste Huldigung getan ist, strebt alles zügig nach draußen, ins Licht und die freie Luft, das hohe Paar voran – mag diese schattig dumpfe Kirchenhalle ein Ort der Einkehr und Besinnung sein, ein angenehmer Aufenthalt scheint sie für keinen.

Dort auf den Stufen vor der Kirche steht jetzt ein einzelner hochlehniger Thronstuhl, auf welchem Frau Adelasia würdig ihren Platz einnimmt.

Herr Enzio tritt an ihre Seite und wartet ab, bis alle aus der Kirche heraus sind und das versammelte Volk von Ardara auf dem Kirchplatz in Erwartung verstummt. Dann tritt er zwei Schritte vor, lässt so die Gemahlin hinter sich sitzen, und hält seine Ansprache mit lauter, harter Stimme:

„Herren und Volk von Torres, von Gallura, und von ganz Sardinien: Ich, Enzio von Staufen, Sohn unseres Kaisers Friedrich, er möge lange leben, ich bin jetzt euer neuer und rechtmäßiger König. Ich freue mich, dieses unser Königreich und euch, als meine getreuen Untertanen, kennenzulernen. Ich werde daher in den nächsten Tagen und Wochen eine Rundreise antreten, zunächst hier, durch Torres und Logudoro, und dann nach Gallura und..."

„Doch verzeiht, Euer Gnaden", so wird er unterbrochen von einem in allerfeinsten Goldbrokat gekleideten Edelmann, „da ist doch ein dringender Einwand zu erheben..."

„Was ?! – Wer ist er, der es wagt, mich zu unterbrechen?"

„Verzeiht nochmals, Euer Gnaden, Ugo della Faggiola ist mein Name – und ich bin Gesandter der Regierung von Pisa, meiner großen und ruhmreichen Heimatstadt – welche immer – wie ich zu Bedenken geben will – und ohne Schwanken zu Eurem hohen Herrn Vater Kaiser Friedrich gehalten hat und auch hier im Lande sein treuester Verbündeter war und ist seit Menschengedenken."

Enzio kämpft sichtlich mit seinem hochwallenden Zorn, aber er ist klug genug, das herunter zu schlucken: „So sprecht meinetwegen, Herr..."

„Hoheit, so sehr, wie gesagt, meine Vaterstadt Pisa mit all ihrer Macht und Stärke bereit ist, künftig auch Euer treuer Verbündeter und Freund zu sein – so eindringlich jedoch muss Euch meine Mahnung erreichen: Für uns ist Herr Giovanni Visconti, ein Sohn der Stadt Pisa – und vor allem der Neffe und als solcher im Testament zum Erben eingesetzte Nachfolger des Ugobaldo Visconti, des verstorbenen Iudex und Herren von Gallura – und erstem Ehegemahl Eurer Gattin Adelasia... dieser Giovanni Visconti also, ist und bleibt für Pisa der rechtmäßige Herr des Iudicates von Gallura. Ihr jedoch, verzeiht Hoheit, Ihr seid nun zwar gewiss *iure uxoris,* also durch Eheschluss und mit dem Recht Eurer Gemahlin hier Herr von Torres und so weiter – aber nicht von Gallura! Diesen Einwand, solches bitten wir, akzeptiert als eine nötige Richtigstellung namens meiner stolzen Vaterstadt Pisa, Eurer treuen Verbündeten dann, wie gesagt – so Ihr das anerkennen wollt."

So, und in einer Verbeugung mit weit geöffneten Armen, endet dieser Gesandte aus Pisa. Mit hochrotem Kopf und stark gerunzelter Stirn verharrt, ohne ein weiteres Wort, Herr Enzio.

Die Gelegenheit ergreift ein anderer Herr in feiner dunkler Kleidung, nur ein gewaltiger goldener Siegelring am Zeigefinger seiner rechten Hand zeugt von der Bedeutung seines Trägers. Dieser nun spricht also:

„Im Namen Eurer Nachbarn im Süden, Herr Enzio, im Namen des Iudicates von Arborea und seines Fürsten Pietro II. de Bas-Serra, grüße ich Euch und entbiete hier unser aller Glück- und Segenswünsche, ja – mein Name ist Guglielmo da Capraia. Solche Wünsche, insbesondere auch die auf gute und friedliche Nachbarschaft habe ich Euch zu überbringen. Obwohl – dies ist hier allerdings ausdrücklich zu erwähnen und zu betonen – obwohl mein Herr, besagter Iudex Pietro II. von Arborea, von keinem geringeren als dem Heiligen Vater, Papst Gregor IX., bestellt und eingesetzt worden ist zum Sachwalter und Berater für Frau Adelasia hier in ihrem vorigen Witwenstande – und somit von Rechtes wegen ein gewichtiges Wort hätte mitzureden gehabt, was eine neuerliche Eheschließung besagter Dame angehen möge. Nun, darüber hat solche sich freimütig hinweggesetzt, und die gutmeinende Fürsorge des Heiligen Vaters ignoriert, auch die wohlerfahrene Betreuung und Beratung durch meinen Herrn Pietro beiseite geschoben – und also kurzerhand und überraschend Euch zu ihrem Gatten erwählt, Herr Enzio. Gleichwohl aber, und trotz aller dieser doch – wie man es empfinden könnte – bitteren Kränkungen, sind wir bereit und bieten Euch an, in nachbarlichem Frieden zu leben und keinerlei weitere Ansprüche an Euch, Herrn Enzio, und Eure hohe Gemahlin zu stellen – sofern Ihr uns freundlich versichern wollt, dass Euer schöner neuer Titel als ein *König von Sardinien* aber auch gleichfalls Eurerseits keine wirklichen Ansprüche an uns und unseren Teil dieser Insel, das Iudikat Arborea also, überhaupt bedeuten und proklamieren kann oder gar will."

Auch dieses Mal, noch ehe der wie versteinert zuhörende Herr Enzio zu erwidernden Worten – oder, ich fürchte, ob dieser langen Suada wohlgesetzter Rede, überhaupt schon nur zu einem zusammenhängenden Gedanken gefunden hätte – sofort also schließt sich ein nächster Redner an:

„Erlaubt auch mir, Euer Gnaden, mich sogleich den Worten meines Vorredners anzuschließen. Mein Name ist Rinaldo Glandi – und meine Wenigkeit war in der Tat bis vor drei Jahren mit der Ehre einer Regentschaft betraut für den anderen Eurer Nachbarn im Süden, für Herrn Guglielmo Salusio V. also, den Iudex von Cagliari – und in dessen Namen will und muss ich hier vor Euch ein Gleiches zu Bedenken geben. Möget Ihr, Hoheit, in Ehren und Freuden den von Eurem verehrten Vater Kaiser Friedrich verliehenen Titel eines *Königs von Sardinien* führen – und über ein ungefähres Viertel dieser schönen Insel mit jedem Recht und unbehelligt herrschen, wie es Euch gefällt. Wir anderen drei Viertel – Cagliari, Arborea und auch Gallura – gönnen Euch dies gerne, solange Ihr keine Anstrengungen unternehmen wollt, an den Tatsachen und Verhältnissen hier etwas zu ändern. Das würde doch nur zu hässlichen Konflikten und gewaltsamen Auseinandersetzungen führen, welche ja niemand will, nicht wahr?“

Herr Enzio steht weiter da, neben dem hölzernen Thron seiner Gemahlin, und schweigt eisern. Mag sein, der Sturz vom Höhenflug seiner schönsten Aussichten und Ambitionen auf den steinigen Boden der politischen Realität war zu steil und jäh.

Adelasias Miene bleibt fast ganz kühl und unbeteiligt, nur die Lippen sind leicht geschürzt, als gehe sie die ganze Debatte hier nicht viel an – oder aber, als habe sie genau diesen Verlauf der Entwicklung vorausgesehen? Dieser Verdacht drängt sich mir auf, und ja, wenn man sie genau beobachtet... eine gewisse Schadenfreude könnte man in ihr vermuten.

„Gut. Es freut mich", setzt der freundliche Diplomat seine Ansprache fort, „dass Ihr unsere Gedanken und Standpunkte so ernsthaft anhört und wohl bedenken wollt. Lasset mich also schließen, indem ich Euch Glück und Erfolg wünsche für Eure Regentschaft hier in Torres – da darf ich wohl im Namen aller hier Anwesenden sprechen – und Euch zugleich im besonderen Namen meines Herrn, des souveränen Iudex von Cagliari, alle freundschaftliche Unterstützung anbieten und zusagen, derer Ihr künftig zu friedlichen Zwecken bedürftig sein möget. Zumal, wie man zum Beispiel schon aus Genua hören konnte, nicht alle Mächte in dieser Region so ganz mit Euch und Eurem Fortschreiten im Einvernehmen sich halten mögen. Auf gute Nachbarschaft also!"

Freundlich lächelnd blickt dieser gewandte Redner in die Runde und nickt am Ende Herrn Enzio zu, der sich mit weiß gewordener Faust an der Lehne von Frau Adelasia festhält.

Dieser schluckt trocken und mühsam, und ringt sich schließlich noch durch zu einem fast nur geflüsterten: „Ja... nun gut, mein Herr... seid bedankt für... für Eure offenen Worte. Wir werden dann sehen..."

Dann senkt er den Blick zu Boden und setzt sich in Bewegung. Er scheint mit seinem Herrscher-Latein vorerst am Ende und hat es jetzt eilig, die Stätte dieser Desillusionierung zu verlassen.

Frau Adelasia folgt dem hinfort Eilenden ganz in Ruhe, und sie wechselt auch hier und da noch einige Worte mit den Honoratioren und Gesandten. Man verbeugt sich vor ihr und schüttelt Hände, ganz familiär, wünscht ihr wohl Glück zum neu begonnenen Ehestande – doch sehe ich auch mehrfach ein verwundertes, oder resigniertes Kopfschütteln dabei.

Cordelia hat die ganze Zeit neben mir gestanden und mitangesehen, wie ihr liebster Enzio da auf den Boden der sardinischen Tatsachen heruntergeholt wurde. Ob er ihr dabei wirklich leid tut, lässt sie sich nicht anmerken. Vielleicht, oder wahrscheinlich auch, ist es ihr nur recht, dass sich Enzios politisches Heiratsprojekt als nicht so profitabel herausstellt, wie er und sein Vater gedacht haben mögen.

Wir lassen Adelasia hinter uns zurück und eilen Enzio hinterher, um dessen Schutz wir uns ja mit Vorrang zu kümmern haben. Bei den Pferden finden wir ihn. Schweigsam und ungläubig den Kopf schüttelnd steht er neben seinem stattlichen Braunen und scheint recht mutlos, wie ich es bei ihm so noch nicht gesehen habe.

Cordelia tritt dicht an ihn heran, streift ihren Mantel zurück und reibt ihre silbern schimmernde Front aufmunternd an ihm.

„Ach, Liebste, wenn ich dich nicht hätte... Ach, was soll's. Wir müssen halt das Beste daraus machen..."

„Genau, Bruderherz, so ist es wohl." Federico ist schon aufgesessen, was ihm einen besseren Überblick verschafft. „Und passt auf, ihr zwei, da kommt deine holde Braut, Enzio!"

So ist es. Doch scheint sie nichts zu bemerken.

Alles steigt auf seine Pferde, denn wie es sich herausstellt, werden wir nicht an diesem traurigen Orte bleiben. Es soll einige Meilen zurück nach Norden gehen, zum Landsitz der Fürsten von Torres in der Nähe eines Dorfes namens Sassari.

Dieses Schloss sei ganz neu noch, heißt es, vor wenigen Jahren erst errichtet, Herrn Mariano II., den verstorbenen Vater der jetzigen Fürstin.

Die Vorfreude auf etwas Komfort erhält jedoch einen Dämpfer, als dieses Anwesen dann in Sicht kommt. Nun ja, das Haupthaus ist aus grob behauenen Steinen aufgeführt, und sogar zweigeschossig, aber maximal schlicht gehalten. Umgeben von einer ganzen Herde von Nebengebäuden, das auch, aber alles zusammen kaum mehr als ein mittelprächtiger Gutshof – von einem *Schloss* kann da keine Rede sein eigentlich.

Es wird dämmrig langsam, und ein unangenehm kühler Wind kommt auf, von der nicht mehr allzu weit entfernten Meeresküste her.

Wir beziehen Quartier. Adelasia und Enzio in zwei großen Räumen im Obergeschoss, getrennt, denn man will ja mal seine Ruhe haben zum Schlafen. Nebendran gibt es noch eine schmale Kammer für Federico, das war wohl früher für Bedienstete gedacht.

Cordelia und ich schlagen unsere Lagerstätten auf einem Vorplatz auf, der zwischen den Zimmern von Adelasia und Enzio liegt, und wo die Treppe vom Erdgeschoss heraufkommt. Da unten gibt es nur einen großen Raum, der als Speise-, Versammlungs- und Empfangssaal dient.

Alle anderen Personen von Adelasias und Enzios Hofhaltung sind in einfachen, ebenerdigen Nebengebäuden untergebracht. Ebenso wie die Küche, zu der immerhin ein überdachter Gang führt, sodass es nicht gleich direkt in die Suppe regnen kann gegebenenfalls.

In den nächsten Tagen kamen immer mal wieder Abordnungen der umliegenden Dörfer und Küstenorte, angeführt von ihren *Maiores,* wie sie die Dorfältesten oder Vorsteher hier auf Sardinien nennen.

Mit Geduld und Ausdauer empfing Frau Adelasia jede Gruppe, die bei ihr vorsprechen wollte. In dem Saal unten saß sie da auf einer breiten Bank, die sich dort an der ganzen Längsseite entlangzieht, saß da auf einem dicken, reich bestickten Kissen, ließ von dem kräftigen, tiefroten Wein der Gegend servieren, und unterhielt sich lange und ausführlich mit den guten Leuten in ihrem weitgehend unverständlichen Dialekt.

Herr Enzio hockte meist nur schweigsam und zunehmend gelangweilt daneben, das immerhin war er seiner Stellung schuldig, wenn er auch gewiss lieber mit Federico auf die Jagd gegangen wäre in den umliegenden Hügeln.

Abends, nach dem Nachtessen, zog sich Frau Adelasia meist zeitig zurück in ihr Schlafgemach, gefolgt von ihrer schönen Zofe oder Gesellschafterin Emeralda, welche auch stets die Nacht über bei ihr blieb. Enzio aber sah gar keine Veranlassung, seiner Gemahlin zu folgen, da hätte sie ihn wohl schon sehr deutlich zu auffordern müssen. Was aber unterblieb. Er hatte ja seinen eigenen Schlafraum für die Nacht.

Gelegentlich auch, wenn sich Adelasia nicht ganz frühzeitig zurückzog, führten Federico und Cordelia ihre kleine Posse auf:

Sie erhebt sich, in langsamer, lasziver Bewegung von ihrem Stuhl, reckt sich noch vielleicht mit Genuss, so mit Stolz ihren wohlgeformten Körper vorführend, und geht mit betont wiegenden Hüften um den Tisch herum zu Federico. Wo sie einen Moment verweilt, ihm zärtlich über Arm und Schulter fährt und liebevoll seinen dunklen Schopf zerwuselt, oder auch seine Hand nimmt und zu einem Kuss an sich drückt – dabei am Ende gar noch frech mit seinem

Handrücken wie zufällig leicht über ihre prächtigen Titten streicht – was ich nun aber wirklich gänzlich unnötig und übertrieben finde, naja. Und mit einem schelmischen Zwinkern zieht sie meinen Federico dann hinter sich her zur Treppe hin und nach oben – ein Herz und eine Seele, die beiden, ganz offensichtlich.

Oben aber müssen sie dann gemeinsam in Federicos kleiner Kammer ausharren, bis alle anderen zu Bett gegangen sind, und es still wird im Haus. Schließlich schlüpft Cordelia ungesehen hinüber in Enzios Arme – wenn ich für unsere Wache am Treppenabsatz eingeteilt bin, und sie die Nacht zur \`freien Verfügung\` hat. Im anderen Falle, wenn Cordelia die Wache halten soll, passt sie gerne den Moment ab, wo Adelasia die Treppe hinauf zu ihrem Nachtlager strebt, um dieser dann mit ganz zerwühlten Haaren und nur recht nachlässig bekleidet auf dem Vorplatz zu begegnen. So als komme sie gerade eben von leidenschaftlich wildem Liebesspiel aus Federicos Bett und eile nun zu ihrer Pflicht als Leibwache an der Treppe hinüber.

Und wenn dann alles ruhig wird, kann ich zu meinem Liebsten schleichen. Der musste halt mitspielen bei diesen vertauschten Rollen – und das tat er mit einer dezenten aber deutlichen Selbstverständlichkeit, die vielleicht noch glaubhafter war, als Cordelias mitunter ziemlich vulgären Übertreibungen.

Naja, was sollte ich sagen, ein gelegentlicher

Kuss auf ihre Nasenspitze, oder ein kurzes Tätscheln von Cordelias runden Hüften – darüber durfte – und musste – ich hinwegsehen, als ginge mich das alles nichts an.

Morgens versuchten die beiden regelmäßig, sich unbeobachtet schon oben zu treffen, um darauf ganz einträchtig und händchenhaltend die Treppe herunterzukommen zur gemeinschaftlichen Frühstückstafel... Man musste wirklich annehmen, da könne niemand einen Verdacht schöpfen, dass die Dinge zwischen uns Vieren in Wahrheit ganz anders lägen.

Schon nach einigen Tagen solch trauten Eheglücks wurde Enzio ruhelos. Das stille Leben auf diesem Landschloss Sassari schlich dahin, dem Sommer entgegen, geordnet und reichlich ereignislos. Wie auf einem größeren Bauernhof, nur dass es hier nicht einmal Felder zu bestellen gab oder Rösslein vor den Pflug zu spannen.

Eines Morgens überraschte Enzio seine frisch angetraute Gemahlin mit dem Entschluss, eine Rundreise antreten zu wollen, „um die Länder seines Königreiches kennen zu lernen" – wie er es nannte, mit einem kühnen Blick zum Horizont hinaus.

Frau Adelasia lächelte milde: „Gewiss, geh nur, mein Gemahl. Das ist löblich und verständlich. Ziehe hinaus und sieh dich um – das Reiten in der frischen Luft des Frühlings wird dir gut tun. Doch, entschuldige mich, bitte, ich ziehe es doch vor, hier auf

Sassari zu bleiben – und der Rückkehr meines jungen Helden hier zu harren – ja, nicht wahr?"

Bemerkenswert, wie die Fürstin ihren sonst sehr viel mehr bäuerisch knarzenden Dialekt in diesem Satz mit seinen vielen `R`-Lauten zu dem schmeichelnden Schnurren eines Kätzchens modulierte.

Enzio strahlte, und küsste seiner Gattin begeistert die Hände.

„Dein Eifer, für unsere gemeinsame Herrschaft hier, erfreut mich doch sehr, lieber Gemahl",so fuhr sie fort, „ich werde dir als Begleiter und Führer durch unser Reich meinen alten Freund und Ritter Ricoberto mitgeben. Damit du dich nicht verirrst zwischen den Bergen, den Wäldern und Schluchten dieser Insel. Dein Bruder Federico wird dich ja sicherlich auch begleiten wollen. Und mir hier, die ich zurückbleibe auf Sassari, mir lasst nur eine eurer Amazonen-Leibwächterinnen zu meinem Schutze da, ja? Ich habe mich schon so an sie gewöhnt in dieser kurzen Zeit..."

„Aber sicher, aber gewiss, meine Liebe – unsere Kehla hier...", Enzio ignorierte ohne Zögern die empörten Blicke meines Federico, „wird gewiss gerne und zu deiner vollen Zufriedenheit alles..."

„Ach, mein Lieber, nein. Lasst mir doch lieber eure goldene Cordelia hier – tut mir diesen Gefallen. Und verzeih, lieber Schwager, dass ich deine Geliebte damit so für mich in Beschlag nehme – sie wird dir ja doch bald wieder... zu Gebote stehen, nicht wahr."

Nun war es an Enzio, verwirrt die stolze Stirn in Falten zu legen. Das hatte er sich anders gedacht, gewiss. Jetzt war es sein Bruder, der sich ein befriedigtes Grinsen zu verkneifen hatte, schließlich musste er doch den so plötzlich enttäuschten Liebhaber der zurückbleibenden Cordelia spielen, um unsere Wechselkomödie aufrecht zu halten. Wer weiß, wie lange das noch gut ging.

Wie auch immer. Wir ließen also eine ziemlich bekümmerte Cordelia bei Frau Adelasia zurück – und machten uns auf den Weg, die Insel Sardinien zu erkunden.

Kapitel 31

Odo

Doch unsere Heimreise nach Peio sollte sich noch verzögern. Was für unsere verletzte, und sich erst langsam von ihrer schweren Verwundung erholende Capitana Zeta nur von Vorteil sein konnte. Weitere Schonung war sicherlich noch angebracht.

Zumal auch der Kaiser seitdem keinen Wunsch nach ihrer Gesellschaft mehr zu hegen schien. Soweit ich weiß, besuchte er sie nicht einmal an ihrem Krankenlager, nachdem er sie vor der versammelten Hofgesellschaft zum Ritter geschlagen hatte. Ob sie dieses Verhalten enttäuschte oder gar kränkte, ließ Zeta mit keinem Wort erkennen. Sie wirkte ganz ruhig und in sich gekehrt, geradezu still, mit sich einverstanden und zufrieden in diesen Tagen – das war auch der Eindruck meiner Delia.

Der eigentliche Grund für die Verzögerung unserer Abreise war aber das Eintreffen eines neuen bedeutenden Gastes aus England am Hofe zu Cremona: Richard von England, Graf von Cornwall und Poitou, der fünf Jahre ältere Bruder der Kaiserin Isabella, Vaters Schwager, und somit auch mein angeheirateter Onkel also, sozusagen. Dieser ist ein stattlicher Mann von etwa dreißig Jahren, welcher mit seinem Charme und eleganten Auftreten, nicht zuletzt auch durch seinen sprichwörtlichen Reichtum schweren Eindruck macht – besonders auf die Damen am Hofe. (Und wenn mir das schon auffällt, will das wirklich etwas sagen!)

Wenn dieser Herr einen Raum betritt, verstummt das lebhafteste Geplauder, die Blicke der Frauen folgen seinem Auftreten sofort, ja man kann sehen, wie sie sich ihm zuwenden und überall aufrichten und in strafferer Haltung präsentieren – es mag dies zwar unwillkürlich geschehen durchaus, ich will da auch gar keine Absichten unterstellen.

Seine Ehefrau hat Herr Richard zuhause in England gelassen, zusammen mit den beiden jungen Söhnen. Nur ein kleines, erlesenes Gefolge begleitet ihn auf seiner Pilgerfahrt ins Heilige Land, die er vor einigen Wochen antrat, nachdem er noch als Pate bei der Taufe des eben geborenen Thronfolgers fungiert hat, wodurch er selber nun in der Reihe der Anwärter auf den Thron seines Bruders um einen Platz nach hinten gerückt worden ist.

Auch dieser glamouröse Besucher staunte nicht schlecht, als er, auf Vaters ausdrücklichen Befehl hin, von der Garde unserer Amazonen aus Peio empfangen wurde.

Diese waren in Reih und Glied angetreten, als Ehrengarde in ihren fantasievollen Rüstungen nach Römerart, mit den silbernen Brustharnischen, den kurzen Lederstreifenröcken, und so weiter, bis zu den spitzen Helmen mit hohen Federbüschen – das ist ja alles hinreichend beschrieben worden, mehrfach schon, glaub ich.

Ja, da machte er große Augen, der hohe Besuch aus dem fernen, kalten England. Zumal sich auch die holde Helena von Rocassa, in ihrer Version dieser Amazonen-Uniform, wieder frech an das Ende der angetretenen Reihe stellte. Ohne Waffen und Helm zwar, doch mit blitzenden Äuglein und ihre sorgfältig wilde gebauschten Locken schüttelnd, dass man meinen konnte, die Funken fliegen zu sehen.

Keine Überraschung, dass auf dieser feurigen Darbietung die Augen des Gastes länger verweilten, als er die Reihe abschritt. Allen Frauen wurde mit kennerhaftem Nicken gedankt.

Natürlich wurden wir alle ihm vorgestellt: Kind und Kegel der zahlreichen kaiserlichen Familie, auch die wichtigsten Hofbeamten, Heerführer und Gefolgsleute. Dann zog man sich zur Beratung zurück, gemeinsam mit der Kaiserin Isabella. Wir waren vorerst entlassen und durften das Weitere abwarten. Wie es eben geht und steht an einem solchen Hofe, wo alles sich um das Zentralgestirn dreht und von diesem abhängt.

Am folgenden Tage erschien tatsächlich eine ganz andere Abordnung vor dem Stadttore von Cremona und begehrte Einlass und zum Kaiser geführt zu werden: Endlich die lang erwarteten Unterhändler und Abgesandten der im vorigen November so triumphal besiegten Feinde, des Bundes der lombardischen Städte, also von Mailand, Parma, Novara und anderen. Angeführt wurde diese Abordnung durchweg hoher Würdenträger der Kirche, von einem Kardinal namens Sinibaldo Fieschi, einem gebürtigen Genueser aus der vornehmen Familie der Grafen von Lavagna, wie zu hören war.

Allerdings wurden sie gar nicht gleich in die Stadt gelassen, sondern zunächst angewiesen, draußen vor den Mauern, an einem wirklich besonders unangenehm feuchten Wiesengrunde im Schatten einer schroffen Felswand, zwei Tage lang zu kampieren. Einen Bach mit leidlich reinem Wasser gibt es dort wohl in der Nähe, Feuerholz aber wurde ihnen nicht gestellt, sodass sie sich gezwungen sahen, einen der komfortablen Reisewagen nach und nach zu verheizen.

Kein guter Anfang für erfolgversprechende Verhandlungen, aber der Kaiser war einfach zu sauer, dass diese Delegation der Verlierer und Besiegten so endlos lange hatte auf sich warten lassen.

Auch ging es nicht besser weiter dann, als sie schließlich zur Audienz empfangen wurden. Der kaiserliche Herold in seinem prächtigen Waffenrock wurde geschickt, die Abordnung in die Stadt zu holen, das immerhin. Aber er ritt nicht allein hinaus vor die Mauern zu ihrem dürftigen, sumpfigen Lagerplatz – denn mit ihm kamen fünfzig schwer bewaffnete

Krieger der Sarazenengarde, hoch zu Ross, welche die lombardischen Gesandten in ihre Mitte nahmen und in schweigend bedrohlichem Ernst zum Palast des Kaisers geleiteten.

Dort im Hofe angelangt, wurden sie von zweien unserer Amazonen in Empfang genommen, natürlich wieder in ihren schimmernden Rüstungen, die Vater in seiner Begeisterung für alt-römische Inszenierungen so liebt.

Der Herold und diese beiden Amazonen gingen also der Abordnung voran, betont langsamen Schrittes, wie in einem Trauermarsch geradezu, die lange Hoftreppe zum Empfangssaal hinauf, zwischen weiteren sarazenischen Gardesoldaten, die auf jeder zweiten Treppenstufe links und rechts aufgereiht standen, auch diese in der vollen Kriegsrüstung und mit allen ihren Waffen. So war den keusch empfindsamen Gottesmännern eine reichliche Gelegenheit gegeben, sich mit dem jedes Männerauge verwirrenden Anblick jener blanken Mädchenbeine da gerade vor ihren Nasen auseinanderzusetzen – und dies gerade in jener Zeit, in der sie sich sonst auf die vor ihnen liegende, doch wahrlich brenzlige Aufgabe hätten konzentrieren sollen, in unterlegener Verhandlungsposition einem mehr als ungnädigen Kaiser von Gottes Gnaden gegenübertreten zu müssen. Ich kann nicht sagen, dass dieser von Vater angeordnete Auftritt meiner Miliz noch meine volle Billigung fand. Es wird wohl Zeit, hier etwas zu verändern.

Endlich im Audienzsaal angekommen, bot sich den Unterhändlern dann ein nochmals gesteigerter martialischer Anblick. Vater hatte ganz großes kriegerisches Gepränge befohlen: Alle seine Heerführer, Generäle und Ritter füllten den großen Saal des Palastes. Gerüstet wie zur Schlacht standen sie in dicht gedrängten Reihen an den Wänden entlang und ließen so nur einen wenige Schritte breiten Raum zwischen sich für das letzte Stück des Weges der Unterhändler bis vor ihren zürnenden Herrn, der da am anderen Ende des Saales auf der erhöhten Bühne Platz nahm, die hohen Fenster mit den letzten Strahlen der untergehenden Sonne im Rücken.

Alles war darauf angelegt, Demut, oder Furcht sogar, in den Seelen der Gesandten zu erzeugen. Sie sollten direkt vor Augen haben, mit wie geringem Entgegenkommen hier für sie zu rechnen war.

Doch man muss sagen, sie bewahrten Haltung. Etwas bleich von Angesicht, aber aufrecht und gefasst standen sie schließlich in ihren fußlangen Gewändern aus kostbaren Stoffen vor uns – vor dem gestrengen Kaiser Friedrich im Zentrum, der für diesen Anlass seinen Schwager Richard von Cornwall an seine rechte Seite gebeten hatte, und mich, als den ältesten, hier in Cremona noch anwesenden Sohn, zu seiner linken. Wir drei nahmen als einzige Sitzplätze ein, alle anderen hatten zu stehen, als seien sie bereit, sich sogleich auf den Feind zu stürzen. Und kein einziges weibliches Wesen war diesmal anwesend, von den beiden Amazonen abgesehen, die aber am Eingang des Saales zurück geblieben waren, ihre Aufgabe, die Unterhändler zu verwirren, hatten sie soweit erfüllt.

Ohne einen Gruß oder Willkommen fährt der Kaiser die Gesandten gleich hart an: „Wer seid ihr, dort vor unseren Augen? Was wollt ihr, hier vor eurem Herrn und Kaiser?"

„Herr Friedrich, wir sind..."

„Was erlaubt ihr euch? Wie? Was muss ich hören?"

Der Sprecher der Unterhändler, doch ein Bischof und Kardinal der Heiligen römischen Kirche, ein würdiger älterer Herr, und von Kopf bis Fuß das Bild eines Kirchenfürsten aus vornehmster Familie, steht erschrocken und verstummt – und braucht einige Atemzüge der Besin-nung für einen neuen Anfang.

Herr Richard ist so freundlich, ihm zu Hilfe zu kommen: „Es mag heißen: Allerhöchster, erhabener Kaiser, Imperator et..."

Eilig wiederholt der gemaßregelte Kardinal die gebotene Anrede und fährt auch richtig fort: „... et semper Augustus – wir treten hier vor Euch und... vor Euren Thron, um in der gebotenen Form und..."

„Demut! Untertänigste Demut – das erwarte ich von euch mal zuerst, Pfaffe. Nachdem ihr mich so lange habt warten lassen, dass ein geschlachteter Ochse am Spieß vor Ungeduld noch einmal gestorben wäre! Was glaubt ihr, euch hier erlauben zu können?"

(Na, das ist mal ein originelles Bild! Vater ist wirklich in Bestform. In solchen Momenten lässt er manchmal schon erkennen, dass er seine früheste Jugend tatsächlich mit den Gassenjungen von Palermo verbracht hat!)

Der angestaute kaiserliche Zorn macht sich Luft in einer langen, lauten Rede voller wilder Metaphern und bilderreichen Vorwürfen. Der arme Bischof da muss einem Leid tun, der kann nichts machen, als stramm dazustehen und stille schweigend wie ein Schuljunge diese Flut über sich ergehen zu lassen. Endlich scheint es dann genug. Vaters Antlitz ist gut durchblutet, sein Auge blitzt wie Jupiters Bannstrahl.

Er schweigt für einen Moment, und endet dann mit derselben Frage, mit der alles anfing:

„Was jetzt also? Was habt ihr mir zu sagen?“

Der Kardinal schluckt trocken und laut hörbar.

„Herr...“, setzt er an – wird aber sofort auch vom Grafen Richard wieder unterbrochen: „Tsst, tsst, tssit...“, macht der leise nur, und bewegt dazu mahnend den ausgestreckten Zeigefinger:

„Allerhöchster, erhabener...“, nun mit einer aufmunternd vorwärtsrollenden Handbewegung.

„Äh – ja. Verzeiht einem in derlei weltlicher Titulatur ungeübten Kirchenmann – Allerhöchster, erhabener Kaiser Friedrich! Mein Name ist Sinibaldo Kardinal Fieschi di Lavagna, Legat für Oberitalien unseres Heiligen Vaters, Papst Gregors des Neun...“

„Weiß schon, wie der heißt“, poltert der Kaiser dazwischen.

Aber der Kardinal ist jetzt in Fahrt: „... neben mir stehen hier vor Euch meine Brüder in Christo: Ottaviano Ubaldini, Archidiakon von Bologna, und Ottone Visconti als unser beider Assistent, sowie...“

„Genug jetzt mit diesem Geschwätz. Reichlich Pfaffen sehen wir hier vor uns stehen. Was bietet Mailand an, sprich.“

„Ja, gewiss. Wir alle sind hier als Abgesandte und Unterhändler des Bundes der Lombardischen Städte, und...“

„Jaja, das wissen wir – schlimm genug. Was ist nun, unterwerft ihr euch, das wollen wir wissen!“

„Also, die reiche und großmächtige Stadt Mailand...“

„Die treulose und aufrührerische Stadt – so muss es richtig heißen, wie? Und die feige und besiegte auch, was?“ Vaters geballte Faust schlägt zu jeder einzelnen Silbe den geschnitzten Löwenkopf seines Thronsessels, und seine funkelnden Blicke suchen im Saal den Beifall der Gefolgsleute.

Doch diesmal lässt sich der Kardinal nicht beirren: „Mailand beugt sein Knie vor Euch, Majestät. Es bietet Euch die volle Anerkennung Eurer Oberhoheit als Römischer Kaiser. Und seinen untertänigen Gehorsam an und fortwährende treue Gefolgschaft...“

„Das kennen wir, das haben wir ja gesehen. Redet mir nichts von der *Treue* der Stadt Mailand –

nur frecher Ungehorsam und gewaltsamer Aufruhr, das haben wir von euch erfahren, feige, hinterhältige Verschwörung mit unseren Feinden – wenn nicht noch Schlimmeres inzwischen! Wie soll ich trauen euren hinterlistigen Krämerseelen? Werdet ihr mir Geiseln stellen?“

„Das... das kann ich Euch anbieten, ja, in der Tat. Ich bin ermächtigt, im Namen der Stadt Mailand und seiner Verbündeten, Euch anzubieten, dreißig Geiseln aus den besten Familien unserer Städte zu stellen. Als... als Zeichen und Bürgen für unsere künftige Treue und...“

„Künftige Treue! Welch ein zartes Pflänzchen wird da beschworen aus eurem Munde! Wahrhaftig, ich fürchte, es wird allzubald eingehen im eisigen Wind eurer gewissenlosen Machtpolitik, oder erneut niedergetrampelt von den Stiefeln der Söldner, die eure fett gefüllte Stadtkasse anwerben kann jederzeit.“

Der Kaiser schüttelt mit ernster Miene sein Löwenhaupt. „Das ist zu wenig, viel zu wenig.“

Der Kardinal hat mit gesenktem Blick abgewartet, nun rafft er sich wieder auf: „Außerdem ist die Stadt Mailand bereit, auch die eigene Gerichtsbarkeit zu beugen unter Eure kaiserliche Weisheit und Hoheit. Wenn Ihr es wollt, so setzt Richter ein, von der neuen Universalien-Schule in Neapel vielleicht, oder aber nach Eurem Gefallen. Diese wollen wir akzeptieren und achten als die Spitze unserer städtischen Rechtsprechung, damit diese in Eurem hohen Sinne und nach Euren Gesetzen erfolge, und..."

„Und im Gegenzug aber...", setzte einer der anderen Kirchenmänner ein, ein ziemlich junger Mann noch sogar, der bisher zu allem geschwiegen hatte jetzt aber den ehrwürdigen Kardinal geradezu trotzig und hart unterbrach, „im Gegenzug werden wir vor allem erwarten, dass Herr Pietro Tiepolo von Euch freigelassen werde. Der geachtete Podestà unserer guten und stolzen Heimatstadt Mailand, welchen Ihr so schmachvoll gefangen haltet hier nach jener unglücklich verlorenen Schlacht. Das ist mal das Mindeste, was man..."

„Das Mindeste ?! Was erlaubt ihr euch ?! Hier, vor meinem Thron habt ihr kaum in devoter Unterwürfigkeit vielleicht eine Bitte zu äußern – und da kommt ihr an und... und *erwartet aber im Gegenzug*... und so weiter? Da muss ich euch sagen, ihr verkennt eure Lage vollkommen. Auch die Situation eurer *guten und stolzen Stadt*... und was soll das schon bedeuten, dass ihr meine Richter *akzeptieren* werdet? Nein, meine Herren Pfaffen, das ist alles frecher Unfug und Unsinn, alles bloßes Gerede, nur sinnlose Luftbewegungen, was da von euch kommt – und völlig ungenügend, das vor allem!"

Der Kaiser erhebt sich aus seinem Sessel, tritt einen Schritt vor, und wird jetzt erst wirklich laut: „Wir, als Kaiser der Christenheit, und von Gott dem Herrn über euch eingesetzter Herrscher des Erdkreises – ich verlange von euch die vollkommenste Unterwerfung unter meinen Willen – ohne jede Bedingung und Einschränkung! Ihr habt euch nur in aller Demut vor unserem Throne niederzuwerfen! Ihr seid besiegt durch unsere überlegenen Waffen. Zittert davor, dass euch mein Fuß nicht vollends in den Staub des Vergessens trete, und... und dann erst werde ich euch in Gnaden wieder aufheben und wissen lassen, wie die Städte eures abtrünnigen und verräterischen Bundes in Zukunft regiert werden sollen. Ihr habt unseren Willen vernommen. Schweiget nun, und geht uns aus den Augen!"

Nach diesen letzten Worten lässt sich der Kaiser wieder auf seinem Sessel nieder, rafft sich den Mantel aus golddurchwirktem Brokat über die Beine – und wendet sich in vertraulich leisem Gespräch zu seinem Schwager Richard.

Die Gesandten stehen noch einige Augenblicke wie benommen da, dann werden sie vom Herold wieder aus dem Saal geführt und auch aus der Stadt zu ihrem Lager zurück geleitet. Sie würden sich wohl beraten müssen, dachte man, und gewiss an einem der nächsten Tage zu einer Fortsetzung der Verhandlungen wiederkehren, mit neuen, erweiterten Zugeständnissen.

Jedoch war dem nicht so. Schon in der ersten grauen Frühe des folgenden Morgens waren ihre Zelte abgebrochen, und der Zug ihrer übrigen Reisewagen setzte sich in Bewegung. Sie zogen davon, ohne eine Nachricht zu hinterlassen.

Kapitel 32

Kehla

Unsere Rundreise durch König Enzios neues Reich ging zunächst an der Küste entlang, wir ritten nach Osten. Wir kamen durch flaches, kaum besiedeltes Land. Die Jahrhunderte andauernde, ständige Angst vor Seeräubern hatte hier keine größeren Siedlungen entstehen lassen.

Gegen Abend kam ein breiter, eindrucksvoller Felsen in Sicht, ein wahrer Klotz. Wie eine gigantische Burg ragte er immer höher vor uns auf, je näher wir herankamen. Bald waren auch menschliche Behausungen oben auf dem Plateau auszumachen. Eng bebaut schien dort die ganze vorhandene Fläche, bis zu ihrem steil abfallenden Rand.

„Nun, hier seht Ihr Castelsardo vor Euch, Herr Enzio“, meldete sich unser Führer zu Wort.

„Ja, Ricoberto, das ist wirklich eindrucksvoll: Das ist mal eine Festung, wie man sie sich vorstellt, eine, die für die Residenz eines Königs dieser Insel taugen mag. Hier werde ich mich gerne niederlassen – so viel besser und passender wäre das doch, als da hinten dieser lausige Bauernhof in Sassari! Da verstehe ich meine Gemahlin nämlich gar nicht, dass sie dort...“

„Nun ja, Herr Enzio, verzeiht, dass ich Euch unterbreche: Dieser Ort hier ist vor über 120 Jahren von der reichen und mächtigen genuesischen Familie Doria gegründet worden. Und inzwischen stark befestigt, wie Ihr seht, und... nun ja, immer noch in deren alleinigem Besitz... ja. Keiner Eurer Vorgänger als Iudex von Torres und Logudoro hat jemals den Versuch unternommen, diese mächtige Hafenburg einzunehmen. Sie steht zudem ausdrücklich unter dem Schutz der mächtigen Republik Genua. – Wir werden dort oben wohl kaum willkommen sein, mein Fürst."

Dieser hatte im Heranreiten wohl schon einigem freudigen Besitzerstolz in seiner Fürstenbrust zu wachsen erlaubt – doch nach diesen ernüchternden Worten, blieb Enzio nichts weiter, als mit scheelem Blick und einem Schulterzucken weiter zu traben.

Die Nacht verbrachten wir zwischen den Hügeln landeinwärts an einer Quelle. Wir lagerten im Freien, denn keiner von uns verspürte Lust, sein Haupt in der von Flöhen und Läusen verseuchten Hütte des Schäfers zu betten, welche ohnehin nur dreien oder vieren vielleicht von uns Raum genug geboten hätte. Man entfachte ein großes Feuer gegen die Kühle der Nacht und ich schlüpfte zu meinem Federico unter die Decken und war es zufrieden.

Am folgenden Tag erreichten wir ein Flüsschen, dessen Lauf sich tief in die porösen Felsen dieser Küste gegraben hatte. Diese Schlucht bedeutete die Grenze zwischen Torres und dem Nachbargebiet, dem sogenannten Iudikat von Gallura.

Wir ritten die engen Serpentinen des Pfades

hinunter zu einer uralten, schmalen Steinbrücke über jenes Gewässer. Herr Enzio wollte unbedingt weiter, glaubte er doch, aus dem Witwenerbe seiner Gemahlin auch einen berechtigten Anspruch auf dieses zweite Viertel der Insel Sardinien erheben zu können – wie er es sich schon in sein stolzes neues Siegel hatte schneiden lassen: *König von Torres und Gallura.*

Doch statt sogleich in munterem Aufgalopp mit wehendem Fähnlein an der Lanzenspitze hinüber zu preschen, konnte ihn der bedachte und erfahrene Ritter Ricoberto mit einiger Mühe und Geduld überreden, das besser mal sachte angehen zu lassen. Dieser selbst wolle mit höchstens zweien von Enzios Rittern als Begleitung ab hier vorausreiten, um die Lage dort in Gallura zu erkunden, oder unser Kommen anzukündigen. Der ganze Rest unserer Expedition solle um Himmels Willen langsamer nachfolgen. So geschah es dann auch.

Und es brauchte auch nur wenige Stunden, wir hatten eben eine zweite, ähnliche Schlucht wie die an der Grenze hinter uns gebracht und danach wieder die felsige Höhe der Berge an der Küste erklommen – da kam uns Ricoberto mit einigen fremden Reitern schon wieder entgegengetrabt.

Man begegnete sich mit reservierter, ja frostiger Höflichkeit, knappe Verbeugungen, aus dem Sattel angedeutet nur. Zwei von den Herren, die uns Ricoberto da anbrachte, kannten wir schon – wenn ich mir deren Namen auch nicht hatte merken können. Sie waren uns vor paar Wochen bei der Krönung in der hässlichen Kirche von Ardara begegnet. Glücklicherweise stellten sie sich nochmals vor: Herr Ugo della Faggiola (aha), Gesandter der Stadtrepublik von Pisa (also Kaiser Friedrichs treuer Verbündeter), und Herr Guglielmo de Capraia, vom Fürstenhof von Arborea im Süden der Insel hergeschickt. (Na schön.)

Der dritte dann war ein eleganter, schneidiger Jüngling mit Namen Lamberto Visconti. (Der wäre mir wohl aufgefallen und im Gedächtnis geblieben, hätten wir uns zuvor schon einmal getroffen!)

Dieser aber begrüßte unseren Herrn Enzio mit einem schon sehr kalten Lächeln im Namen seines Vettern Giovanni Visconti, des regierenden Iudex oder Fürsten von Gallura.

Nach solcher Vorstellungsrunde verharrten die Herren und warteten stumm auf eine nächste Reaktion der Gegenseite.

„Nun gut", fuhr dann dieser stattliche Visconti fort, „es freut mich zu erkennen, dass Ihr offenbar, Herr Enzio, nicht beabsichtigt, den bestehenden status quo auf dieser gesegneten Insel anzutasten. Damit können wir alle sehr gut leben, nicht wahr?"

Die anderen Herrschaften, dieser Capraia und der Faggiola nickten freundlich beipflichtend dazu.

„Ja, sehr gut, wie gesagt. In diesem erfreulichen Falle darf ich Euch und Eure Begleiter höflichst einladen, uns daheim in Terranoa, der Hauptstadt und Residenz des Iudikats von Gallura, zu besuchen. Mein

Vetter wird sich freuen, seinen neuen Nachbarn in brüderlicher Eintracht persönlich zu begrüßen – auch hat er Euch schon, als ein Ehrengeleit, versteht sich, sechzig seiner bewährtesten und treuesten Ritter entgegen gesandt. Diese halten im Moment etwa eine Viertelmeile von hier, da hinter jenem Wäldchen, seht Ihr? Und erwarten Euch dort als einen Gast unseres freundlichen Landesherren, nicht wahr."

Bei dieser Eröffnung war das Haifischlächeln des Redners noch um einiges breiter geworden, wohl wissend, dass wir uns hüten würden, dieser trügerischen „Einladung" zu folgen. Ein sogenanntes „Ehrengeleit" von sechzig erprobten Kämpfern gegen das halbe Dutzend Ritter, die Herrn Enzio hier und heute zur Seite standen – nein, lieber nicht.

Enzio verbeugte sich seinerseits und dankte mit kargen Worten für dieses Angebot. Ein anderes Mal vielleicht.

Wir wendeten also die Pferde und ritten zurück, den engen Pfaden folgend, hinab und wieder hinauf, durch die tiefen Schluchten, die wir eben erst gekommen waren. Sodann schlugen wir einen anderen Weg ein, weiter südlich, und so besser auf dem Gebiete von Torres bleibend.

Die Stimmung war gedrückt. Enzio kaute schweigsam auf seiner Unterlippe.

Gegen Abend näherten wir uns einem runden Hügel, der von einer Burg gekrönt war, welche tatsächlich recht gut in Schuss gehalten schien.

Unser König hielt sich gleich aufrechter im Sattel, die Pferde trabten an, selbst die Wimpel an den Lanzen mochten munterer flattern für den Moment.

Bis, ja, bis der gute Ricoberto, der eben etwas zurückgefallen war, weil es anscheinend etwas an seinem Sattelgurt zu richten gegeben hatte, bis dieser nun hastig ganz nach vorne, an die Spitze unseres Zuges von Reitern, zu Herrn Enzio herangaloppiert kam und die Hand hob, gerade so, als wolle der dem jetzt sogar noch in die Zügel greifen: „Haltet ein! Mein Herr... und... und König...", der Alte war etwas außer Atem, „diese Burg dort... was Ihr dort seht, ist die Burg von Osilo. Diese gehört der stolzen Familie der Malaspina aus dem Tal der Trebbia, nördlich von Genua. Eine ausgedehnte und machtbewusste Sippe, welche bekannt dafür ist, nicht mit sich spaßen lassen zu wollen. Dies bedenket wohl..."

„Jaja, so allmählich kapier ich's, Ricoberto."

Enzio hat nur noch wenig Freude an dem vorgehabten Rundritt durch sein schönes Königreich. „Werden wir also lieber einen großen Bogen schlagen und uns wieder ein lauschiges Plätzchen im wilden Wald suchen für die Nacht..."

Nun, an unserem gemeinschaftlichen Lagerfeuer dann, war Enzio schon wieder ganz friedlich. Ziemlich kleinlaut, so hörte es sich an, fragte er den alten Ricoberto, ob es denn irgendwo sonst im Gebiete von Torres doch noch so etwas wie eine größere, wirklich wehrhafte Burg oder eine Festung gar gebe, welche ihm als Fürsten oder Iudex hier selber gehöre, und nicht irgendwelchen fremden, ausländischen Herren und Sippen, wie diesen Doria oder den Malaspina und so weiter.

„Äh, nun ja, doch gewiss, Herr Enzio, freilich. Verzeiht mir jedoch, nur die größte Festung, wie Ihr sagt, das ist hier sicherlich der stark befestigte Hafen von Alghero, drüben an der Westküste von Torres, aber...“, Ricoberto hob die Hände, um Enzios Freude sogleich zu dämpfen, „... nein, dieser ist auch von der großmächtigen genuesischen Familie der Dorias errichtet worden, und seit wenigstens hundert Jahren schon in deren Besitz. Es tut mir leid, Euch dies sagen zu müssen...“

Enzio schüttelt resignierend sein so vergeblich gekröntes Haupt.

„... aber weiter im Süden, so etwa dreißig Meilen von Sassari, da steht vor den Bergen von Goceano auf einer einzelnen, steilen Felsenspitze das Castell von Burgos. Das ist Euer unbestreitbares Eigentum, oder vielmehr das Eurer Gemahlin... Zwar ist diese Burg recht klein, nur wenige enge Räumlichkeiten, keineswegs so großzügig wie die Residenz von Sassari, wie Ihr sie ja schon kennengelernt habt...“

Enzio starrt ihn an mit offenem Mund –

„... nun ja, Ihr dürft nicht zuviel erwarten...“

Enzios Kopf fällt vornüber, bis er ihn zwischen seinen Knien baumeln lässt –

„... aber doch eben, sozusagen ziemlich uneinnehmbar, diese Burg von Burgos – jedenfalls hat es noch keiner bisher versucht."

So fuhr Ricoberto in seinem einsamen Lobgesang fort. „Dieser steile Berg, auf dem sie da steht, erhebt sich fast zweitausend Fuß aus der umgebenden Ebene, steil und schroff, und... und eine wirklich wehrhafte und dicke Mauer schirmt den einzigen Zugang dort..."

„Wahrhaftig – eine schöne dicke Mauer! Was will man mehr – da muss unser kleiner König doch zufrieden sein, was?" Federico wuschelt seinem Bruder ganz liebevoll durch die rotgoldenen Locken.

Doch von dem kommen keine Worte mehr.

Man geht früh schlafen.

Und tritt am nächsten Morgen den Rückweg an nach Sassari. Herr Enzio hatte genug gesehen und erfahren von seinem stolzen Königreich.

Kapitel 33

Tom

Nach dieser denkwürdigen Nacht mit Nomi und Zacco, die mich doch – so anders es diesmal auch gelaufen war – an die Zeiten vor der großen Schlacht letzten Herbst erinnerte, wo wir zu viert mit Laia so fröhlich in unserer Hütte gehaust haben – ja, was wollte ich sagen?

Also, naja, könnt ihr euch denken, ich war danach nicht so ganz früh auf den Beinen, denn zum schlafen kam ich da erst im Morgengrauen.

Mein Weg sollte weiter nach Peio führen, um dort den Luca zu suchen, der mich dann als Knappe bei Herrn Odo ersetzen könnte, wenn ich aber nächstens zu Zeta wechselte. Klar, wäre ich selber am liebsten bei Herrn Odo geblieben, so an sich und überhaupt. Aber wo unsere Laia jetzt bei Zeta zum Knappen werden soll, mit diesen windigen Typen da zusammen, aus den angeblich *besten Familien* – na, seht sie euch doch an! Denen ist doch absolut nicht zu trauen, oder? Nee, so nicht, nicht mit mir, oder vielmehr nicht ohne mich dabei.

Und außerdem hat Herr Odo das jetzt so angeordnet und basta.

Diese ganzen Gedanken in meinem unausgeschlafenen Kopf trabe ich mit meinem Pferdchen flott vor mich hin – denn jetzt habe ich es eilig und gönne meinem guten Eselchen Archimedes seine wohlverdienten Ferien in den Ställen von Monteleone – als mir ein Reitertrupp entgegen kommt, der das wohl recht eilig hat, wie's aussieht. Einige Bewaffnete reiten vorneweg und hintennach, ein strenge blickender Pfaffe in feinem, dunklem Tuch in der Mitte, und – nanu! – hinter dem auf seiner langbeinigen Stute, da zockelt dieser Braunkuttenmönch auch noch hinterher, auf einem eifrig trabenden Maultier. Jener nämlich, der sich so argwöhnisch und neugierig, als wenn das ihn was anginge, auf meinen Fahrgast stürzen wollte, gestern bei unserer Ankunft im Burghof von Monteleone.

Der kommt ja anscheinend hier auch viel herum in der Gegend. Gestern also noch dort, jetzt hier auf dem Weg nach Peio, ein ganzes Stück doch weiter nördlich inzwischen – und trabt aber schon wieder zurück, Richtung Monteleone, gemeinsam mit diesem anderen grimmigen Diener der Kirche da und seinen Leuten, seltsam alles, wenn nicht sogar verdächtig geradezu...

Will ich mal aufpassen zukünftig, ob mir der Klosterbruder nochmal über den Weg läuft. Hab so das Gefühl, das war nicht das letzte Mal.

Kapitel 34

Odo

Die Friedensverhandlungen waren vorerst abgebrochen, und für den kaiserlichen Hof begann wieder eine Zeit des Wartens bis, so dachten wir, die Unterhändler mit neuen Instruktionen und Angeboten zurückkehren, oder andere Boten eintreffen würden. Doch Woche um Woche verstrich, der Frühling nahm schon seine leuchtende Fahrt auf, und es tat sich nichts. Eine Reihe neuer Festlichkeiten wurde abgehalten für den Grafen Richard, den Bruder der Kaiserin. Dann aber schiffte der sich ein für die weite Reise nach der Insel Zypern und danach weiter fort in das Königreich Jerusalem, zu dessen Vizekönig der Kaiser ihn noch ernannt hatte in feierlicher Zeremonie vor dem ganzen Hofe.

Mein Erstaunen aber war groß, als unsere Cara mich bat, sie gehen zu lassen. Sie habe sich entschlossen, diesen Grafen aus England als seine persönliche Leibwächterin auf jener Reise zu begleiten. Das hatte keiner von uns kommen sehen. Delia meinte nur, es sei deutlich gewesen, dass Cara sich nicht ganz wohl fühlte, in ihrer sonderbaren römischen Rüstung im Mittelpunkt des Interesses zu stehen, noch dazu neuerdings als die Stellvertreterin der verletzten Capitana.

Aber weder mit Tom damals, mit dem sie zu uns gekommen war, noch in ihrer kurzen Ehe später mit dem Schmied, hat Cara ihr Glück finden können. Es ist fast, als läge ein unbekannter Fluch über ihr. Ernst blieb sie immer, und gnadenlos hart zu sich selber, so kann man sagen. Allein mit welchem wütenden Eifer sie den Verlust ihres Fußes verkraftete, überwandt und wettmachte, forderte einem jeden großen Respekt ab, bewundernswert. Ich bedaure es sehr, sie jetzt als Ausbilderin zu verlieren, und als lebendes Vorbild, das vor allem, für unsere Jugend-Miliz.

Zeta ist so unvergleichlich und großartig, mit ihrer blendenden Erscheinung, ihrer geschmeidigen Kraft und eleganten Perfektion – dass sie letztlich immer unerreichbar bleiben wird für alle, die zu ihr aufsehen und ihr nur nacheifern können.

Cara dagegen erscheint auf den ersten Blick viel menschlicher. Sogar fast unscheinbar und normal eben – aber dann zu sehen, mit welcher eisernen Zähigkeit und reinem Willen sie ihren verstümmelten Körper zwingt, immer besser zu gehorchen und zu funktionieren – als sei da nichts, was sie behindern könnte, ist einfach faszinierend und geradezu begeisternd – und darum ein glänzendes Vorbild für jeden an sich vielleicht zweifelnden Jugendlichen.

Jetzt aber will sie uns verlassen. Zeta sei ja bald wieder so weit, das Kommando der Miliz selbst zu übernehmen. Und sie, Cara, freue sich, mit dem

Grafen Richard in den Orient zu ziehen – so sagte sie das. Man mag es verstehen wie man will. Ich kann und will sie nicht halten. Wer weiß, wann oder ob wir je wieder von ihr hören werden.

Kurz vor unserer Abreise nach Peio suchte mich dann ein Mann der Kirche auf, der mir bisher noch völlig unbekannt war, und mich jetzt um ein Gespräch unter vier Augen bat. Ein großer Mann mit strengen Gesichtszügen und von betont aufrechter, fast asketisch anmutender Haltung kam da herein zu mir. Er stellte sich als Pater Egno von Eppan, Archidiakon des Bistums Brixen vor, also der Stellvertreter, oder so etwas wie die rechte Hand des Bischofs Heinrich.

Das nun brachte mich in einige Verlegenheit, es meldete sich leise aber deutlich mein schlechtes Gewissen. Denn vor über einem Jahr schon hatte ich dem darin so unglücklichen Harward von Guntringen sein Amt als Vogt jenes Bistums abgenommen, war aber seitdem tatsächlich selber überhaupt noch nicht dort gewesen. Irgendwas hatte mich immer daran gehindert, diese Aufgabe anzutreten. Nur durch Abgesandte und Boten hatte ich von den Zuständen und Schwierigkeiten dort einige Kenntnis erhalten und versucht, mit ersten Anordnungen die Probleme anzugehen. Wenig genug war das, vielleicht hatte ich mir da zuviel vorgenommen in einem meiner Augenblicke des Überschwanges.

Jetzt auf einmal, hier in Cremona, stand also dieser hagere Archidiakon vor mir mit seiner finsteren Leichenmiene, wie eine Verkörperung meines schlechten Gewissens – und hatte als erstes die traurige Botschaft für uns, dass der gute Bischof Heinrich in der Fastenzeit des vergangenen Winters in seliger Einfalt dies Tal der Plagen verlassen habe – wie Pater Egno es formulierte.

Das war wieder so eine Überraschung, mit der ich meine Schwierigkeiten habe. Nach einigen fahrig zusammengesuchten Phrasen der gebotenen Anteilnahme, die der Pater nur mit einem hohlen Lächeln und knappem Nicken quittierte, versuchte ich mich also auf meine übernommenen Pflichten als Vogt und Sachwalter des Bischofs in allen weltlichen Belangen zu besinnen, und rang mich sodann dazu durch, einen Besuch der Stadt Brixen für die nächste Zeit zu versprechen, sobald es mir möglich sei. Denn, soweit ich wisse, sei es an mir, als dem Vogt des Bistums, auch die anstehende Wahl eines Nachfolgers in diesem hohen Amte zu leiten und zu beaufsichtigen...

„Aber nein, lieber Graf Odo“, sagte Pater Egno darauf, „das ist so eilig gar nicht vonnöten. Ein jeder wird ein Verständnis dafür haben, dass Ihr, in der Fülle Eurer wichtigen Pflichten, und so weiter, nicht sogleich zur Stelle sein könnt. Da dürft Ihr, bitte, ganz beruhigt sein. Ein Besuch bei uns in Brixen hat keine Eile, nein nein.“

Er machte eine kleine Pause, ließ den Blick schweifen zu einer Bank an der Seitenwand, wo ich Handschuhe, Helm und Schwert und meinen Waffenrock abgelegt hatte, der dringend gründlich ausgebürstet werden müsste – seit mein Knappe Tom in andere Dienste übergegangen ist, war doch allerhand Unordnung eingerissen und einiges liegengeblieben.

„Ohnehin, Herr Graf, darf ich Euch mitteilen, dass sich die Domherren des Kapitels, mit großer Mehrheit schon, für meine unwürdige Wenigkeit als Nachfolger des verstorbenen Bischofs Heinrich ausgesprochen haben."

Seine ganze Haltung aber, seine blitzenden Augen, das energisch gereckte Kinn ließen diese demütigen Worte in einem anderen Lichte erscheinen.

„Zwar ist diese Wahl des Domkapitels noch keineswegs entscheidend", fuhr er fort, „denn allein dem Kaiser, Eurem hohen Herrn Vater, steht das Recht zu, den vakanten Sessel eines Bischofs im Dom von Brixen zu besetzen. Seine Gunst, sein Wohlwollen für meine Person in aller... Bescheidenheit zu gewinnen, bin ich hierher geeilt und... bitte dafür um Eure geneigte Unterstützung. Gewiss, noch kennt Ihr mich nicht – aber ich biete Euch nicht nur eine in mancherlei Beziehung gewiss ersprießliche Zusammenarbeit in verbindlicher Nachbarschaft an... meine Protektion als Bischof wäre für eine Erneuerung Eures Amtes als Vogt meines Bistums ohnehin dann selbstverständlich gegeben. Eines Amtes, dies nebenbei bemerkt, welches Euch nur wenig Mühe zu bereiten bräuchte, denn es wäre mir auch sehr lieb durchaus, alle wesentlichen Vorgänge und Verhältnisse im Bereich meines künftigen Bistums selbst und nach meinen eigenen Vorstellungen zu bestimmen. So wäre Euer Amt als Vogt – die Euch zustehenden Einkünfte daraus selbstverständlich unbenommen – wäre dieses Amt also ohnehin dann kaum mehr noch als eine Formalität."

Diese elegant unverbindliche Wort „ohnehin" schien ein Lieblingswort jenes gewandten Kirchenmannes zu sein; darüber würde ich noch nachzudenken haben.

„Außerdem aber, lieber Graf..." (Aha, soweit waren wir nun schon!), und Pater Egno rieb sich die Hände, „...nun, außerdem ist es so, dass mein lieber Vetter Ulrich recht wahrscheinlich ohne Nachkommen und Erben bleibt, und somit also der letzte Graf von Ulten aus meiner Familie ist und bleiben wird. Jener ist mir sehr gewogen, dabei ohnehin auch von eher schwachem eigenen Willen, der gute, nun ja – und so wird er es gewiss dankbar annehmen, wenn ich ihm vorschlage, Euch als Erben einzusetzen für den Fall seines Ablebens. Dies Ulfen ist eine kleine Grafschaft nur, aber doch eine schöner Zuwachs, eine Abrundung Eurer Länder und Herrschaften wäre dies doch, nicht wahr? Was sagt Ihr dazu, Herr Odo?"

Erwartungsvoll schaute der adelige Kleriker mich an, mit dem treuherzigen Lächeln einer satten

Raubkatze.

Ich atmete tief durch.

„Mein Vater, der Kaiser, er wird ganz sicher, Herr Bischof in spe... er wird das Wohl und Gedeihen des Bistums Brixen und seines Volkes mit seiner väterlich erfahrenen Weisheit bedenken und... und entscheiden. Jedoch, allein so, wie es ihm richtig erscheint. Und weder ich, noch sonst jemand am Hofe, hat da einen wesentlichen Einfluss. Noch auch...", so beeilte ich mich fortzufahren, als dieser Pater in seinem eifernden Ehrgeiz gleich schon wieder Einwände erheben wollte, „...noch sollte sich, wer auch immer, solchen Einfluss erhoffen dürfen, oder sogar einbilden, ihn zu haben oder versprechen zu können. Daher sehe ich für mich gar keine mögliche Aufgabe in dieser Richtung, die ich irgendwie übernehmen wollte, keinesfalls. Und außerdem..."
(Ich kam jetzt allmählich ganz gut in Fahrt – ich glaube, meine Delia, oder auch Artemisia, wäre recht zufrieden mit mir!) „... außerdem meine ich allerdings grundsätzlich, sollte sich die weltliche Macht und Obrigkeit – seien es Grafen, Fürsten oder Herzöge – möglichst nicht in die Belange der Kirche einmischen, oder dort gar bestimmen wollen. Der geistliche Stand hat seine eigenen Aufgaben und Pflichten, nicht wahr, wie er sich um seine Schutzbefohlenen zu kümmern und zu sorgen hat im Blick auf das Seelenheil und das dereinst kommende Reich Gottes, und so weiter. Ihr wisst das ja alles viel besser als ich. – Ja, und anderer-

seits darf sich der Klerus freihalten dann von der Regelung aller niederen weltlichen Belange und Aufgaben in seinem Sprengel, oder eben auch Bistum, wofür es dann eben das Amt und die Dienste eines hierzu bestellten Vogtes gibt. Solch eine Trennung der Aufgaben und Tätigkeiten ist richtig und sinnvoll, und sollte zum Nutzen des Ganzen von allen möglicherweise Beteiligten eingehalten und beachtet werden, nicht wahr? Ich glaube, das ist auch die grundlegende Überzeugung meines Vaters, Kaiser Friedrichs. Nicht zuletzt deshalb hat er ja auch vor einigen Jahren jene hohe Schule zu Neapel gegründet, wo Beamte für die Verwaltung der Länder und Juristen für die Justiz und Rechtsprechung ausgebildet werden – und alles das erstmals ohne den Einfluss und die Aufsicht der kirchlichen Autoritäten."

Das vordem so gewinnende Lächeln meines Besuchers war während meiner langen Rede in einer breitgezogenen Mimik des angewiderten Ekels erstarrt. Er blieb jedoch noch stumm, sodass ich fortfahren konnte:

„Und schließlich glaube ich auch gar nicht wirklich, dass mein Amt als Vogt des Bistums Brixen einer Erneuerung bedarf, nur weil ein anderer vielleicht bald auf dem Stuhl des Bischofs Platz nimmt – oder auch auf dessen Zustimmung angewiesen wäre. In den nächsten Tagen werde ich zurück nach Peio reiten, und mich dann auch endlich meiner übernommenen Pflichten als Vogt jenes Bistums annehmen können, das will ich Euch versprechen. Gerade in dieser Übergangszeit, wo nach dem Ableben des guten Bischofs Heinrich nun das Amt des geistlichen Hirten vakant ist, gerade jetzt will es umso notwendiger scheinen, auf der niederen Ebene der weltlichen Herrschaft dort eine ruhige Kontinuität zu wahren, nicht wahr."

Danach hatte der gute Archidiakon Egno von Eppan mir nicht mehr viel zu sagen und mochte auch nicht lange mehr bleiben.

Meinen Standpunkt hatte ich wohl deutlich genug dargelegt.

Kapitel 35

Riccardo

Lange habe ich hier nichts mehr schreiben wollen. Meine geliebte Tochter Bianca ist tot. Gefallen im Kampf, erzählt man mir. Als Leibwache des Kaisers habe sie ihre Pflicht getan. Sich geopfert, heißt es, für das Leben der Kaiserin, und so weiter.

Wie oft hat man sowas schon hören müssen – mit großen Zweifeln, ob es der Wirklichkeit entspricht. Aber wie unwichtig auch, ist dies alles – diese behauptete Heldenrolle, die außerordentliche Ehrung am Ende und post mortem: Von unserem Kaiser in Person zu einem Ritter geschlagen! – Ein Weib!

Unerhört, ja. Ein erstaunendes, ein weithin leuchtendes Zeichen, und so weiter. Doch es bleibt der Schrecken, sie ist tot, die Trauer, die Sprachlosigkeit.

Es ist nicht richtig, so dem eigenen Ende entgegensehen zu müssen.

Und Cordelia ist auch nicht da, mich zu trösten. Sie sei unterwegs, mit einem Manne fortgezogen, meine Kleine – ich habe nicht mehr richtig zugehört...

Das ist so ganz unverständlich, das sollte nicht sein. Ich bleibe also allein zurück. Ein Vater ohne seine Kinder.

Was ja so nicht richtig ist, nein, nur ungerecht ist: Zu zwei Dritteln alleingelassen, müsste es korrekt bemessen heißen. Denn Artemisia ist ja noch... aber so ist es nicht, in meiner Wirklichkeit, wo meine Trauer unermesslich ist, und bleibt.

Ich wünschte, ich hätte es auch hinter mir. Was soll das hier noch. Weiter dem hinterhertrauern, was nicht mehr sein kann. Das ist ein qualvoller Unsinn.

Ich habe so lange gelebt mit meinen unvernünftigen Hoffnungen: Dass doch noch alles gut werde mit Bianca, trotzdem was ihr geschah – habe gehofft, es werde sich eine Wendung ergeben, doch irgendwie mehr möglich sei, als nur ein sich Abfinden, ein Vergessen des unabänderlichen Grauens...

Und Cordelia eben, sie war immer die leibhaftige, sprühend lebendige Verkörperung einer anderen, glücklichen Zukunft, nicht wahr.

Aber was hofft der Mensch? Welches Ende kann es nehmen? Was ist die Realität am Schluss, mit der es heißt, sich zufrieden zu geben: Sie trifft einen Mann, bindet sich an einen Kerl – und geht. Auch wenn es der Sohn eines Kaisers ist, einer, der sich *König* nennen darf einer fernen Insel – am Ende ist sie fort und verschwunden. Wie die nebligen Schwaden eines Traumes, der schön und märchenhaft begann, gewiss, aber...

Ich weiß nicht. Ich bin ungerecht.

Mir bleibt vor Augen, und zum Greifen bei mir, meine geliebte Älteste, ganz aus meinem Holze – und ihre bezaubernden Kinder, neuer Sonnenschein, jeden Tag.

So ist es, so soll es sein. Und ich darf, ich soll mich daran freuen, und Gott danken dafür.

Zwei Töchter sind mir gegangen, zwei Enkelchen sind gekommen – so einfach ist die Rechnung – nur...

Wohl sind es die schwindenden Kräfte, das niederbrennende Lebenslicht – ich habe Angst, Worte zu suchen für solche Gefühle... so trügerisch ist alles, was sich dafür finden ließe.

Kapitel 36

Kehla

Nach der Rückkehr von unserer Rundreise durch Herrn Enzios „Königreich“ ging bald alles wieder seinen gewohnten Gang wie vorher.

So ziemlich aller glänzenden Illusionen über seine fürstliche Pracht und Herrlichkeit beraubt, war Enzio recht niedergeschlagen, fast des Trostes schon bedürftig. Er verkroch sich oft schon am frühen Abend in sein Schlafgemach – wenn er nicht dem anderen Extrem verfiel und mehr als die halbe Nacht unten im Saal bei Saufgelagen, Würfelspiel und misstönendem Gesang verbrachte. Es war ihm recht gleichgültig, wer ihm dabei Gesellschaft leisten wollte. Wir sahen seine Not, Federico und ich, und wechselten uns dabei ab, ihn im Auge zu behalten, auch um nötigenfalls eingreifen zu können, mäßigend oder allenfalls das Schlimmste zu verhüten.

Zimmer und Bett seiner Ehefrau suchte Enzio schon lange nicht mehr auf, und auch Adelasia schien keine diesbezüglichen Wünsche mehr an ihren Gemahl zu haben. Ging er hinauf zu den Schlafräumen, früh oder spät, so hatte Cordelia ihre liebe Mühe mit ihm, ihn von seinen trüben Gedanken abzulenken – naja, mehr oder weniger.

Bei alledem aber war sie, wie wir alle,

unbedingt weiter darauf bedacht, ihr wahres Verhältnis zu Enzio geheim zu halten. Eine von uns, Cordelia oder ich, bezog weiterhin jede Nacht ihren Posten am Kopf der Treppe im Obergeschoss, wo die Schlafräume lagen. Wir wechselten uns ab, die andere hatte jeweils frei.

Wenn ich mir mein Lager nahe an der Treppe einrichtete, schlich sich Cordelia zu ihrem Enzio – wenn sie vorne liegen musste, konnte ich mich mit Federico vergnügen. Wobei wir dann natürlich lieber die bequem breite Bettstatt in Enzios Zimmer für unser Zusammentreffen nutzten. Meist war er so einsichtig, uns diese zu überlassen und sich selber stattdessen mit dem schmalen Feldbett in Federicos Kammer zu begnügen. Zur Sicherheit war ich auch darauf bedacht, die Decken und Kissen meiner Schlafstelle im Vorraum des Treppenhauses so zu arrangieren, dass es aussah, als liege dort meine Person eingewickelt in tiefem Schlummer, wenn ich sie spät in der Nacht verließ und zu meinem Liebsten eilte.

So ging das routiniert und reibungslos mit unseren Heimlichkeiten die ganze Zeit – bis es dann doch zu einer unerwarteten und letztlich folgenschweren Komplikation kam. Nun ja, vielleicht hätte es früher oder später so oder anders passieren müssen.

Zunächst aber lief auch in jener Nacht alles wie immer und wie es sich zwischen uns eingespielt hatte: Cordelia hielt ihre einsame Wache, vielmehr schlief sie dort selig und ungestört, quer vor die Treppe gelagert.

Enzio war nicht übermäßig betrunken und hatte Federico und mir sein breites Lager überlassen, und sich selbst in Federicos Kammer niedergelegt. Auch ich schlief tief und fest die ganze restliche Nacht – und mein Liebster sowieso, wie immer, wenn wir unseren Spaß miteinander gehabt hatten. Erst gegen Morgen dann, im ersten Dämmerlicht wurden wir gestört und aufgeweckt – aber der Reihe nach, nicht wahr.

Enzio also erzählte uns am nächsten Tag – jedenfalls seinem Bruder und mir, Cordelia wohl doch eher nicht – er sei in stockfinsterer Nacht erst erwacht, als seine Bettdecke angehoben wurde, und ein zunehmend leidenschaftlicher Kuss ihn vollends weckte...

Er fühlt überall nackte Haut, die vertrauten Attribute seiner Geliebten, und das Feuer seiner Sinne entflammt schnell – sie steigt auf das schmale Bett – und auf ihn. Für ihn, sagt er, entstand kein Zweifel, dass ihn seine Cordelia da in der Finsternis der Nacht besuchte... Worte braucht es keine zwischen ihnen. Man schläft dann einige Stunden noch, ganz in vertrauter Nähe aneinander geschmiegt.

Enzio erwacht, als das erste Licht des Morgens durch das kleine Fenster in die Kammer fließt – und ein spitzes Knie hart seine Hüfte stößt, weil seine nackte Bettgenossin sich erheben will. Bloße Füße tappen, Tuch raschelt – ein Kleid, oder ein Umhang – und es wedelt ein Hauch kühlerer Lüfte zu ihm hin, mit sich tragend allerhand, vielleicht neue Düfte und Gerüche...

Enzio räkelt sich unter seiner Decke, noch ganz in der wohligen Befriedigung seiner Männlichkeit ruhend – und hebt endlich seine schweren Lider erst, als er ein leises Seufzen seiner Besucherin hört, oder ein Schnauben eher, wie die da mit großen Augen vor seiner Lagerstätte steht, eine Decke erst lose um ihre Schultern gelegt – und beide Fäuste auf die Hüften gestemmt:

„Das ist ja mal eine Überraschung! Na, das hatte ich so nicht erwartet, Herr Enzio, ha!"

Und dem geht es ähnlich – denn nicht die erwartete, vertraute Geliebte steht da vor ihm, nach ihrer gemeinsamen Nacht noch halbnackt – sondern Emeralda, die Zofe seiner Gemahlin...

„So... ! So haben wir uns also hier getroffen – und ich dachte...", sie schüttelt kurz und heftig ihre schwarzen Locken, als wolle sie die fehlerhaften Gedanken damit aus dem Kopfe herausbringen – lacht dann auf, nur für einen Moment, und rafft die Decke fester um ihren Leib – und stürmt aus dem Zimmer hinaus. – Das heißt, Enzio schwört, sie habe ihm noch, ganz zum Schluss, ehe sie aus seiner Tür verschwand, noch einen funkelnden Blick zugeworfen – mit einem schrägen Lächeln, welches er aber unbedingt ein „ziemlich ganz zufriedenes" nennen will.

Offensichtlich und bemerkenswert ist jedenfalls, dass diese Emeralda so clever ist, blitzschnell die neu entdeckten, oder sozusagen nächtlich erarbeiteten Tatsachen zu einem korrigierten Bild der Verhältnisse zusammenzufügen. Da war sie ja – aus welchem Grunde auch wirklich – in der finstersten Nacht in Federicos Zimmer geschlüpft, um den in seinem Bette zu besuchen, während dessen angebliche Geliebte Cordelia ihre Wache am Treppenabsatz hielt. Hier hatte sie erst am Morgen jetzt entdeckt, dass die beiden Brüder die Betten getauscht haben mussten. Und sie also mit Enzio, dem Gemahl ihrer Herrin, eine wilde Nacht verbracht hatte – der aber andererseits da im Dunkeln gar nicht wirklich überrascht gewesen schien, so leidenschaftlichen Besuch einer Frau zu bekommen...

Also war anzunehmen, dass Federico stattdessen im Zimmer und Bett seines Bruders geschlafen hatte – und zwar mit wem? Das galt es für sie noch heraus zu bekommen.

Ohne zu fragen oder an der Tür zu klopfen platzt sie darum gleich und sofort bei Federico und mir herein, die wir da wohlig aneinandergekuschelt in Enzios luxuriösem Lotterbett liegen – und reißt auch gleich mit kräftig entschlossenem Griff die Bettdecke halb von uns herab.

Ich schreie auf und fahre hoch in meinem Schreck, nackt wie ich bin – während mein Federico aber, dieser wahre Lümmel, nur gähnend seinen drahtigen Leib streckt – und dann so etwas murmelt wie: „...na, nun nicht gleich so stürmisch, Mädchen, bitte erstmal wach werden lassen, ja..."

Da ist sie aber schon wie ein Wirbelwind wieder zum Zimmer hinaus. Denn sie hat genug gesehen – und wirft die Kammertür mit schmetterndem Knall hinter sich ins Schloss.

„Auweia, na, das wird Ärger geben, Schatz", meint mein Liebster noch ganz richtig, und zieht mich wieder zu sich hinunter. „Komm du mal wieder her zu mir, es wird so kühle so..."

Vorläufig haben wir keine Ahnung, was dieser Auftritt zu bedeuten hat. Vielleicht hatte Frau Adelasia ihre Zofe ja nur ausgeschickt, ihren Ehemann zu sich zu rufen – und in dessen Zimmer hier dann dummerweise uns gefunden, denke ich. Nun, das wäre möglich, und hieße, für sich genommen, zunächst nur, Federico hätte sich von Cordelia, seiner angeblichen Geliebten ab- und jetzt mir zugewandt. Und Enzio ihm für dieses neue Abenteuer vielleicht großzügig sein Bett überlassen, so unter Brüdern. Noch kein Beinbruch soweit. – Nur, warum trug Emeralda bei ihrem Auftritt da eben nur eine Decke um ihren schlanken Leib gewickelt, sonst aber nichts?
(Das war natürlich Federicos scharfsichtigem Männerblick gleich aufgefallen!)

Und – war sie da nicht überhaupt in diese Decke eingewickelt gewesen, unter der Federico sonst drüben seine einsameren Nächte verbringen musste?

Soweit etwa waren wir mit unseren Überlegungen gekommen, als Enzio bei uns erschien, nur seine knielange Tunika hatte er sich übergezogen. Ungewohnt nachdenklich und schweigsam lief er vor unserem/seinem Bette auf und ab.

„Was ist los, Bruderherz, schlecht geträumt?", fragte ihn Federico munter.

„Wenn's das mal bloß gewesen wäre..." – und dann hob Enzio an, ihm in zögerlichen Worten seine Erlebnisse dieser Nacht zu schildern.

Ich verkroch mich tief in den Kissen und tat so, als sei ich gar nicht da.

„Aber nein, jetzt hör mal...", Federico verstand seinen Bruder nicht, „das kannst du mir nicht erzählen – dass du da nichts gemerkt hast, Alter, hör auf! Diese Emeralda ist doch schon mal viel... na, länger und auch was schlanker gebaut als deine Cordelia, in ihrer so runden... wie sag ich's jetzt mal, in ihrer kompakten Form, nicht wahr, oder?"
(Na, hochinteressant, denke ich, was die Männer so bemerkenswert finden an uns Frauen – Freundchen, pass auf, was du sagst!)

„Ja, nun, vielleicht... vielleicht habe ich mich schon einen Moment gewundert, dass ich da so... als sie nun auf mir saß, oder lag, dass ich da ohne jede krumme Verrenkung gleich an ihre runden, gespitzten Dingerchen kam, die da so nett direkt vor meiner Nase schwangen..."

„Siehst du, das hast du wohl gemerkt. Ja und?"

„Ja, aber das weißt du doch – wenn man erst mal so in Fahrt ist, da denkt man doch nicht mehr weiter nach. – Obwohl..."

„Na, was noch, Bruderherz?"

„Ja, wie soll ich sagen – ich weiß ja nicht, wie ihr... wie du... was deine Kehla so drauf hat..."

Mein Aufstöhnen unterbricht Enzios nachdenkliche Spekulationen an dieser Stelle, als ich mich unter den Decken aufbäume und so zu seiner Seite hindrehe, dass ich ihn ernsthaft und streng anblicken kann...

„Naja, und... also... also diese jetzt hat sich halt so... anders bewegt, sag ich mal. Die hat da so mit ihren Hüften, und mit welchen versteckten Muskeln da irgendwie, hat sie... also, das kann ich dir gar nicht richtig beschreiben... Cordelia hat sonst eben fröhlich und munter drauflosgehoppst, wenn sie da so auf mir saß, ja? – Aber die, die! Junge, Junge, das war was anderes, das kann ich dir sagen, mein Lieber, aber hallo!"

Und Enzio sitzt da, am Fußende auf unserem Bett, und schaut ganz verträumt zwischen seinen Knien zu Boden.

(Na, das reicht mir jetzt aber!) – Ich springe zornig aus dem Bett, nackig wie ich bin, egal, soll er doch meine Körperlichkeit auch noch studieren im Vergleich zu seinen neuesten Erlebnissen.

Ich ziehe mir geschwind das Nachthemd über, das ich da am Abend zuvor auf einen Schemel geworfen hatte, und verlasse erhobenen Hauptes – wie man so sagt – diesen Schauplatz brüderlicher Beratungen. Von der Türe aus sehe ich noch, wie Federico mir grinsend eine Kusshand hinterher wirft.

Diese – Männer!

Die folgenden Tage verlaufen unerwartet friedlich, kein Donnerwetter bricht über uns herein. Frau Adelasia ist keineswegs unfreundlicher als sonst bisher, wortkarg zwar und manchmal mürrisch, meist kurz angebunden, wie man so sagt – alles nichts Ungewöhnliches bei ihr, das kennen wir schon.

Federico vermutet, dass also die nächtliche Expedition ihrer Zofe Emeralda doch allein deren eigener Initiative entsprang und kein Erkundungsunternehmen auf Wunsch ihrer Herrin gewesen ist, wie es Enzio schon geargwöhnt hatte. Dazu passt so manches Verhalten jener verführerischen Person: Gelegentlich nur mal ein verschwörerisches Augenzwinkern hinter dem Rücken der Fürstin zu Enzio hinüber – mitunter auch zu Federico und mir! – oder ein zärtlich langsames Streichen über Enzios breite Schultern im Vorbeigehen, wenn es sonst vermeintlich keiner sieht – wir haben dieses Luder jedenfalls scharf im Auge.

Nachts tut sich nichts auf den Fluren des Hauses, doch vorsichtshalber unterlassen wir alle

Zimmertausch- und Bettenwechsel-Aktionen. Wir verkneifen uns jedes Beieinander-Liegen vorerst, auch wenn uns das nicht so gefällt, und mit der Zeit sich eine zunehmend unbefriedigte Nervosität breit macht.

Einzig Cordelia ist heiter fröhlich und sonnig wie immer. Enzio hat ihr – außer seiner dringenden Bitte, für einige Zeit noch einmal vorsichtiger zu sein als bisher – aber gar nichts von seinem nachtblinden Abenteuer mit der reizenden Emeralda gestanden; er sehe da keinen Grund oder Vorteil darin, übereifrig ehrlich zu sein gegenüber seiner Geliebten. So hat er sich auf das drängende Nachfragen seines Bruders geäußert. Auch sei er sich ja wirklich kaum einer eigenen Schuld dabei bewusst eigentlich. Also bleibt er solange, wie es möglich ist, bei seiner taktisch abwartenden Feigheit. Wenn das mal gut geht. Was bin ich froh, dass ich mit meinem Federico ganz im Reinen bin... hoffentlich für immer.

So blieb es eine gute Woche, unsere Aufregung hatte sich bald gelegt, alles schien beim Alten. Auch wurde es immer wärmer, hier im Süden auf dieser Insel, es ging dem Sommer entgegen. In manchen Nächten ließ man schon alle Fenster und Türen der Schlafräume offen, in der Hoffnung, so ein wenig kühlere Luft durch die Zimmer ziehen lassen zu können.

Dann, in einer solchen fast schwülen Nacht, als sich kein Lüftchen rühren zu wollen schien, hörte ich von meinem Posten an der Treppe, wie sich Cordelia ruhelos auf ihren Decken wälzte. Es war in der Tat nicht auszuhalten. Ich hörte ein lautes Stöhnen aus ihrer Ecke und sah, wie sich Cordelia erhob, einen Moment schwankend im Mondschein vor ihrem Lager stand, sich noch entschlossen das feucht haftende Hemd vom Leib zog und dann, schwer atmend, mit langsamen Schritten hinüber in Enzios Kammer ging. Die Tür ließ sie achtlos hinter sich, kaum halb geschlossen.

Ja, was sollte ich tun? Ich konnte sie so gut verstehen. Auch mich zog es in die Arme meines Liebsten – obwohl wir ja vorsichtig sein wollten, so wie es abgesprochen war – aber ich blieb auf meinem Posten, eigentlich war es wirklich zu heiß für praktizierte Leidenschaften.

Und auch in Enzios Bett ließen sie es wohl ruhig angehen, etwas Geflüster, einiges Geraschel der Laken war von dort zu vernehmen, doch wohl keine wilde Aktion. Ich überließ mich meinem Schlummer.

Ein langer, wilder Traum – von dem ich später nichts weiter erinnern konnte, als dass sonderbarerweise jener windige Verführer Rochus irgendwie eine Rolle darin spielte – endet mit lauten Faustschlägen an eine hölzerne Tür...

Mit hart klopfendem Herz erwache ich und rappele mich hoch – als ich lautes Schimpfen und Gezeter aus Enzios Kammer höre, die Tür steht jetzt weit offen...

Gellendes Wehgeschrei einer hellen Stimme, die fleht sie loszulassen – dazwischen wütendes Knurren, fast ein heiseres Bellen, wie von einem Kettenhund, der nicht von seiner Beute lassen will...

Ich also hoch, greife meinen bereitliegenden Kurzspieß und trete hinein durch die Tür, auf alles gefasst:

Eine wilde Szene bietet sich da vor meinen Augen: Frau Adelasias kurze, breite Gestalt im üppigen, violetten Nachtgewand, steht gebückt und ihre stämmigen Beine weit gespreizt vor Enzios Bett, die linke Hand am Bettpfosten abgestützt – aber ihre rechte tief eingekrallt in Cordelias goldene Lockenpracht, an welcher sie die Ärmste schon halb vom Lager heruntergezerrt hat – die da, nackt und glänzend vom Schweiße der Nacht, sich windend unter dem harten Griff, rücklings, in der Luft strampelnd, nur noch mit ihrem Hintern auf dem Fußende des Bettes liegt – und gleich schon hart vollends auf die Bretter des Bodens rummst – schniefend, heulend und jammernd – und was weiß ich.

Frau Adelasia lässt sie aber nicht los und bleibt energisch in ihrem Zorn – sie wendet sich um, dreht dabei auch schmerzhaft den Wust der fest gepackten Haare in ihrer Faust. Cordelia schreit auf – und wälzt sich notgedrungen folgsam herum – sodass sie auf Händen und Füßen landet – und der sie gewaltsam vorwärts zerrenden Fürstin von Torres und Logudoro nun auf allen vieren kriechend zur Türe hinaus folgen muss.

Ich stehe noch da, sprachlos und starr vor Staunen, als ich ihnen aus dem Weg gezogen werde – von Emeralda, die da auch noch, an die Wand gelehnt neben der Tür, in der Kammer steht und dem ganzen grotesken Schauspiel mit finster befriedigtem Lächeln aus halb geschlossenen Augen zusieht. Auch sie ist im Nachtgewand, ein helles, seidenes aber, welches ihrem perfekten Körper schmeichelnd eng anliegt.
(– So hat man sie noch nicht gesehen – und könnte geradezu noch neidisch werden...)

Und Herr Enzio, in dessen Zimmer, ja, Bett sich das ganze Drama hier entladen hat? Der sitzt da auf seinem Lager, bequem an die Kissen vor dem Kopfende des Bettgestells gelehnt, gänzlich unbekleidet noch, gerade mal das frevelnde Gemächt von einem Zipfel des beschmutzten Lakens bedeckt – und glotzt mit geweiteten Augen, doch kaum besorgt, wie es scheint, eher amüsiert von dem Spektakel, als ginge ihn das alles wenig an.

Was soll er auch tun, der Ärmste, wenn sich die Weiber um ihn prügeln wollen, so muss man sie halt lassen, nicht wahr?

Draußen auf dem Flur erst lässt Adelasia von ihrem Opfer ab – nicht ohne Cordelia noch eine kräftige und gut gezielte Ladung in das geraufte, zerwühlte Goldhaar zu spucken – und rauscht von dannen mit ihrem Watschelgang, das kleine runde

Kinn verächtlich hochgereckt, und hinterlässt uns nur eine Kaskade lästerlicher Flüche in dem schwer verständlichen Dialekt dieses rauhen Landes. Wollen wir diesmal gar nicht genau wissen, was ihr da so alles einfällt.

Ich kümmere mich um die jetzt auch wütend schluchzende Cordelia, helfe ihr rasch von den kalten Fliesen hoch, hülle die Nackte in eine der herumliegenden Decken und bringe sie in ihr eigenes Bett, wo ich mich zu ihr lege, sie im Arm halte und tröstend zu beruhigen versuche.

Herr Enzio aber lässt sich nicht blicken. Wahrscheinlich dreht der sich nur mal auf die andere Seite und genießt die Ruhe und Stille jetzt. Auch die schöne Emeralda hat sein Schlafgemach verlassen und ist ihrer Herrin hinterher.

Und mein Federico hat, von dem ganzen Lärm geweckt, nur kurz die Nase aus seiner Kammer gestreckt – und sich gleich wieder verzogen, als er sah, dass ich die Lage hier im Griff habe. So sind die Männer, wenn's brenzlig wird, halten sie sich lieber raus... sonst müssten sie noch Stellung beziehen am Ende – Gott bewahre!

Der Tag begann in trügerischer Ruhe. Alles wartete ab, was diesem bühnenreifen Tumult folgen werde. Nur oben in Adelasias Gemächern rumorte es ab und an, als würden dort Lasten bewegt.

Enzio und Federico gönnten sich ein ausgedehntes Frühstück unten in der Halle, denn es sei ja nie verkehrt, sich zu stärken vor allem, was da kommen wolle – und da brauchte es eben mehr, ihnen den Appetit zu verderben, als so ein „Zickenkrieg“, wie ich es den Inselkönig nennen hörte!

Dann kam, mit steinerner Miene, seine scharf geschnittene Nase hoch erhoben, der alte Ritter Ricoberto, im Auftrag seiner Herrin: Frau Adelasia, Fürstin von Torres, lasse ihrem Gemahl mitteilen, dass sie sich noch heutigen Tages zurückzuziehen gedenke. Ins Landesinnere auch, auf ihr festes Schloss zu Burgos. Wo sie auf unbestimmte Zeit ihren Aufenthalt nehmen werde. Herr Enzio brauche sich nicht weiter um sie zu bemühen. Ab der gegenwärtigen Stunde seien ihm alle allfälligen Angelegenheiten der herr-schaftlichen Regierung dieses Judikates nach seinem freien Willen überlassen – so äußerte sich Ricoberto mit rostrauher Stimme in kurzen, harten Sätzen.

„Aha. Soso, und was weiter...?“, Herr Enzio sah ratlos, ja betreten vor sich auf die abgenagten Reste der eben noch mit Genuss verspeisten Lammkoteletts hinab.

Er bitte um Verzeihung – so nun schon mit einem ersten schleifenden Schritte rückwärts und einer gequält wirkenden halben Verbeugung, bei der man sozusagen seine alten Knochen knirschen hören konnte – nein, ein Weiteres habe er keinesfalls auszurichten von seiner Herrin. – Nur noch, falls ihm dies gestattet sein möge, seine eigene Meinung, als ein altgedienter und, nun ja, erfahrener Berater der Dame Adelasia – oder auch, soweit er sich dies zu hoffen erlauben könne – als ein Freund: Man möge diese nunmehr am besten ganz in Ruhe lassen, und sich mit der Zeit gewöhnen, womöglich, an diese neue Rolle als Gemahlin eines Kaisersohnes, so nahe an der hell herrschenden Sonne...

An diesem Punkte aber brach er ab. Der gute Ricoberto schüttelte heftig sein eisengraues Haupt – weil er wohl merkte, wie weit er sich da um ein Haar verstiegen hätte in seinem sorgenden Eifer für seine Herrin.

„Na, wenn das so ist – denn komm, Bruder", Federico übernahm die Initiative, „dann lass uns an diesem schönen Morgen einen Ausritt machen – nichts schafft einem das Hirn gründlicher frei und lebendig! Auch gehen wir so allen möglichen Begegnungen besser aus dem Wege, nicht wahr?"

Und genau so machten sie es dann. Männer – wie gesagt.

Frau Adelasia reiste ab. Und bei uns in Sassari entspannte sich die Lage dadurch ganz erfreulich.

Aber eine rechte Lust am Regieren seines kleinen Königreiches wollte sich bei Enzio nicht wieder einstellen. Wohl hatte es sich doch als gar zu klein erwiesen für seine hochgespannten Erwartungen. Ich dachte schon, hätten wir noch ein seetüchtiges Schiff im verwaisten Hafen von Torres zu unserer Verfügung gehabt, wäre er bald, ohne dieser Insel eine Träne nachzuweinen, an den Hof seines kaiserlichen Vaters zurückgekehrt – auch, um sein Glück und den Ruhm in Unternehmungen anderswo zu suchen.

Ja, und seht nur, tatsächlich ergab es sich, dass ihm, und uns allen somit auch, die freundlichen Nachbarn, aus dem Judikat von Cagliari im Süden der Insel, eine geräumige Galeere zur Verfügung stellten für die Reise zurück an das italienische Festland. Auch jenen mochte daran gelegen sein, den unruhigen Geist eines Kaisersohnes in beruhigender Distanz zu wissen. Enzio tat ihnen den Gefallen fix und mit Freuden.

Das Meer zeigte sich spiegelglatt. Kein Unwohlsein trübte den Verlauf unserer Reise, und unser aller Laune erhob sich zum besten.

Kapitel 37

Tom

Luca war in Peio leicht zu finden.

Und ja, er kommt mit, klar, schließlich ist es auch für ihn spannend, mal in die große Stadt zu kommen und sich den Hof des Kaisers anzusehen und alles das. Na, gut soweit. Aber die rechte Begeisterung für diese neue Aufgabe als Herrn Odos Knappe an meiner Stelle, die fehlt ihm doch ganz offensichtlich, wie's so scheint.

Er will nicht recht raus mit der Sprache weshalb – wo er sonst doch kein Geheimnis aus seinen Gefühlen macht. Nicht einmal die Aussicht „unsere" Laia dort wiederzusehen, entlockt ihm mehr als ein schräges Lächeln und lahmes Nicken.

Soso. Da scheint den Luca wohl irgendwas – oder vielleicht irgendwer? – noch stärker festzuhalten, hier in Peio und bei seiner Aufgabe in der Ausbildung der Miliz-Jugend, so muss man da vermuten, oder? Er hat hier wohl was Neues laufen, klar, er rückt aber nicht freiwillig raus damit...

Erst unterwegs dann, als wir die enge Schlucht von dem Hochtal, in dem Peio ja liegt, hinunter sind und auf dem breiteren Weg nach Monteleone nebeneinander reiten können, wird er was mitteilsamer.

Speziell nachdem ich ihm von Freund Zaccos neuer schwarzer Flamme Nomi erzähle, und wie das funkt und lodert zwischen denen beiden. Nur dass auch ich bei meinem Besuch dort gleich so einiges von dieser Hitze abbekam, das behalte ich für mich – mal noch bisschen vorsichtig lieber... ich will da keine Erwartungen wecken. Soll Luca doch selber sehen, welche Erlebnisse da bei unserem alten Kumpel auf ihn warten vielleicht.

Jedenfalls reichen diese Neuigkeiten, dass er etwas aufzutauen beginnt: „Na schön, das freut mich für den Zacco sehr, dass er da... na, sagen wir, dass er da offene Augen hatte für was Neues. Das... das war ja alles schön und gut, mit unserer gemeinsamen Liebsten Laia, und so weiter..."

„Na, das will ich meinen! – Und aber...?", versuche ich, seinen zögernden Redefluss am Laufen zu halten.

„Was? ...naja, ich denke halt, so auf die Dauer ist das eben doch kein Zustand, so... mit uns dreien, die... die da nach allen Seiten an einem einzigen Mädchen zerren, wie ein Rudel Jagdhunde an dem ersten mageren Hasen, den sie im Frühjahr als ersten zu packen gekriegt haben..."

„Aber hallo! So siehst du das? Na, wenn das Laia hören würde, dass du sie mit einem „mageren Hasen" vergleichen tust!"

Ich beuge mich rüber zu Luca und gebe ihm einen mittelkräftigen Faustoß an die Schulter –

stellvertretend für meine Laia sozusagen. Aber eigentlich bin ich ganz gespannt und vergnügt zu hören, wohin sich das hier alles entwickelt bei ihm.

Luca reibt sich die getroffene Stelle und zeigt wieder sein besonders schräges Grinsen. „Nein, nein, so habe ich das natürlich nicht gemeint, Laia is' schon großartig – immer. Aber was soll's, Tom, egal. So kann es mit uns doch auch nicht auf Dauer weitergehen: Drei Kerle und ein Weibchen – sei mal ehrlich. Und wenn der Zacco nun mit einer anderen seinen Spaß findet, so ist das wohl besser so. Für alle doch, oder nicht?"

„Ja, mein Lieber, wo du recht hast, hast du recht. Auch wenn ich nicht genau sagen kann, was Laia davon halten wird... aber, wie sieht's denn nun bei dir aus? Hast du auch was Neues laufen hier, he?"

Luca schaut prüfend zu mir herüber – dann senkt er mit einem Anflug von Lächeln den Blick auf seine Hände, die da vor ihm auf dem Sattel die Zügel seines Pferdes halten. So zögerlich hat man ihn selten erlebt.

„Ja, was ist, Alter...", ganz klar braucht er noch einen freundschaftlichen Anstoß mehr, „... kenne ich sie? Wer ist es nun?"

„Ach nein, Tom, die kennst du nicht. Sie... kam erst vor paar Wochen mit ihren Leuten aus Lucera herauf zu uns nach Peio."

„Aus Lucera in Apulien da unten? – Dann ist es eine Sarazenin?"

„Ja...“, Luca sieht ernst zu mir herüber und bleibt still.

„Ja, und was... wie steht's mit euch? Habt ihr schon...?“

„Halt die Klappe, du Idiot! Nein! Was denkst du – sie ist mal erst vierzehn – und Muslima – das... das ist alles nicht so einfach...“, er bricht wieder ab und lässt den Blick ruhelos über die Baumwipfel in die Ferne schweifen.

„Ihre Leute dürfen da gar nix von mitkriegen, sonst ist gleich der neunschwänzige Teufel los – sagt sie. Die sind so furchtbar streng mit ihren Töchtern, gerade ihre Familie. Und misstrauisch sowieso, die sind ja auch noch nicht lange hier. Vor zwei oder drei Jahren waren sie noch alle auf Sizilien in so 'nem ganz kleinen, entlegenen Gebirgsnest zuhause, mussten da dann aber weg – weil der Kaiser es so befohlen hat. Sie waren wohl welche von den letzten, die da weggezogen sind. Dieses Programm zur Umsiedlung aller Sarazenen läuft da ja schon seit paar Jahren. Und sie sind dann also nach Lucera umgesiedelt. Aber da waren ihnen zu viele Leute, und das ganze Gedränge in der Stadt und alles erst im Aufbau, nichts fertig, die ganze Unruhe... und der Vater vermisse die Berge so, sagt sie. Deshalb sind sie jetzt hierher zu uns nach Peio weitergezogen, als sie davon gehört haben, dass es diese Möglichkeit gibt durch Herrn Odo. Ganz hinten im Tal, oben am Hang wollen sie eines von den neuen Häusern beziehen, die da erst noch gebaut werden sollen. Und der Vater will im Sommer wieder mit den Schafen in die Berge, hoch zu den höchsten Sommerweiden, das ist so dem sein Ding..."

„Jaja, Luca, alles schön und gut – es soll ja jeder mit seinen Bedürfnissen glücklich werden, wie Herr Odo immer predigt. Aber was ist jetzt mit deiner Perle des Orients, wie heißt die überhaupt?"

„Sag ich nur, wenn du heilig schwörst, es keinem zu verraten – darf echt keiner nicht Wind von kriegen – weiß nich' was da sons' passier'n tut!"

„Na klar. Kennst mich doch, Alter – ich kann schweigen wie 'n toter Hund."

„Ja – einer, den man totgeschlagen hat, weil er ständig zu laut gebellt hat!"

Da war er wieder, mein lustiger Kumpel Luca, so wie wir ihn kennen. Er schien richtig erleichtert, endlich erzählen zu können von seinem frisch blühendem Glück:

Wie sie ihm gleich aufgefallen ist natürlich, als sie mit ihrem Bruder zum Treffen des neuen Jahrgangs der Miliz-Ausbildung kam. Ganz scheu und still zuerst, mit ihren riesengroßen schwarzen Augen herumguckte unter den tief, bis auf die schmale Nase herabhängenden Stirnfransen und ihren krausen Locken – und so weiter und so wunderlich schön alles, findet er. Ihr Name ist also... aber nein. Ich soll ja nichts verraten. So ist es versprochen.

Jedenfalls ist bisher noch nichts weiter zustandegekommen zwischen den beiden, als einiges Gerede und viel Erzählen und sich Kennenlernen, und seltener mal Händchenhalten, wenn sie sich unbeobachtet fühlten – und zweimal auch schon haben sie sich zu küssen gewagt – ja, Donnerwetter, kein Scheiß. Unser Luca, dieser fröhliche Draufgänger sonst, man kennt ihn nicht wieder. Sowas erzählt er mir, seufzet glückselig und verstummt. Und glubscht zu mir her mit feuchten Äuglein, ungläubig staunend vor den Gewalten des Schicksals – wie ein junger Hammel, der es nicht glauben kann, wenn seine Kumpels ihm was vom Kastriertwerden erzählen.

Ja, sieh an, so sortiert sich das also, mit Laia und Luca, Zacco und mir. Soll mir recht sein.

Kapitel 38

Maria Christina

Etliche Wochen waren ins Land gegangen, seit Artemisia und Herr Odo zum Hof des Kaisers nach Cremona abgereist waren. Da kam einmal jener von Griselda so zwiespältig beschriebene Rochus von Richleben herüber von Peio zu einer der gemeinsamen Versammlungen des Rates der Regenten, wie sie regelmäßig stattfanden, um die kleinen und größeren Angelegenheiten abzustimmen in den mit Peio und Monteleone verbündeten Herrschaften.

Überall waren inzwischen schon die üblichen Arbeiten des Frühjahrs in vollem Gange, wie Joshe zu berichten hatte, und so viel Weiteres gab es diesmal eigentlich gar nicht zu besprechen. Aber in Abwesenheit von Artemisia und Odo selber schien es uns allen umso wichtiger, einander Beistand und Rückhalt zu versichern.

Und dieses Mal war ich entschlossen, mich mit Freund Rochus und dem Kämmerer Joshe auf den Weg nach Peio zu machen, um Odos Bitte zu entsprechen, auch dort mit eigenen Augen nach dem Rechten zu sehen. Nur eine Zofe begleitete mich, mehr schien mir nicht nötig.

Anfangs war Herr Rochus recht schweigsam, der frühe Morgen ist wohl nicht seine aktivste Tageszeit. Dann aber wurde er langsam gesprächig: Er wich nicht von meiner Seite, zeigte und erläuterte mir dies und jenes am Wegesrand, wies auf Verbesserungen und Fortschritte hin, die sich in den letzten Jahren hatten ausführen lassen – und wusste dies alles in einem munteren, von allerlei Anekdoten aufgelockerten Redefluss zu präsentieren – nicht ohne gelegentlich eine galant formulierte Schmeichelei an mich zu richten. Die Zeit verging uns, wie man so sagen könnte, wie im Fluge.

Bald schon ging es dann die berüchtigte Schlucht hinauf, wo vor Jahren jenes Gefecht stattgefunden hat, das den Angreifern damals, meinem armen Eberhard und seinem Vater zum wohlverdienten Verhängnis wurde. Gott sei nochmals gedankt dafür! Genau am Orte jenes Geschehens stiegen wir ab, und Rochus zeigte mir die berühmte hölzerne Rampe mit dem verborgenen Falltür-Mechanismus und die Balkenwand oberhalb am Steilhang darüber, von der jener tödliche Gesteinsbrocken-Regen herabgeschickt worden war. Und natürlich auch das Felsenbecken an der gegenüberliegenden Wand der Schlucht, wo sich das fallende Wasser sammelt – *Zetas Badewanne,* wie es seitdem genannt wird.

Rochus erzählte sehr anschaulich und lebhaft – auch fasste er mich mehrmals an Hand, Arm und Schulter, in seinem Eifer und ganz unschuldig natürlich. Aber ich bin mir sicher, er hatte in diesen Momenten meine spontanen Reaktionen auf seine

Berührungen sehr genau im Blick, immer zugleich abschätzend, mit wieviel Erlaubnis, oder gar günstigem Entgegenkommen meinerseits er würde schon rechnen können – für ein Weiteres eventuell. Nun, ich blieb nur freundlich und ganz bei mir, und tat, als sei daran nichts weiter bemerkenswert – was denn sonst?

Schon wurde es fast Abend, als wir vor der Burg von Peio ankamen. Es ist immer wieder beeindruckend, wie klein und unbedeutend sie einem erscheint, im Vergleich mit der großzügigen Weitläufigkeit von Monteleone. Einerseits geht der Blick von hier oben ganz prachtvoll weit ins Land hinaus – aber wendet man sich um, hier an dem schmalen unteren Teil des Hochtales angelangt, meint man doch, am Ende der Welt angelangt zu sein.

Man gab mir ein Zimmer im oberen Stockwerk des Haupthauses der Burg, ganz am Ende eines langen Ganges. Rochus ließ es sich nicht nehmen, mich persönlich hinaufzubegleiten, und versäumte auch nicht den Hinweis, sein „Kämmerlein" sei da ganz unfern, nur wenige Schritte um eine Biegung des Flures, zur stillen Waldseite gelegen. Wonach er mich so erwartungsvoll anlächelte, als habe er mir eben den schönsten Blumenstrauß ans Bett gestellt.

Ich hoffe, mein Blick zurück zu ihm blieb nüchtern und emotionslos genug.

Bald war es Zeit für ein einfaches Abendmahl, das wir unten im Saale am Kamin gemeinsam einnahmen. Joshe zog sich früh zurück mit irgendeiner einleuchtenden Begründung. Meine Zofe hatte ich schon zuvor entlassen, sie wollte einen Besuch im Dorf unterhalb der Burg machen, bei Verwandten oder Freunden, die sie lange nicht gesehen habe.

So blieb ich mit Rochus allein vor dem Feuer zurück. Er ließ uns Wein kommen. Diesen brachte uns eine junge Magd aus der Küche herauf. Das Mädchen war gewiss noch keine fünfzehn Jahre alt – sie näherte sich uns mit so sonderbar langsamen, wiegenden Schritten von der entfernten Tür des Saales her, als warte sie nur ab, dass sich unsere Augen auf ihre Erscheinung richteten: Ja nun, freilich war sie von gefälliger Gestalt, gut proportioniert und mit all jenen Attributen versehen, welche die gefällige Aufmerksamkeit der Mannsbilder anzuziehen geeignet sein mögen...

So langte sie endlich an unserem Ende der langen Tafel an, und setzte ihr Tablett mit den Bechern und dem Krug ab – und stand noch da, einen langen Augenblick, gespannt und straff aufgerichtet, recht dicht vor Herrn Rochus – der sie unter seinen gerunzelten Brauen hervor lauernd musterte, ohne zu lächeln diesmal. Jedoch dann bog sie ihre runde Hüfte weit herum, als müsse sie erst Schwung holen mit ihrer Leibesmitte – und setzte sich wieder in träge Bewegung, mit dem ersten weiten Schritt langsam an Rochus' auf der Stuhllehne ruhenden Hand entlang streichend – auch leicht über ihn gebeugt dabei, sodass ihr langes, wohl schon für die Nacht aus dem

Zopf gelöstes Haar fast seine Stirne streichelte – und ging mit ihren betont wiegenden, langen Schritten hinaus.

Was für ein stilles, kleines Schauspiel war da aufgeführt worden, vor meinen Augen! Kein Wort war gesprochen – und doch eine Einladung so deutlich, als habe Rochus sie schriftlich in kunstvoller Schnörkelschrift auf Pergament erhalten!

Der zuckte aber nur beiläufig mit den Schultern, und sah mich mit seinem sich ausbreitenden, füchsischen Lächeln an, als erwarte er meinen Beifall zu seinen offenbar möglichen Erfolgen.

Den Gefallen wollte ich ihm nicht tun. Wenn ich auch nicht sagen kann, wie ich ihn in dem Augenblick angesehen haben mag – aber ein kurzes Kopfschütteln brachte ich wohl doch zustande.

Rochus begann zu erzählen, ganz so, als sei nichts gewesen, von diesem und jenem, meist lustige Geschichten, galanter Klatsch vom Kaiserhof, an dem er ja mit Odo gemeinsam groß geworden ist. Wir leerten den Weinkrug zügig gemeinsam – Rochus holte selber Nachschub aus der Küche, ohne sich dort länger als nötig aufzuhalten. Er wusste also recht gut Bescheid dort unten.

Zurückgekehrt kam er um den Tisch herum zu mir, um mir einzuschenken. Einen Moment blieb er länger da stehen, bei mir, schaute lächelnd auf mich herab – nahm dann wieder seinen Platz ein und fing wieder an zu erzählen. Ich hörte ihm gerne zu, wir lachten zusammen und abwechselnd, gelegentlich gelang mir auch eine schlagfertige Antwort.

Dann wurde er plötzlich ernst, wandte sich mir zu und fragte nach diesem und jenem, wie es mir ergangen sei – in meiner Kindheit, mit meinen Eltern. Er brachte mich an einen Punkt, wo es logisch zu erwarten war, jetzt auch als Nächstes das Thema Hochzeit und Eheleben anzugehen – und da griff er nach meinen Händen auf einmal und sah mir ernst in die Augen: „Du warst unglücklich in deiner Ehe, nicht wahr, das kann ich sehen, Christina..."

Ich musste schlucken, verwirrt von dieser so direkten Frage auf einmal: „Oh, ja...", es platzte aus mir heraus, „dieses grausame Scheusal... dieses... Vieh, es ist nicht zu beschreiben, du kannst es dir nicht vorstellen, was ich auszuhalten hatte!"

Heißer Zorn ließ meine Tränen fließen. Aber es war ein Damm gebrochen, ich erzählte. Ich erzählte ihm alles, wofür sich Worte finden ließen...

Er hörte zu, sagte wenig, war einfach für mich und meinen tief vergrabenen Kummer da.

Irgendwann, als ich endlich schwer atmend verstummte, erhob er sich und zog mich hoch, und zu sich herüber – und ja, ich setzte mich auf seinen Schoß, und hing nur noch schluchzend an seinem Hals.

Der zweite Weinkrug war längst geleert, und es war Zeit, zu Bett zu gehen.

„Stina, komm, ich bring dich jetzt hoch."

Er hatte mich *Stina* genannt! Woher wusste er?

Ewig war ich nicht so genannt worden, wie es früher manchmal, selten, mein Vater getan hatte! Das ließ meine Tränen versiegen, ich lächelte wieder – und stand ganz folgsam auf. Ich ließ mich, leicht schwankend, hinüber zur Treppe führen.

Da hinauf – nun ja, das wurde überraschend schwierig. Rochus musste mich fest im Arm halten, und trotzdem wurde es noch ein arges Herumgewackel. Manche Stufe musste ich, kichernd, zweimal nehmen... doch... doch schließlich war es geschafft. Und warum sollte er mich oben dann loslassen? Den ganzen langen Gang zu meiner Kammer entlang, nicht wahr, das ging doch viel besser so, sich gegenseitig eng haltend und stützend, zu zweit...

Nur die Tür dann war zu schmal für uns beide zugleich, trotzdem ließ er nicht los, es war zum Lachen, wie wir herumprobierten – ja doch, seitlich ging es...

Und dann standen wir da im Zimmer vor meinem Bett. Was nun? Dieses galt es kühl und nüchtern zu bedenken, nicht wahr? – Und tatsächlich, er hatte mich losgelassen, ließ mir die Zeit zu überlegen, soviel ich brauchte... nur leicht schwankend stand ich da...

Doch, was half es, die ganze verdammte Grübelei, wozu? Was hatte mir das gebracht, bisher? Ja, ja, schlechte, übelste Erfahrungen hatte ich gemacht, mit Eberhard, diesem Mistbock von einem Ehemann, und... und nein: Das konnte doch aber nicht alles sein, was... was Frau vom Manne zu... zu erwarten hatte? Oder, was auch immer. Nein. – Und dann hatte ich wieder dieses junge Ding vor Augen, wie sie vorhin unten so lüstern – ja doch! – und... lockend um diesen Rochus hier herumgeschlichen war. Das sollte mir doch was bedeuten, oder nicht?

Also los denn, sagte ich zu mir, Stina... Stina!

Schlimmer als wie gehabt kann das hier nicht werden – dieser Rochus hier, der ist ja wohl ein echter Auskenner, was uns Frauen angeht, was? Dann... dann soll er's doch mal zeigen – mir mal zeigen, nicht wahr...

So ungefähr lief das ab da, in meinem weinnebligen Kopf. Ich wandte mich, schwankend, zu ihm, und zog ihn an mich mit den Worten: „Na, mein lieber Rochus, dann... dann erobere mich mal schön!“

Was der sich nicht zweimal sagen lassen brauchte, nicht wahr. Mit kundigen, erfahrenen Händen drehte und wendete er mich – dass es mir schwindelig werden wollte – um mir Haken und Schnüre zu lösen und die hüllenden Schichten meiner Kleidung abzustreifen – wie in einem Rausch, und schneller als es meine Zofe geschafft hätte, schien es mir.

So erlöst sank ich aufs Bett nieder, aufgeregt, aber vor allem auch erheblich ruhebedürftig, wie es mir jetzt deutlich wurde.

Doch Ruhe, nein, die ließ Rochus mich nicht finden. Jetzt kam er in Fahrt, offensichtlich war er nun ganz in seinem Element...

Irgendwie distanziert beobachtete ich, wie er mich packte und griff, und wieder drehte und wendete, überall zugleich waren seine Hände, wie man so sagt – und nein, er tat mir nicht weh – nichts war mir unangenehm, keineswegs – durchaus eher im Gegenteil, man darf wohl sagen, ich war bereit für ihn zu allem...

Doch, um Himmels Willen, was für eine hitzige Turnerei, was für feurig anstrengende Ringkämpfe geradezu – für... ja, wofür letztlich? – Nun, für ein wenig wohliges Erzittern – so könnte man das ehestens nennen vielleicht...

Man kann sich denken, dass es mir nach allem diesem recht war, als er endlich Ruhe gab, und ich einschlafen durfte, völlig erschöpft vom Geschlechterkampf.

Irgendwann in der Nacht muss Rochus sich hinausgeschlichen haben, mein Bett war ihm wohl zu eng neben mir. Am nächsten Morgen war er jedenfalls nicht mehr da. Und auch den ganzen Tag ließ er sich nicht mehr blicken.

Andererseits war auch ich vollauf beschäftigt damit, mir von Joshe die *Bücher* der Herrschaft Peio zeigen zu lassen. Was für mich eine unerhörte Erfahrung war. Unglaublich, was da alles erfasst, aufgelistet und somit ersichtlich war: Jeder Sack Weizen und Hafer, jedes Bündel Wolle, jeder Ertrag aus dem Obstgarten oder dem gemeinsamen Hühnerhof der

Dorfleute – alles hatte er als Kämmerer seines Herren Odo verzeichnet. Und auf der anderen Seite stand, was daraus geworden war: Ob es gegen gutes Geld verkauft werden konnte, ob es als Lohn für Arbeiten ausgeteilt wurde, oder im eigenen Haushalt der Burg verbraucht. Alles zusammen eine ganz erstaunliche, eine wirklich großartige Arbeit. Wenn ich dagegen an den alten Holzkasten neben Eberhards Bett mit den ungeordneten, in einander gestopften Schuldverschreibungen dachte, der das ganze Elend seiner chaotischen Wirtschaft barg! Wahrhaftig, hier waren unter Joshes kluger Leitung ganz andere, neue Zeiten heraufgezogen. Ich sah diesen unscheinbaren jungen Mann jüdischer Herkunft jetzt mit anderen Augen an.

Erst am Abend, als alle Leute der Burg schon gemeinsam zu Tische saßen, trat Rochus wieder in Erscheinung. In einer zarten Wolke von Lederduft und Pferdeschweiß marschierte er zum Saal herein und eilte zielstrebig an meine Seite, als sei dies schon ganz selbstverständlich sein Platz. Er nickte in die Runde, und hatte für mich zunächst kaum mehr, als ein breites, selbstzufriedenes Lächeln mit halbgeschlossenen Augen, als er sich ungeniert an meiner Schulter abstützte, um zu uns über die Bank zu steigen.

Es wurde gegessen unter lebhaften Gesprächen. Mit mir schien es für Rochus allerdings kaum etwas zu bereden zu geben. Er beschränkte sich auf den einen oder anderen bald beschwörend glühenden

Blick, wenn ich zu ihm hinsah – etwas beunruhigt, aber ganz brav und wohlerzogen lächelte ich sanft zurück. Ich war müde vom Tage, und nach der unruhigen Nacht, und erhob mich früh, ich wollte zu Bett.

Da, ich war eben die halbe Treppe hinauf, kam Rochus mir eilig nachgelaufen – ich beeilte mich, weiter zu kommen, denn ich verabscheue es, Aufsehen zu erregen. Aber am oberen Ende der Treppe holte er mich ein.

„Christina! – Ich darf dich begleiten..." – das klang nicht wie eine Frage, er war sich seiner Sache sehr sicher.

Ich allerdings nicht. Meine Erinnerungen an den vorigen Abend – und die letzte Nacht, waren verworren, nicht ganz eindeutig, wenn ich ehrlich zu mir war. Vor der Tür zu meiner Kammer blieb ich stehen und wandte mich um zu ihm.

Rochus grinste mich breit an, und langte an mir vorbei, um die Tür aufzustoßen. Dem ließ er eine Verbeugung folgen, die wohl witzig und vergnügt aussehen sollte – für mein Gefühl aber schon viel zuviel von einer prahlenden Art von Herablassung erkennen ließ...

Nein, nein mein Lieber, so nicht...

„Ich danke Euch, Herr Rochus, für Eure Begleitung – so schlaft denn wohl", sprach ich, und trat in meine Kammer. Fasste auch mit meiner Linken zum Türblatt, um diese hinter mir zu schließen.

„Aber, aber, meine liebste Christina, wir wollen doch unsere Studien weiterführen, nicht wahr – unsere Liebeskünste zur gegenseitigen Lust und Freude vervollkommnen, ja!“ Begeistert greift er nach meiner Hand, wirbelt mich zu sich herum, und hält mich schon in seinen Armen, um meinen Hals mit weinfeuchten Küssen zu bedecken.

Mit Mühe schiebe ich ihn etwas von mir weg: „Langsam – lieber Rochus, langsam... ich weiß nicht, warte... letzte Nacht, naja...“

„Aber, aber, liebste Stina, was soll das heißen *naja*? – War es nicht schön für dich? Habe ich dir nicht genug bewiesen, wie heiß du meine Leidenschaften zum Lodern bringst, und dann...“

„Jaja – deine *lodernde Leidenschaft* stand außer Zweifel, das wurde wohl deutlich... allein, was diese ganze Turnerei zwischen den Kissen mir bringen soll – das ist mir nach wie vor nicht wirklich so... verständlich.“

„Oh! Verzeih! Das wird aber sicherlich noch ganz anders, das verspreche ich dir! Ich werde mir diesmal die größte Mühe geben, dich zu verwöhnen und... und zu begeistern – vielleicht war da gestern einfach zu viel Wein im Spiel, bei uns beiden... Wein macht mich leicht so ungestüm. Aber heute, jetzt – da wollen wir uns alle Zeit nehmen, und es ganz ruhig angehen lassen – da wollen wir doch mal sehen, ob ich dich nicht dem Paradiese näher bringen werde, was? Nicht wahr, mein Schatz?“

Und er drängt sich schwungvoll an mich, und fasst mit derbem Griff an mein Hinterteil, um mich zu überzeugen.

Nein. Ich winde mich frei und schiebe ihn wieder fort.

„Nein, Rochus. Jetzt nicht. Lasst mich, ich will das nicht... Seid mir nicht böse... ich bin wohl einfach nicht das richtige... Objekt für Eure Künste."

„Aber nicht doch, holde Stina, warum? Wir dürfen jetzt nicht aufgeben... wir sollten unbedingt die Glut nicht erkalten lassen, komm! Komm, lass mich nur..." – und er drängt sich stürmischer an mich, und greift mich diesmal um die Leibesmitte, dass ich nicht zurückweichen kann.

Ich aber, ich trete ihm kräftig auf den Fuß, kriege auch die Tür zu packen, und knalle ihm die sogleich schwungvoll vor die Stirn – dass er mich fahren lassen muss und zurücktaumelt.

„Va'dammp' !! ...f'pinnft du? Waff 'oll daff..."

Da steht er auf dem Gang, und lässt das rote Blut aus seiner Nase auf die bunten Fliesen rinnen...

„... dumme Kuh... blöde F-f'lampe! Waff fällt dir ein – dir werde ich ff-z-feigen, wer hier jetz'... aber ganf' beftimmt...!"

Und er tritt bedrohlich auf mich zu, die ich nur dastehe und mich am Türpfosten festhalte – doch, wie er mich ansieht, zögert er – ich weiß nicht, welches Gesicht ich da mache – ich versuche nur, ganz aufrecht und fest stehenzubleiben.

Doch anscheinend genügt das für diesen Bewerber. Rochus geht zwei Schritte rückwärts, spuckt blutig aus, wischt sich noch mit dem Ärmel über Mund und Nase, und winkt dann ganz lässig ab:

„Wafs ssoll's – lohnt nich' die Aufregung, bei der alten Schlampe... gibt doch viel Besseres für mich! – Ja, schau nur blöd! – Viel Jüngere, und viel Hübschere, die mir leicht und willig, und... ach was. Da kann ich ja nur lachen: Haha, blöde Kuh, blöde, eingebildete..."

Und er wendet sich ab und geht, nicht ganz so aufrecht und beschwingt, wie er mir eben hinterherkam. Aber das ist nun nicht mein Problem.

Ich bin mir sicher, dieser Held wird seinen Trost schon finden anderswo. Und den getrübten Glanz seiner enttäuschten Männlichkeit wieder aufzupolieren wissen, mit irgendeiner Partnerin, die hoffentlich seine attraktiven Vorzüge und Künste besser zu schätzen weiß als unsereins – und zu genießen womöglich gar, wer weiß.

Offensichtlich fehlt es mir an jeglicher Begabung für derlei körperliche Vergnügungen. Wo ist mir da zu helfen – ich weiß es nicht. Mein Experiment mit diesem Fachmann Rochus ist jedenfalls beendet.

Eindeutig erleichtert kann ich die Tür meiner Kammer hinter mir schließen – und verriegeln – und habe meine liebe Ruhe. Allein, wie ich es ja gewohnt bin.

Zwei Tage lang war von Rochus nichts zu hören und zu sehen. Ich machte mir keine Gedanken, es war auch so genug zu tun.

Alles schien wohlgeordnet, da in Peio, und bei Joshe in den besten Händen. Gemeinsam mit ihm ging ich am nächsten Tag hinunter ins Dorf, und setzte mich da unter die alte Linde auf dem Platz vor der kleinen, alten Kirche.

Und die Leute kamen, alt und jung, ob Christenmenschen, Juden oder Sarazenen, um uns dort zu begrüßen. Mir ging das Herz auf, hier zu erleben, wie sie sich ohne Angst ihrer Obrigkeit näherten, voller Vertrauen, dass diese ihnen menschlich und freundlich begegnen werde. Dabei kannten sie mich ja praktisch noch überhaupt nicht – es genügte ihnen, dass ich in Joshes Begleitung vor ihnen erschien, um mich als Repräsentantin und Vertretung ihrer Herrschaft zu akzeptieren.

Sie kamen da zu uns mit ihren alltäglichen Sorgen, für die sie vertrauensvoll Hilfe erbaten, um die eine oder andere kleine Streitigkeit zu schlichten – oder auch nur, um uns an ihren neuesten familiären Freuden teilhaben zu lassen. Überhaupt hatte das Ganze am ehesten Ähnlichkeit mit einem Familientreffen, bei dem man sich gegenseitig auf den neusten Stand der Entwicklungen bringt, und sich auch der altgewohnten Verhältnisse und Beziehungen vergewissert.

In heiterer Stimmung kehrte ich am späten Nachmittag auf die Burg zurück, tief in Gedanken – ja, in Träumereien eher, muss ich sagen, in denen ich mir vorstellte, irgendwann einmal vielleicht, ähnlich menschliche Verhältnisse auch mit den armen, geplagten Leuten von Terrasecca zu erleben – in irgendeiner Zukunft nach Eberhards, meines schrecklichen Gemahls, unseligem Ende und Exitus.

Bei meinem Abendessen saß ich mit solchen Gedanken alleine, denn Joshe war noch unterwegs auf einem Kontrollbesuch zu den Baustellen der neuen Wohnhäuser im oberen Tal, von denen er mir schon berichtet hatte.

Da entstand mit einem Male einiger Lärm, der vom Burghof unten bis zu mir in den großen Saal heraufdrang. Nur wenige Augenblicke später trat eine Gruppe von fünf oder sechs finster blickenden Männern herein, schwer bewaffnet – und in ihrer typischen Kleidung, den weiten Hosen und metallbeschlagenen Lederkollern – als Sarazenen zu erkennen. Mit raschen Schritten kamen sie heran, blieben aber dort vor meinem Platz an der Tafel in gehörigem Abstand stehen, ihre zornigen Blicke suchten den leeren Saal ab.

„Wir suchen den Rochus... Frau. Wo ist dieser Hund?“

Anscheinend der Anführer dieser Gruppe, ein stämmiger Mann von etwa vierzig Jahren, mustert mich grimmig, mit leicht geneigtem Haupt, unter seinen breiten, finster borstigen Augenbrauen hervor.

Es ist wohl an der Zeit, denke ich, eine gewisse Autortät an den Tag zu legen. Also erhebe ich mich, und richte mich auf zu der ganzen Höhe meiner fünf und ein Viertel Fuß – und versuche auch, so streng wie möglich zu schauen.

„Wer will das wissen? Wer richtet hier so unfreundliche Worte an mich, die Gräfin Maria Christina von Terrasecca? – Und warum?"

„Bitte verzeiht diesem aufgebrachten Vater, hohe Frau..." Ein deutlich jüngerer Mann hat den ersten am Arm gepackt und halb zu sich herumgedreht. „Wir suchen diesen Ritter Rochus von Richleben – weil er ein Übeltäter ist, weil der..."

„Weil der meiner Tochter... Gewalt angetan hat! Dieser blutige Sauhund !! – Deshalb! Wo ist er nun?"

„Was ist geschehen, um Himmels Willen !? Sagt es mir! – Und nein, Rochus ist nicht hier, soviel ich weiß. Ich jedenfalls habe ihn seit vorgestern Abend nicht mehr gesehen..."

„Das... das mag glauben, wer will – los Männer, wir müssen alles durchsuchen hier, diese ganze Burg..."

„Langsam, Alim, er kann uns hier nicht entkommen. Hasan und Kadir halten mit ihren Brüdern das Burgtor besetzt... wenn er hier drin ist, kann er nicht weg."

„Sagt ihr mir jetzt, bitte, erstmal, was geschehen ist – dann wollen wir gemeinsam sehen, was zu tun ist..."

„Ich will den Mistkerl fassen, dann werdet Ihr schon sehen, was ich weiter mit dem mache! Er wird es mir büßen..."

„Rochus ist gestern ins obere Tal hinaufgeritten..."

„Er hat meiner Niya aufgelauert, das Schwein, hat sie überfallen, ihren Bruder niedergeschlagen und an einen Baum gefesselt – und... und hat..." – von den eigenen Worten entsetzt – oder mehr noch von den Bildern, die diese Worte in ihm selbst heraufbeschwören, verstummt der Vater.

Der jüngere Sarazene legt ihm eine Hand auf die Schulter und zieht ihn sanft aber beharrlich zu sich heran. „Niya und ihr Bruder haben die Schafe der Familie gehütet, auf den Weiden oberhalb des Obstgartens, ganz hinten im Tal. Diese Familie ist noch nicht so lange bei uns hier in Peio. Aber Niya kannte den Rochus von der Miliz-Ausbildung, die sie schon begonnen hat... Sie waren ganz allein da oben, Niya und ihr jüngerer Bruder..."

„Sie ist doch erst vierzehn... ein Kind, meine Niya!" Der Vater hängt so schwer im Arm des anderen, als wollten seine Beine nachgeben.

„Ja, wie gesagt... und deshalb waren die beiden wohl nicht auf der Hut, oder sind nicht weggelaufen, als der Rochus herankam. Jedenfalls hat er sie brutal und schnell überwältigt, den Jungen gefesselt, und ihr die Kleider heruntergerissen und... und ihr Gewalt angetan. Alim hat hier ihr zerrissenes Hemd, er gibt es nicht her seitdem... Erst heute morgen kamen die beiden Kinder mit den Schafen zu uns herunter. Sie hatten die Nacht nochmals in ihrer Schäferhütte verbracht. Und seitdem suchen wir den Verbrecher überall. Gestern hat man ihn das Tal hinunterreiten gesehen. Aber bis jetzt keine weitere Spur von dem..."

„Das ist ganz übel – und es tut mir unendlich leid für Niya! Und für ihren Bruder auch... und ich bin sicher, Herr Odo wird ein gerechtes Urteil fällen – auch wenn dieser Übeltäter einmal sein Freund war. Ihr könnt euch darauf verlassen, dass euch Gerechtigkeit werden wird. Nur solltet ihr..."

„Ach was, Frau, das dauert uns zu lange..."

„Und wir haben da doch gewaltige Zweifel..."

„Gebt ihn uns heraus, diesen Verbrecher! Hier, auf der Stelle!"

Die Stimmung wird wieder aufgeregter. Ich sehe geballte Fäuste – jetzt ist echte Autorität gefragt, soll das hier nicht ganz aus dem Ruder laufen...

„Nein! Halt!!", rufe ich, mit allem, was ich habe, um eine männlich kraftvolle Lautstärke bemüht – so hatte ich das noch nicht geübt...

Aber tatsächlich, die Bande stutzt, für einen Augenblick verstummt das Geschrei.

„Hier ist er nicht, das habe ich euch gesagt! – Und ihr könnt hier nicht die ganze Burg durchstöbern, wie eine plündernde Räuberbande. Das wird Herrn Odo gewiss nicht gefallen. Damit setzt ihr euch – und euer gerechtes Anliegen auch – in ein übles Licht, das bedenket. Meinetwegen sucht draußen weiter nach Rochus – aber tut ihm nichts. Liefert den hier ab, wenn ihr ihn gefunden habt. Er soll dann hier in der Burg, in sicherem Gewahrsam warten, dass Herr Odo ein gerechtes Urteil über ihn spricht. – Denn niemand steht über dem Gesetz! Ihr wisst es, dass er euch das und allen immer versprochen hat. Glaubt mir."

Am Ende bin ich fast außer Atem vor Anspannung – aber meine Ansprache hat gewirkt. Sie sagen nicht mehr viel. Es werden noch Köpfe geschüttelt, aber keine Fäuste mehr. Sie ziehen ab, wollen nur noch eine Wache vor dem Burgtor aufstellen, die diesen Zugang im Auge behalten soll.

Danach sandte ich sofort reitende Eilboten nach Monteleone, um Herrn Hildebrandt dringend zu bitten, so schnell wie möglich her nach Peio zu kommen, in der Hoffnung, seine altbewährte Autorität – auch einem Rochus gegenüber – werde ausreichen, Schlimmeres zu verhüten.

In schon fortgeschrittener Dämmerung machte ich alleine einen Gang, durch eine Pforte in der rückwärtigen Burgmauer, hinaus in den kleinen Rosengarten, wo man, von einer versteckten Bank aus, einen weiten Blick zum sich verfärbenden westlichen Horizont genießen kann. Dort aber, in meiner betrübten und grüblerischen Einsamkeit, überraschte mich ein Besucher, mit dem ich hier wirklich nicht gerechnet hatte.

Mit einem fast lautlosen Satz aus dem Gebüsch hinter mir, springt Rochus hervor, und drückt sich neben mir auf die Bank – hier sich auch gleich niederduckend und hinter den Ranken Deckung suchend vor eventuellen Beobachtern, vielleicht von den Wehrgängen der Mauer hoch über uns.

„Rochus! – Sie suchen dich überall!“, so bricht es aus mir heraus, als ich nach dem ersten Schreck wieder zu Atem finde.

„Ich weiß, Stina, Schätzchen, ich weiß. Was meinst du, warum ich dieses blöde Versteckspiel hier treibe? Keine Lust, der Horde aufgebrachter Kameltreiber in die Hände zu fallen – nur weil dieses dumme Hirtentrampel die Nerven verloren hat – an... anstatt es zu genießen...“

„Du gibst es also zu, dass du dieses arme Kind vergewaltigt hast?“

„Gar nichts habe ich zuzugeben, nein. Alles nur ein kleines Missverständnis, wie es jedem mal passiert... außerdem ist das auch wirklich kein *armes Kind*, vonwegen! Ein durchtriebenes Luder ist das, eine aufreizende, kleine Schlampe, wie sie einem da mit ihrem kurzen Fetzenrock um die braunen Beinchen vor der Nase herumwedelt...“

„Na, das erkläre mal ihrem Vater! – Und den anderen, die da hinter dir her sind! Ich glaube nicht, dass sie bereit sein werden, deine haarsträubenden Ausreden geduldig anzuhören..."

„Ja eben. Ich muss hier weg, besser ist das. Ein kluger Mann muss es wissen, wenn er besser vor der dummen Meute weichen sollte. Nur will ich mich nicht ohne alle Mittel zuhause auf Rocassa verkriechen müssen – vor allem nicht ohne meine hart erkämpfte Beute aus dem letzten Feldzug. – Deshalb muss ich dich bitten, Stina, Liebste, oben in mein Zimmer zu gehen, und mir die beiden Satteltaschen aus der Truhe unter dem Fenster herzuholen, ja? Und vielleicht noch den guten Wollmantel, der da am Haken hinter der Tür hängt..."

„Ach, sonst hat der Herr keine Wünsche, wie?"

Jäh wende ich mich ab, und lasse den dreisten Kerl da zwischen den blühenden Rosen sitzen. Mit eiligen Schritten, den Rock gerafft, marschiere ich auf die Pforte in der Burgmauer zu – nicht ohne weiterhin laut meine entrüstete Meinung kund zu tun, wie der es mal mindestens nötig hat: „Den Teufel werde ich tun, und dem feinen Herrn hier seine sieben Sachen hinterhertragen, wenn er versucht, seiner gerechten Strafe zu entfliehen! – Hörst du, Rochus? Eher werde ich meinem verdammten Sausack von einem Ehemann das Frühstück an sein Lotterbett bringen..."

Da aber, bricht meine Rede ab... ein heftiger Schmerz trifft meinen Schädel. Und es wird Nacht hinter meinen Augen...

Kapitel 39

Bruder Magnus

Continuitur **Chronica brevis**
– (ach ja, kein Latein:) Es wird fortgesetzt hier in verkürzter Form die Chronik der Ereignisse um unseren Herrn Odo, Markgrafen von Enna und Peio, und die Seinen:

Ao.Dom.1238 - versammelte sich viel adeliges Volk um Herrn Friedrich, den Kaiser und König, zweiten solchen Namens, in seiner guten Stadt Cremona am Ufer des Flusses Po, und hielt einen Hoftag.
Auch begaben sich dorthin mein Herr Graf Odo, mit seiner Gemahlin Adelheid, die war *xxxx(gestrichen),* und auch einige der ihm verbündeten Herrschaften seiner Nachbarschaft. So vor allem die Gräfin Artemisia von Monteleone, und andere mehr.
Diese waren Zeuge und Gäste der Vermählung des Herrn Enzio, Sohnes unseres Kaisers (somit eines Bruders von Herrn Odo), mit der edlen Frau Adelasia, Richterin (?) von Logoduro und Torres auf der Insel Sardinia.
Sowie auch der Heirat des Herren Grafen Ezzelino von Bassano, Herrn von Verona, eines bewährten Soldaten usw., wie es heißt, auch getreuen Verbündeten dieses Kaisers Friedrich, mit dessen selben Tochter, namens

Selvaggia oder Salvazza.
Bald nach dem Heiligen Hochamte zur Feier und Gelöbnisse solcher ehelichen Verbindungen, machten wohl beide neu zusammengegebenen Paare sich auf und davon zu ihren heimatlichen Stätten und Orten. Alswo da sind die Stadt Verona, im Falle nämlich Herrn Ezzelinos und seiner Ehefrau Salvazzias – und zum Anderen aber nach dem Hafen Torres auf der Insel Sardinia, im Falle der Frau Adelasia nebst ihrem Gemahle, Herrn Enzios, welcher aber zu dieser Zeit auch den Titel und Rang als eines *Königs von Sardinien* vom Kaiser verliehen erhielt.
Wie es heißt und gesagt wurde, verließ aber aus diesem Grunde die reiche, mächtige Stadt und Republik Genua, bis dahin immer getreuliche Verbündete des Kaisers, nun aber diesen und seine Sache, weil sie (Genua) ihre eigensten Interessen dort, Sardinien betreffend, durch den innewohnenden Anspruch eines solchen Königstitels verletzt fand. Und verbündete sich, eng und vorerst andauernd, mit den Feinden aber dieses Kaisers – so auch mit ihrer bisherigen, hauptsächlichen Konkurrentin, der Stadt Venedig. Und beide mächtigen, auf allen Meeren gebietenden Republiken, begannen einen gemeinsamen Krieg zur See, gegen die Absichten und Vorhaben unseres Herren Kaisers.

Auch war unser Heiliger Vater, Papst Gregor, neunter dieses Namens, keineswegs und nicht erfreut über des Kaisers und seines Sohnes Griff nach jener

schönen Insel, welche doch von alten Zeiten her und immer, so meint er, als ein Lehen, und somit zum irdischen Machtbereich der Bischöfe von Rom zu zählen und gelten habe. Und er (der Papst) traf darum bedrohliche und ernste Vorbereitungen und Maßnahmen empfindlicher Art gegen den Kaiser Friedrich, wie wir noch sehen werden sicherlich.
Aus der Stadt Babylon im Morgenlande erreichte uns, mit der durch die weite Entfernung üblicherweise bedingten Verspätung, die Nachricht vom Ableben des großmächtigen Königs aller Heidenvölker dort, des Sultans Al-Malik al-Kamil. Mit welchem aber unser Herr und Kaiser Friedrich seinerzeit, vor zehen Jahren schon, den Vertrag zu einer kampflosen Übergabe und Rückerstattung der Heiligen Stadt Jerusalem zu schließen erreichen konnte. Wie man es oft zu hören – doch kaum zu glauben – vermochte, war dieser Heidenfürst in nahezu freundschaftlicher Achtung und Zuneigung Herrn Friedrich verbunden. Von seinem Sohne und Nachfolger auf dem Throne dort, Al Malik al-Din Ayyub (?), ist in solcher Richtung nichts bekannt – und somit auch für das gesamte Königreich Jerusalem fraglich, was dieses zu erwarten anstehen mag.
Auch die Verhandlungen, dort in jener Stadt Cremona, zu einem guten und segensvollen Frieden mit den in blutiger Schlacht unterlegenen lombardischen Städten, Mailand, Parma und Brescia voran, kamen wider Erwarten des kaiserlichen Hofes nicht zu einem guten

Ende. Zunächst ließen die Unterhändler jener Seite allzu lange auf sich warten – und den Kaiser dort im Hoflager schon mehr als ungeduldig werden. Dann zwar brachten jene, endlich doch noch vor diesem erscheinend, unter der Führung des Bischofes und Cardinals Fieschi (aus Genua!), nun allerdings weitgehende Angebote zum Vorschlag: So zum Beispiele, dass es dem Kaiser gewährt sein solle, eine militärische Besatzung in die Stadt Mailand zu legen, unter einem Kommandanten seiner Wahl, und Anderes mehr. Doch es war inzwischen, gewiss auch nicht zuletzt durch die überlang währende Wartezeit, Herr Friedrich der Kaiser, in unheiligem und so maßlosem Zorne entbrannt, dass nun auch seine Forderungen an die besiegten Feinde in ein Unmäßiges anstiegen: Nämlich, und nicht weniger, als die unbedingte, völlige und eben bedingungslose Unterwerfung unter seinen hohen Willen und Urteilsspruch. Dieses aber war nun, auch von einem so besiegten Gegner, nicht mehr zu erreichen. Und ohne jede Vereinbarung, oder gar Friedensschluss, zogen die Gesandten des lombardischen Bundes wieder davon, wohl darauf vertrauend, dass es ihren wohlhabenden Heimatstädten mit all ihrem Reichtum eher und besser gelingen werde, eine tatkräftige und erfahrene Menge an Söldnern aus dem Westen und Norden Europas anzuwerben – als es der Kaiser imstande sein werde, erneut seine Heerscharen vom tiefen Süden Italiens und der Insel Sizilien, oder aus den deutschen Landen

jenseits der hohen Alpen, herbeizuführen, mit nichts Anderem als einer wirksamen Verlockung zu solchem Untertanendienste, denn wohlklingenden Sendschreiben und huldvollen Versprechungen für eine doch ungewisse Zukunft.
Diese Darstellung der weitreichenden Entwicklungen hoher Politik ist nun nicht, wie der bescheidene Chronist es an dieser Stelle freimütig zugeben muss, sagen wir, seinem kargen Klostergärtlein entsprossen – sondern er hat sie den vielen klugen und gedankenreichen Gesprächen an Herrn Odos Tafel entnommen, namentlich hier besonders den scharfblickenden Urteilen und Erkenntnissen Frau Artemisias.

Sowar es nicht anders zu erwarten, als dass die kriegerischen Auseinandersetzungen mit dem Bunde der lombardischen Aufrührer im Sommer

Ao.Dom. 1238 fortgesetzt wurden.

Des Kaisers Truppen marschierten gegen die reiche und wohlbefestigte Stadt Brescia, und mühten sich dort lange in den grimmigen Künsten der Belagerung, welche jedoch vergeblich blieben und im folgenden Herbste abgebrochen werden mussten. Die Kräfte und Möglichkeiten waren für einen Erfolg doch zu gering inzwischen.
Der Hof mit der kaiserlichen Familie verbrachte den nächsten Winter in einem Kloster, nahe der Stadt Padua, welche im Vorjahre erst der Seite des Kaisers

zurückgewonnen worden war, als Gäste von deren Eroberer Graf Ezzelino, seit kurzem ja auch vergnügter Schwiegersohn unseres Kaisers.
Hier nun wurde, wenn ich mich nicht irre, oder aber in der Stadt Ravenna, Herrn Friedrich zu seiner unsäglichen Freude von seiner Gemahlin Isabella ein Sohn geboren, welchem im Heiligen Sakrament der Taufe der Name *Carlotto* gegeben ward.
Aber nicht nur dort, in der höchst erhabenen Familie unseres Kaisers, gab es durch die Gnade des Herrn solchen ersehnten Zuwachs und Segen der naturgegebenen...
(Nein, nein, verrennen will sich meine klösterliche Schreibfeder in abseitige Formulierungen, die mir doch unziemlich erscheinen für die Gedanken eines Keuschheit gelobenden Mönches, wie es meine geringe Wenigkeit bleiben will – mit Gottes Hilfe! Meine grundlegende Unzulänglichkeit zu solchem Geschäfte der Führung einer Chronik aller weltlichen Dinge, diese offenbart sich hier wiederum, wie schon so überoft genug.)

Was gesagt sein sollte: Herrn Odo von Peio wurde, noch in jenem Jahre des Herrn 1238, von seiner Gemahlin Adelheid ein gesundes Töchterlein geschenkt, welchem ebenfalls der Name seiner Mutter gegeben wurde.
Preis und Lob sei dem HErrn in der Höhe, in Ewigkeit, Amen.

Das Jahr des Herrn,

AnnoDomini 1239

begann ganz anders – und unheilvoll.

Der Krieg zur See mit Venedig und Genua setzte sich fort.

Herr Enzio kehrte nach nur wenigen Monaten missvergnügt seinem Königreiche Sardinien den Rücken, nachdem er einen gewissen Herrn Landolfo Calcerario als seinen Vogt und Stellvertreter eingesetzt hatte, auch seine Gemahlin Adelasia ließ er dort zurück. Von Kaiser Friedrich, seinem Vater, wurde Herr Enzio stattdessen sogleich zum General-Legaten von Italien erhoben und so also mit wichtigen, kriegerischen Aufgaben betraut.

Der gute Herr Bischof Heinrich von Brixen entschlief in Frieden. Das Domkapitel hier wählte, wie man hörte, den bisherigen Archidiakon Egno, aus der Familie der Grafen von Eppan, zu seinem Nachfolger, welcher sich eilenden Fußes sogleich zum Hofe des Kaisers bei Padua begab, um von diesem seine nötige Bestätigung zu erhalten.

Ach, und an demselben, unglückseligen Tage, da der alte, ja väterliche Freund des Kaisers, der Hochmeister des Deutschen Ritterordens, Herr Hermann von Salza verstarb, da alle Künste der Ärzte an der medizinischen Schule zu Salerno ihm nicht mehr helfen konnten – welcher hochrangige Ordensherr ja mehrfach und immer erfolgreich in der Vergangenheit zwischen Kaiser Friedrich und unserer zornigen

Kirche vermittelt hatte – an diesem selben Tage, am Palmsonntag, dem 20ten März, wurde die christliche Welt durch eine andere unerhörte Nachricht erschüttert:
Der weltliche Oberherr der ganzen Christenheit, Friedrich der Zweite, Römischer Kaiser, Imperator et semper Augustus, König von Jerusalem und von Sizilien – wurde an jenem Tage vom Heiligen Vater, Gregor dem Neunten, zum Antichrist erklärt und exkommuniziert!
Ach, Gründe für diesen verderbenbringenden Schritt des Papstes wurden vielerei angeführt und verkündet in der Bulle *Excommunicamus et anathemizamus* – doch, hier verstummt der Chronist, aus Ratlosigkeit, Entsetzen und Scham.
Zu einem unerklärlichen Geschehen kam es hier in Peio im weiteren Frühling diesen Jahres, noch ehe unsere Herrschaften vom Hoftage des Kaisers zurückgekehrt waren: An ein und demselben Tage verschwanden Herr Rochus von Richleben, einer der ältesten Kameraden von Herrn Odo, sowie gleichfalls die seit bald fünf Jahren hier, oder vielmehr auf der Burg Monteleone als eine Geisel eigentlich lebende, Frau Gräfin Maria Christina. Von beiden aber fehlt seit diesem Tage im April jegliche Spur, kein Mensch hat sie seither wieder gesehen. Verständlicherweise hat dieser sonderbare Umstand zu allerlei Vermutungen und Gerüchten Anlass gegeben – deren Wiedergabe oder Aufzeichnung aber nicht Aufgabe dieser meiner

rechtschaffenen Chronik sein kann. So muss es vorerst eine ungeklärte Frage bleiben, wohin und auch warum diese beiden Personen womöglich gar gemeinsam verschwunden sind.
Schließlich und endlich erreichten uns noch die schlimmsten Nachrichten aus dem Heiligen Land, aus Herrn Friedrichs Königreiche Jerusalem: Dessen Statthalter dort, ein Graf Heinrich von Bar, hat mit seinen Streitkräften eine böse Niederlage erlitten, in der Nähe einer Stätte mit dem Namen Gaza. Und damit nicht genug: Auch die Heilige Stadt Jerusalem selbst, Ziel aller dieser bewaffneten Wallfahrten der frommen Streiter aus aller Herren Länder seit bald einhundertundfünfzig Jahren, sie ist verloren! Sie musste geräumt werden von unseren Glaubensbrüdern nach jener Niederlage, und dem Gebieter der ungläubigen Horden dort überlassen werden. Dies ist der allergrößte vorstellbare Jammer und tiefster Grund für unser aller Verzweiflung.
Miserere nobis peccatoribus, Domine – et libera nos a malo. Amen.
[Sei barmherzig uns Sündern, Herr – und befreie uns vom Bösen.]

Nachwort zu Band 3 der Kinder des Staunens:
AnnoDomini 1239

Wie in allen Bänden dieser Reihe historischer Romane wurden auch hier keine belegten Tatsachen und Geschehnisse verändert. Alle im Personenverzeichnis mit dem * gekennzeichneten historischen Protagonisten handeln, wie es die vorhandenen Quellen aus jener Zeit darstellen, und sie vertreten die für sie zu vermutenden Absichten und Positionen. Die erfundene Romanhandlung fügt sich allein in die Lücken der Überlieferung, ohne den realen Gang der Historie zu verändern.

Dieses sind für mich die wichtigsten Prinzipien meiner Vorgehensweise als Autor. Oft bleibt, glücklicherweise, genügend Raum für die zu erfindende Fabel und eine Möglichkeit zur Utopie. Ich denke, es wäre hier im Nachhinein nicht nur mühsam, sondern falsch, das gewebte Bild des Romans auftrennen zu wollen, um die Kettfäden der oft spärlichen historischen Quellen von denen zu trennen, welche – so hoffe ich – hinreichend bunt und geschmeidig meine Vorstellungskraft hineinflechten wollte. Dies geschah ja auch nicht zuletzt, um Antworten zu finden auf einige durchaus sonderbare, geschichtlich belegte Fakten, zum Beispiel folgende:

Warum gibt der Kaiser seinem wichtigsten Verbündeten (Ezzelino) nicht die älteste Tochter (Katharina) zur Frau, sondern die, sehr wahrscheinlich noch kindliche, zweite Tochter (Salvazza)?

Warum übergeht er ebenso den ältesten Sohn (Federico) bei dem Heiratsprojekt mit der sardischen Erbin (Adelasia)? Und wohin verschwindet jener (als einziger von allen erwachsenen Kindern Friedrichs) bald darauf aus allen Quellen – und nichts wird mehr über ihn gesagt?

Nun, solche Überlegungen mögen den Raum bieten für die Entwicklungen unserer Geschichte – doch war es meiner Fantasie erlaubt, die „unzähligen blendenden Zickzacklinien, die sich vor dem dunklen Hintergrund der Vergangenheit doppelt und dreifach teilen" – in dieser Art und mit solchen Absichten zu nutzen? Und sogar auch – wie es dort kurz zuvor ebenfalls heißt, (in *Nabokovs, Der Späher)* bis „ein wunderbares rosiges Ereignis ersprießt, das in der Wirklichkeit zu blühen versäumte"?

Dies mag jede/r Leser*in für sich entscheiden. Der Autor hat soweit sein Teil getan – und erwartet gespannt alle Reaktionen und Diskussionen.

Nun, vielleicht mag es nötig sein, noch einige Überlegungen anzuschließen, ob es möglich sein kann, dass Kaiser Friedrich II. eine Frau in den Ritterstand aufnimmt – wie hier in meiner Erzählung seine (fiktive) Lebensretterin und Geliebte, die Jüdin Zeta.

Es hat wahrscheinlich in allen Jahrhunderten Frauen gegeben, die sich in eigener Person auch an den kriegerischen Auseinandersetzungen ihrer Zeiten beteiligt haben.

In den historischen Quellen sind solche Einzelfälle zu finden, auch schon im Mittelalter:

Sofia di Colfoso (oder da Camino, gestorben 1175) wird als erfolgreiche Anführerin einer Reitertruppe in den Kriegen gegen Friedrich I. Barbarossa genannt, so 1160 bei Cassano und 1161 bei Baldignano. Und Aldruda Frangipani (aus Rom, lebte von etwa 1120 bis nach 1174) führte ein Heer herbei, um die Belagerer von Ancona zu vertreiben, im Oktober 1173.

Außerdem wird von Kaiser Friedrich II. berichtet, dass er – gegen alle Vorstellungen vom christlichen Rittertum in der Zeit der Kreuzzüge – seinen muslimischen Freund, den Unterhändler und Emir Fahr ed-Din (gestorben 1250), zum Ritter geschlagen und ihm erlaubt habe, den Kaiseradler im Wappen zu führen. (Ähnliches wird auch schon von Richard Löwenherz aus dem Jahr 1192 berichtet.)

Schließlich wurde 1358 mit der englischen Königin Philippa (von Hainault, ca.1313-1369) zum ersten Mal eine Frau in einen Ritterorden aufgenommen, in den Hosenbandorden (Order of the Garter) – und nach ihr in den folgenden 130 Jahren über 60 weitere Damen.

Nun gut – haben wir uns über diesen erstaunlichen Kaiser Friedrich II. nicht schon genug gewundert, dass wir es ihm zutrauen würden, auch in dieser Hinsicht seiner Zeit um eben 120 Jahre voraussein zu können?

Zu danken habe ich auch diesmal
Gerhard und Monika
für das sorgfältige Korrekturlesen
und manchen kritischen Hinweis.